ROLAND

FURIEUX.

6995.

TOME SECOND.

Z.

2 Bahn

DE L'IMPRIMERIE DE FIRMIN DIDOT,

IMPRIMEUR DU ROI ET DE L'INSTITUT, RUE JACOB, N° 24.

ROLAND

FURIEUX,

TRADUIT DE L'ARIOSTE,

Par le Comte de TRESSAN.

ÉDITION REVUE, CORRIGÉE ET AUGMENTÉE DE NOTES,
DE SOMMAIRES ET D'UNE TABLE;

ORNÉE DE GRAVURES D'APRÈS LES DESSINS DE M. COLIN.

TOME II.

PARIS,

NEPVEU, PASSAGE DES PANORAMAS, N° 26;
AIME-ANDRÉ, QUAI DES AUGUSTINS, N° 59.

M DCCC XXII.

ROLAND
FURIEUX,
POËME TRADUIT DE L ARIOSTE

ROLAND
FURIEUX.

CHANT XVIII.

ARGUMENT.

Griffon fait un massacre affreux du peuple de Damas. — Rodomont passe la Seine à la nage. — Il apprend que Doralice a été enlevée par Mandricard. — Il part pour poursuivre le ravisseur. — Bataille générale sous les murs de Paris. — Lurcain est tué par Dardinel. — Noradin apaise Griffon. — Aquilant rencontre Martan avec Origile, et les ramène à Damas. — Noradin fait annoncer une autre joute en l'honneur de Griffon. — Marphise reconnaît ses armes, et s'en empare. — Tumulte à ce sujet. — Les paladins et Marphise partent pour la France. Tempête. — Dardinel tué par Renaud. — Les Sarrasins sont mis en déroute. — Médor et Cloridan quittent leur poste pendant la nuit, et traversent le camp des chrétiens, pour aller donner la sépulture à Dardinel, leur roi.

Magnanime seigneur, c'est avec justice que je me livre, et me livrerai sans cesse au plaisir de vous louer, et je regrette que ma faible voix ne soit pas assez digne de vous célébrer. Parmi toutes les grandes qualités que j'admire en vous, sei-

I.

gneur, une entre autres me paraît être le comble
de la sagesse et de la bonté. Votre accès est facile, et vous écoutez également tous ceux qui
sont admis auprès de vous, mais sans vous laisser
prévenir. Je vous ai vu souvent excuser l'homme
absent que la délation attaquait, ou du moins
suspendre votre jugement jusqu'à ce que lui-
même pût se défendre; et toujours, avant de
condamner un accusé, vous voulez le voir et entendre ses raisons : souvent même les mois, les
années entières, vous suffisaient à peine pour
vous décider; et ce pénible examen prouve bien
que votre ame généreuse et bienfaisante est toujours affligée de trouver un coupable.

Si Noradin eût eu de semblables principes gravés dans son ame, il n'eût point eu l'imprudence
de juger le brave Griffon si légèrement : vous
vous couvrez sans cesse d'une nouvelle gloire,
seigneur, et Noradin nuisit à sa réputation, et
fut cause de la mort d'un grand nombre de ses
sujets.

Griffon, indigné des affronts qu'il venait d'essuyer, fit tomber en un moment à ses pieds plus
de trente de ceux qui l'entouraient. Le peuple
fuit de toutes parts, se jette dans les rues de la
cité; la frayeur le presse; souvent, se rassemblant
par pelotons, ils se nuisent en courant : tous
s'entremêlent et tombent les uns sur les autres;
et Griffon, trop irrité pour exhaler sa colère en
menaces, continue à frapper, et taille en pièces

tout ce qui se trouve à portée de ses coups. Quelques fuyards gagnent la porte de la cité, lèvent le pont après eux; les autres, sans oser tourner un visage défiguré par la peur, continuent à fuir en gémissant : les cris, le tumulte, et la plus grande rumeur se font entendre de toutes parts. Tandis que les premiers levaient le pont, Griffon saisit deux malheureux Syriens; il brise la tête du premier contre la muraille; il enlève l'autre, le lance d'un bras puissant par-dessus les murs de la ville : ses pâles habitants redoublent de frayeur, en voyant cet infortuné qui semble tomber des nues.

Les timides habitants de Damas craignent que le guerrier terrible ne s'élance lui-même par-dessus leurs murs, et la confusion ne serait pas plus grande dans cette cité, si le soudan d'Égypte venait de l'emporter d'assaut : un bruit d'armes, des cris perçants, le roulement des tambours, le son aigu des trompettes, se confondent ensemble et forment une rumeur dont les airs retentissent au loin. Mais il faut différer à raconter la suite de cet événement (1), pour suivre le grand Charles : ce prince s'avançait en diligence contre Rodomont qui continue de massacrer ses malheureux sujets.

Vous savez déjà qu'Ogier le Danois, le duc Naymes, Olivier, Avin, Avorio, Othon et Bérenger, suivaient Charles : tous les huit frappent en

_____

(1) La suite de cette histoire est reprise dans le même chant, page 18.

même temps Rodomont de leurs lances; mais la
cuirasse épaisse de peau de dragon reste impénétrable : et comme l'antenne se relève lorsque
le nocher, à l'approche de l'orage, relâche les cor-
dages, de même Rodomont se redresse après avoir
soutenu ces coups terribles, capables de renverser
une montagne. Guidon, Ranier, Richard, Salomon, le traître Ganelon, le fidèle Turpin (1),
Angeolier, Angelin, Marc, Yvon, Huguet, et Ma-
thieu de Saint-Michel, se joignent aux huit autres
pour l'attaquer; Odoard, Ariman, chevaliers d'Angleterre, qui venaient de joindre Charles, achèvent d'entourer Rodomont : mais le rocher de la
cime des Alpes, le plus fortement enclavé dans
sa base, lorsqu'il est battu par un vent furieux
du nord ou du midi qui brise les frênes et les
sapins, n'est pas plus inébranlable que ce superbe Sarrasin altéré de sang, qui frémit de
dépit, et dont la vengeance et les coups ont la
force et l'impétuosité de la foudre. Il fend la tête
jusqu'aux dents au malheureux Huguet de Dor-
donne qui le serre de plus près : il se sent en
même temps frappé de tous côtés; mais sa cuirasse écailleuse résiste à ces coups, comme une

---

(1) Turpin, archevêque de Reims, auteur d'une histoire
fabuleuse de Charlemagne et de ses douze pairs. L'Arioste,
à l'exemple des poëtes romanciers, invoque souvent, en se
jouant, l'autorité de ce prélat, comme témoin oculaire des
faits incroyables rapportés dans son poëme.   P.

enclume à la pointe d'une aiguille : ceux qui défendaient les remparts les abandonnent, et ceux
qui combattaient près de la place accourent à la
voix de Charles qui les appelle où le danger est
le plus pressant. Les Parisiens sentent renaître leur
courage, en voyant le grand Charles; ils s'arment,
et s'avancent de tous les quartiers de la cité pour
le joindre.

Lorsque dans les jeux publics on enferme en
même temps un taureau furieux dans la loge
d'une lionne qui se repose avec ses lionceaux,
ceux-ci sont d'abord effrayés des cornes menaçantes, et se tapissent autour de leur mère : mais
si la lionne, accoutumée à combattre, s'élance et
saisit le taureau avec ses fortes dents, ses lionceaux bientôt rassurés viennent l'attaquer à leur
tour; ils ensanglantent leurs dents et leurs griffes
nouvelles; leur première frayeur est dissipée : de
même le peuple de Paris s'occupe à nuire au Sarrasin; il fait tomber jusqu'aux toits sur sa tête,
tandis que les guerriers l'attaquent de plus près.

La cavalerie, l'infanterie accourant autour de
Rodomont, formaient une enceinte tellement
épaisse, que, semblables aux essaims de mouches,
leur masse eût pu seule l'accabler; l'épée du Sarrasin n'aurait pu suffire en vingt jours à tailler en
pièces cette multitude, quand même elle eût été
réunie en faisceaux. Rodomont voyant que cette
foule grossit sans cesse, et qu'il ne pourra jamais
parvenir à la détruire, réfléchit enfin qu'il **fera**

bien de sortir de cet embarras avant que ses forces
soient épuisées; il jette alors des regards furieux
sur cette enceinte qu'il compte bien rompre facilement; et, faisant tournoyer sa redoutable épée,
il se détermine sur la partie que ferment les Anglais, et tombe sur eux avec fureur.

Celui qui a vu un taureau furieux, que les dards
et les chiens ont animé pendant une partie du
jour, rompre les barrières de l'arène, le peuple
s'enfuir de toutes parts, l'animal écraser les plus
malheureux sous ses pieds, ou les enlever en l'air
avec ses cornes : celui-là seul peut imaginer le
ravage horrible que le Sarrasin fit dans les rangs
des Bretons, en s'élançant sur eux.

De ses coups frappés à plomb, ou de revers,
il fait voler les têtes, les bras; il coupe en deux,
en travers, il fend jusqu'à la poitrine tous ceux
qui s'opposent à son passage; les pas qu'il a faits
sont marqués et jonchés par les membres mutilés
et les morts. Il quitte la place, mais sans faire
paraître aucun sentiment de crainte (1); toutefois il

---

(1)   De la piazza si vede in guisa torre,
           Che non si può notar che abbia paura.

M. de Tressan, prenant apparemment l'infinitif *torre*, pour
le substantif qui signifie *tour*, a traduit : « Il ne paraît pas
plus ébranlé qu'une tour en se retirant. » Rodomont comparé
à une tour au moment où il recule devant l'ennemi! L'Arioste
vient de le comparer à un rocher inébranlable (page 6), mais
alors il tenait tête aux guerriers qui l'attaquaient de toutes
parts.   P.

pense en lui-même de quel côté sa retraite se fera
avec plus de sûreté. Il arrive enfin à l'endroit où
la Seine coule au-dessous de l'île, et sort des mu-
railles de la ville. Les soldats et le peuple devenu
plus hardi le suivent de près, le talonnent, ne
le laissent pas s'éloigner en paix. Semblable au
fier lion attaqué par des chasseurs dans les forêts
de Numidie, lorsqu'on voit ce généreux animal,
la crinière hérissée, ne reculer qu'à pas lents,
et menacer encore ceux qui le poursuivent par
des regards étincelants, Rodomont traverse une
haie de piques et la nuée de dards qu'on lui
lance, et se retire lentement vers la rivière : plusieurs fois même il se retourne, fond sur les plus
téméraires, les repousse, et son épée s'abreuve
d'un nouveau sang : la prudence enfin surmonte
sa fureur ; et, se trouvant alors sur le bord du
fleuve, il s'élance dans les eaux ; son armure pesante n'empêche pas plus ses bras de fendre les
ondes, que ne feraient des armes de liége. Sauvage Afrique, ne t'enorgueillis plus d'avoir produit
Antée, et nourri le grand Annibal !

Dès que Rodomont, plus grand encore qu'eux,
eut touché l'autre rivage, ce ne fut qu'avec les
regrets les plus vifs qu'il regarda cette ville qu'il
venait de traverser tout entière, et qu'il eût désiré brûler et détruire jusqu'aux fondements : l'orgueil et la colère le dévorent ; il n'attend, il ne
desire que le moment d'y revenir porter le fer et
la flamme. Pendant qu'il y pense, il aperçoit bien-

tôt un messager qui calme cette fureur présente ; mais avant de vous parler de son message,
j'ai autre chose à vous dire ; c'est de ce que
fit la Discorde, après l'ordre qu'elle avait reçu de
l'ange, que je veux vous entretenir. Elle devait,
pour obéir, se mêler parmi les chevaliers les plus
renommés d'Agramant, et leur mettre le fer à la
main les uns contre les autres. Dès le même soir,
la Discorde quitta les moines, après avoir prescrit
à la Fraude d'entretenir le feu de leurs querelles
jusqu'à son retour ; elle crut avoir besoin du secours de l'Orgueil avec lequel elle habitait depuis
long-temps dans ce même monastère, et elle le
pria de la suivre. L'Orgueil y consentit ; mais ce
ne fut qu'après s'être fait remplacer, pendant sa
courte absence, par l'Hypocrisie.

L'implacable Discorde, s'étant mise en chemin
avec l'Orgueil, trouva, dans la route qu'elle tenait
pour se rendre au camp des Sarrasins, la sombre
et triste Jalousie ; elle s'était fait suivre par un
petit nain que la belle Doralice avait envoyé près
du roi d'Alger.

Doralice avait dépêché ce nain au moment où,
son escorte étant détruite, elle était tombée sous
la puissance de Mandricard, et je vous ai déjà raconté comment. Elle espérait, elle desirait alors
qu'il accourût pour l'arracher des mains de son
ravisseur, et pour prendre la plus cruelle vengeance de cet attentat. La Jalousie, ayant rencontré ce nain, s'en était fait accompagner, et ne dou-

tait pas du succès de son voyage. La Discorde fut
très aise de l'avoir trouvée; et, lorsqu'elle eut
appris son projet d'aller chercher Rodomont, elle
trouva que tout ce qu'elle pouvait imaginer pour
faire réussir son dessein ne valait pas ce qu'elle
espérait d'une pareille visite. Bien sûre alors d'exciter l'inimitié la plus violente entre le roi d'Alger
et le fils d'Agrican, elle n'était pas embarrassée
de trouver quelques autres moyens de brouiller
les autres chefs de l'armée d'Agramant. La Discorde et la Jalousie, suivies du nain, arrivèrent
donc près de Rodomont, au moment où ce Sarrasin venait de passer la Seine.

Dès qu'il eut reconnu ce messager ordinaire de
celle qu'il aimait, son front devint serein, des
sentiments plus doux remplirent son cœur : il
courut au-devant de lui; et, bien éloigné de
craindre qu'on eût osé manquer à la beauté qu'il
adorait, il s'empressa de demander au nain quelle
bonne nouvelle il avait à lui donner d'elle. Ah!
répondit le nain, Doralice n'est plus à vous, je
ne suis plus à son service, elle-même est esclave
d'un autre : nous rencontrâmes hier un chevalier
discourtois qui nous l'enleva, et depuis ce moment il la tient sous sa garde. A ces mots, la
Jalousie se glisse dans le sein de Rodomont, plus
froide qu'un aspic, et y établit son séjour : le nain
continue son récit, et lui raconte comment un seul
chevalier a détruit toute l'escorte de la princesse
de Grenade, et l'emmène avec lui.

La Discorde, à ces mots, prend un acier
tranchant, et une pierre à feu; l'Orgueil jette
une amorce sur le feu qui jaillit et qui passe en
entier dans le cœur du roi d'Alger. Le Sarrasin
soupire et frémit; son visage porte l'empreinte
de la fureur, et le ciel même est attaqué par ses
blasphèmes.

Ainsi qu'une tigresse qui descendant de la
montagne, et trouvant sa tanière vide et ses petits enlevés, rugit de rage, vole et parcourt les
bois, les plaines et jusqu'aux ruisseaux pour les
chercher, n'est point arrêtée par la longueur du
chemin; la grêle, la tempête; et, pleine de haine
et de fureur, suit les traces du chasseur qui la
prive de ce qu'elle a de plus cher : de même le fier
et jaloux Sarrasin sent son cœur déchiré; il appelle brusquement le nain : Suis-moi, lui dit-il
seulement; et sur-le-champ, quoiqu'il n'ait ni
cheval ni char, il part et marche avec plus de
vitesse encore que n'en a le lézard qui traverse
un chemin pour fuir un orage. Il n'a point de
cheval, mais il se propose bien d'enlever de force
ou de gré le premier qu'il trouvera sur son passage : la Discorde qui l'observe, et qui connaît
sa pensée, sourit en regardant l'Orgueil. Je veux,
dit-elle, que le cheval dont il pense s'emparer
soit encore la cause d'une autre querelle, et je
vais détourner tous les chevaux de son chemin,
hors le seul qui puisse lui susciter de nouveaux
débats : mais il est temps de retourner à Charlemagne.

Aussitôt que Rodomont se fut éloigné (1), ce prince avait fait éteindre le feu, placer des gardes dans les quartiers, et, retirant ses meilleures troupes, il les remit en ordre, et les porta contre les Sarrasins pour les battre, et rendre cette journée décisive. Il les fit défiler par toutes les portes, depuis Saint-Germain jusqu'à Saint-Victor, et leur commanda de s'arrêter et de se réunir sous le même drapeau dans la plaine vis-à-vis la porte Saint-Marcel ; tous ses ordres étant exécutés, ce prince, les animant par ses discours et par son exemple, donna le signal du combat.

Dans ce même temps, Agramant, étant remonté sur un nouveau cheval malgré les efforts des chrétiens, se battait vigoureusement contre l'amant d'Isabelle (2); le roi Sobrin et Lurcain se portaient des coups furieux, et Renaud taillait en pièces un gros escadron qui s'était présenté pour l'attaquer. Les choses étaient en cet état lorsque Charles porta son principal effort contre l'arrière-garde que le roi Marsile commandait ; il avait près de lui les plus braves chevaliers de son armée. Charles, ayant placé son infanterie dans le centre, et sa cavalerie sur les ailes, vint l'attaquer avec un grand bruit d'instruments guerriers dont l'air retentissait au loin; bientôt les Sarrasins, poussés de toutes parts, s'ébranlèrent prêts

---

1 Le poète revient à Rodomont au vingt-troisième chant.

2 Zerbin.

à prendre la fuite : mais Grandonio et Falsiron les remirent en ordre, à l'aide de Serpentin, de Balugant et de Ferragus ; ce féroce, mais courageux Sarrasin leur criait : Ah! braves gens, mes compagnons, mes frères, gardez, serrez vos rangs, et l'ennemi ne pourra vous entamer : considérez l'honneur et les riches dépouilles que la fortune nous promet, si nous sommes vainqueurs ; pensez à la honte qui nous attend, comme aux périls de toute espèce dont nous serions environnés, si nous nous laissions vaincre.

A ces mots, Ferragus se saisit d'une grosse lance, court sur Bérenger, qui combattait l'Argaliffe, et lui avait déja brisé son casque ; il le renverse sur la poussière : huit autres chevaliers chrétiens tombent ensuite sous ses coups ; le Sarrasin n'en porte pas un qui ne soit mortel. Renaud, de son côté, faisait un si grand massacre des Maures, que ses coups laissaient un grand vide devant lui. Zerbin, Lurcain combattaient avec le même courage ; Balastre commandant les troupes d'Alzerbe, et Finaldur, chef de celles de Zamora, de Suez et de Maroc, venaient de tomber sous leurs coups. Qu'on ne croie pas cependant, en voyant les Africains si mal menés dans cette place, qu'ils ne sussent pas se bien servir de leur lance et de leur épée. Le roi de Zumara, Dardinel, ce noble fils d'Almont, mérite surtout d'être distingué ; il venait d'abattre avec sa lance Hubert de Melfori, Claude du Bois, Eliot, Dulphin

du Mont, et Raymond de Londres; Anselme de
Stanford et Pinamont étaient tombés sous le tranchant de son épée : de ces sept chevaliers, quatre
avaient perdu la vie; l'un était blessé, les deux
autres, étourdis par ses coups, étaient privés de
leurs sens.

Malgré toute la valeur de Dardinel, la troupe
qu'il commandait ne pouvait tenir contre les
chrétiens. Ceux-ci cependant étaient moins nombreux; mais ils avaient la supériorité de valeur,
de discipline et d'expérience dans les armes.
Bientôt les troupes maures de Zumara, de Suez,
de Maroc et de Canara prirent la fuite : ceux
d'Alzerbe montraient encore plus de terreur,
mais ils étaient retenus par leur brave prince;
Dardinel les ranimait au combat, quelquefois
par des reproches, plus souvent encore par le
souvenir du grand Almont. Ah! si sa mémoire
vous est chère, leur criait-il, prouvez-le donc à
son fils! Quoi! pourriez-vous avoir la faiblesse de
m'abandonner dans ce péril, moi dans le printemps de mes jours, moi sur qui vous aviez
coutume de fonder de si hautes espérances? Voulez-vous donc vous laisser massacrer sans vous défendre, et que nul de vous ne puisse donner des
enfants à l'Afrique? Nous n'avons aucune retraite,
si nous ne rassemblons et si nous ne déployons
toutes nos forces : les Pyrénées forment un mur
trop difficile à franchir, la mer de même nous
oppose des obstacles. Il vaut mieux mourir

courageusement que de vous laisser égorger comme de faibles victimes, ou de vous rendre à la discrétion de ces maudits chrétiens. Ah! chers amis, arrêtez-vous, reformez-vous, combattez, c'est votre unique ressource. Eh quoi donc! nos ennemis ont-ils plus d'ame, plus de mains, plus de force que nous? Tout en leur parlant ainsi, le jeune et brave Dardinel fond sur le comte d'Ottonlei, et lui donne la mort.

Le souvenir d'Almont, le discours et l'exemple du jeune prince, eurent le pouvoir d'arrêter les troupes africaines; elles jugèrent que le parti de combattre était préférable à celui de prendre une honteuse fuite. Elles virent alors Dardinel attaquer le comte de Burnick; cet Anglais passait les rangs de toute la tête, et bientôt l'épée de Dardinel, la lui faisant voler, fit disparaître cette différence. Aramon de Cornouailles éprouva le même sort; le frere de celui-ci, le voyant tomber, volait à son secours; mais la même épée le perça d'outre en outre. Bogue de Vergales reçut un coup pareil, et Dardinel le dégagea par ce coup de la promesse qu'il avait faite à sa jeune épouse de retourner au bout de six mois auprès d'elle. Le fils d'Almont voyant approcher Lurcain qui venait de couper la gorge à Dorchin, de fendre la tête à Gardon, et qui, poursuivant Altée, avait porté un coup mortel à ce jeune Sarrasin qu'il aimait tendrement, prend une forte lance, invoque son prophète, et lui promet s'il exauce ses

vœux, et s'il le rend vainqueur de Lurcain, de
consacrer ses dépouilles dans sa principale mos-
quée. Il franchit l'espace qui le sépare de l'Écossais, et lui porte un si furieux coup de sa lance,
qu'il la lui passe au travers du corps; il commande aussitôt à ses écuyers d'enlever les armes
du brave et malheureux frère d'Ariodant. Grand
Dieu! comment vous pourrais-je exprimer la
douleur et la rage de celui-ci, lorsqu'il voit tomber un frère aussi cher? Ah! qu'il desirait en ce
moment d'envoyer aux enfers l'ame de son meurtrier! Il veut courir sur Dardinel; la foule des
combattants l'en sépare : le fils d'Almont qui voit
son intention veut la satisfaire; mais le même
obstacle l'arrête, et l'un et l'autre font tomber
également leur fureur sur les Maures et sur les
Écossais. Le destin fut même si contraire à leur
desir mutuel, qu'ils ne purent jamais en venir aux
mains ensemble : ce destin, dont l'homme n'évite
que rarement les arrêts, conservait le fils d'Almont pour le faire tomber sous les coups d'un
chevalier d'un plus haut renom encore. Renaud
paraît en ce moment; il s'approche, il semble
qu'une fatalité le conduise pour venger la mort
de Lurcain.

Mais c'est assez parler des combats mémorables
qui se donnent dans l'Occident (1): il est temps

(1) La continuation de cette bataille est dans ce même
chant, page 39.

que je retourne à Griffon que j'ai laissé plein
d'une juste fureur, et qui, dans ce moment, fai
sait fuir plus que jamais une populace épouvantée.

Le roi Noradin, ému par la violente rumeur,
était accouru, conduisant une troupe de plus de
mille hommes bien armés : ce prince, voyant tout
le peuple en fuite, vient en bon ordre à la porte
de la ville, et la fait ouvrir.

Griffon, ayant chassé loin de lui cette populace
importune, avait profité de ce temps de repos
pour se couvrir une seconde fois de ces armes
déshonorées; et voyant un temple bien fortifié, muni d'un large fossé qu'on ne pouvait traverser que sur un pont étroit, il s'était emparé
de la tête de ce pont qui le garantissait d'être
entouré. C'est dans ce poste qu'il se tint, qu'il
attendit d'un air intrépide la troupe armée qui
s'avançait avec des cris menaçants. Dès qu'il vit
cette troupe s'approcher, il fit une sortie sur l'es-
planade; et, tenant son épée à deux mains, il
porta la mort et le désordre dans les premiers
rangs. Il avait son pont pour retraite; il y tenait
bon; il tuait ou enfonçait les plus téméraires, et
faisait alors de nouvelles sorties sur le reste. A force
de faire tomber sous ses coups cavaliers et fantassins, Griffon, déja blessé à l'épaule et à la cuisse
droite, commençait à perdre haleine, et voyait le
peuple armé se joindre à cette troupe, comme
une mer orageuse près de l'entourer.

La vertu protectrice des gens d'honneur vint à son secours; elle toucha le cœur de Noradin. Ce prince, voyant tant de gens de guerre abattus par un seul chevalier, et l'énormité de leurs blessures les lui faisant paraître faites de la main d'un nouvel Hector, se repentit des affronts qu'il avait fait essuyer à ce brave paladin. Il s'approche, il aperçoit avec surprise l'horrible rempart de morts que s'est fait ce héros, et les eaux du fossé tout ensanglantées : il croit voir Horace même, défendant le pont du Tibre, contre toute l'armée des Toscans; il croit qu'il est de son honneur de faire cesser ce combat inégal; il crie à ses soldats de se retirer.

Noradin, en signe de paix, s'avance et présente sa main désarmée à Griffon. Je conviens de tous mes torts avec vous, lui dit-il; un manque de réflexion, et de mauvais conseils, m'ont fait tomber dans la plus grande erreur; les apparences m'ont cruellement trompé, et je vois que c'est au plus brave des chevaliers que j'ai le malheur d'avoir fait un affront que je croyais faire tomber sur le plus lâche. Quoique la gloire que vous venez d'acquérir égale, ou même surpasse l'injure qui vous a été faite par notre ignorance, je veux vous en donner la plus prompte satisfaction qui sera en mon pouvoir, si des trésors, des villes, des châteaux peuvent m'acquitter envers vous : demandez-moi la moitié de mon royaume, et je vous l'accorde. Mais, seigneur, votre rare vertu

me porte aussi à vous offrir mon amitié; je vous
demande la vôtre : que ce jour mémorable soit
celui de notre union, et que votre main victorieuse m'en assure un gage. A ces mots, il descend de cheval, et marche vers Griffon, en lui
présentant la main.

Le généreux Griffon, touché de la franchise et
de la cordialité de Noradin qui lui tend les bras,
quitte son épée, sent éteindre son ressentiment,
et court embrasser les genoux du roi de Syrie :
ce prince, voyant avec douleur que Griffon répand
son sang par deux blessures, fait venir à l'instant
ses chirurgiens, le fait porter devant lui, et le
loge dans son palais.

Le fils d'Olivier passa quelques jours à guérir
de ses blessures, et sans pouvoir porter des armes :
mais je l'abandonne un moment (1) dans le palais
de Noradin pour m'occuper d'Aquilant-le-Noir
son frère, et d'Astolphe, que j'ai laissés dans la
Palestine.

Depuis que Griffon les avait quittés, ils l'a-
vaient cherché vainement dans Solime et dans
quelques autres lieux saints; ni l'un ni l'autre
n'auraient pu deviner la raison de ce départ précipité, si le hasard ne les eût fait parler à ce pélerin grec, qui leur répéta ce qu'il avait appris à
Griffon, en leur disant qu'il était sûr qu'Origile

_____

(1) Il y revient dans le même chant, page 25.

avait suivi le chemin de la Syrie avec le nouvel amant dont elle s'était vivement éprise.

Dès qu'Aquilant fut assuré par le pèlerin que Griffon était informé de cette nouvelle, il ne fut plus en peine de la cause du départ subit de son frère, ne doutant point qu'il n'eût voulu suivre la légère Origile jusque dans Antioche, pour l'enlever à ce nouvel amant et prendre une vengeance mémorable de ce ravisseur.

Aquilant, ne voulant pas abandonner son frère qui courait seul pour accomplir ce dessein, prit ses armes pour le suivre, en priant Astolphe de différer son retour en France, et de l'attendre dans la cité sainte, jusqu'à ce qu'il revînt d'Antioche. Il descendit aussitôt jusqu'à Zaffa ; et, la voie de la mer lui paraissant la plus prompte pour se rendre en Syrie, il s'embarqua sur un vaisseau.

Le vent favorable du Sirocco le porta si légèrement, qu'il dépassa promptement l'île de Sur, et qu'il découvrit bientôt Saffet, Béryte et Zybelet : laissant ensuite l'île de Chypre à sa gauche, le pilote dirigea la proue vers la Syrie et le golfe d'Ajazzo. Faisant voile alors au sud, le vaisseau prit port dans l'embouchure de l'Oronte. Aquilant fit aussitôt jeter le pont, se mit promptement à la suite de son frère, en remontant toujours le long des bords de ce fleuve, et se rendit en peu de jours dans la cité d'Antioche.

S'informant alors plus particulièrement que ja-

mais de Martan, il apprit qu'il était parti pour se
trouver au célèbre tournoi de Damas avec Origile.
Il sentit redoubler son ardeur à tenir la même
route, ne doutant point que son frère ne les eût
suivis; mais en sortant d'Antioche, Aquilant prit
le chemin de Damas par terre, ne voulant plus se
confier à la mer : il marcha en toute diligence,
prit son chemin par la Lydie et Larisse, et laissa
derrière lui la riche ville d'Alep.

L'éternel, voulant donner un exemple de sa
justice à punir les crimes, comme il en donne de
sa bonté en récompensant les actions vertueuses,
sembla conduire Aquilant pour rencontrer Martan
assez près de Mamuga. Le traître faisait porter
devant lui, dans le plus grand appareil, le prix
qu'il avait reçu du tournoi. Aquilant, dans le
premier moment, trompé par la blancheur du
cheval et des armes, crut jouir du bonheur de
voir son frère, et courut à lui les bras ouverts,
et des cris de joie dans la bouche : mais il changea bientôt ses gestes et son ton, en reconnaissant
qu'il se trompait. Il craignit alors que cet homme
ne fût l'assassin de ce frère si cher. Arrête, lui cria-
t-il, tu portes la physionomie d'un larron et d'un
traître : dis-moi d'où tu tiens ces belles armes, et
qui peut t'avoir mis en droit de monter le cheval
de mon frère. Réponds-moi promptement : mon
frère est-il mort? est-il en vie? quel malheur a pu
lui faire perdre ses armes et son cheval?

A peine Origile eut-elle entendu ces mots,

qu'elle voulut prendre la fuite; mais Aquilant fut prompt à l'arrêter, et la força d'être présente à la réponse de Martan. Le lâche, effrayé par ces paroles menaçantes, pâlit, perdit la voix, et fut quelque temps sans oser répondre. Aquilant furieux l'insulte, le menace; et, lui portant la pointe de son épée au visage, il jure qu'il va lui trancher la tête, et même à celle qui le suit, s'il ne lui découvre pas l'exacte vérité. Martan cherche un moment quelque excuse, et ce scélérat ose dire au fils d'Olivier: Sachez, seigneur, que cette demoiselle est ma propre sœur, et qu'elle est d'une naissance distinguée, quoiqu'elle se soit avilie par la vie scandaleuse qu'elle a menée avec Griffon : connaissant que je ne pouvais la retirer par la force, des mains d'un homme aussi redoutable, j'ai formé le projet, je vous l'avoue, de me servir de ruse et de finesse, pour l'arracher d'entre ses bras.

Ma sœur elle-même, desirant avoir à l'avenir une conduite plus honnête et plus décente, m'a promis de faire tout au monde pour se séparer de Griffon. Nous prîmes donc le parti de nous éloigner de lui pendant la nuit; nous l'exécutâmes; et, pour le mettre hors d'état de nous poursuivre, nous lui enlevâmes ses armes et nous emmenâmes son cheval; c'est ainsi que nous l'avons quitté pour venir ici.

Cette excuse était d'autant plus adroite, qu'elle en était une au vol qu'il avait fait du cheval et

des armes du paladin : mais, malheureusement
pour Martan, cette excuse renfermait un mensonge avéré ; il assurait qu'Origile était sa sœur,
et le pélerin grec avait trop bien instruit Aquilant de l'intrigue secrète de ces deux ames perfides, pour qu'il pût se laisser tromper. Tu mens,
scélérat, lui cria-t-il d'une voix terrible; et,
dans le même instant, il donne à Martan un coup
de poing sur le visage, et lui casse deux dents ;
de là saisissant ce lâche, il lui lie les mains derrière le dos avec une forte corde ; et, sans écouter
les vaines excuses d'Origile, il la lie pareillement
et les entraîne à sa suite à Damas. Aquilant même
était bien résolu de les traîner ainsi de ville en
ville, jusqu'à ce qu'il eût retrouvé son frère, et
qu'il les eût remis en son pouvoir. Il obligea ceux
qui les servaient à le suivre de même à Damas,
où, dès qu'il fut arrivé, le nom de Griffon lui
frappa l'oreille de toutes parts. Petits et grands
savaient déja l'histoire de ce chevalier, et comment son traître de compagnon avait eu l'art et
l'indignité de lui dérober l'honneur de sa victoire.

Le peuple, s'étant rassemblé près d'Aquilant,
reconnut aussitôt Martan. N'est-ce pas là ce poltron, se disaient-ils, qui s'empare de la gloire des
autres, pour couvrir son infamie et sa lâcheté?
N'est-ce donc pas aussi cette femme ingrate dont
l'artifice a trompé le plus loyal chevalier, pour
favoriser le dernier des faquins? tous les deux se
ressemblent, et sont faits l'un pour l'autre. Toutes

les voix s'élevaient pour les maudire; les uns et
les autres les vouaient à la corde, au feu; les plus
modérés les condamnaient à la mort. La foule
s'augmentait sans cesse autour d'eux; elle les précédait et les suivait de rue en rue, de place en
place; et le bruit de cette aventure parvenant
jusqu'à Noradin, il en sentit la joie la plus vive.
Sans attendre que ses écuyers et ses équipages
fussent arrivés, le roi de Damas va lui-même à
pied au-devant d'Aquilant, l'aborde en lui faisant
mille prévenances honorables et pleines d'amitié;
il l'invite à venir loger avec lui dans son palais;
et, de son consentement, il fait enfermer les deux
prisonniers au fond d'une tour.

Le roi de Damas conduisit lui-même Aquilant
près du lit de son frère où ses blessures le retenaient encore. Griffon rougit en le voyant, ne
doutant pas qu'il ne fût informé de son aventure.
Aquilant en fit quelques plaisanteries, auxquelles
son frère se prêta de très bonne grace; mais bientôt il fut question de la juste punition que méritaient les scélérats qui l'avaient si cruellement
trompé. Noradin, Aquilant voulaient également
que cette punition fût très rigoureuse; mais Griffon qui ne pouvait oublier qu'il avait aimé la perfide Origile, ni modérer le châtiment qu'elle
méritait, sans modérer aussi celui de Martan,
intercéda pour eux, et demanda que du moins
on ne les condamnât pas à la mort. Noradin y
consentit; mais il fit livrer Martan au bourreau

pour être fustigé dans toutes les places et tous les
carrefours de Damas, ce qui fut exécuté dès le lendemain. Pour la coquine d'Origile, on la retint
en prison jusqu'à l'arrivée de la belle et vertueuse
reine Lucine, pour que cette reine portât à sa
volonté le jugement de ses forfaits. Aquilant resta
bien fêté dans cette cour, jusqu'à ce que son frère
fût en état de porter les armes.

Le roi de Damas cependant restait toujours
inconsolable de l'erreur où son premier mouvement l'avait fait tomber, et des affronts sanglants
que Griffon avait essuyés. Il rêvait jour et nuit
aux moyens de lui faire une réparation satisfai-
sante : il crut ne pouvoir mieux faire que de
rendre la ville de Damas et les Syriens témoins
de la gloire de ce même chevalier qu'ils avaient
vu traiter avec tant d'opprobre; et, voulant lui
restituer le prix qu'il avait déjà conquis, il fit publier un grand tournoi en l'honneur de Griffon.

Noradin n'oublia rien de tout ce qui pouvait
rendre ce tournoi solennel, et d'une magnificence
digne d'un roi d'Asie. Le bruit s'en répandit dans
toute la Syrie, et fut porté jusqu'à la Palestine.
Astolphe, en étant informé, fit part à Sansonnet,
vice-roi du pays, du projet qu'il avait fait de se
rendre à ce tournoi; et l'un et l'autre se promirent
bien qu'on n'y combattrait pas sans eux. L'histoire ne parle de ce Sansonnet qu'avec les plus
grands éloges; Roland l'avait baptisé de sa main,
et Charlemagne en avait fait choix pour com-

mander dans la Palestine. Astolphe et lui se
mirent promptement en état de paraître à cette
fête brillante : tout retentissait dans l'Orient de la
magnificence avec laquelle Noradin la faisait préparer dans la belle ville de Damas.

Tous les deux voyageaient à petites journées
et de ville en ville, pour que leurs équipages
arrivassent frais et en bon état, et qu'eux-mêmes
ne se ressentissent point de la fatigue du chemin
en arrivant à Damas. Un jour ils rencontrèrent
dans un endroit où deux chemins se croisaient, un
chevalier qu'à ses vêtements et à son air fier et
martial, ils prirent pour un guerrier : c'était cependant une femme ; mais elle n'en était pas
moins courageuse et redoutable dans les combats. Cette jeune personne, dont l'innocence de
cœur égalait les sentiments élevés, se nommait
Marphise : terrible l'épée à la main, elle avait
déjà fait éprouver plusieurs fois aux paladins
renommés Roland et Renaud quelle était la pesanteur de ses coups ; elle marchait nuit et jour
armée, sans tenir de route certaine, cherchant
par-tout des chevaliers errants qui servissent à
rendre encore sa gloire plus brillante en cédant
à ses armes.

Marphise voyant arriver ces deux chevaliers,
qui, par leur air et par leurs armes, lui parurent
des adversaires dignes d'elle, et portée sans cesse
par le desir de se signaler, mit son cheval en mouvement pour les aller défier ; mais, en les consi-

dérant avec plus d'attention, elle reconnut le duc
Astolphe. Elle se ressouvint de toutes les marques de respect et d'amitié qu'elle avait reçues de
ce paladin pendant le séjour qu'elle avait fait au
Cathay (1) : elle l'appelle par son nom, en ôtant
son gantelet et levant sa visière ; et, quoiqu'elle
fût très altière de son naturel, elle lui tendit les
bras et l'embrassa comme son ancien ami. Astolphe, de son côté, lui rendit les plus grands respects, en lui marquant tout le plaisir qu'il avait
à la revoir : ils se demandèrent réciproquement
quel était le but de leur voyage. Astolphe lui
dit qu'il allait à Damas, pour assister à un magnifique tournoi que le roi de Syrie avait fait publier : Marphise, toujours vive à saisir l'occasion
d'acquérir de la gloire, lui dit sur-le-champ qu'elle
voulait les accompagner à cette fête.

Astolphe et Sansonnet, se trouvant très honorés
de l'avoir dans leur compagnie, partirent avec
elle ; et tous trois arrivèrent à Damas le jour qui
précédait celui du tournoi. Ils se retirèrent dans
une bonne auberge d'un bourg voisin de la cité ;
et, jusqu'au moment où l'Aurore sort du lit de
son vieil époux, ils se livrèrent aux douceurs du
sommeil, plus tranquillement et beaucoup plus à
leur aise que s'ils eussent été logés dans le palais
de Noradin.

---

(1) Voyez l'Extrait de Roland l'Amoureux, pages 418 et
et suiv.

Dès que le soleil du lendemain répandit ses rayons brillants et féconds sur la Syrie, la belle et fière Marphise et les deux chevaliers se couvrirent de leurs armes; ils envoyèrent un écuyer pour savoir le temps où les lices seraient ouvertes. Ils apprirent bientôt que déja Noradin était sur son balcon, prêt à voir briser des lances : ils partirent sur-le-champ pour la cité, et suivirent la grande rue qui conduisait à la place : ils virent rangés en bon ordre, des deux côtés de la carrière, un grand nombre de chevaliers qui n'attendaient plus que le signal pour courir les uns contre les autres. Le prix qui devait se donner, indépendamment des riches armes qu'on avait reprises au lâche Martan, était un estoc court et tranchant, une masse d'armes richement damasquinée, et le cheval le plus beau et le mieux harnaché que pût monter un chevalier.

Noradin ne doutait point que Griffon ne remportât l'honneur de ce second tournoi; c'est ce qui l'engageait à joindre ce second prix au premier : les belles armes qui devaient être celui de sa première victoire, et que le scélérat de Martan avait eu l'artifice de lui dérober, étaient attachées en trophée sur un poteau avec l'estoc et la masse d'armes; mais Noradin n'avait pu prévoir l'opposition qu'il devait trouver à son projet.

Marphise, en entrant dans la place avec Astolphe et Sansonnet, jeta ses regards sur ces armes : elles étaient trop chères à cette guerrière, elle

les avait trop long-temps portées, pour qu'elle
pût hésiter à les reconnaître. C'étaient les mêmes
qu'elle avait été forcée de laisser sur le grand
chemin, pour pouvoir courir plus légèrement
après ce larron de Brunel qui venait de lui dérober son épée (1). Je crois n'avoir pas besoin de
m'étendre plus long-temps sur cette histoire ; vous
devez la connaître : je me contente donc de vous
dire que Marphise aperçut ses armes : vous saurez encore que, dès qu'elle les eut reconnues, rien
dans le monde n'aurait pu la résoudre à les laisser
à quelque autre ; elle ne réfléchit pas même sur
la manière plus ou moins courtoise dont elle se
servirait pour les reprendre : elle s'approche brusquement du poteau, se saisit de ces armes, et
porte même tant de vivacité dans cette action,
qu'en les reprenant elle en laisse tomber plusieurs
pièces sur l'arène.

Le roi de Damas, vivement offensé d'un acte
aussi violent, fit un signe pour qu'il fût réprimé ;
le peuple, ne se ressouvenant déjà plus de ce qu'il
avait éprouvé quelques jours auparavant pour
avoir attaqué témérairement le brave Griffon,
courut sur Marphise, armé de lances ou d'épées.
Le jeune enfant qui, dans la saison nouvelle, court
et saute dans les prés émaillés de fleurs, la jeune
fille bien parée qui se voit applaudie dans un bal,
n'ont ni l'un ni l'autre un plaisir aussi vif que la

---

(1) Voyez l'Extrait de Roland l'Amoureux, page 446.

redoutable Marphise en avait, lorsqu'entourée
par des lances et des épées menaçantes, elle entendait un bruit confus d'armes, de cris et de
chevaux; et que, répandant le sang et faisant voler
la mort sous le tranchant de son épée, elle se
montrait supérieure à tout par sa force et par son
courage. Elle baisse la main à son cheval, et fond
la lance en arrêt sur le plus épais de cette troupe;
tous ceux qu'elle frappe périssent sous ses coups:
un mélange affreux de têtes et de membres épars
tombent de tous côtés autour d'elle.

Quoique le brave Astolphe et le fort Sansonnet, croyant ne se présenter qu'à des joutes, ne
s'attendissent point à combattre, ils n'hésitèrent
pas à seconder le bras et le courroux de leur compagne d'armes; baissant la visière de leurs casques,
ils fondirent aussi sur cette multitude qui leur
laissa bientôt un large chemin en fuyant le fer
de leurs lances et le tranchant de leurs épées.
Les chevaliers rassemblés dans la place furent
très étonnés de voir changer les amusements
guerriers d'un tournoi, dans le combat le plus
violent : plusieurs même ignoraient encore ce
qui pouvait l'exciter, et l'injure que le roi de
Syrie avait reçue : la plus grande partie resta
tranquille dans ses rangs; quelques-uns cependant s'avancèrent pour seconder l'effort de la
populace irritée, mais ils eurent lieu de s'en repentir; quelques autres, à qui les citoyens et les
étrangers étaient également indifférents, se prépa-

rèrent à partir; les plus sages retinrent la bride de leurs chevaux et restèrent simples spectateurs.

Griffon et Aquilant ne purent marquer la même indifférence. Ils voyaient Noradin les yeux allumés d'une juste colère; ils sentirent qu'ils partageaient eux-mêmes son injure; ils s'avancèrent la lance en arrêt et coururent tous deux à la vengeance. Astolphe, de son côté, monté sur le léger Rabican, avait devancé ses deux compagnons; et les deux fils d'Olivier, l'ayant chargé tour-à-tour, éprouvèrent l'un et l'autre la puissance attachée à la lance d'or (1) que portait le paladin anglais: cette lance eut à peine touché les boucliers de Griffon et d'Aquilant que les deux chevaliers furent enlevés et jetés à la renverse sur le sable.

Sansonnet, d'un autre côté, fait vider les arçons aux plus braves chevaliers : le peuple s'enfuit bientôt de la place; le roi sent redoubler sa fureur, lorsqu'il voit que Marphise, ne trouvant plus rien qui s'oppose à son passage, emporte impunément les armes qu'elle avait enlevées. Astolphe et Sansonnet la suivirent; et, tout le monde leur faisant place, ils retournèrent avec elle à la porte de la ville et de là à leur logis. Aquilant et Griffon, honteux d'avoir

---

(1) Cette lance était celle d'Argail; elle était tombée entre les mains d'Astolphe après la mort de ce prince. Voyez l'Extrait de Roland l'Amoureux, page 398.   P.

été renversés par une seule atteinte, tenaient la tête baissée, et n'osaient même soutenir les yeux de Noradin : cependant remontant à cheval, ils coururent sur les traces de leurs ennemis; le roi de Syrie et ses barons déterminés à la mort, et n'étant occupés que de leur vengeance, suivent les fils d'Olivier. Le peuple poltron et toujours imbécille les animait de loin par ses cris ; Griffon arriva sur Marphise et ses compagnons, au moment où ceux-ci, s'étant emparés du pont, faisaient volte-face pour en défendre le passage.

Soudain il reconnaît Astolphe qui avait la même devise, les mêmes armes, le même cheval que le jour où il avait tué l'enchanteur Orrile (1) ; il n'y avait pas fait attention en joutant contre lui sur la place du tournoi. Il le salue, lui demande quels sont ses compagnons, et pourquoi l'un d'eux avait enlevé les armes avec aussi peu de respect pour le roi de Damas. Astolphe lui dit leurs noms : il ajouta qu'il n'avait pas une parfaite connaissance des raisons qui avaient déterminé Marphise à enlever ces armes, cause du combat, mais que Sansonnet et lui, se trouvant l'illustre et brave guerrière pour compagne, s'étaient vus forcés d'embrasser sa querelle.

Pendant qu'Astolphe et Griffon se parlaient, Aquilant accourut, et son projet de vengeance fut bien anéanti, lorsqu'il reconnut l'aimable

(1) Voyez chant quinzième, page 389.

prince d'Angleterre : les chevaliers de Noradin arrivèrent bien surpris de voir ceux-ci se parler d'un air d'amitié ; les Syriens, n'osant trop avancer, s'arrêtèrent attentifs à les écouter.

L'un d'eux ayant entendu que la célèbre Marphise était l'une des trois, et que c'était elle par qui les armes avaient été enlevées, tourna bride promptement, et vint en avertir Noradin, en le prévenant que, s'il ne veut pas voir détruire sa cour et sa capitale, il faut qu'il avise au moyen de les arracher des mains de Tisiphone et de la Mort.

Noradin, entendant ce nom si célèbre et si craint dans l'Orient, que même dans l'absence de cette guerrière ceux qui l'avaient irritée sentaient hérisser leurs cheveux en y pensant, craignit de voir arriver ce que son chevalier venait de lui dire ; calmant donc aussitôt sa colère, il se retira de quelques pas, ne s'occupant plus que des moyens d'apaiser la guerrière. De l'autre part, Astolphe, Sansonnet et les deux frères conjuraient la fière Marphise de calmer son courroux et de mettre fin à ces débats. La guerrière y consent ; elle s'avance vers le roi de Damas, le visage encore irrité, et lui dit : Seigneur, de quel droit prétendez-vous disposer de ces armes en faveur du vainqueur de votre tournoi ? Elles ne sont point à vous ; elles m'appartiennent ; ce sont les mêmes que je fus un jour forcée de laisser sur le chemin d'Arménie, pour poursuivre un fri-

pon (1) qui m'avait grièvement offensée : ma devise peut vous en servir de preuve ; et si vous
la connaissez, voyez-la gravée sur cette cuirasse,
où cette couronne brisée en trois parties se
trouve ciselée. Rien n'est plus vrai, lui répondit
Noradin, qu'elles m'ont été remises depuis peu
de temps par un marchand d'Arménie. Soyez sûre,
madame, que, si vous me les aviez demandées,
je me serais fait un honneur de vous les présenter moi-même ; et j'ai trop de confiance dans
l'amitié de Griffon pour douter qu'il se fût fait
un plaisir de me les remettre pour vous. Il n'est
pas besoin de me parler de votre devise ; un seul
mot de votre bouche, madame, a mille fois plus
de force que de pareilles preuves : elles sont à
vous, puisqu'elles devaient être le prix de la vertu
la plus éclatante, et je pourrai facilement m'acquitter avec Griffon par les plus magnifiques dons.
Griffon, qui n'était point jaloux de posséder ces
armes, prit aussitôt la parole : Ah ! seigneur,
votre amitié me récompense assez, et rien ne
doit vous arrêter. La généreuse Marphise, touchée de la noblesse de ces discours et de ce procédé, pressa Griffon d'accepter ces belles armes,
et ne les reprit de sa main que sur le nouveau
refus qu'il en fit.

Toute cette troupe illustre retourna dans la cité

(1) Brunel, qui lui avait dérobé son épée. Voyez l'Extrait
de Roland l'Amoureux, page 446.

3.

en bonne intelligence. Le tournoi recommença,
et Sansonnet en remporta le prix, Marphise, ses
compagnons, ni les fils d'Olivier, n'ayant pas
voulu se présenter pour le lui disputer. Ils passèrent ensemble, en des fêtes continuelles, huit
jours chez Noradin; mais, le désir de retourner
en France les pressant vivement, ils prirent tous
congé du roi de Syrie; et Marphise les suivit, occupée du dessein d'éprouver la force et la valeur
des paladins français.

Sansonnet, ayant le même projet, commit en
sa place, pour commander dans la Palestine, un
chevalier dont il connaissait la prudence et la valeur; et ces cinq guerriers, qui n'avaient que peu
de pareils dans l'univers, s'étant réunis, en sortant de la cour du roi de Syrie, marchèrent ensemble à Tripoli, d'où bientôt ils partirent embarqués sur le même vaisseau. S'étant arrangés
pour eux et leurs équipages avec un vieux patron qui venait de charger des marchandises pour
l'Occident, ils partirent du port par le vent le
plus favorable qui remplissait leurs voiles, et qui
leur annonçait une heureuse navigation.

Le premier port où le vaisseau toucha fut un
de ceux de l'île consacrée à la mère des Amours;
ce fut du côté de Famagouste, lieu funeste où
l'air empoisonné par l'exhalaison de plusieurs
marais fangeux abrège la vie des habitants, et
quelquefois se trouve si corrosif, qu'il ronge jusqu'au fer : et certes, la nature ne devait pas traiter si mal Famagouste que de la placer auprès

de l'air infect de Constance, quand tous les autres cantons de l'île de Chypre sont aussi sains qu'agréables. Mais un vent d'Est s'étant élevé des terres de la Grèce leur donna le moyen de tourner l'île et de débarquer à Paphos. Ils descendirent promptement sur cette terre où tout semble respirer l'amour et le plaisir.

Le terrain monte en pente très douce, environ six milles depuis les bords de la mer jusqu'à la colline: les myrtes, les orangers, les cèdres, les lauriers, et mille arbustes odoriférants, s'élèvent sur une belle pelouse verte entremêlée de serpolet, de buissons de rosiers fleuris, et dont l'herbe est mêlée de thym, de safran, de lis et des fleurs les plus variées et les plus parfumées; l'air en est embaumé et se porte même à l'aide du zéphir jusque sur les mers voisines. Un ruisseau fourni par une fontaine pure serpente en cent rameaux sur ce terrain : il nourrit les plantes; il en entretient la fraîcheur. On peut dire que ce charmant séjour est bien celui de la mère d'Amour et de la volupté; les plus rares beautés s'y trouvent rassemblées; aucune habitante de ce pays charmant n'est dépourvue de quelques traits agréables. Les Graces semblent s'y plaire à parer la jeunesse; elles conservent encore dans les vieillards le desir de plaire et la gaieté; le cœur doucement ému par l'idée présente du plaisir efface les rides de la vieillesse : tous brûlent encore de goûter le bonheur de jouir et d'aimer.

On leur répéta dans ce lieu l'histoire de l'ogre

et de Lucine qu'ils savaient déja : cette princesse, leur dit-on, était prête à partir de Nico-
sie (1) pour retourner à Damas.

Le vieux patron, ayant fini ses affaires dans
l'île de Chypre, et voyant que le vent était favorable, leva l'ancre, déploya toutes ses voiles, et
dirigea sa proue vers l'Occident. Ce vent frais de
Sud-Ouest, qui les avait fait voguer paisiblement
après le lever du soleil, devint plus impétueux vers
le soir ; et ce vent augmentant de plus en plus
souleva les vagues de la mer. Bientôt un orage
terrible mit le ciel en feu ; et, si le firmament se
fût déchiré, les éclats de tonnerre n'eussent pas
été plus violents. Des nuées sombres étendirent
un voile si épais, qu'elles eussent rendu les étoiles
et le soleil même invisibles : il semblait alors que
le même mugissement qui retentissait en l'air s'é-
levait aussi au fond des flots : les vents furieux
paraissent se combattre ; et la pluie et la grêle,
se mêlant à ces ouragans, forment la plus affreuse tempête qui puisse menacer des navigateurs. La nuit obscure achève de mettre le comble à l'horreur de leur état : les ondes irritées
ouvrent des abymes de toutes parts. Les matelots emploient tout leur art pour résister : l'un,
par des coups de sifflet aigus, commande les différentes manœuvres ; celui-ci prépare les ancres
pour les jeter à propos ; d'autres se passent des
câbles de la poupe à la proue : plusieurs s'atta-

---

(1) Capitale de l'île de Chypre.   P.

chent à soutenir et affermir le grand mât ébranlé.
Les plus expérimentés ne quittent pas le gouvernail; d'autres s'occupent à débarrasser le pont.

Ce temps affreux dure toute la nuit, en augmentant encore de fureur : le pilote s'efforce de
gagner la pleine mer, où les vagues plus étendues sont moins à craindre qu'à l'approche des
terres; il oppose toujours sa proue à leur impétuosité. L'équipage travaille avec courage, espérant que la tempête s'apaisera vers la pointe du
jour, mais leur attente est vaine; l'orage semble
augmenter même, lorsque les heures écoulées
leur annoncent que le soleil doit être élevé, quoique les ténèbres obscurcissent encore le ciel.

Alors le patron même, désespéré de voir que
tous ses efforts sont vains, abandonne le gouvernail; les matelots laissent tomber les manœuvres;
et, ne tenant déployée que leur voile la plus
basse, ils se laissent aller aux vagues irritées,
comme aux vents furieux qui les entraînent.

Tandis que la fortune tient ces cinq guerriers
entre la vie et la mort (1), elle ne donne aucun
relâche à ceux qui sont sur le continent. La
France est le théâtre d'un carnage horrible. Les
Sarrasins et les Anglais aux mains s'entr'égorgent.
Renaud venait de s'ouvrir un passage dans les
bataillons des infidèles qu'il avait atterrés sous ses
coups; et j'ai déjà dit comment il avait poussé en

(1) Il y revient au dix-neuvième chant.

avant l'impétueux Bayard pour attaquer Dardinel.

Renaud reconnut aussitôt le fils d'Almont aux quatre quartiers d'argent et de gueules de son écu. C'étaient les mêmes armes que portait le comte d'Angers, depuis qu'il les avait enlevées avec la vie au superbe Almont. Il reconnut également le jeune et brave Dardinel à l'horrible quantité de morts dont il avait jonché la terre autour de lui. Ah! dit-il en lui-même, hâtons-nous d'arracher cette dangereuse plante avant qu'elle soit dans toute sa force.

De quelque côté que Renaud dirige ses pas, on lui laisse un vaste terrain libre : les chrétiens respectaient son épée, les Sarrasins la redoutaient. Renaud, qui n'est occupé que du malheureux Dardinel, dédaigne de poursuivre les autres. Jeune homme, lui crie-t-il, celui qui te donna ce noble bouclier à porter te fit un bien dangereux présent; je vais voir, si tu veux m'attendre, comment tu défendras ces quartiers rouges et blancs : si tu ne peux les garder contre moi, comment oserais-tu croire que tu pourrais les conserver contre Roland ? Apprends, lui répondit Dardinel, que, si je les porte, je sais encore mieux les défendre, et couvrir d'une nouvelle gloire ces armes que j'ai reçues de mes pères. Quoique je sois jeune encore, n'espère pas m'imprimer la moindre terreur, et crois qu'on ne m'arrachera jamais ces armes qu'avec la vie : j'espère, au contraire, les conserver avec honneur, et je ne manquerai jamais à ce que je dois à la noblesse de ma race.

En finissant ces mots, Dardinel court sur Renaud, et l'attaque l'épée haute.

Le froid mortel de la terreur remplit l'ame des Sarrasins (1), en voyant Renaud s'ébranler pour combattre leur prince, avec la même furie qu'un fort lion attaque un jeune taureau. Le premier coup qui fut porté partit de la main de Dardinel, et rejaillit sans effet sur le casque de Mambrin. Renaud sourit, et lui dit : Je veux te faire connaître si mes coups sont plus sûrs que les tiens. A ces mots, il porte Bayard en avant, et frappe l'infortuné Dardinel d'un coup de pointe au milieu de la poitrine : ce coup fut si violent que la cruelle Flamberge lui traversant le corps sortit d'une palme de longueur derrière son dos; l'ame de Dardinel s'échappe avec son sang par cette large plaie, et son corps froid et inanimé tombe sur la poussière.

De même qu'une jeune et brillante fleur sous le tranchant du coutre, ou le pavot chargé d'une pluie trop abondante, languissent et laissent tom-

---

(1) Virgile dit de même (Énéide, liv. X, vers 452), lorsque Pallas attaque Turnus :

Frigidus Arcadibus coït in præcordia sanguis.

Le discours de Dardinel à ses soldats, le vœu qu'il fait à son prophète de lui consacrer les dépouilles de Lurcain, s'il le rend vainqueur, la réflexion du poète que le destin le réserve pour tomber sous les coups d'un plus illustre guerrier, enfin la mort du jeune prince; tout cela est également imité du récit de la mort de Pallas dans le dixième livre de l'Énéide.

P.

ber leur tête (1); de même Dardinel, le visage couvert de la pâleur de la mort, tombe, expire, et
l'espoir de son illustre race périt avec lui.

Ainsi que des eaux rassemblées et soutenues par
une forte digue que l'art a construite se répandent au loin, si ce soutien vient à leur manquer;
de même les Africains, qui ne combattaient encore
qu'étant animés par les discours et par l'exemple
de Dardinel, s'enfuient de toutes parts, en le
voyant tomber. Renaud méprisait trop les victoires faciles pour les poursuivre; il ne combat que
ceux qui osent lui résister. Ariodant, dans le même
temps, faisait un massacre affreux des Africains,
avec Lionel et Zerbin; Charles, Olivier, Turpin,
Guidon, Salomon et Ogier le Danois portaient de
même la mort dans leurs rangs.

Les Maures coururent risque de périr tous dans
une journée si fatale pour les mahométans; mais
le sage roi Marsile sut apporter quelque ordre
dans cette défaite générale. Il vit bien qu'il n'a-
vait d'autre parti prudent à prendre que celui de
la retraite, et de rassembler ce qui pouvait rester
de troupes encore en ordre. Il en forma lui-même

---

(1) Imité de Virgile, Énéide, liv. IX, vers 435 et suivants :
Voltaire a aussi employé cette comparaison dans le récit de
la mort de Joyeuse :

> Telle une tendre fleur, qu'un matin voit éclore
> Des baisers du zéphyr et des pleurs de l'aurore,
> Brille un moment aux yeux, et tombe avant le temps
> Sous le tranchant du fer, ou sous l'effort des vents.
>
> Henriade, chant III

un gros bataillon, et se retira dans le camp qu'il avait occupé : ce camp étant assez bien fortifié par des retranchements épais, et défendu par un large fossé, Stordilan et le roi d'Andalousie l'y suivirent, avec les Maures portugais qui formaient encore un gros escadron. Il envoya sur-le-champ vers Agramant, pour l'avertir que tout ce qu'il pouvait faire de mieux pour sauver le reste de l'armée était de se retirer aussi dans le même camp.

Agramant qui craignait de tout perdre en ce jour et de ne plus revoir Biserte, n'ayant jamais vu la fortune lui montrer un si cruel aspect, fut très content que Marsile eût déjà mis une partie de l'armée en sûreté. Il commença dès-lors à se retirer; et, faisant faire volte-face à ses bannières, il fit sonner la retraite. Mais la plus grande partie des troupes rompues et déjà dispersées n'entendent ni ordre, ni trompette, ni tambours; plusieurs même, emportés par la peur, vont se précipiter dans la Seine. Agramant et le roi Sobrin s'efforcèrent en vain de les rassurer et de les faire retirer en bon ordre; ni leurs prières ni leurs menaces ne purent y réussir; le tiers au plus de ces lâches troupes rentra dans le camp dans le plus grand désordre, et ces Sarrasins étaient en grande partie couverts de blessures ou rendus des longues fatigues qu'ils avaient essuyées.

Les Sarrasins, poursuivis jusque dans leur camp, eussent peut-être été forcés dès le même soir par Charlemagne que son courage animait à poursuivre sa victoire, si l'empereur, voyant tomber le jour, n'eût craint d'exposer ses troupes pendant la nuit à l'attaque de ce camp bien fortifié : peut-être aussi l'éternel, trouvant les infidèles assez punis, eut pitié du reste de cette armée qui laissait tous les environs de Paris abreuvés de son sang, et dont plus de quatre-vingt mille combattants avaient perdu la vie, restant en proie aux paysans qui les dépouillèrent, et aux loups qui, sortis de leurs retraites pendant la nuit, vinrent les dévorer. Charles prit donc le parti de faire entourer leur camp et d'en faire le siége en règle. les Sarrasins, de leur côté, employèrent la nuit à se fortifier, et l'une et l'autre armée attendirent le jour sous les armes.

Pendant le cours de cette nuit, les Africains, ayant encore tout à craindre, connurent l'étendue de leur perte; leurs pavillons retentirent de leurs plaintes et de leurs gémissements : l'un regrettait son frère, l'autre son ami; plusieurs souffraient de leurs blessures, et tous ensemble frémissaient du sort qui les menaçait encore.

Deux jeunes Maures entre autres (1), tous deux

---

(1) Cet admirable épisode est imité de celui de Nisus et Euryale dans le neuvième livre de l'Énéide. Si l'Arioste n'est pas supérieur à Virgile pour l'exécution, et qui pourrait l'être ? il a su du moins rendre ses héros plus intéressants par le motif qu'il leur attribue. Il a su également rattacher avec beaucoup d'art l'aventure de Médor à l'une des principales actions de son poëme, la folie de Roland.

P.

d'une naissance peu distinguée, et nés dans la
Ptolémaïde, donnèrent une marque d'amour et
de fidélité dont le souvenir mérite d'être trans-
mis à la postérité. Ils se nommaient Cloridan et
Médor. Ces deux jeunes gens, attachés à leur prince
Dardinel dans la bonne et dans la mauvaise fortune, étaient passés à sa suite en France. Cloridan, chasseur déterminé, joignait la force à la
légèreté : pour Médor, il était à peine sorti de
l'adolescence; ses joues étaient encore blanches et
fleuries : parmi tous les Sarrasins, aucun ne réu-
nissait tant de grace et de beauté; celle de sa chevelure blonde était encore relevée par des yeux
noirs et touchants; il paraissait être en tout une
créature céleste, du chœur des anges mêmes. Tous
les deux se trouvaient ensemble de garde sur les
remparts; vers le milieu de la nuit ils regardaient
le ciel en soupirant : Médor parlait à tous moments, et en fondant en larmes, de l'aimable
prince Dardinel; il ne pouvait se consoler que
son corps restât exposé dans la campagne, sans
avoir reçu les derniers honneurs. Il se tourne
vers son compagnon : O mon cher Cloridan, lui
dit-il, non, je ne peux penser, sans la plus mortelle douleur, que le corps de notre cher prince
exposé sur la terre va devenir la proie des loups et
des corbeaux! Hélas! lorsque je me rappelle à quel
point j'en étais aimé, non, quand je sacrifierais
ma vie en son honneur, je ne croirais pas encore
m'être acquitté de tout ce que je lui dois. Je veux,

cher ami, chercher son corps sur le champ de
bataille, le trouver, lui donner la sépulture, et
j'espère être assez heureux pour traverser, sans
être aperçu, l'armée de Charles où tout le monde
est maintenant endormi. Toi, Cloridan, si je meurs
sans accomplir ce projet, tu pourras dire du moins
que la reconnaissance et l'attachement me l'a-
vaient fait entreprendre.

Cloridan fut aussi surpris que touché de trouver
tant d'amour et de fidélité dans le jeune Médor;
il l'aimait bien tendrement, et fit long-temps d'i-
nutiles efforts pour le détourner d'un projet aussi
dangereux : mais il trouva Médor toujours ferme
et toujours déterminé dans la volonté de mourir
ou d'accomplir son généreux dessein.

Cloridan, ne pouvant l'en détourner, s'écria :
Je veux te suivre, je veux t'aider dans cet acte si
digne de louange; une mort honorable me paraît
préférable à la vie; et d'ailleurs, mon cher Médor, crois-tu que je pourrais vivre sans toi? Ne
vaut-il pas mieux que je périsse les armes à la
main, que de mourir de douleur de t'avoir perdu?

Tous deux, ayant pris leur parti, attendirent
que les nouvelles gardes les eussent remplacés
dans leur poste; et, le moment d'après, ils péné-
trèrent seuls dans le camp des chrétiens où tout
était tranquille, et dont les feux paraissaient
éteints : on y craignait peu les Sarrasins, et presque tous les gens de guerre, accablés par la fatigue ou par le vin, dormaient étendus au milieu

des armes et des équipages. Cloridan s'arrêtant
alors : Non, Médor, dit-il, je ne sortirai pas de
ce camp sans avoir du moins vengé la mort de
mon maître : sois attentif, écoute, regarde si personne ne peut nous surprendre, et je vais avec
mon épée te tracer un chemin au milieu de nos
ennemis. Il exécute sur-le-champ ce qu'il vient
de dire ; il entre dans la tente où dormait Alphée
arrivé depuis un an dans le camp de Charles, et
qui prétendait être en même temps grand médecin et grand astrologue. Mais sa science trompeuse lui donnait vainement l'espérance de mourir tranquillement auprès de son épouse, après
avoir vécu de longs jours ; son sort fut de périr
enseveli dans les bras du sommeil.

Cloridan lui passa son épée au travers de la
gorge : il en tua quatre autres auprès de cet astrologue ; mais le fidèle Turpin ne rapporte pas
leurs noms : il n'a laissé que celui du cinquième ;
c'était Palidon de Moncalier, qui dormait alors
tranquille entre deux coursiers. Cloridan vint ensuite au malheureux Grillon, dont la tête reposait sur un baril ; c'est en vain qu'il avait cru
jouir d'un sommeil paisible ; il rêvait alors qu'il
continuait la même débauche qu'il avait faite,
sans doute, le soir précédent, puisqu'il rendit
autant de vin que de sang, lorsque le Sarrasin
lui trancha la tête. Un Grec, un Allemand tombèrent ensuite sous ses coups ; l'un se nommait
Andropon, l'autre Conrad ; tous deux avaient passé

la plus grande partie de la nuit une tasse et des
dez à la main; ils eussent mieux fait de la passer
ainsi tout entière : mais si l'homme était prévenu
de son sort, quel pouvoir le destin aurait-il sur
lui? Comme un lion amaigri par la faim et la soif,
entré dans une étable, déchire, dévore et boit le
sang de ses victimes; de même le cruel Sarrasin
fait un massacre affreux des chrétiens qu'il trouve
endormis : mais jusqu'alors le beau Médor n'avait
point encore ensanglanté son épée aux dépens
d'une vile multitude endormie.

Il était parvenu jusqu'à la tente où le duc d'Al-
bert dormait avec une jolie femme qu'il tenait si
serrée dans ses bras que l'air même n'eût pu se
faire un passage entre eux; Médor leur coupa la
tête du même coup. O l'heureuse mort! douce
destinée! leurs ames s'envolèrent unies comme
leurs corps l'étaient par l'amour. Il tua le moment d'après les deux fils du comte de Flandre,
Ardalique et Malinde; Charles les avait armés tous
les deux de sa main, peu de jours auparavant,
en les voyant revenir du milieu d'un gros de Sarrasins en déroute, tout couverts de sang et de
poussière; il leur avait même promis des terres
dans la Frise, et il aurait tenu sa promesse, si
Médor ne l'en avait dégagé.

Les deux jeunes Maures auraient pu pénétrer
jusqu'aux tentes de Charlemagne; mais sachant
que ses paladins campés autour de lui veillaient
tour-à-tour à sa garde, et jugeant qu'il était im-

possible qu'ils se fussent tous livrés au sommeil, ils n'osèrent pénétrer plus avant. Ils auraient pu de même se charger d'un riche butin; mais c'est assez pour eux de se sauver eux-mêmes du danger. Cloridan s'avance du côté où le chemin lui paraît le plus sûr; son compagnon le suit de près. Ils arrivent sur ce champ de bataille où, au milieu des écus et des lances, et dans un fleuve de sang, gissent le pauvre, le riche, le soldat et le roi; les hommes y sont pêle-mêle avec les chevaux.

Cet horrible mélange de corps entassés aurait ôté toute espérance de reconnaître avant la pointe du jour celui qu'ils cherchaient, si la lune alors, sortant d'entre quelques nuages, ne les eût éclairés par ses faibles rayons.

Médor éleva ses yeux vers cet astre, en s'écriant : O sainte déesse, que nos pères ont adorée sous trois formes différentes, vous qui montrez votre puissance dans le ciel, sur la terre et jusque dans les enfers, vous qui suivites dans les forêts la trace des bêtes sauvages et des monstres; faites-moi voir, de grace, la place qu'occupe le corps de mon cher maître, qui, pendant sa vie, imita vos saints exemples!

Soit par hasard, soit que la lune fût émue par la prière de Médor, la nue s'ouvre; la lune paraît aussi brillante, aussi belle que lorsqu'elle se jeta toute nue dans les bras d'Endymion. On peut découvrir Paris, les deux camps, la plaine et les

montagnes voisines, Montmartre à main gauche,
et Montlhéry à droite : les rayons parurent plus
vifs sur le lieu qui portait le fils d'Almont (1); et
Médor, baigné de larmes, et le cœur déchiré, le
reconnut aux quartiers blancs et vermeils de ses
armes; ses plaintes furent si douces, ses gémissements étouffés par ses pleurs furent si profonds,
que les vents se seraient arrêtés pour les entendre.

Sa voix était si faible qu'on l'entendait à peine,
non qu'il craignît la mort qu'il desirait au contraire, mais de peur qu'on ne mît obstacle à ce
devoir sacré. Ils chargèrent tous deux Dardinel
sur leurs épaules, et partagèrent ainsi un poids
qui leur était si cher.

Tous deux marchant à grands pas, sous ce fardeau précieux, remarquaient que les étoiles commençaient à pâlir, et que l'ombre serait bientôt
chassée par l'aurore, lorsque Zerbin, à qui son
extrème valeur n'a pas permis de se livrer au
sommeil, revient au camp après avoir donné
pendant toute la nuit la chasse aux Maures. Il
avait à sa suite plusieurs cavaliers, qui de loin

---

(1) Ce passage a été imité par le Tasse, dans le huitième
chant de la Jérusalem délivrée, oct. 32. Après le combat
dans lequel Suénon, prince de Danemarck, a péri avec tous
ceux qui l'accompagnaient, un Danois échappé seul à la mort
cherche son corps pour lui donner la sépulture; un rayon
lumineux tombe du ciel et se dirige sur le corps du héros. P.

aperçurent les deux guerriers ; tous se portèrent vers cet endroit, espérant faire quelque butin. Cloridan dit à Médor de jeter le corps de Dardinel, et de chercher leur salut dans la fuite, observant qu'il serait déraisonnable que deux hommes vivants s'obstinassent à périr pour sauver un mort.

Il jeta donc sa charge, en pensant que Médor en ferait autant : mais le jeune Médor aimait trop son prince pour l'abandonner ; il le porta lui seul sur son dos, pendant que l'autre s'éloignait en diligence. Si Cloridan avait pu croire que Médor n'eût pas voulu l'imiter, il eût plutôt mille fois perdu la vie, que de fuir et de l'abandonner.

Les cavaliers de Zerbin s'étaient aussitôt répandus dans la campagne, pour leur fermer toute retraite, les prendre ou leur donner la mort. Zerbin lui-même, apercevant deux hommes qui paraissaient effrayés, se mit à leur poursuite, ne doutant pas que ce ne fussent deux Sarrasins. Près du champ de bataille, on voyait un petit bois très touffu, où des routes étroites semblaient n'avoir été tracées que par des bêtes fauves. Ce bois parut être un asyle aux deux amis ; ils tâchèrent de s'y retirer. Mais ceux qui se plaisent à mes chants pourront une autre fois savoir le reste de cette aventure.

FIN DU DIX-HUITIÈME CHANT.

4.

CHANT XIX.

ARGUMENT.

Médor est blessé. — Cloridan est tué par un cavalier écossais. — Angélique trouve Médor, et guérit sa blessure. — Elle en devient amou-
reuse. — Leur mariage. — Leur départ pour l'Orient. — Marphise,
Sansonnet, Astolphe, Griffon et Aquilant essuient une violente tempête. — Ils sont jetés sur la côte du pays des Amazones. — Coutume
barbare de ce pays. — Les guerriers entrent dans la ville. — Ils tirent
au sort à qui combattra les dix champions des Amazones. — Le sort
tombe à Marphise. — Elle tue neuf de ses adversaires. — La nuit interrompt son combat avec le dixième.

L'HOMME heureux connaît bien rarement ceux
dont il possède le cœur; les vrais et les faux
amis se montrent à lui sous le même aspect, tant
que la fortune le tient élevé sur le haut de sa
roue : mais tombe-t-il dans l'adversité, les faux
amis s'éloignent et l'abandonnent à ses malheurs,
et c'est alors qu'il voit les véritables s'attacher
plus fortement à lui.

Ah! que si l'intérieur des ames pouvait frapper
nos regards aussi facilement que la physionomie,

tel qui triomphe à la cour tomberait bientôt dans
la disgrace la plus humiliante ; et tel qui s'y voit
négligé, rebuté même, parviendrait peut-être à
la plus haute faveur ! mais retournons au fidèle
Médor, qui prouve qu'après la mort de son prince
le même attachement règne toujours dans son
ame.

Le malheureux jeune homme, accablé du poids
de son maître, cherche l'endroit le plus épais du
bois pour se cacher : mais pliant sous le fardeau,
ses pas sont mal assurés ; il ne connaît ni le pays
ni les sentiers ; souvent il donne et s'enveloppe
dans un buisson d'épines. Cloridan, loin de lui,
profitait de la facilité qu'il avait eue à se cacher.
Il était parvenu dans un lieu d'où il n'entendait
plus ni le bruit ni les pas de ceux qui le pour-
suivaient, lorsqu'il s'aperçut que Médor n'était
point avec lui. Ah ! s'écria-t-il en sentant qu'il
avait abandonné ce qu'il avait de plus cher au
monde, comment, mon cher Médor, ai-je eu cette
négligence ? comment me suis-je assez oublié moi-
même, pour me retirer, sans savoir où je l'aban
donnais ?

En disant ces mots, il reprend le chemin tor
tueux du bois, et revient sur ses pas ; c'est à la
mort, hélas ! qu'il allait alors. Il entend aussitôt
près de lui le bruit des chevaux, la voix menaçante des ennemis : il aperçoit enfin Médor, seul,
à pied, et le voit entouré d'un grand nombre
de cavaliers. Zerbin criait de le prendre : le mal-

heureux Médor s'agite, se retourne de tous côtés, cherchant à s'en défendre. Il se cache derrière un chêne, un hêtre ou le tronc d'un ormeau, sans se séparer jamais du corps de son prince ; il le pose à la fin sur l'herbe ; mais, ne pouvant le quitter, il marche errant autour de lui : de même qu'une ourse que le chasseur attaque sur sa tanière ne peut abandonner ses petits, et tourne autour d'eux en frémissant d'amour et de rage ; la colère la porte à se servir de ses dents et de ses ongles tranchants : mais son amour pour ses oursons la retient craintive, sans oser les quitter, et ne pouvant les perdre de vue.

Cloridan, qui ne sait comment le secourir, est bien résolu de perdre la vie avec son ami, mais il veut du moins que sa mort soit vengée. Il prend une flèche aiguë, la pose sur son arc, se cache, perce la tête d'un cavalier écossais, et le fait tomber de cheval. Les autres gens d'armes se retournent ; et cherchant d'où ce coup mortel a pu partir, l'un d'eux demandait avec empressement à ses camarades, s'ils avaient aperçu venir la flèche : pendant ce temps, il reçoit un second trait dans la gorge, qui lui coupe la parole, et le prive de la clarté du jour.

Zerbin, indigné de la mort de ces deux hommes d'armes, entre en fureur, court sur Médor, le saisit par ses beaux cheveux blonds, et l'entraîne à lui, disant qu'il perdra la vie. Mais jetant les yeux sur cette charmante créature, il ne peut

voir tant de jeunesse et de beauté, sans être ému
de pitié. Il retient son bras : le jeune homme le
regarde d'un air suppliant. Ah ! seigneur, lui dit-
il, je vous conjure, par le Dieu que vous servez,
de n'être pas assez cruel, pour m'empêcher d'ensevelir le corps du roi mon maître. Ne craignez pas
que je vous demande d'autre grace : la vie m'est importune, et je ne desire la conserver que le temps
nécessaire pour lui donner la sépulture. Quant à
moi, soyez, si vous le voulez, aussi cruel que Créon
le Thébain (1), déchirez, dispersez mes membres,
pour être la pâture des oiseaux de proie, pourvu
que vous m'accordiez la grace que je vous demande. Médor prononça ces mots d'un air si doux,
qu'un rocher même en eût été attendri. Zerbin le
fut jusqu'au fond de l'ame, et le jeune homme
trouvait grace à ses yeux ; mais dans ce moment
même, un cruel Écossais, sans crainte ni respect
pour son prince, frappe le beau sein de Médor
d'un coup de lance. Zerbin, outré de cette brutalité, d'autant plus qu'il voit tomber le jeune
homme pâle et mourant, s'en indigne au point
d'en vouloir lui-même tirer vengeance. Il court
sur le barbare, qui, le voyant en fureur, dérobe
sa tête à ses coups par une prompte fuite. Cloridan, qui voit tomber Médor, ne se possède

---

(1) Créon, frère de Jocaste, et roi de Thèbes, avait défendu
de donner la sépulture à Polynice ; et il fit mourir Antigone,
sœur de ce prince, qui avait contrevenu à cet ordre. P.

plus ; il sort d'un buisson tout à découvert, jette
son arc ; et, dans son désespoir, se précipite au
milieu de ses ennemis, cherchant moins encore
à venger Médor qu'à mêler son sang avec le sien,
et à mourir près de lui. Bientôt, en effet, il est
percé de coups, et ses derniers efforts le rappro-
chent assez de Médor, pour qu'il puisse tomber
et mourir presque entre ses bras. Les Écossais
les abandonnent en cet état, pour suivre leur
prince Zerbin (1) que la colère emportait à la
poursuite du cavalier brutal qui l'avait offensé.

Cloridan reste étendu mort sur l'herbe, et
Médor expirant, perdant son sang par une large
plaie, était à son dernier moment, s'il n'eût été
promptement secouru. Une jeune personne arriva
près du blessé dans ce fatal instant : elle portait
l'habit d'une simple bergère ; mais son air était
noble, son visage d'une beauté céleste ; la douceur
et la bonté régnaient dans sa physionomie douce
et charmante. Comme il y a déjà long-temps que
je ne vous en ai parlé, peut-être auriez-vous peine
à la reconnaître, si je ne vous disais que c'était
Angélique (2), cette belle et fière princesse, fille
du grand khan du Cathay.

Depuis qu'elle avait recouvré le précieux anneau
que Brunel autrefois avait su lui dérober, Angé-

---

(1) Zerbin reparait au vingtième chant.
(2) Le poëte n'a pas parlé d'Angélique depuis le douzième
chant, où elle détruit l'enchantement du palais d'Atlant.

lique, qui en connaissait tout le prix, se sentait
fière de sa puissance, dédaignait l'univers, était
au-dessus de toute espèce de crainte : elle voyageait seule, ne pouvant même penser, sans un
secret dépit, qu'elle avait été forcée de marcher
quelquefois sous la garde du comte d'Angers et
de Sacripant; mais ce qui l'affligeait le plus,
lorsqu'elle y pensait, c'était la faiblesse qu'elle
avait eue pendant quelque temps d'aimer Renaud.
Elle regardait ce moment de passion comme hu-
miliant pour elle, et son orgueil ne lui laissait
pas imaginer qu'aucun amant pût être digne d'elle.
L'Amour ne put souffrir plus long-temps une
aussi folle arrogance, sans la punir. Cet enfant
malin se cache dans un buisson, près de la place
où Médor était étendu, baigné dans son sang:
il attend Angélique; et, sûr de ses coups, il lui
lance une de ses flèches les plus acérées.

Dès qu'Angélique vit ce jeune homme blessé
qui paraissait près de son dernier moment, et
qui se plaignait encore plus de voir le corps de
son roi sur la terre que de son propre état, elle
sentit une douce pitié remplir toute son ame. Ce
sentiment, inconnu pour elle, lui parut se saisir
de son cœur et de tous ses sens à-la-fois. Elle
se sentit encore bien plus attendrie, lorsque le
jeune homme lui raconta son aventure. Angélique
se rappela promptement la science qu'elle avait
acquise dans l'Inde où l'étude de la vertu des
simples, et l'art de guérir les blessures, sont en

grand honneur et entrent dans l'éducation des
princesses mêmes. Les pères les transmettent
comme un héritage à leurs enfants.

Angélique résolut d'employer le suc de quelques plantes, pour arrêter le sang de Médor, et
les restes de sa vie. Se souvenant qu'elle venait
de voir une de ces plantes salutaires (soit le dic-
tame ou la panacée), dans une prairie voisine,
elle courut la chercher. Son effet sur une plaie
est d'en arrêter le sang, d'apaiser la douleur, et
même de rendre un peu de forces. Elle rencontre
dans son chemin un villageois à cheval, cherchant une génisse, qui, depuis deux jours, manquait à son troupeau; elle le prie de venir avec
elle au secours du blessé, qui, jusqu'à ce moment,
teignait encore la terre de son sang.

Angélique descendit de son palefroi, et fit
descendre aussi le pasteur : elle exprima le suc
de cette herbe entre deux cailloux, et sa main
blanche le répandit dans la blessure de Médor. Elle
crut même ne pouvoir prendre trop de précautions; et depuis la plaie ouverte dans le sein de
Médor, jusqu'à ses deux hanches, tout fut abreuvé
du même suc par les mains délicates d'Angélique.
Ce remède fut assez efficace pour rendre quelque
force au blessé; il eut celle de monter sur le cheval du pasteur : mais il ne voulut point partir de
ce lieu, sans avoir auparavant couvert de terre et
d'épais gazons le corps de son maître et celui de
son ami. Se livrant alors à la pitié que la belle

Angélique lui marquait, il se laissa conduire dans
la cabane de cet honnête pasteur. Angélique demeura près du blessé, et n'imagina pas seulement
de partir avant de le voir parfaitement guéri; tant
elle se sentait d'attachement pour lui! tant la pitié
s'était emparée de son cœur, dès le moment où
elle l'avait vu étendu sur la terre! L'aimable Médor était si doux, la langueur de son état et la
reconnaissance rendaient ses regards si touchants,
sa beauté qu'elle voyait renaître lui paraissait si
parfaite, que bientôt la belle Angélique sentit
comme une petite lime sourde qui lui rongeait
le cœur; cette lime peu à peu sembla devenir plus
mordante, et bientôt elle excita le feu le plus vif
dans ce même cœur.

Le pasteur était logé dans une assez belle
métairie située sur le bord d'un bois entre deux
montagnes; il y vivait heureux avec sa femme
et ses enfants : la maison était neuve et d'une
grande propreté. C'est là que chaque jour la
plaie de Médor était pansée par les belles mains
d'Angélique; c'est là qu'elle voyait renaître de
jour en jour tous ses charmes et sa santé : mais
c'est aussi dans ce même lieu que la plaie qu'elle
guérissait n'était plus aussi cruelle que celle qui
blessait déjà son propre cœur. L'enfant qui porte
des ailes, quoiqu'en apparence il ne paraisse armé
que de flèches légères, fait des blessures bien
plus profondes que tous les fers de lances, et
le malin enfant avait l'art de fixer souvent les

regards d'Angélique sur les beaux yeux de Médor,
et sur ses cheveux que lui-même semblait étaler
et agiter avec le vent de ses ailes. Déja la tendre
Angélique se sent tourmentée par un feu brûlant :
mais elle ne veut pas même y réfléchir; elle oublie les maux qu'elle souffre; elle ne s'occupe
que de celui qu'elle veut achever de guérir. Cependant la plaie de Médor se refermait, tandis
que celle du cœur d'Angélique augmentait et devenait inguérissable; les glaces de la crainte, les
feux du desir formaient en elle le contraste qui
ressemble si fort aux agitations de la fièvre : tandis que le jeune Médor renaît, Angélique languit
et se consume; elle sent un feu qui la dévore;
elle est comme la neige tombée après la saison
sur un terrain exposé au soleil, qui se fond aux
premiers rayons de cet astre.

Angélique, vaincue enfin par son amour pour
le charmant Médor, ne peut plus résister à ses
transports; son état était bien cruel et bien
embarrassant : le jeune Maure, pénétré de respect pour sa bienfaitrice, et voyant toute la distance qui le sépare d'elle, n'ose parler que de sa
reconnaissance. Angélique n'espère plus d'être
prévenue par quelque aveu plus tendre de sa
part; elle a même la douleur de douter encore si
le cœur du jeune Médor la paie de quelque retour. Elle ne peut enfin résister à ses tourments
secrets : la timidité, la pudeur de son sexe ne la
retiennent plus; sa bouche exprime à celui qu'elle

adore ce que ses regards lui disent sans cesse. Elle
est forcée de lui déclarer elle-même tout ce qu'elle
sent pour lui.

O comte Roland, ô roi de Circassie, que vous
sert d'avoir tant de valeur et de renommée! Quel
prix recevez-vous de tout ce que vous méritez?
Avez-vous jamais reçu de cette ingrate et légère
beauté quelque espèce de faveur qui puisse flatter
votre amour? A-t-elle eu seulement l'air d'être
sensible à tout ce que vous avez souffert pour
elle? O malheureux roi, grand Agrican, si tu revenais à la vie, qu'il te serait cruel de t'être vu
toujours maltraité par celle dont le cœur est cependant si facile à se laisser toucher! et toi, Ferragus, et mille autres, qui, cent fois, avez exposé
votre vie pour cette belle Angélique, qu'il vous
serait amer de la voir se jeter la première dans
les bras d'un autre amant!

La princesse du Cathay, cette belle et fière
Angélique sacrifie donc à Médor cette fleur charmante du plus beau de tous les jardins, que nul
autre amant n'a jamais pu seulement entrevoir:
mais pour excuser en partie sa faiblesse (1), elle
l'autorise par un nœud sacré : le flambeau de l'hymen s'allume pour elle à celui de l'amour. Elle
prend la femme du pasteur pour lui servir de mère:

---

1 Imité de Virgile.

Conjugium vocat; hoc prætexit nomine tædas.

Eneide, liv. IV, v. 172   P.

le pasteur et ses enfants sont les témoins ; elle épouse Médor.

Leurs noces s'accomplirent donc sous cet humble toit : le pasteur les rendit solennelles autant qu'il lui fut possible ; l'amour et les plaisirs surent surtout les embellir. Médor amoureux, autant qu'il était aimable, ne pouvait se séparer un seul moment d'Angélique ; elle eût compté de même comme perdus tous ceux qu'elle n'eût pas donnés à Médor. Leur bonheur leur paraissait toujours nouveau : la languissante satiété fuyait loin de ces amants animés sans cesse par de nouveaux desirs. C'est ainsi qu'ils passèrent un mois entier dans la cabane du pasteur. Que ce temps fut doux pour ces amants ! qu'il fut bien employé ! si la belle Angélique s'assied à l'ombre, si pour prendre l'air elle sort de la cabane, Médor est à côté d'elle. Le jour voit leurs transports renaissants, après que la nuit les a couverts de ses ailes. Quelquefois ils errent sur des rivages fleuris ; ils cherchent quelquefois aussi la fraîcheur des prés ; le milieu du jour leur fait-il desirer quelque ombrage, des grottes nouvelles semblent s'ouvrir pour leur servir d'asyle : il n'en est aucune qui ne soit aussi commode, aussi délicieuse pour eux que celle où Didon évita l'orage avec Énée ; il n'en est aucune qui ne soit témoin de leurs amours.

Au milieu de tant de plaisirs, ils ne voyaient point un arbre s'élever en étendant son ombre sur une fontaine qu'ils n'enfonçassent un poinçon, ou

la pointe tranchante d'un couteau dans son écorce;
ils en usaient de même sur les roches les moins
dures : ces arbres, ces rochers, les murs de la cabane gravés par leurs mains étaient couverts de
leurs chiffres entrelacés; par-tout on voyait les
noms d'Angélique et de Médor, noués, entourés
par des guirlandes de fleurs.

Angélique réfléchit enfin qu'ils avaient fait un
assez long séjour dans cette cabane; un projet
nouveau l'occupa. Quand on aime, pourrait-on
en faire d'autres que pour l'objet aimé? Elle s'arrêta donc à celui de retourner promptement dans
l'Inde, pour y couronner Médor. Elle portait
depuis long-temps à son bras un riche bracelet
d'or enrichi des plus brillantes pierreries; c'était
un présent qu'elle avait reçu du comte d'Angers :
Morgane l'avait donné jadis au prince Ziliant (1),
lorsqu'elle le tenait au milieu de son lac enchanté;
et quand la valeur de Roland délivra ce prince
et le rendit à son père Monodant, Ziliant en
avait fait don à son libérateur. Roland accepta
ce prix de sa victoire, bien plus parcequ'il était
amant, que parceque ce bracelet était d'un prix
inestimable; et, en l'attachant à son bras, il ne
pensait qu'au bonheur de le donner à la reine de
sa vie, comme un nouveau gage de son amour.

L'ingrate Angélique avait toujours porté de-

---

(1) Voyez l'Extrait de Roland l'Amoureux, page 465.

puis ce bracelet, mais bien moins pour l'amour
de Roland, que parceque rien ne pouvait se
comparer à sa beauté : il fallait donc qu'elle l'eût
conservé même dans l'île des Pleurs; mais en vérité je serais fort embarrassé, si vous me deman-
diez comment elle avait pu le cacher lorsqu'on
l'exposa toute nue au monstre marin, et comment elle put le dérober aux yeux de ces insulaires avides et cruels (1).

Angélique, n'ayant aucun autre moyen de ré-
compenser le bon berger et son épouse qui l'a-
vaient servie avec tant de soins et de fidélité dans
cette cabane si chère à son cœur, òta ce beau
bracelet de son bras, et leur en fit don : elle les
pria de le garder pour l'amour d'elle ; et, quittant
ces bonnes gens et leur cabane avec regret, elle
et son amant commencèrent à monter vers cette
haute chaîne de montagnes élevées qui séparent
la France de l'Espagne. Ils avaient le projet d'at-

---

(1) Un commentateur, que rien n'embarrasse, suppose que
ces insulaires, qui sont représentés comme très superstitieux,
ont cru rendre le sacrifice plus agréable à Protée, en exposant la jeune vierge parée de cet ornement, comme les anciens doraient les cornes des victimes qu'ils immolaient aux
dieux. Mais le poëte aurait pu donner lui-même cette excuse;
il a mieux aimé se tirer d'affaire en avouant ingénument son
ignorance. Hoole, le traducteur anglais, qui copie cette note
de Ruscelli, en prend occasion de faire remarquer combien les
commentateurs italiens sont soigneux de défendre même les
plus fortes invraisemblances dans leur poëte favori.   P

tendre, tant à Valence qu'à Barcelone, que quelque bon vaisseau dût faire voile pour l'Orient.
A leur descente des Pyrénées, ils découvrirent
la grande mer, et, côtoyant le rivage à main
gauche, ils prirent le chemin de Barcelone ; mais
avant d'arriver en cette ville, ils aperçurent avec
surprise un homme tout nu qui leur parut être
fou, et qui se roulait alors comme une vile bête
sur le sable.

Cet homme, d'un aspect hideux, était couvert
de sang et de poussière ; son visage, sa poitrine,
son dos, étaient souillés par toutes sortes d'im-
mondices ; dès qu'il les aperçut, il vint sur eux
avec la même fureur que montre un dogue qui
poursuit un étranger : il voulait sans doute les
attaquer (1) ; mais il est temps que je retourne
à Marphise.

Je dois vous rappeler que cette guerrière,
Griffon, Aquilant, Astolphe et Sansonnet, exposés
alors à la fureur de la plus horrible tempête, avaient
la mort devant les yeux. La mer plus haute et
plus menaçante que jamais rendait le péril plus
pressant : l'orage durait depuis trois jours, et ne
paraissait pas près de se calmer ; les vents et les
vagues avaient mis le château d'avant et le grand
balcon de la poupe en pièces, les mâts étaient
fracassés jusqu'à la quille ; le pilote, baissant la

_____

(1) Le poëte revient à Angélique et à Médor dans le vingt-
neuvième chant.

Roland Furieux. II.   5

tête sur ses genoux, avait abandonné le gouvernail ; il cherchait vainement sur sa carte, à la
lueur d'une petite lanterne, quelle était la route
que tenait alors le vaisseau. Un matelot sur la
proue, un autre sur la poupe, consultaient vainement les sabliers à chaque demi-heure, pour
juger quelle devait être la rapidité de leur marche.
Le pilote réunit tout l'équipage ; chacun des mari-
niers, la carte à la main, fait son estimation. L'un
dit qu'ils sont à la hauteur de Limisso ; l'autre, près
des rochers aigus qui sont si dangereux pour les
vaisseaux près de Tripoli ; d'autres enfin craignent
également ceux de Satalie dont ils croient approcher. C'est ainsi que chacun d'eux porte son jugement selon son opinion ; mais ils ont tous la
même idée du péril présent, et leur frayeur est
égale. Ce troisième jour, leur désespoir augmente ;
les assauts du vent et d'une mer furieuse achèvent
de briser les dehors et jusqu'au gouvernail ; il
n'est point de cœur d'acier qui n'eût alors frémi,
puisque l'intrépide Marphise avoua même après,
qu'elle avait enfin éprouvé la peur. Il n'est aucun
d'eux qui ne fasse des vœux, pour les accomplir
si le ciel leur sauve la vie : l'un promet d'aller
en pélerinage au mont Sinaï ; l'autre à Saint-Jac-
ques en Galice, les autres à Rome, à Chypre, au
saint Sépulcre, et en d'autres lieux célèbres par
les miracles. Cependant, le vaisseau presque fra-
cassé continue à s'élever jusqu'aux cieux, comme
à s'abymer dans le profond sillon de deux vagues ;

le pilote, pour que le navire soit moins tour-
menté par tant de secousses multipliées, achève
de faire couper le mât d'artimon.

On jette à la mer, pour alléger le vaisseau,
les coffres, les ballots, et jusqu'aux marchandises
les plus précieuses ; déja la poupe et la proue
sont vides et dégagées, les chambres le sont
bientôt aussi. L'avide mer engloutit ces riches
présents. Les uns s'occupent à pomper, à rejeter
du vaisseau, à rendre à la mer ses eaux impor-
tunes ; les autres, à fond de cale, réparent ses
ravages, appliquent la poix et le goudron par-
tout où elle a ouvert des voies d'eau.

L'équipage fut dans ce travail perpétuel pendant quatre jours, sans repos et presque sans
espérance, et la mer, en effet, eût surmonté tous
ces efforts si sa fureur eût eu plus de durée ; mais
bientôt la lueur si desirée du feu Saint-Elme (1)
fut l'heureux présage d'un temps plus serein et
plus calme : ce feu parut sur un reste de cor-
niche de la proue, nul mât, nulle antenne ne
subsistant plus pour le recevoir et le fixer.

Tous les navigateurs, ayant vu luire cette flamme
d'un si bon augure, se jetèrent à genoux ; les
yeux humides, et d'une voix tremblante, ils demandèrent au ciel une mer plus calme et plus

---

(1) On appelle ainsi une flamme que les navigateurs aper-
çoivent quelquefois à l'extrémité des mâts après une tempête.   P.

5.

tranquille. Leurs vœux furent en partie exaucés:
l'aquilon et le mistral s'apaisèrent : le vent de Sud-
Ouest, resta seul souverain de la mer. Il y régna
avec tant de violence, le souffle impétueux qu'il
exhalait de sa noire bouche formait sur la mer agitée
un courant si rapide, qu'il emportait le vaisseau avec
plus de vitesse que le faucon sauvage ne fend l'air
de ses fortes ailes. Le pilote même eut peur que
son navire ne fût poussé jusqu'au bout du monde,
ou ne vînt à s'entr'ouvrir et à s'enfoncer dans
les ondes; l'habile et vieux marin sut remédier
encore à ce péril en attachant à de forts et longs
câbles des ballots légers, mais d'un très gros volume, qui, flottant à l'arrière du vaisseau, ralen-
tissaient sa marche des deux tiers.

Cet expédient heureux, et la vive lumière d'un
gros falot qui dirigeait le pilote à tenir toujours
la haute mer sans s'approcher des terres, sau-
vèrent enfin ce vaisseau si près de périr. Il entra
bientôt dans le golfe paisible d'Ajazzo, du côté
de la Syrie : il se trouva si près d'une grande ville
bâtie sur le rivage, qu'on découvrait les deux
gros môles fortifiés qui défendaient le port. Mais,
dès que le vieux patron eut reconnu cette ville
et la côte, il devint plus pâle et plus effrayé qu'il
ne l'avait encore été, n'osant ni jeter l'ancre dans
ce port dangereux, ni se remettre en mer dans
le délabrement affreux où se trouvait son vaisseau.

Il n'osait donc s'arrêter ni continuer sa route;

ses mâts, ses antennes étaient brisés, ses voiles
perdues ou déchirées, ses galeries et tous ses
bordages fracassés. Prendre port, c'était vouloir
courir à la mort, ou se livrer à l'esclavage, tous
ceux que leur mauvais sort avait portés dans
cette rade ayant perdu la vie, ou subi une perpétuelle servitude. Il restait donc en suspens,
craignant d'ailleurs que des vaisseaux armés ne
vinssent attaquer le sien qui n'était pas plus en
état de combattre que de naviguer. Il ne savait
quel parti prendre, lorsqu'Astolphe lui demanda
quelle raison il avait d'être indécis, et pourquoi
il n'était pas déjà entré dans le port.

Le patron alors lui raconte que ce pays est occupé par des femmes cruelles dont les lois homi-
cides portent que tout homme, abordant en ce
port, doit être mis à mort, ou dans l'esclavage.
Le seul, ajouta-t-il, qui pourrait éviter la rigueur
de cette loi, serait celui qui pourrait vaincre dix
chevaliers en champ clos, et bien plus encore,
qui pourrait dans une seule nuit enlever la fleur
que dix jeunes et jolies demoiselles ont un intérêt
si vif à défendre, ou quelquefois à se laisser arracher (1).

---

(1) Ce style précieux, dont on trouve trop d'exemples dans
la traduction de M. de Tressan, est l'opposé de celui de
l'Arioste. Le poëte ne s'avise pas de donner tant d'esprit à un
pilote, surtout dans un moment où ce pilote est tout troublé
par l'idée du danger de sa position. Il lui fait dire seulement,

Quand bien même, continua le patron, le courage
et la force du chevalier arrivant auraient abattu
ces dix adversaires, les femmes de ce pays se
montreraient encore plus difficiles pour la seconde
épreuve; et, s'il n'en sortait pas aussi glorieuse-
ment que de la première, il serait mis à mort
sans nulle pitié, et tous ceux qui l'accompa-
gneraient seraient réduits à bêcher la terre ou à
garder les bœufs. Mais si le chevalier se montrait également ferme et victorieux dans l'un
et l'autre combat, alors non-seulement il obtiendrait la liberté de tous ses compagnons, mais il
deviendrait l'époux des dix jeunes et nouvelles
femmes dont il aurait si dignement éprouvé les
agréments et les charmes (1).

Astolphe ne put s'empêcher de rire, en apprenant cette étrange coutume. Marphise, San-

---

dans un langage plus franc et plus convenable au personnage
et à la situation :

>   E poi la notte può assagiar nel letto
>   Dieci donzelle con carnal diletto.   P.

(1) Même observation; le sens de ce passage est d'ailleurs
différent dans l'Arioste :

>   Impetra libertade a tutti i suoi,
>   A se non già, che ha da restar marito
>   Di dieci donne, eletta a suo appetito.

« Il obtient la liberté pour tous ses compagnons, mais non
pour lui, puisqu'il doit devenir le mari de dix femmes qu'il
choisit à son gré. »   P.

sonnet, arrivant alors avec les deux fils d'Olivier, le vieux patron leur répéta tout ce qu'Astolphe avait entendu. Voilà, leur disait-il, ce qui m'empêche d'aborder; car je crains encore moins d'être submergé par les flots, que de porter le joug de la servitude. Tous les matelots et les passagers furent de l'avis du vieux patron. Mais Marphise et ses compagnons étaient d'un avis bien contraire : le rivage leur paraissait être plus sûr que la mer ; ils craignaient moins cent mille épées que les flots irrités ; ils pensaient tous les cinq de même, et ne pouvaient rien craindre en descendant dans un pays où, du moins, ils auraient la liberté de se bien servir de leurs armes.

Les guerriers souhaitaient donc vivement d'aborder, surtout le duc Astolphe qui montrait plus de sécurité que personne : il est vrai qu'il comptait un peu sur la vertu puissante de son cor. Les uns desirant aborder, les autres s'opposant à ce dessein, la contestation qui s'éleva fut terminée par les cinq braves chevaliers qui forcèrent le patron à porter à terre malgré lui.

Leur navire ayant été découvert au moment où il s'était approché de cette ville cruelle, ils avaient aperçu qu'une forte galère bien armée venait sur ce vaisseau délabré où tant de conseils différents se contrariaient. Cette galère, en les abordant, attacha la proue à sa poupe, et le tira bientôt des ondes irritées. La galère, en le remorquant, entra dans le port par la seule force

de ses rames, la fureur du vent ne lui permettant
pas de porter des voiles. Les cinq guerriers armés, et comptant bien sur leurs bonnes épées,
ne cessaient de rassurer le patron et l'équipage
effrayés, et de leur donner une bonne espérance.

Ce port ressemble à une demi-lune; il a plus
de quatre milles de tour; une seule ouverture
lui sert d'entrée, et deux forteresses inattaquables
en défendent les deux môles. La ville située en
plein midi s'élève en amphithéâtre, et ne peut
sentir l'atteinte d'aucun autre vent que de celui
du Sud.

A peine le vaisseau était-il entré dans le port,
qu'ils aperçurent sur le rivage plus de six mille
femmes portant des arcs et bien armées; pour
ôter aux étrangers toute espérance de fuir, la mer
se trouve renfermée entre les deux môles; et
des galères et la grande chaîne qu'on tenait toujours préparées à cet effet tinrent le port fermé
de toutes parts.

L'une de ces femmes qui pouvait égaler, par
le nombre de ses années, celui de la Sibylle de
Cumes ou de la mère d'Hector, fit appeler le patron, et lui demanda tout simplement ce que ses
compagnons et lui préféraient de la mort ou de
l'esclavage; elle lui confirma qu'ils n'avaient point
d'autre choix à faire. Cependant, lui dit-elle, s'il
se trouvait parmi vous quelque homme assez vigoureux pour oser combattre contre dix de nos
chevaliers et leur donner la mort, et pour servir

d'époux la nuit suivante à dix de nos jeunes vierges, nous le reconnaîtrions sur-le-champ pour notre souverain, et vous pourriez tous continuer votre route en liberté : il serait même à votre choix de rester tous ou en partie, libres, fort à votre aise, sous la condition seulement de vous trouver en état d'épouser aussi chacun dix femmes. Mais si votre guerrier succombe dans le combat, ou s'il se comporte lâchement dans la seconde épreuve, nous ordonnons qu'il périsse, et que vous soyez esclaves à jamais.

La vieille croyait inspirer la plus grande terreur à ces chevaliers; elle fut très surprise de leur assurance : pas un d'eux, inspiré par son courage, ne doutait qu'il ne sortît vainqueur du premier combat : un peu d'amour-propre, peut-être, leur donnait la même espérance pour le second. A l'égard de Marphise qui n'avait nulle prétention à la seconde victoire, elle espéra seulement que son courage et son épée pourraient y suppléer, et la tirer d'embarras.

Ce fut le patron qui porta la réponse dont les chevaliers étaient convenus ensemble : il dit à la vieille qu'il y avait sur son bord des guerriers qui ne craignaient ni les périls de la lice, ni les hasards de la seconde épreuve. Aussitôt on laissa descendre à terre les cinq chevaliers bien armés, et tenant leurs chevaux par la bride.

Ils virent de tous côtés, en traversant la ville, un grand nombre de femmes armées, et d'une

mine fière et dédaigneuse : aucun homme ne pouvait porter dans cette ville des armes et même
des éperons, que les dix qui devaient se tenir toujours prêts à combattre. Tous les autres n'étaient
occupés qu'à coudre, à broder, à filer, et à de-
vider la laine ou le lin : ils portaient de longs
habits de femmes qui les faisaient marcher d'une
manière aussi lente qu'efféminée. Quelques-uns
de ces misérables sont esclaves, et employés à
labourer la terre ou à garder les troupeaux. En
général, les hommes n'étaient qu'en petit nombre
dans la ville, et dans la campagne on en eût à peine
compté cent contre mille de ces guerrières.

Les quatre guerriers ne doutaient point que la
forte et courageuse Marphise ne sortît victorieuse
du premier combat; mais, pour lui sauver l'embarras et la honte du second, ils voulurent tirer
au sort celui des quatre qui se présenterait. La
fière Marphise ne le put souffrir; elle voulut que
le sort pût la choisir comme les autres : et, lorsqu'elle vit qu'il était tombé sur elle, elle leur dit
en riant et pleine d'assurance : Soyez sûrs que
ceci garantira votre liberté. En leur parlant, elle
leur montrait la forte épée qui pendait à son bau-
drier. Croyez, ajouta-t-elle, que, comme Alexandre, mon bras et mon épée sauront trancher ce
nœud gordien. Je ne veux plus, continua-t-elle,
qu'aucun étranger puisse se plaindre désormais
d'être entré sur cette terre.

Ce fut ainsi que Marphise leur parla. Tous les
quatre connaissaient trop son humeur altière.

pour s'opposer à son dessein : ainsi, soit qu'elle
dût réussir ou succomber, ils remirent leur sort
entre ses mains; et Marphise, après avoir bien
attaché ses armes, se présenta d'un air noble et
fier vers la place du combat.

Dans la partie la plus élevée de la ville est
une place circulaire, entourée en-dedans de gradins, et fermée par quatre grandes portes d'ai-
rain : elle ne servait que pour les combats, les
joutes, la course, la lutte et pour les jeux publics.

Dès qu'une multitude de femmes armées eut
occupé les gradins, on fit entrer Marphise; elle
arriva sur un superbe cheval gris moucheté, dont
la tête était petite, le regard plein de feu, l'allure
fière; il badinait avec grace avec son mors. Le
roi de Damas l'avait choisi parmi les plus beaux
de sa nombreuse écurie, et l'avait fait harnacher
avec magnificence pour l'offrir à la guerrière.

Marphise entra dans cette vaste carrière par la
porte du Sud; et bientôt le son aigu des trompettes annonça l'arrivée des dix guerriers qu'elle
avait à combattre.

Celui qui les commandait était d'une taille et
d'un air si noble et si fier, qu'il paraissait être
plus redoutable que les neuf autres ensemble. Il
était monté sur un grand et beau cheval noir qui
n'avait qu'une petite étoile blanche au milieu du
front, et quelques poils de même couleur à l'un
de ses pieds de derrière; ses armes étaient aussi
noires que son cheval, et tout marquait en lui
le chagrin secret qu'il avait dans l'ame.

Le signal du combat étant donné, neuf de ces guerriers fondirent la lance en arrêt contre Marphise; leur chef seul ne s'ébranla pas; il dédaigna de profiter d'un si grand avantage, et ne se présenta pas à cette première joute : il aima mieux manquer aux lois du pays qu'à sa générosité naturelle; et, se retirant à l'écart pour être témoin de ce premier combat, il sembla vouloir juger ce qu'une seule lance pourra faire contre neuf autres.

Le léger coursier de Marphise partit comme la foudre pour fondre sur ses ennemis. Elle mit alors en arrêt une grosse lance qu'elle avait apportée du vaisseau, et que quatre hommes n'auraient maniée qu'à peine. Cette espèce d'antenne, et l'air fier du chevalier qu'ils virent s'ébranler, portèrent la terreur dans l'ame du plus grand nombre des spectatrices : elle perça le premier qu'elle atteignit aussi facilement que s'il eût été nu : le fer de la lance, après avoir traversé son bouclier garni de fer, sa cuirasse et sa cotte de mailles, parut un pied au-delà de ses épaules, tant le coup fut vigoureux.

La guerrière, abandonnant ce malheureux avec sa lance dans le corps, courut sur ses compagnons : elle en heurta deux avec une si grande violence, que l'un ayant les reins brisés, et l'autre le cœur écrasé dans la poitrine, ils tombèrent tous les deux morts sous les pieds des chevaux; et la troupe serrée de ces huit combattants fut aussi facilement ouverte par le choc impétueux de Marphise, que nous voyons des escadrons être ouverts par le gros boulet d'une bombarde. Plusieurs lances s'étaient rompues sur les armes de la guerrière, à peu près avec le même effet qu'une balle peut faire sur les murs d'un jeu de paume : il est vrai que sa cuirasse avait été forgée au feu des enfers, et trempée dans les eaux de l'Averne.

Elle termine alors sa carrière, se retourne, fond sur les six autres combattants l'épée à la main : elle fait voler la tête à l'un, le bras au second; elle coupe en deux le troisième par la ceinture, de façon que le buste en entier tombe à terre, et que la partie inférieure reste sur le cheval : ce fut un peu plus haut que les hanches qu'elle frappa ce coup terrible, et la demi-figure qui restait à cheval ressemblait beaucoup à ces *ex-voto* d'argent ou de cire que les pèlerins ou les ames pieuses, dont les prières ont été exaucées, suspendent si souvent dans nos temples. Ils étaient tous défaits, hors un seul qui fuyait dans la place : Marphise l'atteignit, et lui fendit la tête. Les neuf furent tous, ou mis à mort, ou si grièvement blessés, qu'elle est bien sûre qu'aucun ne pourra se relever de terre pour recommencer le combat.

Le chevalier noir, chef des neuf autres, était resté tranquille jusqu'à ce moment, ayant regardé comme un déshonneur d'attaquer un seul chevalier avec tant d'avantage. Mais dès qu'il eut vu ses compagnons détruits avec tant de promptitude, il s'avança sur-le-champ, et prouva que la seule

générosité l'avait jusqu'alors retenu. Il fit signe à
l'ennemi qu'il était près d'attaquer, qu'il avait quelque chose à lui dire; et ne croyant pas, après les
grands coups qu'il avait vu frapper, qu'ils fussent
portés de la main d'une belle et jeune vierge :
Sire chevalier, lui dit-il avec politesse, vous devez
être fatigué du combat dont vous sortez vainqueur; je croirais faire un acte peu courtois, si je
profitais de cet avantage; vous devriez vous reposer ce soir, et demain matin nous commence-
rions notre combat. Non, non, lui répondit la
fière Marphise, il ne me serait pas honorable de
ne me pas éprouver dès ce jour avec vous : d'ailleurs, dit-elle, ces sortes de jeux me sont si fami-
liers, que je ne me lasse pas pour si peu de chose,
et j'espère que vous en conviendrez dans quelques
moments.

Cependant je vous sais beaucoup de gré de
cette offre généreuse; mais j'ai peu besoin de
repos, et ce qui nous reste de jour ne pourrait être passé sans honte dans l'inaction. Ah!
que mes desirs secrets ne peuvent-ils être aussi
facilement satisfaits que le sera le vôtre! répondit
le chevalier noir : mais vous trouverez peut-être
ce jour encore plus court que vous ne le croyez.

A ces mots, il fait apporter deux lances, ou
plutôt deux grosses antennes : il en donne le choix
à Marphise; il prend l'autre; tous les deux se
préparent à la course : le son perçant des trompettes en donne le signal; la vaste carrière de l'air,
et jusqu'à la mer, tout retentit de ce son. Tous

les deux s'élancent l'un contre l'autre : les spectateurs retiennent leur haleine, ouvrent la bouche, fixent leurs regards attentifs sur eux, sans oser prévoir lequel des deux doit être le vainqueur. L'intention des deux combattants fut la même. Marphise espéra renverser son ennemi du premier coup; le chevalier noir se proposait de lui donner la mort: les deux lances volèrent en éclats, se brisant dans leurs mains jusqu'à la poignée, et la rencontre des deux chevaux fut si violente, qu'il sembla qu'une même faux leur eût tranché les jambes d'un seul coup, tant ils tombèrent précipitamment sur l'arène.

Les deux combattants furent également prompts à se dégager, et à se précipiter l'un sur l'autre l'épée à la main. Marphise, qui n'avait jamais porté de coup, sans renverser son adversaire, fut très étonnée d'avoir trouvé tant de résistance, et de se voir à terre pour la première fois : le chevalier noir fut également surpris d'éprouver le même accident : ils eurent à peine touché la terre, qu'ils se relevèrent, et renouvelèrent le plus violent combat. Le taillant, la pointe de leurs épées, volent dans leurs mains, se frappent en parant, étincellent sur leurs armes, et les coups qu'ils portent font retentir l'air : ceux qui se frappent à faux excitent un sifflement aigu. Les casques, les cuirasses, les boucliers, heureusement semblent être impénétrables : si le bras de la guerrière est pesant, celui du chevalier noir ne l'est pas moins; tout paraît égal entre eux; et jamais

deux autres combattants ne purent montrer plus
de force, d'adresse et de valeur.

Les femmes attentives à tous les coups qu'ils se
portaient ne pouvaient imaginer comment ils
pouvaient être toujours de la même force, et comment nul des deux combattants ne montrait encore aucun signe de lassitude : toutes convenaient
qu'il ne pouvait exister deux meilleurs chevaliers
entre les deux mers, puisque le seul travail d'un
si rude combat était suffisant pour leur donner
la mort.

Marphise disait en elle-même : Il est heureux
pour moi que celui-ci ne se soit pas joint à ses
compagnons. Comment aurais-je pu ne pas succomber, s'il les eût secondés, puisqu'à peine je
peux résister aux coups qu'il me porte? La guerrière, malgré ces réflexions, n'en était pas moins
ardente à l'attaquer, ni moins adroite à se défendre. Je dois bien grace au sort, disait le chevalier noir de son côté, que ce chevalier n'ait pas
accepté l'offre de prendre du repos, puisqu'à
peine à cette heure puis-je m'en défendre, quoiqu'en m'attaquant, il soit déja fatigué par un premier combat; que serait-ce donc, s'il eût eu toute
sa vigueur? Je suis vraiment très heureux qu'il
n'ait pas accepté mon offre.

Le combat dura jusqu'à la nuit, sans qu'il parût qu'aucun des deux eût quelque avantage sur
son adversaire. Ni l'un ni l'autre ne voyant plus
assez clair pour combattre, le chevalier noir fut
le premier à dire : Que pourrions-nous faire,

puisque la nuit nous surprend avec un avantage
égal? il me paraît plus convenable de vous laisser
vivre jusqu'à demain matin; je ne puis, hélas!
prolonger vos jours au-delà de cette courte nuit;
n'en rejetez pas la faute sur moi; accusez-en plutôt la loi cruelle du sexe qui commande en ce
lieu. Le ciel, qui connaît mon cœur, sait à quel
point je plains votre sort et celui de vos compagnons. Venez tous, de grace, loger chez moi;
votre vie par-tout ailleurs ne serait pas en sûreté:
un grand nombre de femmes affligées conspirent
déja contre vous; car sachez que chacun de ceux
qui sont tombés sous vos coups était l'époux de
dix de ces méchantes et cruelles femmes: par
conséquent, quatre-vingt-dix d'entre elles poursuivent leur vengeance contre vous: et si vous
ne venez pas loger chez moi, attendez-vous à
être attaqués cette nuit.

Sire chevalier, lui répondit Marphise, j'accepte
de tout mon cœur une offre qui m'est agréable:
car votre ame, votre candeur doivent être aussi
parfaites que le sont votre force et votre haute
valeur. Mais, au reste, ne vous attendrissez pas
tant sur la mort que vous croyez me donner,
que vous ne pensiez à celle que vous pouvez recevoir de moi. Cessons ou continuons de combattre, soit de jour, soit aux flambeaux, c'est à
vous de choisir; au moindre signe, vous me trouverez prête à vous satisfaire, et toutes les fois
que vous le voudrez.

leurs écrits immortels. Ce sexe enchanteur s'est
élevé de même à la perfection de tous les arts
dont il s'est occupé. L'histoire apprend à quel
point on l'a vu supérieur dans tous les genres :
si sa grande réputation paraît être diminuée, non,
cela ne peut durer, et l'on doit en accuser ou sa
modestie qui l'empêche souvent de recueillir des
honneurs mérités, ou cette lâche et basse envie,
qui, secondée par l'ignorance, obscurcit et déchire tout ce qui l'humilie par la lumière et par
le génie. Qu'il me serait facile de citer aujour-
d'hui plusieurs de ces femmes charmantes dont
l'esprit et les talents fournissent une ample ma-
tière pour exercer la lyre ou la plume de nos
meilleurs écrivains, et couvrir d'un éternel opprobre les critiques odieux qui osent en médire !
Leur gloire se répandra dans le monde avec tant
d'éclat, qu'elle surpassera de beaucoup celle de
Marphise.

Puisque nous continuons à parler de cette guerrière, nous dirons qu'elle ne refusa point de se
faire connaître au chevalier, dont la valeur et la
courtoisie avaient mérité de lui plaire. Je suis

---

par ses vers et par ses malheurs. — Trois Corinnes s'illustrèrent
dans les lettres : l'une était de Thèbes, la seconde de Thespis,
la troisième de Corinthe. C'est cette dernière qu'a chantée
Ovide ; la plus célèbre est la première, qui remporta la victoire dans un concours poétique, quoiqu'elle eût pour concur-
rent le grand poëte Pindare.   P.

Marphise, lui dit-elle; ce seul nom en effet, dont la célébrité était répandue dans tout l'univers, devait suffire. Le chevalier crut devoir s'annoncer par quelques notions préliminaires. Je crois, leur dit-il, que vous connaissez tous l'illustre maison dont je suis; la France, l'Espagne et les nations voisines, l'Inde, l'Éthiopie, et jusqu'aux habitants des Palus-Méotides, connaissent la maison de Clermont. Le comte d'Angers, vainqueur du grand Almont, Renaud, qui fit tomber sous ses coups Clariel et le roi Mambrin, sont nés tous les deux dans son sein. Ce fut près du lieu sauvage où le Danube précipite ses eaux par huit ou dix embouchures dans l'Euxin, que le duc Aymon, amoureux autant qu'il fut aimé, me laissa dans le sein de ma mère; et c'est depuis un an que, m'arrachant aux larmes de cette mère affligée, je suis parti pour venir en France, et pour connaître ceux auxquels je tiens par le sang.

J'eus le malheur de ne pouvoir finir ce voyage: une tempête affreuse me jeta sur ce rivage, et, depuis dix mois, je compte les jours et les nuits, et jusqu'aux heures que je passe en ce triste séjour. Mon nom est Guidon-le-Sauvage, nom encore trop peu connu. C'est ici que je fus forcé de tuer Argilon de Mélibée, et les neuf autres guerriers que je combattis avec lui: c'est ici, continua le modeste et brave Guidon en rougissant un peu, que ma victoire fut suivie, la nuit d'après, de celle que je devais remporter sur dix jeunes beautés. Cette double palme m'acquit le droit de me choisir les dix femmes qui me se-raient les plus agréables, et me donna l'empire sur toutes les autres de ce pays; je dois le con-server, jusqu'à ce qu'un nouveau chevalier vienne me l'arracher avec la vie.

Les paladins demandèrent à Guidon pourquoi l'on voyait si peu d'hommes dans cette contrée; et si, renversant la coutume des autres pays, les femmes s'en faisaient obéir. L'on m'en a dit plu-sieurs fois les raisons, depuis que je suis ici, leur répondit Guidon, et je vous en rendrai compte, si ce récit peut vous être agréable.

Vous savez que les Grecs, revenant chez eux après le siége de Troie, avaient été vingt ans hors de leur pays. Ce siége en avait duré dix : la co-lère des dieux les avait tenus à leur retour dix autres années, errant de rivage en rivage. Ils trouvèrent, en arrivant chez eux, que presque toutes leurs femmes s'étaient procuré des res-sources contre la tristesse d'une si longue ab-sence, et que des jeunes gens beaux et bien faits les avaient garanties du froid et de l'ennui qu'é-prouvent et que doivent craindre de jeunes fem-mes pendant une nuit longue et solitaire. Les Grecs en conséquence trouvèrent leurs maisons peuplées de fort jolis enfants. Mais, quoiqu'ils par-donnassent tous à leurs femmes, convenant bien qu'un si long veuvage était impossible à soutenir, ils se prirent d'humeur contre ces pauvres enfants, dont l'éducation et la nourriture leur parurent être une dépense plus que superflue. Quelques-uns de ces enfants furent exposés ou vendus ; d'autres, plus heureux, furent élevés en secret par leurs mères. Quant à ceux qui étaient déja grands, ils se partagèrent en plusieurs bandes, et suivirent différents partis : les uns prirent celui des armes, les autres de l'étude ou des arts : plusieurs allèrent chercher fortune dans les cours ; les plus sensés s'occupèrent de labourage, ou de la vie pastorale. Ce grand nombre d'enfants, étrangers au chef de famille, se distribua donc dans toutes les classes différentes de la société générale.

Un des plus âgés de ces enfants était celui de la cruelle Clytemnestre : il avait dix-huit ans ; il était bien fait et beau, droit et blanc comme les lis, vermeil comme la rose sur les épines. Celui-ci prenant un parti peu vertueux, mais plein d'audace, s'embarque sur un vaisseau bien armé, suivi de cent de ces autres jeunes Grecs les plus braves et les plus vigoureux, pour faire le métier de corsaire. Dans ce temps-là, les Crétois, ayant chassé de leur île le cruel Idoménée (1), rassemblaient des forces pour assu-

---

1) Parcequ'il avait immolé son fils, pour remplir le vœu insensé qu'il avait fait aux dieux de sacrifier le premier objet qu'il rencontrerait à son retour dans ses états. Voyez toute cette histoire dans le cinquième livre de Télémaque. C'est aussi le sujet de la première tragédie de Crébillon.   P.

rer leur nouvel état. Ils offrirent une forte solde
à Phalante (c'était le nom du fils de la reine d'Ar-
gos) et à ses compagnons, qui l'acceptèrent; et
les Crétois les commirent à la garde de la ville
de Diethyne.

Parmi les cent villes qu'on trouvait dans la
grande et belle île de Crète, Diethyne était la
plus riche et la plus agréable; les habitants magnifiques, et passant leur vie dans les jeux et les
plaisirs, étaient dans l'usage de faire accueil
aux étrangers : leurs femmes, belles, et portées à n'avoir pour maître que l'amour, reçurent encore mieux ceux qui lui devaient la naissance. En peu de jours, cette jeune garnison fut
très bien établie; rien n'était en effet plus aimable et plus beau que cette troupe des cent jeunes
Grecs que Phalante avait choisis pour ses compagnons. Bientôt ils firent tourner la tête, ils
firent battre le cœur de toutes les jolies Crétoises:
ces jeunes Grecs se sentaient trop de leur origine
pour n'être pas les plus vifs de tous les amants :
le jour ils paraissaient braves, et bien galants la
nuit : leurs transports approchaient de ceux du
jeune Hercule. Les Crétoises devinrent éperdues
pour Phalante et ses compagnons : les adorer
leur parut être le premier, le seul même de tous
les biens.

La paix étant faite, et les Crétois n'ayant plus
besoin de troupes étrangères, Phalante et ses
compagnons, sans solde et sans service, prirent

le parti de se rembarquer. Les Crétoises, déses-
pérées de ce départ si précipité, versèrent plus
de larmes, sentirent dans leur ame un deuil plus
douloureux encore que si elles eussent vu expirer
leurs pères. Avec quels transports, quels gémissements ne conjurèrent-elles pas leurs amants de ne
les point abandonner? Mais les trouvant inexora-
bles et décidés à partir, elles se déterminèrent à
fuir loin de leurs foyers pour les suivre : elles
abandonnèrent pour eux pères, mères, frères, et
jusqu'à leurs propres enfants : elles emportèrent
tout ce qu'elles purent prendre de plus précieux ;
et leur complot et leur départ furent si secrets,
qu'elles étaient déja loin du port avec leurs amants,
sans que les Crétois en fussent informés.

Le vent fut si favorable à Phalante, ses pilotes
en profitèrent si bien, que toute la troupe était
éloignée de plusieurs milles, lorsque les Crétois
eurent à s'affliger de leur perte. Phalante et les
siens, faisant toujours force de voiles, arrivèrent
sur ces bords, le dernier jour de leur longue
navigation. C'est ici qu'ils goutèrent des plaisirs
sans crainte et sans partage. Cette terre était
inhabitée alors, rien n'y troubla leurs amours et
leur sécurité.

Ils passèrent ainsi dix jours ensemble. Les
premiers de ces dix jours parurent délicieux aux
jeunes Grecs ; ils trouvèrent les derniers bien
longs : l'abondance et la trop grande facilité nuisent souvent aux desirs. Les vives Crétoises

étaient exigeantes; elles aimaient à causer nuit et jour avec leurs amants; ceux-ci, n'ayant peut-être plus rien à leur dire, prirent le cruel parti de se débarrasser d'elles; car le plus lourd des fardeaux est une femme qui ne nous plaît plus.

Ils se souvenaient de leur premier métier de corsaires; ils étaient avides d'amasser de nouvelles richesses; ils craignaient même de prodiguer ce qui leur restait. Ces dix jours sans doute leur avaient appris qu'un si grand nombre de femmes était d'une trop grande dépense pour eux, et qu'ils avaient bien moins besoin d'elles alors que de se munir de nouvelles armes. Les ingrats, les traîtres, les lâches, abandonnèrent ces pauvres Crétoises, emportèrent toutes leurs richesses; et, se confiant aux hasards de la mer, ils allèrent aborder sur les rivages de la Pouille, où ils s'établirent, et fondèrent la ville de Tarente.

Les malheureuses Crétoises, se voyant si lâchement trahies par ceux qu'elles croyaient s'être à jamais attachés, restèrent froides, immobiles comme des statues, sur le bord de la mer; à la fin connaissant que les larmes et les regrets ne leur rendraient pas ce qu'elles avaient perdu, leur position présente leur inspira le courage de saisir tous les moyens de la rendre meilleure.

Elles consultèrent ensemble sur le parti qu'elles avaient à prendre: les unes proposèrent de retour-

ner en Crète et de se soumettre à la sévérité de leurs
maris irrités, plutôt que de périr de faim et de
misère, abandonnées dans un désert; les autres,
effrayées de ce projet, dirent qu'elles préfére-
raient se précipiter dans la mer, et qu'il valait
encore mieux aller courir le monde comme pauvres, comme esclaves (les plus jolies dirent aussi
comme courtisanes), que d'aller s'offrir d'elles-
mêmes aux punitions qu'elles convenaient d'avoir
bien méritées.

Ces pauvres malheureuses agitaient ainsi diversement entre elles le parti qu'elles prendraient,
lorsque la belle et jeune Orontée, qui descendait
du roi Minos, prit la parole. Cette Orontée n'a-
vait eu qu'une seule faiblesse; Phalante était le
premier et le seul amant qui l'eût touchée; elle
avait abandonné pour lui son père, après s'être
laissé ravir une fragile et charmante fleur. Orontée, ayant écouté tous les avis de ses compagnes, s'éleva contre leur faiblesse avec un cœur
magnanime et noblement irrité. Pourquoi, leur
dit-elle, quitterions-nous ce pays si fertile, où
l'air est salubre, où de claires fontaines entretiennent la fraîcheur et la fécondité? nous avons près
de nous de belles forêts qui couronnent de riches
plaines; nous avons des ports, des anses, où des
vaisseaux peuvent aborder en sûreté : le commerce
avec les étrangers peut nous fournir tous nos be-
soins, et nous apporter ce que l'Afrique et l'Égypte
ont de plus précieux.

Arrêtons-nous; fixons-nous ici : vengeons-nous sans cesse d'un sexe qui nous a lâchement trompées. Que tout vaisseau porté par les vents sur ce rivage soit pillé, saccagé par nos mains; baignons-nous dans le sang de ses matelots et de ses passagers; qu'aucun d'eux n'échappe à notre vengeance. Le discours altier d'Orontée prévalut; les Crétoises s'y rendirent : il devint une loi pour elle, et cette cruelle loi fut exécutée.

Depuis ce temps, dès que le ciel nébuleux annonçait une tempête, guidées par Orontée, à laquelle elles avaient remis un pouvoir souverain, elles couraient sur le bord de la mer, pillaient, brûlaient les malheureux vaisseaux forcés par les vents à relâcher sur cette rive, et nul de ceux qui les montaient n'échappait à la mort. C'est ainsi que ces femmes, justement irritées contre les hommes, passèrent quelques années; mais à la fin, elles comprirent que leur état nouveau serait bientôt détruit, s'il ne se renouvelait point par leur fécondité. Modérant donc un peu la rigueur de cette loi destructive, elles choisirent, pendant l'espace de quatre ans, parmi tous les prisonniers qu'elles firent, les dix jeunes gens les plus beaux, les mieux faits, et ceux qui leur parurent les plus propres à remplir leur nouveau dessein. Comme elles étaient au nombre de cent, elles établirent que chacun de ces dix jeunes hommes aurait dix femmes : ces Crétoises, très despotiques, exigèrent de plus de ces dix nouveaux maris qu'aucune de leurs femmes n'aurait à se plaindre d'une nuit inutile (1) : cette terrible loi leur était imposée sous peine de la vie, et le plus grand nombre des maris, nouvellement élus, payèrent de leur tête les infractions à cette loi. Elles en essayèrent beaucoup sans doute, et firent jurer à ceux qui furent conservés qu'ils combattraient aussi pour elles, et qu'ils passeraient au fil de l'épée tous les hommes que leur mauvais sort ferait aborder sur ces côtes.

Un autre embarras força bientôt les Crétoises à faire encore une autre loi. Les grossesses et les enfants se multiplièrent au point qu'elles commencèrent à craindre que ceux d'un sexe différent du leur, devenus grands garçons, ne se rendissent leurs maîtres : elles aimaient trop à commander pour ne pas prendre la meilleure précaution et se mettre hors de crainte de voir ces enfants se révolter contre elles. Ces Crétoises établirent donc l'horrible loi qu'une femme ne pourrait élever qu'un seul enfant mâle, et serait obligée d'étouffer tous les autres, ou de les envoyer vendre au loin ; ceux qu'elles chargeaient d'aller porter ces enfants

----

(1) M. de Tressan, qui en général paraphrase ici son auteur au lieu de le traduire, va beaucoup plus loin que lui. L'Arioste dit seulement que les Crétoises firent mourir ceux qui étaient trop faibles pour soutenir cette rude épreuve au premier essai qu'elles en firent.

Prima ne fur decapitati molti,
Che riusciro al paragon mal forti.   P.

avaient ordre de les troquer, autant qu'il leur serait possible, contre de petites filles, ou de rapporter le prix qu'ils en auraient reçu. C'est tout ce qu'elles crurent pouvoir faire en faveur de leurs enfants mâles; et elles n'en auraient élevé aucun, si leur race avait pu se perpétuer sans ce secours. Quant aux étrangers, elles continuèrent à s'en défaire, mais ce ne fut plus de tous à-la-fois, et ce sacrifice commença de se faire avec plus d'ordre et plus d'apparat.

Lorsqu'elles prenaient dix, vingt, ou un plus grand nombre d'hommes à-la-fois, elles les mettaient en prison, et chaque jour l'un d'eux était sacrifié dans le temple horrible qu'Orontée avait élevé à la vengeance; un d'entre eux, nommé par le sort, était forcé de prêter son bras à ce meurtre sacré. Après plusieurs années un jeune Grec, de la race d'Hercule, fut jeté sur cette rive homicide; il s'appelait Elban, et prouvait son origine par sa force et par son courage. N'ayant aucune défiance, on le prit sans efforts, et sur-le-champ il fut renfermé pour le sacrifice ordinaire avec les autres prisonniers.

Elban était beau et bien fait; son parler était doux, son esprit aimable, son air séduisant, son langage si doux et si touchant qu'un aspic même l'eût écouté avec plaisir. Alexandra, fille d'Orontée qui vivait encore, quoique accablée sous le poids des années, entendit parler du jeune Elban comme d'une merveille; Orontée avait survécu à toutes les autres femmes sorties de Crète ; et leurs descendantes, réduites à dix maris, avaient cependant tellement augmenté la population, qu'elles étaient alors au nombre de plus de mille.

Alexandra, sur ce qu'elle entendit raconter d'Elban, eut la curiosité de le voir et de l'entendre ; elle en obtint la permission de sa mère : l'impression qu'il fit sur elle fut assez forte pour que son cœur en fût touché ; et comme elle n'apportait aucune résistance à ce sentiment si doux, son prisonnier la captiva pour toujours.

Alban lui dit : Ah ! madame, s'il vous reste un peu de cette pitié qui règne dans tous les lieux que le soleil éclaire, j'oserais vous demander au nom de la beauté, de ces traits et de cette ame qui vous soumettent tous les cœurs, une vie que je voudrais vous consacrer. Je connais trop, il est vrai, l'inhumanité qui règne dans ce pays pour vous demander la vie en pur don ; mais, madame, accordez-moi, du moins, de mourir en brave homme, les armes à la main, et de ne pas périr comme un scélérat qui subit son supplice, ou comme un animal qu'on conduit pour le sacrifier.

Alexandra, dont les yeux commençaient à se remplir de larmes, lui répondit d'un air attendri : Quoique les mœurs de ce pays soient les plus barbares de l'univers, ne croyez pas cependant qu'il ne s'y trouve que des Médées ; et, quand toutes celles qui l'habitent auraient sa cruauté, moi seule, je m'intéresserais à sauver vos jours.

Si, jusqu'à ce moment, j'ai paru me conformer à leurs usages, ce n'est, je l'avoue, que parce-qu'aucun autre que vous ne m'avait encore inspiré de la pitié; mais eussé-je le cœur d'un tigre, comment votre beauté, votre valeur ne parviendraient-elles pas à le rendre sensible?

Pourquoi, continua-t-elle, cette loi cruelle contre les étrangers est-elle la plus forte? Pourquoi ne puis-je pas sacrifier ma vie pour la vôtre? Mais nulle de nous n'a le pouvoir de vous secourir. Ce que vous demandez, quoique la grace soit légère, ne pourra s'obtenir que très difficilement; cependant soyez sûr que je le solliciterai vivement, quoique je frémisse du péril que vous essuierez dans un combat sanglant. Ah! madame, interrompit Elban, sachez que je me sens le courage de combattre et de vaincre ensemble dix des chevaliers les mieux armés qu'on voudra me présenter.

Alexandra ne répondit à ce discours si généreux, que par un profond soupir. Elle le quitta pénétrée pour toujours de l'amour le plus vif, et de la plus haute estime. Elle rendit compte à sa mère de la proposition courageuse d'Elban, et la pressa vivement sur la justice d'accorder une pareille demande. Orontée fit aussitôt assembler son conseil : elle y représenta l'importance de connaître à fond la force et la valeur des guerriers auxquels elles confiaient la garde de leurs ports et de leur rivage. Je crois, leur dit-elle, que

laissant cependant nos lois dans toute leur vigueur, il serait bien sage d'établir à l'avenir, que
celui qui tomberait dans nos mains pourrait
choisir de se battre contre dix de nos guerriers,
plutôt que d'être conduit à l'autel des sacrifices.
Si nous le voyons vaincre ces dix guerriers ensemble, nous ne pourrons plus douter qu'il n'ait
la force et la valeur nécessaires pour défendre
nos ports. Ce qui me porte à vous faire cette
proposition, continua-t-elle, c'est que nous avons
maintenant un prisonnier qui demande à combattre seul dix de nos guerriers : si ce n'est que
par un vain orgueil, il sera puni sévèrement ;
mais il est vraiment digne de grace, s'il accomplit
ce qu'il ose proposer.

Une des plus vieilles femmes prit alors la parole
pour lui répondre. La principale raison, dit-elle,
qui nous a fait conserver quelques hommes parmi
nous, n'est pas celle de les garder pour notre
défense. Eh ! ne sommes-nous donc pas assez
nombreuses, fortes et courageuses, pour n'avoir
rien à craindre ? Ce n'est donc que la nécessité
d'avoir de nouvelles sujettes pour l'état, qui
nous oblige à en garder un petit nombre ; mais,
puisque nous sommes forcées à les conserver
par cette raison politique, il est de même très
important qu'il en reste seulement un contre
dix femmes ; c'en est assez pour donner des enfants à l'état, sans courir risque qu'ils se l'assu-
jettissent. Qu'ils soient bons pour cet emploi, ils

peuvent être lâches et inutiles pour tout le reste : un homme capable d'en tuer dix autres peut être fort dangereux contre des femmes ; dix hommes de cette espèce suffiraient vraisemblablement pour nous maîtriser, et je ne trouve pas prudent de mettre les armes à la main à ces hommes dangereux et plus forts que nous. De plus, si un seul homme réussit à en tuer dix autres, que deviendront les cent pauvres veuves qu'ils laisseront ? Déjà je crois entendre les cris que cette privation leur coûtera : passe encore s'il proposait, en tuant ces dix jeunes maris, de les remplacer auprès des cent veuves ; alors il mériterait d'être écouté.

Ce fut là l'objection que fit la vieille Artémie, et ce ne fut pas sa faute si le pauvre Elban ne fut pas offert en sacrifice ; mais la bonne reine Orontée, qui voulait favoriser sa fille, apporta tant de justes et de nouvelles raisons, que l'avis de son sénat fut en sa faveur.

Elban était si beau, son air était si séduisant que toutes les jeunes femmes opinèrent pour lui ; et, plus nombreuses que les vieilles, elles l'emportèrent sur elles. Les vieilles, qui prenaient parti pour Artémie, furent long-temps à consentir qu'Elban conservât la vie ; il fut enfin résolu qu'on épargnerait ce jeune homme ; mais ni les vieilles ni les jeunes ne se départirent de l'ancien usage qui le forçait à se faire en une seule nuit dix femmes de dix jeunes filles. Elles eurent assez bonne opinion d'Elban pour le tirer de prison à ces conditions.

On lui donna alors des armes et un cheval : les dix guerriers se présentèrent contre lui ; tous les dix mordirent la poussière à ses pieds. La nuit suivante il sut attaquer si heureusement les dix jeunes filles, qu'elles avouèrent toutes leur défaite. La bonne Orontée, en conséquence, sentit augmenter infiniment la grande opinion qu'elle avait de lui ; cette bonne mère crut ne pouvoir mieux faire que de le prendre pour son gendre : elle lui donna Alexandra, et les neuf autres filles dont il avait été vainqueur.

Orontée le laissa héritier du nouvel empire avec sa chère Alexandra, qui donna son nom au pays, sous la condition qu'eux et leurs successeurs feraient observer la loi dans toute sa teneur ; que tout étranger jeté sur la côte, qui ne pourrait remporter, comme Elban, les deux victoires consécutives, serait sacrifié sans pitié, et que quiconque sortirait vainqueur des deux épreuves serait le maître de choisir les dix femmes qui lui plairaient le plus, et régnerait sur elles et sur toutes les autres, jusqu'à ce qu'un nouveau guerrier s'emparât par sa mort de cet état brillant.

Il y a déjà deux mille ans que cet usage cruel continue, et peu de jours se passent sans le sacrifice de quelque malheureux étranger. Si quelqu'un d'eux, à l'exemple d'Elban, se présente, et sort victorieux du premier combat, presque toujours il succombe à la seconde épreuve : quelques-uns cependant ont joui d'un plein succès ; mais

les exemples en ont été bien rares. Argilon fut un
de ces vainqueurs; mais il ne jouit pas long-
temps du fruit de sa double victoire. Porté sur
ce rivage par les vents contraires, je lui donnai
la mort : et plût à Dieu que j'eusse succombé
avec lui le même jour, plutôt que de passer ma
vie dans un si honteux esclavage! Ah! que ces
plaisirs de l'amour, ces ris, ces jeux si chers à
mon âge, que cette pourpre, ces riches pierreries si desirées par les habitants des villes, doivent paraître de peu de valeur à l'homme privé
de sa liberté! Rien ne peut me consoler de l'accablante servitude dans laquelle je languis. Je
passe les plus beaux de mes jours dans une vie
molle et oisive : l'aiguillon de la gloire me presse ;
le triste ennui émousse pour moi le plaisir, le
desir même. Malheureux que je suis! tandis que
la renommée et la gloire de ceux de mon sang
remplissent la terre, peut-être pourrais-je partager les lauriers dont mes frères sont couronnés.
Oui, c'est une injure que le ciel m'a faite, quand
il m'a réduit à cet esclavage. Je me vois ici comme
un malheureux cheval de bataille aveugle, estro-
pié, désormais inutile, qu'on abandonne dans un
champ ; et, n'espérant plus sortir de cet état,
je ne desire que la mort.

   Guidon se tut alors, en soupirant, et maudissant le jour où dix guerriers abattus, et sa seconde victoire, avaient remis entre ses mains un
sceptre pesant et odieux.

Astolphe, qui l'écoutait attentivement, n'avait pas voulu se faire connaître avant d'être bien convaincu que ce Guidon était réellement, ainsi qu'il le disait, le fils du duc Aymon son parent. Je suis, lui dit-il alors, Astolphe, prince d'Angleterre et votre cousin. Ce ne fut pas sans l'embrasser en versant quelques larmes. Cher parent, ajouta-t-il en l'embrassant de nouveau, votre mère n'eut pas besoin de vous attacher un signe pour vous faire reconnaître; votre haute valeur vous suffit. Guidon, qui, dans un autre temps, eût senti la joie la plus vive à trouver un parent si cher, ne put lui rendre ces caresses qu'avec l'air le plus triste. Il savait que s'il n'était pas tué le lendemain matin, Astolphe et ses compagnons demeureraient esclaves, et qu'ils ne pouvaient conserver leur vie et leur liberté que par sa propre mort.

Une seconde réflexion vint achever de l'accabler. Hélas! se disait-il en lui-même, quand Marphise m'ôterait aussi la vie, comment réussirait-elle dans la seconde épreuve! Cette charmante guerrière ne pourrait accomplir la loi; ses compagnons n'en seraient pas moins esclaves, et elle condamnée à la mort.

Marphise et les quatre chevaliers qui avaient été fort attentifs à tout le récit de Guidon, et qui voyaient tant de générosité d'ame jointe à tant de valeur, s'attendrissaient en réfléchissant que ce n'était que par sa mort qu'ils pouvaient con-

server la liberté. Mais déja la guerrière pensait
qu'elle aimerait mieux perdre elle-même la vie
que de l'arracher à Guidon.

Joignez-vous à nous, lui dit-elle; c'est par la
force seule que nous devons sortir d'ici. Hélas!
lui répondit-il, perdez cette vaine espérance,
nous ne réussirons jamais.

Mon cœur, dit fièrement Marphise, ne peut
m'inspirer la crainte de ne pas réussir dans ce
que j'entreprends, et je ne connais point de
route plus certaine et plus sûre que celle que
mon épée saura m'ouvrir. Guidon, ajouta-t-elle,
vous m'avez si bien fait éprouver votre valeur,
qu'avec vous il n'est rien que je n'ose tenter. Dès
demain, lorsque ces femmes seront placées sur
leurs gradins, je veux que nous les attaquions
des deux côtés, que nous les mettions en fuite,
ou que, les massacrant toutes, nous laissions
leurs corps en proie aux vautours et leur ville
en feu.

Ah! répondit Guidon, vous me verrez toujours prompt à vous suivre et à mourir à vos côtés: mais ne nous flattons pas de sauver notre
vie; il nous suffira de ne pas périr sans vengeance.
J'ai souvent compté dix mille femmes sur cette
place; un pareil nombre garde les remparts, le
port, la citadelle: il ne nous reste aucune route
pour nous échapper.

Fussent-elles plus nombreuses que l'armée de
Xerxès, dit Marphise en colère, leur nombre sur

passât-il celui des anges rebelles, si vous me sui-
vez, Guidon, soyez sûr qu'elles seront vaincues,
et peut-être même me suffirait-il que vous ne
combattiez pas pour elles.

Eh bien! répliqua Guidon, choisissons du
moins un moyen qui puisse réussir. Il n'est permis qu'aux femmes d'aller en mer et de sortir
du pays : sachez que je peux me confier à l'une
des miennes qui m'a souvent donné des preuves
du plus grand attachement, et qui ne désire pas
moins que moi me tirer de cet esclavage, pourvu
qu'elle me suive, parcequ'alors elle espère qu'elle
possèdera mon cœur, sans le partager avec ses
rivales. Pendant qu'il fait encore nuit, elle fera
équiper dans le port un brigantin ou quelque
autre bâtiment, que vos pilotes trouveront tout
prêt à faire voile en arrivant. Alors, réunissant
tous nos gens bien armés derrière nous, nous
saurons nous ouvrir un passage si l'on ose nous
résister, et nos épées nous tireront de cette cruelle
cité.

Faites comme vous l'entendrez, mon cher Guidon; pour moi, je suis bien sûre qu'il est plus
possible que je mette à mort tout ce qui pourra
me résister, qu'il ne l'est qu'on me voie fuir, et
que la plus légère terreur puisse entrer dans mon
ame. Il faut que le jour éclaire notre sortie; profiter des ombres de la nuit, avoir l'air de fuir,
me paraîtrait être un opprobre.

Je sais que si je me faisais connaître pour fille,

l'on me comblerait ici de biens et d'honneurs,
et que je serais placée peut-être parmi les premières du sénat : mais n'y étant point arrivée
sous mes véritables habits, je veux courir les
mêmes risques que vous tous; et je ne suis pas
assez lâche pour acheter ma liberté par votre esclavage.

Marphise prouva bien, par ce propos, que l'intérêt de ses compagnons la touchait autant que
le sien, et que la crainte de leur nuire par un excès de courage l'empêchait seule d'attaquer cette
troupe innombrable de femmes; elle s'en remit
donc à Guidon du soin de les conduire dans cette
entreprise, selon le moyen le plus sûr qu'il avait
su trouver.

Guidon, causant la nuit avec Alérie (c'était
celle de ses femmes qui méritait le plus sa confiance), la trouva tout aussi vive que lui-même
pour l'exécution de ce projet. Elle fit, dès la
même nuit, armer un bon vaisseau sur lequel
elle embarqua ce qu'elle avait de plus précieux,
et répandit le bruit que, dès le lendemain matin,
elle voulait aller en course avec quelques-unes
de ses compagnes. Elle avait eu soin de remplir
le palais de Guidon des armes nécessaires pour
tous ceux qui suivaient Marphise et ses compagnons. Ils passèrent la nuit, dormant ou faisant
la garde : plusieurs, les yeux fixés sur l'Orient,
restèrent attentifs à voir la première rougeur de
l'horizon.

Le soleil n'avait point encore levé les voiles qui couvraient la terre, et la fille de Lycaon (1) n'avait pas achevé de décrire son demi-cercle autour du pôle, lorsque les femmes armées, ardentes de voir le combat, se hâtèrent de remplir la place et les gradins, aussi nombreuses que les essaims de mouches qui quittent leur ruche pour aller en remplir une nouvelle.

Le son de mille instruments guerriers faisait retentir le ciel et la terre; il appelait Guidon, souverain du pays, à venir terminer le combat commencé, lorsque Marphise et ce chevalier, les deux fils d'Olivier, Astolphe et Sansonnet, bien couverts de leurs armes, et suivis de leurs gens à pied ou à cheval, armés de même, sortirent du palais de Guidon. Il fallait absolument traverser la place d'armes, pour descendre de ce palais au port. Guidon marcha le premier, tous les autres le suivant en bon ordre, et se présenta dans la place à la tête d'environ cent hommes armés.

Il s'avançait à grands pas pour la traverser, et parvenir à l'autre porte, lorsque toutes ces femmes armées, et prêtes pour combattre, s'aperçurent qu'il voulait s'échapper avec sa suite. Elles saisirent aussitôt leurs arcs; et leur plus

---

(1) Calisto, une des nymphes de Diane, que Jupiter rendit mère d'Arcas. Junon la métamorphosa en ourse; mais Jupiter l'enleva avec son fils, et les plaça dans le ciel, où ils forment les constellations de la grande et de la petite ourse.　　P.

grosse troupe courut s'opposer à son passage.
Marphise et ses compagnons ne différèrent pas
à les attaquer : mais, malgré le massacre affreux
qu'ils firent de ces femmes cruelles, leur nombre
augmentant sans cesse, et faisant pleuvoir sur
eux une grêle perpétuelle de flèches et de dards,
ils commencèrent à craindre de ne pouvoir pénétrer ou renverser cette masse de combattantes
qui, de moment en moment, devenait plus épaisse.

Déja quelques gens de la suite des guerriers
étaient blessés; le cheval de Marphise, celui de
Sansonnet avaient été tués; et, sans la bonté de
leurs armes, ils eussent été eux-mêmes percés de
mille coups. Astolphe, ennuyé de cette pluie importune, se dit en lui-même : Eh! pourquoi donc
attendrais-je plus long-temps à me servir de mon
cor? Voyons si le son de cet instrument ne nous
sera pas plus utile que nos épées pour nous ouvrir
le chemin. Comme il est bien naturel, dans les
grands périls, de se servir de ses ressources, Astolphe emboucha ce cor dont le son faisait trembler
la terre. Dès que ce son terrible eut frappé l'air,
tous les cœurs furent saisis d'une si grande terreur, que, perdant même tout usage de raison,
tous ceux qui l'entendirent se mirent en fuite;
les gardes des portes, se renversant les unes sur
les autres, ne les défendaient plus qu'en les
embarrassant par leurs corps; les femmes qui
remplissaient les gradins s'en précipitèrent,
comme on voit se jeter des toits et des fené-

tres les malheureux que la flamme environne,
lorsque, pendant leur sommeil, un feu caché s'é-
tend, éclate tout-à-coup, et porte son ravage dans
tout l'intérieur d'une maison. Celles de ces femmes qui ne périssent pas de cette chute continuent à courir épouvantées : toutes perdent la
tête, et cherchent de tous côtés à fuir le terrible
son qui les poursuit sans cesse; plus de mille ar-
rêtées aux portes s'écrasent mutuellement sans
pouvoir se retirer; d'autres montent sur les murs,
sur les corniches de la place, tombent et se brisent sur la pierre.

Astolphe ne cessait point de sonner et de répandre le trouble et la terreur : les cris, les plaintes, le fracas augmentaient de tous côtés à l'approche de cet horrible son; tout était en fuite
également, et les guerrières n'avaient pas plus
de fermeté que cette vile populace dont la timidité ne peut vous étonner, son naturel tenant de
celui du lièvre. Mais que dirons-nous du cœur si
ferme et si fier de Marphise et de celui de Guidon-le-Sauvage? Que dirons-nous de ces deux
fils d'Olivier (1), dont les exploits ont si souvent
illustré leur brave race? Ces guerriers qu'une
armée de cent mille hommes n'aurait pas fait
reculer d'un pas, privés maintenant de courage,
s'abandonnent à la fuite comme des lapins ou de
timides colombes, lorsqu'un bruit effrayant a re-

_____

1. Griffon et Aquilant.

tenti dans leur voisinage. Amis ou ennemis, tous
éprouvent également l'effet de ce cor enchanté ;
et Sansonnet, Guidon et les deux frères, fuyant à
la suite de Marphise éperdue elle-même de
frayeur, s'éloignent du son qui semble les poursuivre.

Astolphe court en effet de tous les côtés où
quelques grosses troupes paraissent rassemblées,
et semble se plaire à les dissiper : les uns se sau-
vent vers les montagnes, d'autres s'enfoncent dans
l'épaisseur des bois; quelques-uns descendent
vers le port : tout ce qui remplissait cette grande
ville abandonna les places, les temples, les maisons; elle demeura presque entièrement vide en
un instant.

Marphise, Guidon, les deux frères, et Sansonnet, pâles et tremblants, sont du nombre de
ceux qui fuient vers la mer; leurs gens les suivaient en criant : heureusement leur fuite les conduisit vers l'endroit du port où le vaisseau préparé par Alerie les recueillit promptement avec
leur suite. Après s'être embarqués en grande
hâte, ils animèrent les rameurs à fuir du port,
et les matelots à déployer toutes leurs voiles.

Astolphe, après avoir parcouru tous les quartiers de la cité dont il avait fait déserter les maisons et les rues, avait poursuivi les habitantes
sans relâche : quelques-unes s'étaient cachées dans
les lieux les plus immondes; d'autres, fuyant jusqu'à la mer, s'étaient mises à la nage, et s'étaient

ensevelies dans les flots. Astolphe descendit à son
tour sur le rivage, croyant y rejoindre ses compagnons ; mais n'en trouvant aucun sur le môle
du port ni dans les vaisseaux, il leva les yeux
vers la haute mer, et aperçut le navire dans lequel ils s'étaient embarqués, et qui portait toutes
ses voiles pour s'éloigner avec plus de célérité.
Se trouvant seul alors, et sans vaisseau, le paladin fut obligé d'imaginer quelque autre moyen
de poursuivre sa route.

Laissons aller Astolphe (1) ; et ne soyez point
inquiet, en le voyant voyager tout seul au milieu
de ces pays peuplés par des barbares et des infidèles : je vous assure qu'il n'a pas lui-même la
plus légère crainte ; il sait bien qu'il n'est aucun
péril dont il ne puisse se tirer avec le cor dont
il vient de faire une si bonne épreuve : voyons
plutôt quel est l'état présent de ses pauvres compagnons qui meurent de peur, et qui s'enfuient
à pleines voiles.

Marphise et ses compagnons, après s'être éloignés du rivage de ce pays si barbare, avaient vogué
rapidement, et se trouvaient enfin hors de portée
d'entendre le maudit son du cor d'Astolphe : alors,
la honte s'empare d'eux ; cet état leur avait été
toujours inconnu ; et la plus vive rougeur colore
leurs joues. Aucun d'eux n'ose regarder ses compagnons. Tous les cinq, l'air triste et la tête bais-

(1) Le poète revient à lui au vingt-deuxième chant.

sée, restent sans prononcer un seul mot. Le pilote,
pendant ce temps, dépassa les îles de Chypre et
de Rhodes, ensuite toutes celles de la mer Égée,
enfin le dangereux cap de Malée. Le vent s'étant
toujours soutenu très favorable, la Morée disparut
bientôt aux yeux des navigateurs; et, dès qu'ils
eurent tourné la Sicile, ils aperçurent et côtoyè-
rent les agréables rivages de l'Italie.

Le pilote, dont la famille etait restée à Luna,
vint prendre port dans cette ville, remerciant
Dieu de s'être tiré sain et sauf d'une si longue
et si périlleuse navigation ; et, dès le même jour,
Marphise et ses compagnons, trouvant un vaisseau prêt à partir pour la France, s'embarquèrent,
et peu de temps après arrivèrent à Marseille. Bradamante, qui commandait dans ce pays, était alors
absente; elle les eût sûrement engagés à s'arrêter,
si elle s'était trouvée à leur débarquement : ils
descendirent à terre, et sur-le-champ Marphise,
leur disant adieu, partit, et se sépara d'eux sans
avoir encore de projet.

Cette brave guerrière ne trouvait pas honorable qu'un si grand nombre de chevaliers voya-
geassent ensemble. Les étourneaux et les pigeons,
disait-elle, volent en grande troupe; les daims,
les cerfs et les animaux timides aiment à voyager de compagnie : mais le hardi faucon, l'aigle
audacieux, qui ne comptent sur aucun secours
étranger, les ours, les tigres, les lions, tous ces
animaux courageux vont toujours seuls. nulle

espèce de danger ne leur paraissant redoutable.

Les autres chevaliers ne s'étant point voulu séparer, Marphise partit seule, marchant à son ordinaire à travers les bois et les champs, sans tenir de route certaine; laissons-la donc aller seule, et retournons à nos paladins, qui, en suivant la route qu'ils trouvèrent la plus battue, arrivèrent le lendemain dans un château dont le maître les reçut avec beaucoup de politesse.

Cette courtoisie apparente couvrait cependant un lâche projet dont ils éprouvèrent l'effet dès la nuit suivante. Le traître seigneur de ce château les fit arrêter dans leurs lits pendant qu'ils dormaient, et ne voulut point les relâcher qu'ils n'eussent prêté serment d'observer la coupable coutume qu'il avait établie; mais cependant, seigneur, avant de vous conter le reste de cette aventure (1), je ne peux résister au désir d'en revenir à cette belliqueuse Marphise.

Après avoir passé la Durance, le Rhône et la Saône, en arrivant au pied d'une montagne assez agréable, elle voit venir de loin une vieille femme couverte d'habits noirs très sales et déchirés; elle paraissait bien lasse d'avoir fait un long chemin; mais elle se montrait encore plus affligée.

Cette vilaine vieille était celle qui servait les brigands dans la caverne du mont où la justice

_____

(1) Voyez le vingt-deuxième chant.

divine envoya le comte d'Angers pour les punir
de leurs forfaits. L'infame vieille, qui craignait la
mort, par les raisons que je vous dirai, n'avait
suivi que les routes les plus cachées, depuis
qu'elle était sortie de la caverne.

Les armes, les habits de Marphise lui faisant
juger que c'était un chevalier étranger, elle cessa
de fuir, comme elle avait coutume de le faire,
dès qu'elle voyait un cavalier du pays; elle eut
même la confiance et la hardiesse de l'attendre
près du gué d'un torrent où le chevalier arrivant,
la vieille le salua d'un air suppliant, et lui demanda
d'avoir la bonté de la passer à l'autre bord, sur
la croupe de son cheval. Marphise, née obligeante,
non-seulement la passe, mais, voyant que le terrain de l'autre rive est très fangeux, elle la garde
toujours derrière elle, pour le lui faire traverser,
et c'est dans ces entrefaites, qu'elle est jointe par
un chevalier couvert d'armes brillantes. Ce chevalier marchait vers le gué du torrent, avec une
demoiselle et son écuyer. La demoiselle était assez
belle; mais elle avait un air vain et dédaigneux :
elle paraissait être digne de l'espèce de chevalier
qui l'accompagnait.

Celui-ci se nommait Pinabel, l'un des comtes
mayençais; c'était ce traître qui, quelques jours
auparavant, avait eu l'infamie de précipiter Bradamante dans la caverne de Merlin (1 , et la

_____

(1) Voyez chant deuxième, page 47.

femme qu'il conduisait était la même qu'Atlant avait enlevée, quand Bradamante le trouva déplorant cette perte.

Lorsque, par la valeur et l'adresse de cette belle guerrière, l'enchantement du château d'acier d'Atlant fut détruit, cette demoiselle avait recouvré sa liberté avec tous les autres prisonniers; ses anciennes habitudes l'avaient portée à rejoindre aussitôt Pinabel : tous les deux se convenaient d'humeur et de caractère, et bien aises de se retrouver ensemble, ils voyageaient de château en château.

Cette demoiselle était fière de quelques traits de beauté; mais naturellement peu polie, dès qu'elle aperçut la vieille que conduisait Marphise, elle ne perdit pas cette occasion d'en rire et de s'en moquer ouvertement. Marphise, peu patiente, fut très choquée de son impertinence, et lui dit que sa vieille était mille fois plus jolie qu'elle, et qu'elle le prouverait à son chevalier, s'il osait prendre sa querelle, sous la condition que, s'il était vaincu, elle lui prendrait ses habits et son palefroi pour le donner à cette vieille.

Pinabel, quoique assez à regret, se trouvant forcé de défendre la beauté de sa maîtresse, saisit sa lance et son bouclier, et prit du champ pour courir contre la guerrière. Marphise lui porte la pointe de sa forte lance à la visière, et le fait voler et rouler à terre privé de tout sentiment. Elle use aussitôt des droits de la victoire; elle fait ôter tous les beaux habits, tous les ornements de la demoiselle; elle en fait revêtir sa vieille, et veut que toutes ces couleurs, ces parures brillantes, faites pour la jeunesse, ornent les cheveux gris et le front ridé de cette vilaine créature, à laquelle elle fait aussi monter le palefroi de la demoiselle qu'elle laisse dans l'obligation de se couvrir des haillons de la vieille.

Marphise dit à la vieille de la suivre; elle marcha trois jours sans trouver d'aventures; mais le quatrième, elle aperçut un chevalier qui venait vers elle au grand galop; c'était l'aimable Zerbin, prince d'Écosse, qui joignait toutes les vertus de la chevalerie aux charmes de la jeunesse. Il venait de poursuivre en courroux un brutal de cavalier(1)qu'il n'avait pu joindre: il l'avait suivi longtemps dans la forêt; mais l'autre, s'étant dérobé assez promptement à ses coups, s'était sauvé par une route détournée à l'aide d'un brouillard épais qui avait offusqué les premiers rayons du soleil; et cet Écossais, après s'être mis à couvert de la première fureur de son prince, attendait qu'elle fût calmée pour oser reparaître devant lui.

Quoique Zerbin fût encore irrité, dès qu'il eut aperçu la vieille, il ne put s'empêcher de rire, en voyant ce vieux et vilain visage paré de tous les ornements qui ne conviennent qu'à la jeunesse : ce contraste même lui parut si ridicule,

---

(1) Voyez chant dix-neuvième, page 56.

qu'il dit en riant à Marphise, qui semblait avoir
cette guenon sous sa garde : Chevalier, je vous
trouve vraiment très prudent de vous être chargé
d'une demoiselle pareille; car vous ne devez pas
craindre qu'on cherche à vous l'enlever.

La vieille, dont les rides sales et profondes
égalaient celles d'une Sibylle antique, et qui ressemblait au vieux singe que des bateleurs coiffent
quelquefois pour attirer l'argent et les ris du peuple, devint encore plus hideuse, en entendant le
propos de Zerbin. Ses yeux cavés étincelèrent de
courroux; car le plus mortel affront qu'on puisse
faire à une femme, c'est de lui dire qu'elle est
vieille ou laide. Marphise, qui riait intérieurement,
trouva plaisant de prendre le parti de sa vieille,
et de répondre au chevalier. Parbleu! lui dit-elle,
l'aimable demoiselle que je conduis est sans comparaison plus jolie que vous n'êtes poli; mais je
crois qu'intérieurement vous lui rendez plus de
justice, et que vous faites semblant de n'être pas
sensible à ses attraits, pour excuser votre extrême
lâcheté. Eh! quel serait le chevalier assez froid,
assez peu galant, pour ne pas montrer l'ardeur
la plus vive à cette belle, s'il avait le bonheur de
la trouver seule dans un bois!

Vraiment, répondit Zerbin, je trouve qu'elle
est si bien avec vous, qu'il serait injuste que personne pensât à vous l'enlever; et vous pouvez
être tranquille, car je me garderai bien de commettre une indiscrétion pareille : en toute autre

8.

occasion, si vous vouliez m'éprouver, je serais prêt à vous satisfaire; mais je serais bien fâché de hasarder une seule joute en son honneur; et belle ou laide, je vous la laisse. Vous me paraissez tous deux si bien assortis, que ce serait dommage de troubler une si belle union. Je pense même que votre valeur égale peut-être la beauté de votre maîtresse.

Oh! répondit Marphise, il faudra bien que, bon gré malgré, vous me disputiez cette belle; je ne souffrirai pas que vous ayez vu tant de charmes, sans faire vos efforts pour les posséder. Mais, lui répondit Zerbin, il me semble qu'il serait fou de combattre pour une espèce de victoire aussi nuisible au vainqueur que favorable au vaincu. Entendons-nous, lui répliqua Marphise : si ce marché-là ne vous convient pas, je vous en propose un autre que vous ne pouvez refuser : vaincu par vous, je me tiens forcé de la garder; mais si je suis vainqueur, je vous impose la loi de vous en charger. Allons, je le veux bien, dit Zerbin sans hésiter; puis, tournant aussitôt son cheval pour fournir une carrière, il s'affermit sur ses étriers, il rassembla ses forces; et ferme dans les arçons, ne voulant faillir d'atteinte, il porta sa lance dans le milieu de l'écu de Marphise : mais il crut l'avoir brisée contre une montagne de métal : pour lui, frappé dans la visière de son casque, il fut renversé la tête tout étonnée sur la poussière.

Zerbin sentit bien vivement la douleur de se voir abattu pour la première fois, lui qui n'avait jamais trouvé de chevalier qui pût lui résister à la joute : il regarda cet affront comme ineffaçable. Pendant long-temps il resta muet, et sans se relever ; ce qui l'affligea le plus encore en ce moment, ce fut l'engagement de garder la maudite vieille, qu'il se voyait forcé de remplir.

La malicieuse Marphise, retournant aussitôt, lui dit en riant : C'est de tout mon cœur que je vous présente ma dame ; et plus je la vois agréable et belle, plus je sens de plaisir à vous la céder. Désormais soyez son défenseur, puisque cette joute et votre parole vous y forcent ; soyez son guide, son escorte, par-tout où sa volonté la conduira. Vous savez que ce sont les conditions que vous avez acceptées. A ces mots, elle donne des deux à son cheval, et s'enfonce au milieu de la forêt sans attendre sa réponse (1).

Zerbin qui ne doutait pas que son adversaire ne fût un chevalier des plus renommés dit à la vieille de le lui faire connaître. La méchante coquine n'eut garde de lui déguiser la vérité ; et, pour l'humilier davantage, elle se plut à l'assurer que c'était une jeune guerrière qui l'avait si facilement fait voler des arçons.

Celle-ci véritablement, lui dit-elle, peut disputer à tous les chevaliers l'honneur de porter une

---

(1) Marphise reparaîtra dans le vingt-cinquième chant.

lance et un bouclier. Elle arrive du fond de l'Orient,
et vient pour éprouver la force et la valeur des
paladins français. Zerbin sentit alors redoubler sa
honte et son dépit, au point que la rougeur extrème qu'il sentit s'élever sur tout son corps aurait dù colorer jusqu'à ses armes. Il remonta sur
son cheval, plus honteux que jamais de n'avoir
pas su le serrer avec assez de force.

La maudite vieille, riant en elle-même, et
cherchant à redoubler sans cesse son dépit, le
fit souvenir de la nécessité de la suivre; et Zerbin, l'oreille basse, et soumis au devoir de tenir
sa parole, la suit comme un cheval las et rendu
marche les éperons dans le flanc, obéissant de
plus au dur frein qui le gouverne. Hélas! disait-il
en soupirant : Fortune, ah! que tu m'es cruelle!
tu m'as enlevé la fleur de toutes les beautés de
la terre; je devrais maintenant l'avoir avec moi.
Barbare! c'est cette infame vieille que tu me forces à conduire. Ah! qu'il eût mieux valu tout
perdre que de faire cet échange inégal! Quoi!
cette princesse dont les attraits et les vertus eussent embelli l'univers, celle que j'adorais est submergée dans les ondes, a le corps brisé sur des
rochers tranchants, est dévorée peut-ètre par les
monstres voraces de la mer, et cette vieille hideuse,
qui depuis long-temps devrait ètre la pâture des
vers, semble n'avoir vécu vingt ans de plus qu'elle
n'aurait dù, que pour donner encore plus de poids
à mes malheurs!

Ainsi parlait Zerbin en voyageant, et s'acquittant de son triste devoir envers la vieille; son visage portait l'empreinte de la douleur que lui causaient et son odieuse conquête, et la perte de sa maîtresse. Quoique la vieille n'eût jamais vu Zerbin, elle soupçonna par ce qu'il venait de dire que ce pouvait être celui dont la triste Isabelle lui parlait si souvent, lorsqu'elles étaient ensemble dans la caverne.

Si vous vous souvenez de ce que je vous ai dit, la vieille venait de cette caverne où la princesse de Galice, adorée par Zerbin, était restée pendant dix mois prisonnière.

Isabelle lui parlait alors très souvent du moment où, quittant la cour de son père pour suivre son amant, elle avait essuyé la plus cruelle tempête, et de tous ses autres malheurs depuis que, son navire s'étant brisé contre les écueils, elle avait été jetée sur le rivage de la mer près de la Rochelle.

Isabelle s'était plue si souvent à lui peindre son amant, que, lorsqu'elle l'entendit parler et qu'elle l'eut examiné plus attentivement, elle ne douta plus que ce ne fût le même qu'Isabelle regrettait sans cesse dans la sombre caverne de la montagne, et dont l'absence était pour elle encore plus douloureuse que son esclavage.

La vieille connut bientôt par les plaintes et par le discours de Zerbin, qu'il avait une fausse opinion et qu'il croyait Isabelle submergée sous

les eaux. La détestable vieille, voyant qu'elle
pouvait facilement porter la consolation dans son
ame, se plut à lui dire au contraire tout ce qui
pouvait l'affliger le plus. Écoutez-moi, lui dit-elle,
vous dont l'humeur altière vous porte à me marquer tant de haine et de mépris; ah! que vous
me feriez de caresses, si je vous apprenais tout
ce que je sais sur le compte de celle que vous
pleurez comme ayant perdu le jour! Mais vous
me mettriez plutôt en pièces que de me forcer à
vous le dire; ce que j'eusse peut-être fait de bon
cœur, si vous aviez été plus honnête avec moi.
Le mâtin d'une métairie, qui poursuit avec furie
l'étranger qu'il croit être entré pour voler son
maître, ne s'arrète pas plus promptement lorsque
cet étranger lui jette de la viande ou du pain,
que Zerbin alors ne parut soumis et poli pour la
vieille. Il se tourna vers elle d'un air suppliant,
pour savoir le reste de ce qu'elle pouvait avoir
encore à lui dire, après l'avoir déja presque assuré
que celle qu'il pleurait comme morte respirait encore, et lui avoir fait entendre qu'elle était informée de son sort.

Il la regarde avec les yeux les plus tendres;
il la prie, la supplie, la conjure et par l'éternel
et par l'amour du prochain de ne lui plus rien
taire de ce qu'elle peut savoir du sort heureux ou
malheureux de sa maîtresse. Allez, lui dit l'insolente et dure Mégère, sachez que je ne vous dirai
jamais rien qui puisse vous consoler ni vous plaire:

vous saurez seulement de moi que votre Isabelle
est vivante, mais qu'elle est si malheureuse qu'elle
porte envie à ceux qui ne sont plus. Depuis le
peu de jours que vous n'en avez entendu parler,
elle est tombée entre les mains d'une vingtaine
de scélérats; et vous devez bien imaginer qu'avant
que vous la retrouviez, cette fleur que vous desiriez
si vivement devra avoir reçu de rudes atteintes!
Ah! maudite vieille, que tu sais bien inventer
et ajuster à ta guise les plus affreux mensonges!
Isabelle, il est vrai, est tombée au pouvoir de
vingt brigands, mais tu sais bien qu'aucun n'a
osé attenter à son honneur!

Quand donc l'avez-vous vue, ma chère amie? lui
dit Zerbin avec douceur; dans quels lieux avez-vous
pu la rencontrer? La maligne vieille resta muette.
Zerbin en vain redoubla ses instances; plus vainement encore il employa les menaces les plus
violentes : qu'il prie ou qu'il menace, rien ne
peut arracher une parole de plus à cette méchante
créature.

Zerbin cessant enfin de lui parler inutilement,
et réfléchissant sur ce qu'il venait d'entendre,
sentit naître une affreuse jalousie dans son ame. Il
se fût jeté dans le milieu des flammes pour voler
au secours d'Isabelle; mais le malheureux prince,
captivé par la parole qu'il avait donnée à Marphise, se trouvait attaché près de cette exécrable
vieille.

Elle le conduisit donc, selon sa fantaisie, par

monts et par vaux, sans que l'horreur qu'ils sentaient l'un pour l'autre leur permît de se regarder en face, et de se dire un seul mot.

Mais à peine le soleil avait-il passé le milieu de sa course qu'ils rencontrèrent un chevalier qui venait par un chemin opposé : c'est dans le chant suivant que je vous ferai connaître ce qui suivit cette rencontre.

FIN DU VINGTIÈME CHANT.

CHANT XXI.

ARGUMENT.

Zerbin renverse Hermonide. — Celui-ci lui raconte l'histoire de Gabrine,
et l'avertit de se défier de la scélératesse de cette femme. — Zerbin
s'éloigne avec Gabrine. — Il entend un grand bruit d'armes.

Non, je ne croirai jamais qu'un ferme ballot,
ou bien le bois à un autre bois uni, puissent être
retenus aussi fortement, l'un par la corde serrée
qui le lie, l'autre par le clou qui le traverse, que
l'est une belle ame par l'indissoluble nœud de la
foi qu'elle a jurée. Les anciens peignaient toujours
cette foi sacrée enveloppée d'un voile si blanc (1),
que la plus légère tache pouvait en altérer la
pureté. Cette foi, promise à un seul ou à mille,
doit toujours être inviolable; qu'on l'ait donnée
loin des cités et des villages, dans le fond d'un
bois, ou dans une grotte solitaire, elle doit avoir
la même force que les écrits les plus authentiques

(1) Albo rara fides colit
     Velata panno. HORACE.   P.

et les serments prêtés dans les temples de Thémis.
Zerbin fut, comme cela doit être, l'esclave de sa
parole dans tous les actes de sa vie. Il le faisait
bien voir, lorsqu'il quittait tout pour suivre celle
dont l'aspect et la compagnie étaient plus désagréables pour lui que l'approche d'une maladie
cruelle ou celle de la mort même; mais il avait
promis, il faisait taire tout desir et tout intérêt
personnel.

J'ai déja dit qu'il avait le cœur si serré d'être
obligé de suivre la méchante vieille, qu'il en en-
rageait dans l'ame, et ne disait mot. Ils marchaient
ensemble sans se parler; et le soleil commençait à
précipiter son char vers l'océan, lorsqu'ils firent
la rencontre d'un chevalier errant, La vieille re-
connait aussitôt ce chevalier pour être Hermonide
de Hollande, qui portait pour armes un bouclier
noir traversé d'une bande vermeille; elle perd
aussitôt son orgueil et sa fierté, et d'un ton humble elle conjure Zerbin d'avoir pitié d'elle, et de
prendre sa défense, comme il l'avait promis à
Marphise, ce guerrier étant son ennemi mortel,
et celui de toute sa race. Elle ajouta qu'il avait
tué son père et un frère unique qu'elle avait, et
que le traître se proposait de traiter de même
jusqu'au dernier de ses proches. Calmez votre
frayeur, lui répondit Zerbin, et ne craignez rien,
tant que vous serez sous ma garde.

Dès que le chevalier se fut approché de plus
près, et qu'il eut reconnu la vieille qu'il avait

en horreur, il s'écria d'une voix menaçante et
fière : Ou renoncez à défendre cette vieille, dont
ma main doit punir les forfaits, ou préparez-vous,
en combattant, à recevoir la mort que mérite celui
qui défend une mauvaise cause. Zerbin lui répond
avec douceur qu'il est contre l'honneur et les lois
de la chevalerie, de poursuivre la mort d'une
femme; qu'il ne lui refuse point le combat, s'il le
desire ; mais qu'il le prie de réfléchir auparavant
qu'il n'est pas d'un chevalier aussi brave, aussi
noble qu'il paraît l'être, de vouloir tremper sa main
dans le sang d'une femme.

Tout ce que Zerbin put dire fut inutile, il fallut en venir aux mains; et, chacun prenant de son
côté le terrain nécessaire, ils partirent l'un contre
l'autre avec la rapidité des fusées qui s'élèvent
comme des signes de la joie publique. Hermonide
portant sa lance un peu bas la brisa sur la cuirasse
de Zerbin, sans l'ébranler : le coup de celui-ci fut,
bien plus terrible; après avoir traversé le bouclier
d'Hermonide, il lui perça l'épaule, et l'étendit
renversé sur l'herbe. Le prince d'Écosse, qui crut
l'avoir tué, fut saisi de pitié, sauta de dessus son
cheval, courut à son secours, et lui leva promptement la visière.

Hermonide, reprenant un peu ses sens, le regarda fixement pendant quelques moments, et
lui dit enfin : Il n'est point aussi douloureux pour
moi d'être réduit dans l'état où je suis par un
chevalier que je reconnais être la fleur de ceux

qui portent les armes, que d'éprouver ce malheur
pour la cause d'une femme aussi cruelle que perfide. Comment est-il possible qu'un aussi brave
chevalier soit son défenseur? Ah! que vous re-
gretterez le mal que vous me faites, lorsque vous
saurez quelles sont les justes raisons qui me portent à me venger d'elle! Si la mort n'interrompt
pas mon récit (et ce que je sens me le fait craindre), je vous prouverai qu'il n'est aucune espèce
de vice et de scélératesse qu'elle n'ait poussée à
l'extrême.

J'avais un frère qui partit jeune de la Hollande
notre patrie, pour aller servir Héraclius, empereur d'Orient. Il devint dans cette cour ami et
comme frère d'un baron, homme très aimable,
qui possédait un beau château sur les frontières
de la Servie. Ce baron se nommait Argée: il avait
pour épouse cette détestable femme que vous
voyez, et malheureusement il l'aimait avec une
passion aveugle. Mais celle-ci, plus légère que
ne le sont les feuilles, lorsque le vent en dépouille les arbres en automne, et que la sève ne
les nourrit plus, cette femme inconstante, *ingrate*
pour le plus aimable des époux, n'eut pas plutôt
vu mon frère qu'elle n'écouta plus que le desir d'en
faire son amant. Les monts Acrocérauniens (1),
funestes aux navigateurs, ne sont pas plus im-

---

(1) Montagnes d'Épire, ainsi appelées parceque le sommet en est souvent frappé de la foudre.   P.

mobiles aux attaques impétueuses de la mer; le
pin, dont les rameaux et la verdure se sont cent
fois renouvelés, et dont les racines pénètrent la
terre aussi profondément que sa tige s'élève, n'est
pas plus inébranlable contre l'aquilon déchaîné,
que mon frère ne le fut aux avances, aux prières
même de cette créature criminelle, vil assem-
blage de tous les vices.

Comme il arrive souvent aux chevaliers qui
cherchent des aventures d'en trouver d'heureuses
ou de moins favorables, mon frère, dans une de
ces aventures, fut blessé près du château d'Argée, où il avait coutume d'aller sans être invité,
soit que son ami fût ou non avec lui. Il s'y fit
donc porter, et se proposa d'y demeurer jusqu'à
ce qu'il fût guéri de ses blessures. Pendant qu'il
gardait le lit, Argée fut forcé de s'absenter pour
quelques affaires. Cette effrontée, ayant perdu
toute pudeur, pressa mon frère avec tant de violence, qu'excédé de se sentir toujours piquer les
flancs par un pareil éperon, et voulant rester
fidèle, il choisit entre les maux qui pouvaient
en arriver, celui qui pouvait le tirer le plus
promptement d'affaire.

Il résolut donc, quoi qu'il en coûtât à son cœur,
d'abandonner pour toujours son cher Argée, de
s'éloigner, et de fuir si loin de sa femme, qu'elle
n'entendît plus jamais parler de lui.

Renoncer à cette amitié si vive, rompre cette
chaîne si douce qui l'unissait avec Argée, lui pa-

rut un effort bien douloureux. Mais valait-il
mieux ou le déshonorer, ou lui percer le cœur,
en lui découvrant les coupables desirs d'une
femme qu'il avait la faiblesse d'adorer? Sans avoir
égard à ses blessures qui n'étaient pas refermées,
il attache ses armes, et part dans le ferme dessein de ne revenir jamais. Mais son mauvais destin
s'oppose à ce projet également honnête et sage;
Argée revient peu d'heures après son départ, et
trouve sa femme dans les plaintes et dans les
larmes.

Argée lui demande la cause de cet état affreux.
Échevelée, le visage enflammé, la perfide ne répond rien; elle balbutie seulement quelques mots
entrecoupés, rêve à ce qu'elle va dire, s'occupe
uniquement de sa vengeance; et l'amour cédant
à la haine, elle s'écrie enfin : Ah! comment pourrais-je, seigneur, ensevelir à jamais dans l'oubli,
le crime que j'ai commis dans votre absence?
Quand je pourrais le cacher aux yeux des hommes, au ciel même, ma propre conscience ne le
dévoilerait-elle pas? L'ame bourrelée par le remords porte en elle-même son châtiment, et je
ne pourrais être plus sévèrement punie de mon
crime, que je ne le suis par ce que j'éprouve; si
toutefois on peut appeler crime une action qui
n'a point été volontaire : quelle qu'elle soit au
surplus, je ne dois pas vous la laisser ignorer;
que votre épée ensuite sépare d'un corps souillé
mon ame pure et sans tache; qu'elle ferme à ja-

mais mes yeux à la lumière du jour, afin que je
ne sois pas condamnée au supplice de n'oser plus
les lever après une pareille infamie, ni de ne
pouvoir soutenir les regards qui sembleraient me
la reprocher. La violence de votre coupable ami
m'a ôté plus que la vie, en ayant détruit à jamais
mon honneur : il a craint sans doute que je ne
vous découvrisse l'horreur de ses excès; il vient
de s'enfuir, après les avoir commis.

Argée la croit; cet ami, si long-temps cher à
son cœur, excite alors sa plus violente haine; il
n'écoute, il n'attend plus rien; il se couvre de
ses armes, et court à la plus prompte vengeance.

Argée connaissait les environs de son château;
mon frère, blessé, malade, la douleur dans l'ame,
et sans aucun soupçon, ne marchait que lentement. Il est joint dans un lieu solitaire; il est
attaqué par son ami qui ne l'écoute pas; et, quelque chose qu'il puisse dire, il est forcé de combattre.

Ce combat ne pouvait être long ni douteux :
l'un était sain, redoutable, animé par la vengeance; mon malheureux frère Philandre était
affaibli par ses blessures; et l'amitié, toujours
constante, retenait ses coups. Il céda bientôt, et
fut contraint à se rendre. A Dieu ne plaise, lui
dit Argée, que j'égale ta punition à tes forfaits;
et que je trempe mon bras dans le sein de celui
que j'aimais si tendrement. Ah! malheureux, tu
m'aimais aussi; quelle funeste suite à cette amitié!

Cependant je veux faire voir que si j'ai été plus
que toi fidèle aux lois de l'amitié, je sais aussi
mieux que toi modérer les transports de ma haine.
Je punirai ton crime sans tremper davantage mes
mains dans ton sang. En disant ces mots, il fit
préparer une espèce de brancard avec des branches d'arbre; et, le faisant poser sur son cheval,
il ramena Philandre à moitié mort dans son château, le fit enfermer dans une tour, et condamna
l'ami le plus innocent à n'en sortir jamais.

Philandre cependant éprouvait dans sa capti-
vité les marques d'un reste d'amitié qui ne pouvait s'éteindre: rien ne lui manquait; il pouvait
même commander librement; il avait tout, hors
la liberté. La coupable femme d'Argée sentit
bientôt renaître une flamme que la haine et la
vengeance n'avaient point éteinte. Elle avait les
clefs de la tour, et tous les jours elle redoublait
les maux de mon frère par sa présence, livrant
avec plus d'audace que jamais de nouveaux assauts à sa fidélité. Que te sert, lui disait-elle,
cette résistance, puisqu'on te croit coupable? Quel
prix attends-tu de ton imbécille fidélité, puisqu'il
n'est plus personne qui ne te regarde comme un
traître? Si tu n'avais pas été cruel, insensible
pour moi, tu jouirais de ta liberté, ton honneur
serait à couvert; tu perds tout par ta faute; car
n'espère pas recouvrer jamais ni l'un ni l'autre
que par mon secours: j'en peux trouver les
moyens; mais je jure de ne m'en servir jamais,
si tu ne te rends à mes desirs.

Non, non, lui répondait Philandre avec indignation, n'espère pas de pouvoir jamais corrompre une ame aussi fidèle ; quelque dur que soit le prix que j'en reçois, je m'y soumets, plutôt que de me manquer à moi-même. Quelle que puisse être la fausse opinion qu'on aura de moi, je saurai supporter ma chaîne : il me suffit que le ciel connaisse mon innocence ; peut-être sa justice finira-t-elle par la manifester. Qu'Argée m'arrache la vie, si la chaîne dont il m'accable ne lui suffit pas ; le ciel ne me refusera pas la palme de l'innocence : l'ami qui me percera le cœur reconnaîtra peut-être quelque jour toute son injustice, et cet ami malheureux arrosera ma cendre de ses larmes.

C'est ainsi que cette femme détestable essaya plusieurs fois, et toujours en vain, de séduire mon frère ; mais ses desirs aveugles et brûlants ne pouvaient s'éteindre : elle cherchait, elle imaginait sans cesse quelques moyens de satisfaire sa passion ; elle se formait tous les jours une nouvelle idée ; et ses projets se détruisaient tour-à-tour, sans qu'elle pût en arrêter aucun.

Elle prit sur elle d'être six mois sans entrer dans la prison de Philandre, et déja mon frère infortuné espérait que cette funeste passion était éteinte ; mais malheureusement le hasard fournit à ce monstre un moyen de l'assouvir par le plus noir de tous les crimes. Argée, depuis long-temps, était l'ennemi d'un de ses voisins nommé Morand-

le-Beau. Celui-ci, dès qu'il savait Argée absent,
venait faire des courses sur ses terres, et les
portait quelquefois jusqu'à son château; mais il
n'osait s'en approcher de plus de dix milles,
lorsqu'il le savait présent.

Argée, connaissant son peu de courage, et voulant trouver le moment de le punir, fit courir le
bruit qu'il partait pour accomplir un vœu qu'il
avait fait d'aller à Jérusalem. Il partit en effet
assez publiquement, pour que la nouvelle s'en
répandît comme étant certaine; mais, se confiant
toujours dans sa perfide femme, il revint dès la
nuit suivante se cacher dans son château. Chaque
jour dès le matin, couvert d'armes simples, et
bien déguisé, il sortait sans être vu de personne;
il s'allait embusquer dans un bois, ou rôdait autour de son château, dans l'espérance que Morand
viendrait de lui-même se livrer à ses coups. Il
passait ainsi tout le jour, et le soir sa femme
seule venait le recevoir par une porte secrète. La
scélérate, sachant que tout le monde croyait Argée
absent de chez lui, saisit ce temps pour faire
tomber mon frère dans l'affreux piége qu'elle eut
l'adresse de lui tendre.

Ayant les larmes à commandement, elle en
baigna son sein, et vint en cet état trouver
Philandre, en le conjurant de la secourir et
de sauver son honneur. Ah! lui dit-elle, si mon
cher Argée était ici, je n'aurais rien à craindre. Vous connaissez Morand, ajouta-t-elle, et

vous savez que, lorsqu'il sait qu'Argée est absent, il ne respecte ni Dieu, ni les hommes. Il n'est rien maintenant qu'il n'emploie pour me forcer à répondre à ses infames desirs; et, comme il corrompt à force d'argent jusqu'à mes domestiques même, je ne sais plus comment pouvoir me mettre à couvert de ses violences. Dès qu'il a su le départ de mon mari pour la Palestine, dont il ne peut être avant long-temps de retour, il a eu l'audace d'entrer chez moi sans nulle excuse, sans aucun prétexte; ce qu'il n'eût jamais osé faire sans l'absence de mon époux.

L'infame, poussant son effronterie à l'extrême, m'a demandé, sans rougir, ce que ses émissaires m'avaient souvent priée d'accorder à sa flamme : sa demande était accompagnée de tout ce qui pouvait m'annoncer la fureur de sa passion, et le risque imminent que je courais alors qu'il n'employât la dernière violence. Je n'ai pu me tirer de ce péril pressant, qu'en me servant de quelques expressions flatteuses. Pourquoi voudriez-vous, ai-je dit, obtenir par un crime ce que vous pouvez obtenir plus facilement et d'une façon plus douce, par votre amour? C'est ainsi que je l'ai calmé; mais ce n'est qu'en lui faisant une promesse que la peur seule pouvait m'arracher, et que cette contrainte me dispense bien de tenir, mon intention étant de lui refuser toujours ce qu'il pouvait alors me ravir par la force. Le péril que je cours est donc si pressant, que vous

seul pouvez m'en tirer, et vous devez le faire si
vous aimez Argée, et si son bonheur et le mien
vous sont chers. Si vous me refusez, je pourrai
dire que votre amitié pour Argée n'était que feinte:
je pourrai même le dire avec justice, puisque, si
vous vous fussiez rendu secrètement à mes desirs,
son honneur n'en eût point souffert; et, si vous
m'abandonnez aux fureurs de Morand, bientôt
la honte d'Argée et la mienne seront publiques.

Il n'est pas besoin, répondit mon frère, que
vous cherchiez à m'animer et à me convaincre
par un semblable propos; apprenez-moi plutôt
ce que vous exigez de moi; sachez que vous me
trouverez toujours le même que vous m'avez vu
jusqu'à ce jour. Quoique je souffre de l'injustice
d'Argée, je ne l'en ai jamais accusé; je suis prêt
à voler à la mort pour son service.

L'abominable créature lui répondit alors : Il
n'y a point d'autre moyen à prendre que celui
de donner la mort à l'homme qui veut nous déshonorer; ne croyez point, au reste, que vous
puissiez courir aucun risque en employant la façon sûre d'y réussir que je vais vous apprendre.
Il doit revenir cette nuit pendant sa plus grande
obscurité; j'ai promis de lui faire un signal, et de
le faire entrer dans mon appartement sans qu'il
soit entendu; vous ne refuserez pas de m'attendre
sans lumière dans ma chambre, pendant que je
lui ferai quitter ses armes : c'est presque nu que
je saurai le livrer à votre vengeance.

C'est ainsi que cette cruelle épouse allait conduire Argée à la mort, si toutefois on peut donner le nom sacré d'épouse à la plus infernale de toutes les furies.

La nuit suivante, ce monstre vient tirer mon frère de la prison, l'arme d'une épée tranchante, et le mène dans sa chambre où son malheureux ami doit bientôt se rendre.

Le tout arriva comme il avait été préparé : les mauvais desseins ne réussissent que trop facilement. Philandre, hélas! frappe Argée, croyant punir Morand. Argée tombe d'un coup qui lui fend la tête. Ô crime! ô coup imprévu! il tombe sous le bras de son meilleur ami, qui croyait le venger, en lui portant ce coup mortel.

Mon frère, poursuivit Hermonide, croyant que c'est à Morand qu'il vient d'ôter la vie, remet son épée à Gabrine; car c'est le nom du monstre qui m'écoute, et qui blesse mes yeux. Cette scélérate alors développant sa trame criminelle tout entière prend un flambeau : Ouvre les yeux, Philandre, lui dit-elle, et reconnais ton ami massacré par ta main; apprends, sois sûr que, si tu ne te rends pas à mes desirs, je découvre au monde entier un crime que tu ne peux nier; et c'est ainsi que je te livrerai honteusement au supplice, comme un traître, et comme l'assassin de ton meilleur ami. Pense à l'horreur de la réputation qui restera de toi, si la vie ne t'est pas assez chère pour desirer de la conserver.

Éperdu, saisi d'une affreuse douleur, Philandre
regarde en frémissant, et s'aperçoit de son erreur;
son premier mouvement est de tuer cette misérable, et, à défaut d'armes, de l'étouffer et de
la déchirer comme le ferait une bête féroce;
mais la raison l'arrête, et lui fait voir qu'il est
dans une maison dont son ennemie est la maîtresse.

De même qu'un vaisseau battu par deux vents
contraires cède tantôt à l'un, tantôt à l'autre,
et, après avoir été long-temps ballotté de la poupe
à la proue, obéit enfin au plus puissant des
deux : de même Philandre, assailli par mille pensées diverses, prend enfin le parti qui lui paraît
être le moins dangereux. La raison lui démontre
l'extrême péril qu'il court. Non-seulement la
mort, mais une mort ignominieuse l'attend, si ce
meurtre se répand dans le château. Le malheureux n'a pas le temps de délibérer; il se trouve
forcé de boire cet affreux calice; son cœur percé,
plein d'une juste crainte, le fait céder à son
mauvais sort.

L'aspect d'un supplice infame le force à tout
promettre à Gabrine, si, par elle, il peut sortir
en sûreté : la détestable Gabrine recueille ainsi
le prix de ses forfaits. Ils abandonnent aussitôt
ces funestes murs.

C'est après cet événement cruel que Philandre
revient vivre parmi nous, laissant une mémoire
bien humiliante dans la Grèce.

L'image sanglante de son ami ne sortait jamais
de son cœur, de cet ami qu'il avait si aveuglément
égorgé, pour acquérir, à son grand regret, une
cruelle Progné, une Médée nouvelle. Si le frein
des serments qu'il avait prononcés ne l'eût retenu,
la mort de Gabrine eût assouvi sa vengeance;
mais, forcé de céder à la nécessité, il conçut pour
elle une invincible horreur. Depuis ce temps, on
ne vit jamais son visage animé par un seul sou-
rire; sa bouche ne s'ouvrit que pour soupirer et
se plaindre; il devint comme Oreste, poursuivi
par les furies après avoir tué sa mère et Égisthe.
Sa douleur ne lui laissa plus de relâche; et, alté-
rant enfin sa santé, elle le fit tomber malade et
le contraignit à garder le lit.

Cette femme vicieuse, voyant à quel point il la
dédaignait, sentit enfin éteindre dans son cœur
une flamme coupable; mais ce ne fut que pour
y recevoir une haine plus coupable encore:
l'infâme n'est pas moins animée contre Philandre qu'elle ne l'avait été contre le malheureux
Argée; elle forma dès-lors le projet de se défaire de ce second mari, comme elle avait fait
du premier. Elle va trouver un médecin, homme
propre à servir le crime, et plus habile à faire
usage du poison avec subtilité qu'à employer à
propos un remède salutaire: elle lui promit une
somme au-dessus même de celle qu'il exigeait
pour qu'il la délivrât d'un époux odieux. Ce fut
en ma présence et devant plusieurs parents et

amis du malade, que ce vieux médecin apporta
dans sa main un poison violent, en assurant que
c'était une potion assez salutaire pour rendre les
forces et la vie à Philandre : mais Gabrine, par
une nouvelle perfidie, soit qu'elle voulût se défaire d'un témoin dangereux, ou ne lui pas donner la somme qu'elle avait promise, arrêta la main
du médecin au moment où ce méchant vieillard
présentait à Philandre la coupe qui contenait le
poison caché, en lui disant : Il serait injuste que
vous me sussiez mauvais gré de craindre pour les
jours d'un époux si cher; je veux être sûre que
vous ne lui donnez à boire aucun remède dangereux, et je trouve qu'il est nécessaire, avant qu'il
le prenne, que vous en fassiez l'épreuve vous-
même. Vous imaginez sans peine, seigneur, continua Hermonide, quels furent l'étonnement et
la terreur secrète du vieillard; mais, pressé par
le temps et la présence des spectateurs, il ne balança pas, pour bannir tout soupçon, à boire une
partie de la liqueur, et le malade but le reste
avec une pleine confiance.

L'épervier qui tient un étourneau dans ses serres, et qui se le voit disputer par un chien avide
qui jusqu'alors l'a suivi comme son compagnon,
n'est pas plus en colère et plus embarrassé que
l'était alors ce traître et méchant vieillard, qui s'attendait à recevoir une récompense considérable,
au lieu de courir le péril où sa méchanceté venait de le faire tomber. Puisse-t-il en arriver

autant à tout méchant séduit par l'amour du gain!
Après avoir bu de ce breuvage, le vieillard parut
très empressé de retourner promptement chez
lui pour y prendre un contre-poison qui pût lui
sauver la vie; mais Gabrine ne voulut pas le lui
permettre, disant qu'elle ne voulait pas qu'il sortît
que le remède ne commençât à faire son effet.
Vainement il offrit de lui remettre le prix qu'elle
avait promis de lui payer, ses prières furent inutiles; et le malheureux, commençant bientôt à
sentir l'atteinte intérieure du poison, voyant
sa mort certaine, désespéré, furieux contre Gabrine, nous découvrit le crime horrible qu'ils
venaient de commettre de concert; nous le vîmes
expirer presque aussitôt que mon frère, et ce
méchant vieillard exécuta de cette sorte sur lui
le même forfait qu'il avait commis sur bien
d'autres.

Effrayés, consternés de l'affreux aveu du médecin expirant 1), nous nous saisîmes de cette
abominable bête farouche qui m'écoute, et nous
l'enfermâmes dans un cachot pour lui faire expier ses forfaits dans les flammes.

Hermonide voulait poursuivre et raconter à
Zerbin comment elle avait eu l'art d'échapper à
sa vengeance : mais la douleur de sa plaie devint
si cruelle, qu'il se laissa tomber sur l'herbe, pâle

---

1) On trouve dans l'Ane d'or d'Apulée une histoire semblable à celle de Gabrine et du médecin.   P.

et presque privé de sentiment. Deux de ses écuyers lui firent promptement un brancard. Zerbin, qui sentait alors plus vivement la douleur de l'avoir mis en cet état, lui fit les plus tendres excuses, et lui représenta que, selon l'usage de la chevalerie, il avait été contraint de défendre celle qu'il conduisait sous sa garde, d'autant plus que, lorsqu'il avait été forcé de l'y recevoir, il avait promis de combattre pour elle contre tous ceux qui chercheraient à lui nuire. Il assura de plus Hermonide, qu'il désirait vivement pouvoir réparer par ses services le malheur qu'il avait eu de le blesser. Hermonide le pria seulement de faire de son mieux pour se débarrasser de cette détestable Mégère avant qu'elle eût eu le temps d'inventer quelques moyens de lui nuire. L'indigne créature, muette pendant ce récit et ces propos, tenait les yeux baissés, sachant bien qu'elle n'avait nulle réponse à faire.

La coquine de vieille qui s'aperçut bien de l'horreur qu'elle inspirait et devait inspirer à Zerbin, et qui ne voulait pas qu'on l'emportât sur elle en méchanceté, n'avait pas moins de haine pour lui, et lui rendait parfaitement la pareille. Son cœur était gonflé de venin; ses regards hideux l'annonçaient sur son visage. C'est dans cet accord qu'ils cheminaient ensemble, et qu'ils traversaient alors un bois antique.

Le soleil était déjà près de se plonger sous l'horizon, lorsqu'ils entendirent des cris, une grande rumeur, et le bruit de coups portés avec la plus grande violence : tout leur fit juger qu'il se livrait un terrible combat assez près d'eux : Zerbin courut à ce bruit, Gabrine ne fut pas lente à le suivre : c'est dans le chant suivant que je parlerai de cette aventure.

FIN DU VINGT-UNIÈME CHANT.

CHANT XXII.

ARGUMENT.

Zerbin entre dans une vallée, et y trouve un chevalier mort. — Astolphe s'embarque pour l'Angleterre. — Il revient en France. — Il perd Rabican. — Il arrive au palais enchanté d'Atlant, détruit l'enchantement, et, à l'aide de son cor, il fait fuir le magicien, les chevaliers, et jusqu'à leurs chevaux. — Il trouve l'hippogriffe. — Roger et Bradamante se reconnaissent. — Ils s'engagent à délivrer un jeune homme condamné à mort. — Ils arrivent au château de Pinabel. — Roger combat contre quatre chevaliers. — Il jette son bouclier dans un puits. — Bradamante tue Pinabel.

Jeunes beautés dignes d'être admirées, vous qui savez jouir des charmes d'un amour pur et sans partage, vous qui n'êtes sensibles que pour l'amant heureux qui remplit votre cœur, quelque rares que vous soyez, dit-on, dans le grand nombre de celles qui croient servir l'amour en se livrant à tous leurs desirs, c'est à vous seules que je dois mon hommage et mes excuses de tout ce que j'ai pu dire, quand une juste fureur m'animait contre Gabrine! Pardonnez-moi donc les vers qui m'ont échappé, et ceux qui pourront

m'échapper encore, en condamnant son ame per-
verse.

J'ai peint le vice dans Gabrine; ce devoir m'é-
tait imposé par celle qui m'eût servi de modèle,
si j'eusse peint la vertu. Ce que j'ai dit de cette
détestable vieille pourrait-il donc ternir la gloire
de celles dont les sentiments épurés et sincères
font honneur à leur sexe? Voyez si ce traître qui
vendit son maître aux Juifs pour trente deniers
a pu nuire à la renommée de Pierre et de Jean!
Hypermnestre jouit-elle moins des hommages de
l'antiquité, pour avoir eu des sœurs si crimi-
nelles (1)? Pour une seule que mes chants ont déchirée, m'y trouvant forcé par la vérité de cette
histoire, ah! qu'il me sera doux d'en célébrer
cent autres, et de rendre leur gloire plus brillante encore que l'astre du jour. Mais retournons
à la suite de mon travail; j'avoue que je me plais
à le varier : j'ose espérer même que, grace à l'indulgence de ceux qui les écoutent, mes chants ne
leur en seront que plus agréables.

Je vous parlais tout-à-l'heure de l'aimable Zerbin qui venait d'entendre un grand bruit d'armes

---

(1) On sait que les cinquante filles de Danaüs, à l'exception
d'Hypermnestre, tuèrent, la première nuit de leurs noces,
leurs maris, les cinquante fils d'Égyptus, par l'ordre de leur
père, à qui l'oracle avait prédit qu'il mourrait de la main
d'un de ses gendres. C'est le sujet d'une tragédie de Lemière,
et de l'opéra des Danaïdes.   P.

assez près de lui. Ce prince, en suivant une route
étroite entre deux montagnes d'où ce bruit partait, arriva bientôt dans un vallon, où le premier
objet qui frappa sa vue fut un chevalier qui venait de perdre la vie; je vous dirai son nom (1) :
mais auparavant laissez-moi, s'il vous plaît, tourner le dos à la France, et m'en aller bien vite dans
l'Orient, jusqu'à ce que j'y trouve notre bon paladin Astolphe, qui, de son côté, se rapproche de
l'Occident.

Je l'avais laissé dans cette ville cruelle où le
son formidable de son cor avait chassé le peuple,
et dissipé les périls dont il était entouré : ce même
son avait forcé ses braves compagnons à faire
promptement mettre à la voile et à fuir du rivage, comme auraient pu faire de timides enfants;
je vous dirai de plus qu'Astolphe, se voyant tout
seul, prit le chemin de l'Arménie. Peu de jours
après, il traversa la Natolie, et de Burse il arriva
dans cette partie de la Thrace où le Danube,
après un long cours, porte ses eaux à la mer en
sortant de la Hongrie qu'il a traversée. Rabican,
comme s'il eût eu des ailes, lui fit voir, en moins
de vingt jours, les Moraves, les Bohémiens, la
Franconie et le Rhin; il traversa de même les Ardennes, le Brabant et la Flandre, et s'embarqua
par un vent frais et favorable qui lui fit bientôt découvrir les côtes blanches de l'Angleterre.

(1) Voyez le vingt-troisième chant.

Il y débarqua vers le milieu du jour, et la légèreté de Rabican le fit arriver dès le même soir
à Londres.

Ayant appris que le vieux Othon son père était
allé depuis plusieurs mois à Paris, et que tous ses
barons l'avaient suivi dans cette honorable entreprise, il se disposa sur-le-champ à partir pour la
France : il se rendit au port de la Tamise, d'où
partant les voiles déployées, il fit diriger la proue
de son vaisseau vers Calais. Un vent frais, portant légèrement le navire sur la gauche, l'avait
poussé au milieu de l'onde; mais ce même vent,
devenu plus fort de moment en moment, força
le pilote, qui craignait d'être jeté contre les hautes
falaises qui bordent la côte de France, à lui présenter absolument la poupe, et à faire route contraire au Calaisis : après avoir couru tantôt à
droite, tantôt à gauche, suivant qu'il plaît à la
Fortune, le vaisseau prend terre enfin assez près
de Rouen.

Dès qu'Astolphe eut touché ce beau rivage, il
se couvrit de ses armes, et muni de son précieux
cor, escorte plus sûre pour lui que des milliers de
gens d'armes, il prit sa route dans l'intérieur du
pays, monté sur le léger Rabican. Après avoir
traversé des bois, il arriva près du pied d'une
colline, sur le bord d'une belle et claire fontaine,
à cette heure du jour que la grande chaleur fait
craindre aux troupeaux altérés qui cherchent alors

l'abri des cabanes et même celui des antres obs-
curs creusés dans la montagne.

Également vaincu par la chaleur et par la soif,
Astolphe attache Rabican, et court se rafraîchir
sur les bords de la fontaine. A peine a-t-il touché
l'eau de ses lèvres brûlantes, qu'il aperçoit un
paysan, qui, s'étant caché près de lui, débuche
d'un buisson, détache son cheval, saute dessus,
et s'enfuit. Astolphe furieux ne pense plus à boire;
il quitte la fontaine, et poursuit le ravisseur.

Ce malin larron eût pu facilement se dérober
d'une seule course à ses yeux; mais il semblait
s'amuser à lui donner l'espérance de le joindre;
et modérait la course de Rabican, pour le laisser toujours à la même distance. C'est ainsi qu'ils
traversèrent le bois, et que tous les deux se trouvèrent auprès de ce palais singulier où tant de
nobles chevaliers, sans croire être en prison, se
voyaient cependant si fortement retenus (1). Le
paysan y entre rapidement, toujours monté sur
ce coursier qui devançait les vents. Astolphe,
embarrassé, chargé du poids de ses armes, ne
peut entrer que quelques moments après; il regarde, il cherche de tous côtés : mais il ne voit
plus ni le larron ni son cher Rabican. Il parcourt
vainement tout l'intérieur du palais; il ne peut
imaginer où l'on a pu cacher un cheval aussi vif,

(1) On a vu au douzième chant la description de ce palais
enchanté.   P.

quand il est arrêté, que rapide lorsqu'on l'aban
donne à la course; tout le jour se passe dans
cette inutile recherche.

Astolphe, confus, ennuyé de tout le tourment
qu'il s'est donné, réfléchit, et s'imagine enfin que
ce palais pourrait bien être enchanté. Il a promptement recours au petit livre que la sage Logistille avait joint au don du cor, quand il était parti
de l'Inde, pour y trouver du secours contre tou
tes sortes d'enchantements. Il consulte la table
de ce livre; elle le renvoie au chapitre qui traite
de celui qu'il a soupçonné.

Ce chapitre contenait en effet la description
exacte de ce nouvel enchantement d'Atlant : il
enseignait même les moyens de le rompre, de
confondre ce vieux magicien, et de remettre en
liberté tous ceux qu'il tenait sous sa puissance
Un esprit infernal, disait ce livre, gémit sous le
seuil de la porte du palais; c'est lui qui répand
l'illusion sur les yeux de ceux qui l'habitent : lève
cette pierre. le palais détruit sera dissous en
fumée.

Le paladin, empressé de mettre une pareille
aventure à fin, ne diffère pas; et, le bras incliné,
il se dispose à lever le marbre aplati de ce seuil.
Atlant, qui s'en aperçoit, se hâte de prévenir
le dessein d'Astolphe par un enchantement nouveau.

Atlant évoque les larves, les farfadets soumis
à ses ordres; de nouveaux prestiges volent autour

10

du paladin, et lui donnent un nombre infini de
formes différentes et nouvelles : il paraît un géant
aux uns, un paysan à d'autres; quelques-uns
voient en lui le chevalier discourtois qu'ils poursuivent. Tous ceux qu'on voyait errer dans le
palais se rassemblent; ils croient tous voir dans
Astolphe l'ennemi qui leur a ravi ce qu'ils cherchent. Roger, Gradasse, Irolde, Bradamante,
Brandimart, Prasilde, et cent autres guerriers,
entourent et attaquent tous à-la-fois le bon paladin : mais il se propose de rabattre bientôt leur
humeur trop altière; il voit qu'il est perdu, s'il
n'a recours à son cor; il en sonne de toutes ses
forces; et le son horrible du cor retentit dans
tout le palais. De timides pigeons ne se dissipent
pas plus promptement au coup de l'arme à feu
d'un chasseur, que tous ces braves chevaliers ne
s'enfuient de toutes parts. L'enchanteur lui-même
prend la fuite avec eux : pâle, plein de terreur,
il franchit les portes du palais, court éperdu,
jusqu'à ce que ses oreilles ne soient plus blessées
par ce son effrayant (1). Les chevaux brisent leurs
attaches, volent en confusion, et suivent leurs
maîtres par différents chemins. Rabican s'enfuyait
comme les autres; mais Astolphe eut l'adresse de
l'arrêter au moment qu'il s'échappait : pas une
souris, pas une mouche ne restèrent dans le pa-

---

(1) Il n'est plus question d'Atlant que dans le trente-sixième
chant.

lais; tout être vivant en disparut à ce son terrible, précurseur de la mort, qui semble crier : Tue, tue !

Dès qu'Astolphe eut chassé l'enchanteur, il lève promptement cette pierre; il y trouve un grand nombre de caractères et de figures magiques, trop longues à décrire; il brise, il fracasse le tout, comme le livre le lui prescrit, et le palais disparaît et s'évapore en fumée dans les airs. Le paladin trouva dans ce lieu le cheval de Roger attaché fortement par une chaîne d'or. C'était ce même cheval ailé sur lequel Atlant avait fait enlever Roger pour le porter chez Alcine. Logistille ayant eu l'art de faire un frein pour conduire ce fougueux animal, Roger qui s'en servit parcourut l'Inde, traversa l'Angleterre, et revint en France.

Je ne sais si vous vous souvenez de ce moment si fâcheux pour Roger, où la charmante fille de Galafron (1) toute nue, et déjà presque entre ses bras, eut la malice ou la pudeur de disparaître tout-à-coup à ses yeux; l'hippogriffe, dans le même moment, secouant sa bride, avait pris son essor, et était venu aussitôt retrouver son ancien maître, en étonnant un peu, chemin faisant, ceux qui le voyaient passer sur leur tête : il resta dans le palais jusqu'au jour où le paladin en rompait l'enchantement.

_____

(1) Angélique. Voy. chant onzième, page 256.

Il ne pouvait arriver rien de plus agréable au prince d'Angleterre, que de se trouver maître de l'hippogriffe : il savait qu'il pouvait par son secours parcourir en peu de jours le globe de la terre; il en avait déja vu quelques parties; il desirait voir le reste des terres et des mers qui lui étaient inconnues.

Il connaissait ce cheval merveilleux du jour que la sage Mélisse l'avait délivré de la vengeance d'Alcine et du cruel enchantement qui l'avait fait languir long-temps sous la forme d'un myrte sauvage. Il avait vu Logistille forger un frein auquel ce cheval fougueux avait été forcé de se soumettre. Astolphe avait écouté les leçons que la sage fée avait données à Roger pour le conduire, et il ne craignait pas de s'en servir. Il lui mit la selle qui était tout auprès, et, choisissant parmi toutes les brides que les chevaux avaient laissées en s'enfuyant, celle qui pouvait le mieux lui convenir, il serait parti sur-le-champ, si l'estime qu'il faisait du bon Rabican ne l'eût retenu. Astolphe avait bien raison d'aimer cet excellent cheval, le premier de tous les autres chevaux pour le combat de la lance, et sur lequel il était venu de l'extrémité de l'Inde jusqu'en France. Après avoir réfléchi, le paladin pensa qu'il devait plutôt le remettre à quelque chevalier de ses amis, que de l'abandonner au premier qui se serait trouvé à portée de s'en emparer.

Le paladin regardait de tous côtés, desirant que

quelque paysan ou quelque chasseur se présentât
pour l'aider à conduire Rabican ; mais il attendit
en vain tout le reste du jour : ce ne fut qu'à l'aube
du suivant, qu'à travers le brouillard épais du
matin, il crut apercevoir un chevalier qui s'approchait. Mais j'ai besoin, avant de poursuivre le reste
de cette histoire (1), d'aller retrouver Roger et
Bradamante.

Après que le son effrayant du cor eut cessé, et
que ce couple aimable fut éloigné du lieu de son
enchantement, Dieu ! quels furent les transports
de Roger, en reconnaissant celle que l'enchanteur lui avait cachée jusqu'alors ! Roger fixe ses
yeux sur ceux de Bradamante; la belle guerrière
arrête les siens sur ceux de son amant : et tous
deux ils s'étonnent que cette illusion leur ait si
long-temps offusqué l'esprit et les yeux. Roger
ne peut s'empêcher d'embrasser sa chère Bradamante; elle devient plus vermeille que la rose, et
l'amour heureux cueille sur sa belle bouche la
première faveur qui soit le prix de sa constance
et de sa foi. Ces caresses si douces et si tendres
furent souvent répétées ; ces amants fortunés
étaient si pénétrés de leur bonheur présent, qu'à
peine pouvaient-ils respirer et se parler l'un à
l'autre. Le souvenir cruel d'avoir habité si long-
temps le même lieu, de s'être rencontrés tant de

_____

1 Le poète revient à Astolphe dans le vingt-troisième
chant.

fois sans se reconnaître, mêlait quelques regrets à leur bonheur.

La sensible et vertueuse Bradamante ne pouvait refuser à cet amant aimé, si digne d'elle, les légères faveurs que la vertu peut permettre à celle qui reste fidèle à ses lois. Cependant elle lui dit, avec une sévérité que l'amour adoucissait, malgré l'air imposant qu'elle cherchait à prendre : N'espère rien de plus, Roger; c'est de mon père le duc Aymon que tu peux obtenir ma main; mais il faut auparavant que tu reçoives le baptème.

Roger, pour l'amour d'elle, non-seulement se serait fait chrétien, comme son père et toute sa race l'avaient été, mais il n'aurait pas hésité de donner sa vie. Va, lui dit-il, ma chère Bradamante, je suis prêt à plonger pour toi ma tête dans l'eau, comme je la plongerais dans les flammes. Alors Roger, dans l'intention de se faire baptiser et d'épouser Bradamante, se mit en chemin avec elle, pour aller à Vallombreuse. C'était une célèbre abbaye riche, très bien bâtie (1); et les étrangers étaient sûrs d'y recevoir un bon accueil. Mais les deux amants furent arrêtés à la sortie de la forêt par la rencontre qu'ils firent d'une demoiselle qui leur parut plongée dans la plus amère douleur.

---

(1) Elle tirait son nom de Vallombreuse, vallée dans les Apennins, où elle avait été fondée par Jean Valbert de Florence.   P.

L'aimable et jeune paladin était né sensible et
prévenant, et surtout pour les belles affligées; il
ne put voir une physionomie douce, un visage
agréable couvert de pleurs, sans en être vivement
touché. Le desir de connaître le sujet de la douleur de cette jeune et belle personne le pressa de
la saluer et de le lui demander; elle leva ses yeux
baignés de larmes sur Roger, et ne balança point
à lui rendre compte de ce qu'il desirait apprendre.
Aimable chevalier, lui dit-elle, vous me voyez
donner des pleurs à l'infortune d'un jeune et
charmant damoisel qui doit périr aujourd'hui de
la mort la plus cruelle. Ce damoisel, amoureux
de la fille jeune et charmante du roi Marsile, avait
pris les voiles blancs et les habillements d'une
fille. Sa voix, son beau teint, sa jeunesse, tout
favorisait son déguisement : ce secret n'était connu
que de l'amant et de sa maîtresse; toutes les
nuits étaient vives et charmantes pour eux; c'est
à l'abri de tout soupçon que ces heureux amants
les passaient ensemble : mais leur bonheur fut
enfin troublé; il est malheureusement trop rare
que de pareils secrets puissent durer long-temps
sans être découverts.

Un homme du palais s'en aperçut; il fut indiscret avec deux de ses compagnons; ceux-là le
furent avec bien d'autres: Marsile fut enfin informé
du secret de ces amants; il fit surprendre le damoisel dans le lit de la princesse. L'un et l'autre
furent arrêtés, jetés séparément dans une tour,

et la journée ne se passera pas sans que cet infortuné ne périsse dans les flammes. J'ai fui du
palais pour n'être pas témoin de cette cruauté.
Tout intéresse dans ce charmant damoisel; je ne
peux même supporter l'idée de savoir que les
flammes vont détruire tant d'agréments, de jeunesse et de perfections. Je sens que cette idée
funeste empoisonnera le reste de ma vie.

Bradamante fut vivement émue par le récit de
la demoiselle; elle en fut aussi touchée que si
cette victime eût été l'un de ses jeunes frères; et
vous connaîtrez que ce pressentiment ne la trompait pas. Elle se tourna du côté de Roger : Ah!
lui dit-elle, il me paraît que nos armes ne pourraient être mieux employées qu'à sauver les jours
de ce jeune infortuné. Consolez-vous, dit-elle à
la belle affligée; conduisez-nous en ce château,
et soyez sûre de sa vie, si nous arrivons à temps
pour prévenir son supplice.

Roger qui n'avait d'autre volonté que celle de
Bradamante, se sentit touché du même sentiment,
et du desir ardent de voler au secours du jeune
damoisel. Qu'attendons-nous? dit-il à la demoiselle
dont les larmes coulaient sans cesse. Ce n'est plus
ici le moment de le pleurer, c'est celui de lui
sauver la vie; fût-il au milieu de mille lances et
de mille épées menaçantes, nous vous répondons
de l'en tirer : mais conduisez-nous promptement
de peur que notre secours ne puisse prévenir sa
dernière heure.

L'air altier, les propos fermes et généreux de deux guerriers de la plus haute apparence, consolèrent un peu la demoiselle affligée; mais comme elle craignait moins la distance qui les séparait du château, que les obstacles qu'ils pouvaient trouver sur leur route, elle parut en suspens sur celle qu'ils avaient à suivre. Si nous prenions, leur dit-elle, le chemin court et facile que voici sur la droite, je crois que nous arriverions avant même que le bûcher fût dressé; mais il faut que nous suivions cette autre route très rude et si longue que nous ne pourrons arriver au plutôt qu'à la fin du jour, et je crains bien que nous ne puissions être à temps pour arracher l'infortuné à la mort. Eh! pourquoi, répliqua Roger, ne prendrions-nous donc pas la route la plus courte? Ah! répondit la demoiselle, elle est comme barrée par un château du comte de Poitiers, qui, depuis trois jours, vient d'établir la coutume la plus injurieuse pour les chevaliers et pour les dames qui passent à portée de ce château. Pinabel, fils du comte de Hauterive, et l'un des plus dangereux et des plus indignes chevaliers de la terre, vient de porter une loi, selon laquelle tout chevalier ou dame doivent recevoir le plus mortel affront, l'un devant y perdre ses armes et son cheval, et l'autre s'y voir dépouillée de tous ses vêtements. Depuis long-temps on n'a vu en France de chevaliers plus habiles à manier la lance que ceux qui se sont engagés par serment à maintenir

cette injuste coutume : elle n'est établie que depuis trois jours ; et vous allez juger si le serment qu'ils ont fait est juste ou injuste.

Pinabel a pour maîtresse une femme aussi méchante que lui ; l'un et l'autre ont peu de pareils
dans leur iniquité. Un jour que ce lâche voyageait
avec elle, ils rencontrèrent un chevalier qui les
punit de leur insolence par un affront sanglant.
Ce chevalier, il est vrai, portait en croupe la
plus ridicule vieille ; l'arrogante maîtresse de
Pinabel poussa à bout le chevalier par ses im-
pertinentes plaisanteries : celui-ci jouta contre
l'orgueilleux et lâche Pinabel (1) ; et, l'ayant facilement abattu, il fit, selon les conditions de ce
combat, déshabiller la maîtresse du vaincu, lui
prit son cheval, et para la vieille de ses beaux
habits, en laissant à l'autre ses haillons pour la
couvrir. La demoiselle, furieuse de cet affront,
se proposa d'en prendre vengeance, et, se con-
sultant avec Pinabel, aussi prompt qu'elle à faire
le mal, elle lui dit qu'elle ne serait jamais ni
contente ni tranquille, qu'ils n'eussent fait éprouver à mille chevaliers et à mille dames le même
affront qu'ils venaient d'essuyer.

Le jour qu'ils eurent pris cette résolution, le
hasard conduisit à leur château quatre chevaliers
nouvellement arrivés des pays lointains, et de la
plus haute valeur dont aucun chevalier puisse

---

(1) Voyez chant vingtième, page 113.

donner des preuves : c'étaient les deux fils d'Olivier Aquilant et Griffon, Sansonnet de la Mecque
et le jeune Guidon-le-Sauvage (1).

Pinabel les reçut en apparence avec honneur
et courtoisie ; mais le traître les fit arrêter tous
les quatre dans leur lit la nuit suivante, et ne
voulut·jamais les délivrer qu'ils n'eussent prêté
serment que, pendant un an et un mois, ils dé-
pouilleraient de leurs armes et de leurs habits les
chevaliers et les dames qui se présenteraient. Bien
humiliés, bien tristes de prononcer un pareil serment, ils se trouvent forcés de le remplir ; il ne
paraît pas que jusqu'à ce jour aucun chevalier ait
pu jouter contre eux sans perdre les arçons ; un
grand nombre qui se sont présentés ont eu la
douleur et la honte de laisser leurs armes et leurs
chevaux à ce traître.

Ils doivent tirer au sort celui qui combattra le
premier ; et si celui-ci est abattu, les autres sont
obligés de courir tous les trois ensemble contre
son vainqueur ; jugez à la force et à la valeur
dont est chacun d'eux, s'il est possible de leur
résister ! D'ailleurs, l'importance de notre affaire
ne souffre ni retard, ni délai ; et quand vous rem-
porteriez la victoire, ce dont je ne doute pas à
voir votre bonne mine, cette aventure ne peut
se terminer en un moment, et il y a apparence
que le jeune homme sera brûlé, si la journée se

---

1) Voyez chant vingtième, page 111.

passe sans qu'on vienne à son secours. Marchons toujours par le plus court chemin, répondit audacieusement Roger. Je ne suis point homme à me laisser retarder dans ma marche par la crainte d'aucun péril; je le suis encore moins d'être effrayé par des menaces, et par la crainte de perdre mon cheval et mes armes; je réponds que mon compagnon pense comme moi : faites seulement que nous voyions bientôt en face ceux qui veulent s'opposer à nous. Vous n'aurez pas une longue route à faire, dit la demoiselle en continuant à les conduire, cette seule montagne nous sépare de ce château.

Bradamante et Roger l'eurent bientôt passée; et dès qu'ils furent à portée du château de Pinabel, la sentinelle frappa deux coups sur une cloche : un vieillard sortit qui leur cria de loin de mettre pied à terre, et, selon la coutume, de se dépouiller de leurs armes et de leurs habits. Fais donc paraître promptement, lui répondit Roger, celui qui doit me les enlever. Oh! dit le vieillard, puisque vous le prenez ainsi, vous n'attendrez pas long-temps. En effet, ils virent aussitôt paraître sur le pont du château un chevalier dont la cotte d'armes vermeille était brodée de fleurs blanches.

Bradamante en vain pria Roger de lui laisser l'honneur de cette première joute : elle ne put l'obtenir, et fut forcée de céder; Roger se chargea seul de ce combat dont elle ne put être que spectatrice. Roger s'informa du vieillard quel était ce chevalier dont la cotte vermeille était semée de lis et de roses blanches. C'est Sansonnet de la Mecque, lui répondit-il. Les deux chevaliers, sans se parler, mirent la lance en arrêt, et, pressant le flanc de leurs chevaux, ils coururent l'un contre l'autre.

Sur ces entrefaites, Pinabel était sorti de son château, suivi de quelques gens de pied, pour dépouiller à l'ordinaire de ses armes le chevalier vaincu. Les deux chevaliers couraient donc l'un contre l'autre, tenant deux énormes lances de chêne vert, de deux palmes de circonférence, et presque également grosses dans toute leur longueur.

Sansonnet avait fait tailler dans la forêt voisine dix lances de cette force, et l'on eût eu besoin de boucliers de diamant pour résister à leur atteinte; Sansonnet en avait laissé le choix à Roger. Tous deux se rencontrèrent au milieu de leur course: le bouclier de Roger craignait peu la violence de ce coup; les démons n'avaient pas sué vainement pour le forger. Au reste, vous savez que c'était ce bouclier d'Atlant dont je vous ai déja peint la puissance, et qui, par sa splendeur, renversait, privés de tout sentiment, ceux dont il frappait les yeux; il fallait de plus qu'il fût bien impénétrable, puisqu'il ne fut pas même ébranlé du coup de Sansonnet.

Celui de ce chevalier, forgé par de moins ha-

biles ouvriers, ne put soutenir un coup semblable au trait de la foudre; il en fut ouvert par le
milieu, et Sansonnet, mal garanti par son écu,
fut blessé au bras de ce même coup qui le fit
voler des arçons.

C'était pour la première fois qu'un de ceux qui
soutenaient la coutume injuste se trouvait abattu,
et qu'au lieu de remporter des dépouilles il avait
mesuré la terre. On n'a pas toujours sujet de
rire; et les plus heureux trouvent quelquefois la
fortune rebelle à leurs desirs. La sentinelle frappe
de nouveau sur la cloche, et donne ainsi le signal
aux trois autres chevaliers.

Pendant ce temps, Pinabel s'était imprudem-
ment approché de Bradamante pour lui demander le nom de ce chevalier dont le terrible coup
venait d'abattre le sien. La justice éternelle, qui
poursuit sans cesse une tête coupable, sembla
l'avoir conduit elle-même au moment qui devait
le punir de tous ses crimes. Le traître Mayençais
se trouvait alors monté sur le même cheval qu'il
avait pris à la guerrière. Vous vous souvenez bien,
sans doute, qu'environ huit mois auparavant, le
scélérat avait précipité Bradamante dans la caverne de Merlin (1). Heureusement une branche
d'arbre avait sauvé la vie à cette belle guerrière;
mais Pinabel l'ignorait; et, persuadé qu'elle était
ensevelie pour toujours, il avait emmené son che-

_____

(1) Voyez chant deuxième, page 47.

val avec lui. Bradamante reconnut aussitôt son
coursier, et le traître Mayençais qui le montait,
dès qu'elle eut porté les yeux sur celui dont elle
avait reçu ce mortel outrage. Ah! méchant homme,
dit-elle en elle-même, ce sont tes nouveaux forfaits qui te livrent enfin à la juste punition des
premiers!

Menacer Pinabel, mettre l'épée à la main fut
l'ouvrage d'un instant pour Bradamante : occupée
de lui couper toute retraite, et se mettant entre
le traître et son château, elle sut lui faire perdre
toute espérance de se sauver, comme on en use
avec un renard dont on a soin de fermer la tanière. Le lâche, n'osant faire face à la guerrière,
s'enfuit à toute bride au travers de la forêt. Pâle,
éperdu de frayeur, son unique espérance est dans
ses éperons. Bradamante furieuse le suit sans relâche l'épée haute sur les reins, le pressant, le
frappant même, mais ne pouvant lui porter que
des coups mal assurés; tous les deux jetaient
des cris, l'un de frayeur, l'autre de colère : la rumeur qu'ils excitèrent dans le bois ne fut cependant pas entendue du château, chacun alors étant
attentif au combat de Roger.

Les trois chevaliers étaient déjà sortis du château, et se portaient sur le champ de bataille,
accompagnés de cette méchante femme, qui avait
fait établir cet usage criminel. Tous les trois auraient préféré la mort au déshonneur de se conformer à cette loi; leur visage était enflammé par

la honte, leur cœur était brisé par le désespoir
de se trouver forcés par leur serment de combattre tous ensemble contre un seul. L'infame
et cruelle courtisane, dont cette coutume odieuse
était l'ouvrage, leur répétait avec audace de se
souvenir du serment qu'ils avaient fait de la venger. Mais, s'écriait Guidon, si je peux seul l'a-
battre avec cette lance, qu'ai-je besoin du secours
de deux compagnons? Je réponds de le vaincre,
et j'en réponds sur ma tête. Griffon et son frère
Aquilant tenaient le même propos de leur côté;
chacun d'eux voulait combattre seul, et demandait, comme Guidon, qu'elle lui fît trancher la
tête, s'il n'était vainqueur de celui qui venait de
renverser leur compagnon. Mais la dame leur
répétait toujours : Tout ce que vous me dites est
inutile; je vous amène ici pour combattre tous
trois ensemble, selon votre serment; je ne vous
y conduis point pour y former un nouveau pacte
avec vous : c'était à vous à m'en proposer un
autre, lorsque je vous tenais gardés dans ma prison; vos excuses sont trop tardives; vous devez
vous conformer à la loi que vous avez juré de
suivre, ou vous êtes des traîtres menteurs.

Le bon Roger leur criait de son côté : Accou-
rez donc, chevaliers; voilà mon cheval, voilà
mes armes, voici beaucoup de bons habits à gagner; eh! si vous les voulez, pourquoi différez-
vous donc de vous en emparer?

La méchante dame du château les presse d'un

côté; Roger, de l'autre, les agace vivement, tant
qu'à la fin ils se déterminèrent à combattre : mais
ce ne fut pas sans avoir le visage rouge et couvert de tous les signes de la honte. Les deux fils
d'Olivier se présentent donc les premiers, et Guidon, dont le cheval est plus pesant que les leurs,
reste quelques pas en arrière. Roger tenait la
même lance qui venait d'abattre Sansonnet, et le
bouclier enchanté d'Atlant auquel ce brave chevalier n'avait jamais eu recours que dans les plus
grandes extrémités. Il ne s'était servi que trois
fois de sa puissance magique (et certes ce fut
toutes les trois dans un péril bien imminent),
les deux premières fois pour sortir de l'île dangereuse d'Alcine; la troisième, lorsqu'il laissa flottante dans l'écume de la mer la maudite orque,
la gueule ouverte (1), montrant ses vilaines dents
vides et privées de cette beauté si charmante,
qu'elles se préparaient à dévorer, de cette belle
Angélique qui lui fit depuis si mal à propos le
mauvais tour de se dérober à ses yeux. Hors ces
trois occasions, il avait tenu toujours ce bouclier
couvert d'un voile épais, de façon toutefois qu'il
lui fût libre de le découvrir dans un moment.
Roger, sans être ému du nombre de ceux qu'il
avait à combattre, mit sa lance en arrêt, avec la
même assurance que s'ils n'eussent été que de
faibles enfants.

---

1) Voyez huitième et dixième chants, p. 171, 232 et 250.

Il atteignit Griffon au haut de son bouclier ; le coup fut assez violent pour le faire chanceler, et l'instant d'après on le vit tomber, et même assez loin de son cheval : pour Griffon, il avait dirigé le fer de sa lance au milieu du bouclier de Roger ; son coup avait porté de biais, et la surface dure et polie du bouclier faisant glisser le fer de la lance, le coup l'avait parcouru jusqu'à sa bordure, et le voile avait été déchiré. Griffon, les yeux frappés de la splendeur terrible, était tombé ; son frère en portant son coup, ayant achevé de déchirer le voile, tomba de même, ainsi que Guidon qui le suivait de près. Tous les trois étaient étendus sans connaissance, et Roger, lorsqu'il se retourna l'épée à la main pour les combattre, fut très étonné de les voir tous trois couchés par terre, comme s'ils eussent perdu la vie. Tous les chevaliers, toutes les femmes sorties du château pour voir ce combat étaient dans le même état, et jusqu'aux chevaux tombés sur la poussière haletaient, et leurs flancs battaient comme s'ils eussent été près d'expirer. Roger fut d'abord surpris ; mais il en reconnut aisément la cause, lorsqu'il aperçut le voile épais du bouclier qui pendait des deux côtés en lambeaux ; il se retourna promptement vers l'endroit où se tenait sa chère Bradamante au commencement de sa première joute, ayant peur qu'elle n'eût ressenti les atteintes de cette lumière foudroyante.

Roger, ne voyant plus sa Bradamante, imagina

que cette guerrière avait poursuivi sa course pour
aller au secours du jeune damoisel dont ils avaient
entrepris de sauver la vie; mais apercevant alors
la jeune dame affligée, parmi ceux qui cédaient
à l'enchantement du bouclier, il la prit entre ses
bras, la transporta tout évanouie sur son cheval;
il recouvrit l'écu enchanté d'un voile qu'elle portait sur sa robe, et sur-le-champ elle reprit ses
esprits.

Roger suit sa route avec elle; et, n'osant lever les yeux de honte et de douleur, il lui semble déjà qu'il s'entend reprocher de toutes parts
la victoire qu'il ne doit qu'à la force d'un enchantement. Hélas! que pourrai-je faire, se disait-il à lui-même, pour effacer les taches d'un
pareil opprobre? Mes ennemis ne sont-ils pas en
droit de dire que je ne dois point ce triomphe à
mon courage? En marchant ainsi, pénétré de regrets amers, il arrive sur une grande route dans
laquelle se trouvait un puits profond, où les troupeaux rassasiés venaient se désaltérer pendant la
chaleur du jour. Va, maudite œuvre de la magie, s'écrie Roger, tu ne me feras plus courir le
risque d'un pareil déshonneur; non, je ne te con-
serverai pas davantage, et désormais le blâme
n'osera plus m'attaquer. En disant ces mots, il
se saisit d'une grosse pierre, l'attache avec le
bouclier, et précipite l'un et l'autre au fond du
puits. Plût à Dieu, s'écria-t-il en voyant le bouclier s'enfoncer sous l'eau, que tu fusses enseveli

depuis long-temps, et que ma honte pût l'être
avec toi ! Ce puits était très profond, la pierre
était fort pesante; une colonne immense d'eau
couvrit bientôt le bouclier dont Roger venait de
faire un si généreux sacrifice. La Renommée, attentive à la gloire des grands hommes, ne tarda
pas à publier ce que le noble cœur de Roger
l'avait pressé de faire pour sa propre satisfaction,
et sa trompette éclatante en instruisit l'Espagne,
la France et les royaumes voisins.

Cette nouvelle s'étant répandue de proche en
proche, un grand nombre de guerriers se mirent
en quête pour retrouver cet écu; mais ils ignoraient le nom de la forêt qui renfermait le puits
et cet écu merveilleux. La dame qui seule avait
vu et publié la belle action de Roger ne voulut
jamais donner aucune notion ni du lieu, ni même
du pays où ce puits si désiré pouvait être trouvé.

Lorsque Roger était parti du château de Pinabel, après avoir remporté sur les quatre braves
champions de ce traître cette victoire trop facile
et qui lui coûtait tant de regrets, il les avait laissés
évanouis et immobiles (1) : mais dès que la lumière
du bouclier enlevé eut cessé d'éblouir leurs yeux,
ils se réveillèrent très émerveillés de leur aventure : ils passèrent le reste du jour à s'entretenir
de cet événement étrange, et tous se demandaient

(1) Le poëte reprend l'histoire de Roger dans le vingt-
cinquième chant.

les uns aux autres ce qu'ils avaient éprouvé, lorsque cette terrible lumière avait frappé leurs yeux.

Pendant qu'ils s'entretenaient ainsi, la nouvelle
se répandit sur le soir que Pinabel venait de perdre la vie, mais qu'on ignorait encore de quelle
main il avait reçu la mort. Bradamante irritée avait
enfin joint ce traître dans un étroit passage, et
lui avait plongé plusieurs fois son épée dans les
flancs et dans son perfide cœur. Dès qu'elle eut
purgé cette contrée du monstre vil et dangereux
qui l'avait long-temps infectée, elle quitta ce bois,
témoin de sa vengeance, et ramena le bon cheval
que le traître avait dérobé : elle voulut en vain
retourner au château de Pinabel où sa juste colère
l'avait forcée à quitter Roger; elle ne put jamais
en retrouver le chemin, et son destin cruel ne
permit pas qu'elle eût aucune notion de la route
que son amant avait prise. Ceux qui daignent se
plaire à m'écouter en apprendront davantage dans
le chant suivant.

FIN DU VINGT-DEUXIÈME CHANT.

CHANT XXIII.

ARGUMENT.

Bradamante, après avoir tué Pinabel, se perd dans un bois. — Elle rencontre Astolphe, qui lui confie la garde de Rabican. — Bradamante trouve son frère Alard, et va avec lui à Montauban. — Elle charge Hippalque de conduire Frontin à Roger. — Rodomont s'empare de Frontin. — Zerbin, voyageant avec Gabrine, trouve le corps de Pinabel. — La vieille l'accuse de ce meurtre. — On le saisit, et on le conduit au supplice. — Arrivée de Roland et d'Isabelle. — Rencontre des deux amants. — Combat de Mandricard contre Roland. — Roland arrive à la grotte, témoin des amours d'Angélique et de Médor. — Il perd la raison.

Mortels, soyez ardents à vous secourir et attentifs à vous plaire; soyez sûrs d'en recevoir le prix, et quand même ce prix vous serait refusé par vos pareils, vous le trouveriez dans votre propre cœur; il serait content de lui-même. L'homme mal né, qui cherche à nuire, court en aveugle au-devant de la punition qu'il mérite : une injure est rarement oubliée. Les hommes, dit un vieux proverbe, ne sont pas comme les montagnes, ils se rencontrent, et tôt ou tard leur vengeance écrase la perversité. Voyez quel est le sort de ce lâche Pinabel; c'est au moment même où son ame atroce s'occupe à devenir encore plus coupable, qu'il est puni de ses premiers forfaits : la justice éternelle ne peut voir long-temps souffrir l'innocence; elle sauva de la mort la vertueuse Bradamante; elle protègera toujours l'ame honnète dont elle connaît la candeur.

Pinabel, persuadé que cette guerrière était morte dans la caverne où il l'avait précipitée, ne croyait pas la revoir jamais, bien loin d'imaginer qu'elle dût lui faire payer la peine de son crime. C'est cependant dans son propre château, c'est près de son comté de Poitiers, c'est au milieu de montagnes escarpées, et dans un pays occupé presque en entier par les grandes possessions d'Anselme de Hauterive son père, où le traître se croit bien à couvert de la haine et de la vengeance de la maison de Clermont; c'est là, dis-je, que la fille d'Aymon le trouve sans défense, et lui porte le coup mortel, tandis que ce lâche jette des cris qui ne sont écoutés ni par la juste vengeance de la guerrière, ni par ceux qui pourraient le secourir.

Dès le moment que Bradamante eut puni ce traître, elle voulut rejoindre son cher Roger; mais la fortune cruelle ne le lui permit pas. Elle prit une route qui l'en éloignait, et qui la conduisit dans l'endroit le plus épais et le plus sauvage de la forêt; et ce fut à l'heure où le soleil laissait

obscurcir l'air par les ombres de la nuit, que.
ne sachant plus où la passer, elle s'arrêta, se
coucha sur l'herbe tendre et touffue. C'est là que,
s'occupant sans cesse de son cher Roger, elle le
voyait encore en songe lorsqu'un sommeil léger
fermait ses paupières; c'est là qu'elle contemplait
la richesse du ciel, Saturne, Jupiter, Mars, Vénus
et les autres planètes.

Souvent une pensée bien douloureuse lui faisait
pousser des soupirs. Est-il possible, disait-elle
avec amertume, que la colère ait eu sur moi plus
de pouvoir que l'amour? Comment l'ardeur de me
venger m'a-t-elle aveuglée jusqu'à négliger de
bien remarquer les routes et les lieux que je tra-
versais? Ah! Roger, j'aurais pu te retrouver, si
ma fureur m'eût laissé des yeux et de la mémoire.
Ces regrets, ce discours qu'elle prononçait tout
haut, retentissaient encore bien plus vivement
dans son cœur; ses soupirs, ses larmes étaient
pour elle ce qu'un orage est aux beaux jours. Enfin, après une longue attente, le fond de l'Orient
commence à se colorer; son cheval paissait paisiblement auprès d'elle; elle s'élance dessus, marche,
et semble aller au-devant de l'aurore.

Bradamante ne fut pas long-temps sans sortir
du bois; elle se trouva au même lieu où l'enchanteur avait élevé ce palais fantastique, dans lequel
tant de chevaliers prisonniers avec elle avaient
été retenus dans une perpétuelle illusion. Elle y
rencontra le paladin Astolphe; il venait de trouver

une bride propre à bien conduire l'hippogriffe ; mais il était en peine de son cher Rabican, ne pouvant se résoudre à le confier qu'à des mains bien sûres.

Bradamante arrive dans le moment où le paladin vient d'ôter son casque ; elle reconnaît son cousin ; elle le salue de loin, court à lui, l'embrasse, et se nomme en levant sa visière. Astolphe, qui ne pouvait confier son cheval à personne, plus sûrement qu'à la guerrière, remercia la fortune qui semblait avoir conduit près de lui la fille d'Aymon ; et quelque plaisir qu'il eût toujours à la voir, il le sentit plus vivement encore en ce moment.

Après s'être embrassés plusieurs fois comme frère et sœur, et s'être réciproquement demandé compte de leurs aventures, Astolphe toujours occupé de son projet de voyager dans la région des oiseaux, et voulant promptement l'exécuter, en fit part à la guerrière, et lui fit voir son cheval ailé ; il n'excita point la surprise de Bradamante : elle l'avait déja vu deux fois déployer ses ailes ; l'une, lorsqu'elle combattait contre Atlant ; l'autre, lorsque cet animal fougueux, enlevant jusqu'aux nues son cher Roger et le faisant disparaître à ses yeux, l'avait plongée dans la douleur et dans les plus vives alarmes. Son cousin lui dit qu'il voulait lui laisser ce bon Rabican dont la course rapide surpassait le vol d'une flèche ; il la pria de le faire conduire à Montauban,

d'y faire même porter ses armes qui lui devenaient inutiles pour traverser les airs, et de les
lui garder jusqu'à son retour. Astolphe ne con-
serva que son épée et son cor; il ne pouvait en
être que plus léger sur l'hippogriffe : il lui remit aussi cette lance d'or, dont le bras du fils de
Galafron était autrefois armé, lorsqu'il vint sur
les bords de la Seine avec sa sœur Angélique;
cette lance merveilleuse avait la puissance de
renverser le plus redoutable chevalier dès qu'elle
frappait une pièce de ses armes.

Astolphe ayant fait élever l'hippogriffe le fit
planer quelques instants autour de Bradamante,
qui le vit enfin voler et disparaître dans le haut
des airs (1). Son cousin lui parut avoir imité le
pilote, qui par prudence ne fait voguer que lentement son vaisseau, tant qu'il le voit entre les môles du port ou proche encore des écueils hérissés
qui les entourent, mais qui déploie toutes ses
voiles et s'abandonne aux vents, dès qu'il est entré dans la pleine mer.

La guerrière cependant se trouve très embarrassée après le départ du paladin; elle ne sait
comment faire conduire son cheval et porter ses
armes à Montauban : tout cède en son cœur au
desir ardent de revoir Roger; elle pense que c'est
à Vallombreuse qu'elle pourra le retrouver. Arrê-

---

(1) L'auteur revient à Astolphe dans le vingt-troisième
chant.

tée dans sa marche par son incertitude, elle en fut
tirée par l'arrivée d'un villageois, à qui elle dit de
rassembler les armes d'Astolphe dans un faisceau
dont Rabican fut chargé; elle le fit monter sur
un cheval, et mener en main Rabican, la guerrière ayant alors trois chevaux, en comptant celui
qu'elle avait repris à Pinabel.

Bradamante se trouve encore dans un second
embarras; elle desire vivement se rapprocher de
Vallombreuse, dans l'espérance d'y retrouver
Roger; mais elle craint de s'égarer : elle ignore
la route, le villageois ne connaît pas le pays; elle
se trouve obligée de marcher au hasard, du côté
qui lui paraît pouvoir la conduire où son cœur
l'appelle.

De quelque côté qu'elle porte ses pas, elle ne
trouve personne qui puisse lui montrer le chemin;
et, sortant de la forêt sur les neuf heures du
matin, elle découvre de loin une grosse forte-
resse assise sur le sommet d'une montagne; elle
croit reconnaître Montauban, et c'était en effet
le château que Béatrice sa mère et sa famille ha-
bitaient. Bradamante s'afflige en achevant de le
reconnaître; elle craint d'être aperçue, et qu'en
s'arrêtant en ce lieu, elle ne puisse peut-être
plus en partir librement. L'absence de Roger la
fera mourir de douleur; elle ne pourra plus le
revoir ni s'occuper de ce qu'ils ont arrêté de faire
à Vallombreuse.

Elle rêve un moment, et prend le parti de

s'écarter de Montauban, et de suivre un chemin qu'elle reconnaît pour être celui de l'abbaye; mais le hasard lui fait rencontrer son jeune frère Alard avant qu'elle soit sortie de la vallée; et elle n'eut pas le temps de se dérober à sa vue.

Alard venait de marquer des quartiers pour des troupes nouvelles que Charlemagne avait ordonné de lever dans la Guienne; sa sœur, ne pouvant éviter sa rencontre, ne put aussi se dispenser de retourner à Montauban après cet accueil tendre que se font une sœur et un frère qui s'aiment. Béatrice qui depuis long-temps pleurait son absence, et qui l'avait fait chercher vainement dans toute la France, reçut cette fille chérie avec transport, et la baigna de ses larmes, en la serrant dans ses bras; ses jeunes frères la comblèrent aussi de caresses : mais toutes celles que la sensible Bradamante recevait de ses proches lui paraissaient froides auprès d'un seul baiser de son amant, dont la douce impression était toujours dans son ame.

Ne pouvant donc plus aller à Vallombreuse, elle prit le parti d'envoyer une personne bien sûre en sa place; son instruction devait être d'apprendre à Roger les raisons qui la retenaient, et de le conjurer de sa part (quelque sûre qu'elle dût être de son cœur) de presser la cérémonie de son baptême, comme le moyen le plus sûr et le plus prompt d'obtenir sa main, et de les unir à jamais. Elle comptait aussi faire conduire par la

même personne le bon Frontin qu'elle prévoyait
lui devoir être utile et cher; les rois sarrasins
et celui de France n'en ayant aucun dans leurs
états qui pût en approcher, hors Bride-d'or et
Bayard. Ce fut le jour que Roger, montant sur
l'hippogriffe avec trop d'audace (1), avait été
porté si loin dans le vague des airs, que Bradamante avait emmené le cheval de ce guerrier, et
l'avait envoyé dans les écuries de Montauban où
Frontin, bien nourri, bien soigné, n'avait fait
qu'un léger exercice, et se trouvait plus vigoureux et mieux tenu que jamais.

Elle met promptement à l'ouvrage toutes les
femmes qui l'entourent; elle les emploie à broder richement d'un or brillant un fond de soie
blanc et gris de lin; elle en fait orner la selle et
jusqu'à la bride de Frontin. Elle appelle ensuite
la jeune Hippalque, fille de Callitréfie, sa nour-
rice, et la fidèle confidente de tous les secrets de
son cœur. Combien de fois ne lui avait-elle pas
parlé de ce héros, de ce cher Roger, dont elle
élevait jusqu'aux nues la beauté, la valeur, la
bonne grace. L'amour, dans ces moments, la
rendait bien éloquente et bien persuasive. Ma
chère Hippalque, lui dit-elle, qui pourrais-je choisir pour un tel message, si ce n'est celle dont je
connais si bien l'esprit, la prudence et le tendre
et fidèle attachement?

1 Voyez chant quatrième, page 88.

Elle la fit monter sur un bon palefroi, et lui
remit en main·la riche bride de Frontin. Pars,
lui dit-elle, ma chère Hippalque; excuse-moi près
de Roger; dis-lui que la fortune seule s'oppose
au bonheur que nous aurions d'être ensemble;
dis-lui que la seule contrainte arrète celle qui le
regrette sans cesse. Au reste, ajouta-t-elle, si quelque imprudent, quelque insensé osait t'arrèter
pour t'enlever ce beau cheval, dis-lui seulement
quel est son maître; il n'est aucun chevalier assez
téméraire pour ne le pas respecter, et pour ne
pas trembler même au seul nom de Roger. Elle
ajouta sans doute à ces premiers ordres tout ce
qu'une amante bien tendre a tant de plaisir et
tant d'ardeur à répéter (1).

Hippalque bien instruite de tout ce qu'elle doit
faire, part; et, traversant hardiment les plaines
et les forèts, elle franchit l'espace de plus de dix
milles, sans trouver personne qui l'interroge ou
qui trouble sa marche. Ce ne fut que vers le milieu du jour, qu'elle rencontra dans un chemin
étroit et mauvais le fier Rodomont à pied, qui,
tout armé, suivait un nain.

Le Sarrasin jette ses regards farouches sur
elle; il blasphème contre tous les dieux de l'uni-
vers·de ce que ce beau cheval n'est pas monté
par quelque chevalier. Vous savez qu'il avait juré
d'enlever par force le premier cheval qu'il trou-

---

(1) Le poëte revient à Bradamante au trente-unième chant.

verait sous sa main; il le voit, il l'admire, mais
il regarde comme un acte injuste et malhonnête
de l'enlever des mains d'une faible demoiselle.
Il s'arrête, il continue de l'admirer; et, plein de
dépit, il s'écrie: Ah! que le maître de ce cheval
n'est-il ici présent! Si tu le voyais, lui répondit
Hippalque, tu changerais bientôt de pensée. Apprends que le maître de ce cheval te ferait trembler, et qu'il n'a pas son pareil dans l'univers.
Ah! ah! dit Rodomont, quel est donc ce guerrier
qui foule aux pieds la renommée de tous les
guerriers de la terre? C'est Roger, répond Hippalque d'une voix haute. En ce cas, je veux donc
ce coursier, lui dit-il brutalement; je m'en empare,
puisque j'ai le bonheur de l'enlever à ce guerrier
que tu dis être si redoutable.

Au reste, s'il est tel que tu le dis, non-seulement je consentirai à lui rendre ce cheval et son
riche harnois, mais je veux même lui payer à son
gré ce qu'il croira que je lui devrai pour le temps
que je l'aurai monté. Va, dis-lui que c'est Rodomont qui le lui enlève, que je serai toujours prêt
à le lui disputer par les armes, qu'il me trouvera
facilement, que par-tout où je suis, par-tout où je
peux aller, ma renommée me fait assez connaître, et que la foudre ne laisse point après elle
des traces plus terribles et plus profondes que
moi.

Rodomont, en disant ces mots, s'empara des
rênes, s'élança sur Frontin, et laissa Hippalque

en pleurs se plaindre et le menacer en vain.
Guidé par le nain, il continua la poursuite de
Mandricard et de Doralice; il fut quelque temps
suivi de loin par Hippalque qui ne cessait de le
maudire et de le menacer. La continuation de
cette aventure se retrouvera dans la suite (1);
mais il faut que je me conforme au récit de
Turpin qui me fait perdre Rodomont de vue,
pour me ramener dans ce bois où Pinabel venait
d'être tué.

La fille d'Aymon avait à peine achevé de le punir, qu'elle avait abandonné le corps de ce traître (2). Zerbin arriva dans ce même lieu par un
autre chemin toujours suivi par la méchante Gabrine (3). Il voit un chevalier mort et criblé de
coups, il ignore quel il peut être : mais né généreux et compatissant, il a pitié de cette mort
cruelle. Pinabel en effet, renversé sur la terre,
versait encore son sang par un si grand nombre
de blessures, qu'on eût dit que cent épées s'é-
taient réunies pour lui donner la mort. Le prince
écossais s'empressa de suivre quelques traces récentes pour découvrir l'auteur de ce meurtre, et
dit à la vieille de l'attendre un moment, et qu'il
jurait de venir la retrouver.

---

(1) Le poëte revient à Rodomont dans le vingt-quatrième
chant, et à Hippalque dans le vingt-sixième.

(2) Voyez le commencement de ce chant, page 169.

(3) Voyez le vingt-deuxième chant, page 144.

Elle s'approche du mort, l'examine de tous côtés; elle trouve très superflu qu'un cadavre conserve des ornements; et, comme elle était avare presque autant que méchante, elle cherche le moyen d'enlever ce qu'elle pourra détacher de plus précieux et de plus facile à cacher. Elle eût bien désiré s'emparer de son riche pourpoint, et même de ses belles armes; mais comment aurait-elle pu les emporter? Elle s'en tint donc à voler quelques attaches d'or et la ceinture magnifique du mort qu'elle ceignit entre deux jupes autour d'elle, en regrettant bien de n'oser voler rien de plus. Zerbin la rejoignit peu de moments après; il avait en vain suivi les traces de Bradamante, jusqu'à la fin d'une route qui se partageant en une infinité de branches les lui fit perdre. Ne voulant pas rester toute la nuit entre ces rochers, il partit sur le déclin du jour avec la méchante vieille, pour chercher un asyle.

Ils arrivèrent, après avoir marché deux milles, auprès d'un grand château qui portait le nom de Hauterive. Ils s'y arrêtèrent pour passer la nuit qui était devenue déjà bien obscure : mais peu de temps après leur arrivée, des cris et des plaintes amères frappèrent leurs oreilles de toutes parts; ils virent tous les gens du château couverts de larmes, et le même sujet de douleur paraissait les affecter tous.

Zerbin ayant demandé la cause de cette affliction générale, on lui dit que le comte Anselme,

seigneur de ce château, venait de recevoir la nouvelle de la mort de son fils Pinabel, dont on avait
trouvé le corps massacré dans un chemin étroit
entre deux montagnes. Zerbin eut l'air de la surprise, et baissa les yeux pour ne faire naître
aucun soupçon; mais il s'imagina bien que c'é-
tait le corps de Pinabel qu'il avait trouvé sur sa
route.

Bientôt les cris et la rumeur augmentèrent dans
le château, lorsqu'à la lueur d'une infinité de
flambeaux, on vit entrer le brancard funèbre qui
soutenait le corps du fils d'Anselme. Les pleurs
redoublèrent, et le malheureux père paraissait
inconsolable.

Anselme ordonna les apprêts des plus magnifiques obsèques. Il voulut qu'elles se fissent à
l'antique, et telles qu'on les pratiquait autrefois
pour nos aïeux; mais presque tous les bons et
anciens usages se corrompent aujourd'hui.

Les cris et les larmes furent suspendus pendant
quelques moments, pour écouter un ban qu'Anselme fit publier. Il promettait une riche récompense à quiconque pourrait lui découvrir le meurtrier de son fils. Cette promesse passa d'une oreille
à l'autre, et la teneur de ce ban s'étendit au loin;
elle parvint bientôt jusqu'à cette vieille scélérate
qui surpassait en rage comme en noirceur les tigres et les reptiles venimeux. Dès ce moment elle
ourdit le mensonge et la perfidie la plus exécrable
pour faire périr Zerbin; on ignore même ce qui

pouvait alors l'emporter dans son cœur atroce,
ou de sa haine contre Zerbin, ou de son avarice
qui desirait la récompense promise, ou de l'orgueil enfin de prouver que son existence infernale
n'avait absolument rien d'humain.

Gabrine compose son affreux visage; ses yeux
sont tristes, son regard est égaré : bâtissant une
calomnie vraisemblable, elle accuse Zerbin auprès d'Anselme, l'assure qu'il est le meurtrier
de son fils; elle lui présente la riche ceinture
qu'elle dit tenir de la main de Zerbin. Anselme
reconnaît aussitôt cette ceinture, et ne doute plus
de la vérité du rapport de cette méchante vieille,
d'après un indice aussi frappant. Le vieillard lève
les mains au ciel, et le remercie, au milieu de sa
douleur, de lui donner du moins la consolation
de venger la mort de son fils. Il fait entourer le
château; le peuple s'émeut, crie vengeance, et
Zerbin qui ne se connaît aucun ennemi, l'innocent Zerbin est saisi dans son premier sommeil;
on le couvre de fers, et, pour le reste de la nuit,
on le jette dans une affreuse prison.

Le soleil n'avait pas encore commencé sa carrière, et déja les apprêts du supplice de Zerbin
étaient ordonnés; il devait être conduit sur le
lieu même où le corps de Pinabel avait été trouvé,
mis en pièces, et baigner la même terre de son
sang. On n'avait apporté aucune forme légale à
cette condamnation; Anselme, convaincu du crime,
l'avait seul prononcée.

Le matin suivant, l'aurore à peine a précédé
la blancheur et la sérénité d'un beau jour, que
le peuple s'assemble en criant : Qu'il meure! qu'il
meure! et se montre avide de voir couler le sang
de l'innocent Zerbin. La populace, toujours aveugle
et toujours stupidement cruelle, marche confu-
sément, les uns à pied, les autres à cheval; et
Zerbin est conduit attaché sur un mauvais roussin.

Les yeux paternels du Très-Haut étant toujours
tendrement fixés sur l'innocence, sa providence
avait déjà préparé pour Zerbin le plus redoutable
défenseur, et ses jours étaient en sûreté. Roland
arrive à portée de découvrir cette troupe, et voit
avec surprise ce jeune homme que l'on mène à
la mort.

Le paladin était alors avec cette jeune et belle
Isabelle, princesse de Galice, qu'il avait retirée de
l'affreuse caverne de la montagne(1), où des bandits
l'avaient conduite après la tempête qui l'avait portée sur un écueil avec les débris de son vaisseau :
c'était cette même Isabelle, dont l'âme était plus
occupée de Zerbin que de sa propre existence. Roland l'avait toujours conduite sous sa garde depuis
qu'il l'avait remise en liberté. Lorsqu'elle aperçut
ce triste appareil, elle en fut vivement émue, et
lui demanda ce que ce pouvait être. Je n'en sais
rien moi-même, répondit-il; mais attendez-moi
sur cette colline, et je cours en savoir des nou-

_____

(1) Voyez chant treizième, page 346.

velles. Il descend en diligence dans la plaine; il
s'approche de cette troupe, et regarde attentivement Zerbin dont la figure noble le prévient en
sa faveur.

Roland alors, s'approchant de lui, lui demande
quel est le crime qui le conduit au supplice. Le
jeune Zerbin lève une tête innocente, atteste le
ciel qu'il n'est pas coupable, raconte les faits avec
la plus exacte vérité, et Roland juge par son récit
qu'il mérite sa protection et sa défense. Il apprend
de plus que l'arrêt de mort de ce jeune homme
est porté par le comte Anselme de Hauterive: c'en
est assez pour qu'il soit convaincu que l'arrêt doit
être inique, cet homme n'en ayant jamais porté
d'autre. Il se sent d'ailleurs ému par l'ancienne
haine qui bout avec fureur dans le cœur des chevaliers de l'illustre sang de Clermont contre ceux
de la perfide race des Mayençais; il se souvient
de tout le sang que cette haine a fait répandre.

Déchaînez ce chevalier, canaille maudite, s'écria
Roland d'une voix terrible, ou je vous extermine
tous. Eh! quel est donc ce massacreur de gens?
dit d'un ton ricaneur un drôle insolent qui commandait ces satellites. Croit-il être un brasier ardent, et nous croit-il donc de cire ou de paille,
pour nous anéantir si facilement? À ces mots, il
ose baisser sa lance contre le terrible comte. Les
belles et riches armes de Zerbin dont ce faquin
de Mayençais s'était emparé pendant la nuit ne
purent le défendre de la rude atteinte de Roland;

cependant le fer de la lance qui porta sous la mentonnière du casque ne perça point ces armes à l'épreuve, mais le coup lui rompit les vertèbres du cou et l'étendit mort sur la poussière. Le paladin passe sa lance au travers du corps du second ; et, tirant la redoutable Durandal, il fait voler la tête à l'un, partage l'autre par la ceinture ; ces misérables tombent de toutes parts sous le tranchant de son épée, et plus de cent sont déja morts ou prennent la fuite.

Plus du tiers mord la poussière ; Roland chasse le reste devant lui ; il taille, il fend, il blesse, il perce, il tronque tous ces vils Mayençais. Ils jettent tous épées, casques, boucliers, épieux, masses, pour fuir plus facilement : l'un court le long du chemin, l'autre à travers champs ; ceux-ci courent se cacher dans les bois, ceux-là dans les cavernes : l'impitoyable Roland les poursuit, frappe sans cesse ; il semble n'en vouloir pas laisser échapper un seul : le véridique Turpin dit aussi que de bon compte, de cent vingt qu'ils étaient, quatre-vingt au moins perdirent la vie.

Roland court ensuite à Zerbin dont le cœur était encore ému par la crainte. Ma voix exprimerait faiblement ses transports en voyant approcher le victorieux comte d'Angers ; que n'eût-il pas donné pour pouvoir rompre ses liens et serrer les genoux de son libérateur !

Pendant que Roland le délie, et l'aide à reprendre ses armes dont le chef de la brigade avait eu l'impertinence de se couvrir, et qui venait de la payer de sa vie, Zerbin jette les yeux sur Isabelle qui d'abord s'était arrêtée sur la colline, mais qui venait de se rapprocher d'eux en voyant le paladin victorieux. Dieu! quel saisissement, quel transport Zerbin n'éprouva-t-il pas, en reconnaissant celle qu'un faux avis lui faisait croire avoir été submergée dans les flots, et qu'il avait si long-temps pleurée! Tout son sang se glaça d'abord dans ses veines, mais bientôt une flamme impétueuse les parcourut rapidement.

La présence du comte d'Angers arrête cet amant passionné, et l'empêche de courir pour serrer dans ses bras celle qu'il adore; un cruel soupçon s'élève dans son cœur; il croit que le paladin est amoureux, et peut-être amant fortuné d'Isabelle. Tombant ainsi de peine en peine, sa première joie s'évanouit, et la sombre jalousie le rend moins sensible à revoir son Isabelle vivante, qu'il ne l'avait été lorsqu'il reçut la nouvelle de sa mort. Le désespoir de Zerbin augmente encore, en la voyant sous la garde d'un chevalier qui vient de lui sauver la vie; il sent bien qu'il serait d'une ingratitude monstrueuse de le combattre pour arracher sa maîtresse de ses mains, et de plus, que cette entreprise serait peut-être inutile. Cependant il aurait tout hasardé, s'il avait eu tout autre pour adversaire; mais il se sentait entièrement attaché au comte d'Angers par les liens d'une juste reconnaissance. Ils s'approchèrent tous les

victoire sur les troupes de Trémisen et de Nori-
cie avait fait voir les sombres bords à mille guerriers, je n'ai pas été long à te suivre. Je te reconnais à plusieurs marques, et surtout au cimier
de ton casque que je me suis fait dépeindre :
mais, depuis que je te vois, ces signes sont super-
flus; et, quand tu serais au milieu d'une foule de
cent chevaliers, je connaîtrais à ton air fier et
martial que c'est toi que je cherche.

J'admire l'élévation de ton courage, lui répondit Roland; un pareil projet ne peut naître que
dans un cœur bien fier et bien généreux. Si le
desir de me voir t'a fait venir, j'ai celui de te
faire connaître l'intérieur de mon ame, et même
mon visage; et je vais lever ma visière pour achever de satisfaire ta curiosité : mais, après m'avoir
vu, je compte que tu me satisferas aussi dans ce
que j'attends, et j'espère que tu ne tarderas pas
d'éprouver si ma valeur répond à ma mine. Allons, dit le Sarrasin, mon premier désir était de
te trouver et de te connaître, je vais satisfaire le
second.

Roland, regardant attentivement Mandricard,
est surpris de ne point voir d'épée sur son flanc
gauche, ni de masse pendue à l'arçon droit de sa
selle. Et de quelle arme, dit-il, prétends-tu donc
te servir, si ta lance vient à se briser? Ne t'en
embarrasse pas, répondit le Sarrasin; j'ai souvent
fait reculer bien des guerriers avec les seules
armes que tu me vois. Apprends que j'ai juré de

ne jamais porter d'épée, jusqu'à ce que j'aie fait la conquête de la fameuse Durandal que porte le comte d'Angers ; je le jurai, lorsque je me couvris de ce casque et de ces belles armes, qui sont les mêmes qu'Hector portait il y a plus de mille ans. L'épée seule y manquait ; sans doute elle fut dérobée ; et j'ignore quel est le hasard qui l'a remise dans les mains de Roland. Je sais que tout ce qu'on dit de ses exploits et de son courage vient en grande partie de la confiance qu'il a dans cette bonne épée ; mais je lui ferai payer cher le temps qu'il l'a portée, et je le cherche depuis long-temps pour le forcer à me la restituer.

Le superbe Mandricard, après avoir tenu ces premiers propos pleins de présomption, poursuivit ainsi : Je cherche de plus Roland, dit-il, pour venger dans son sang la mort du grand Agrican mon père : je suis sûr que Roland n'a pu le tuer qu'en traître ; il n'aurait pu vaincre autrement un aussi redoutable guerrier. Toi, et tous ceux qui le disent en ont menti, s'écria Roland transporté de fureur, ne pouvant plus se taire : apprends que je suis celui que tu cherches ; oui, je suis Roland, et celui qui tua ton père avec honneur. Tiens, voilà cette épée que tu desires ; tu l'auras, si ton courage peut la mériter. Quoiqu'elle m'appartienne bien légitimement, je ne veux pas même m'en servir au moment où tu me la disputes : qu'elle soit le prix du vainqueur ;

elle n'est plus à moi, mais elle n'est point encore à toi. Je vais l'attacher à quelque arbre; tu seras le maître de la prendre, si tu parviens à m'arracher la vie. A ces mots, Roland voit un arbrisseau dans le milieu du champ de bataille; il tire Durandal, et la suspend à l'un de ses rameaux.

L'un et l'autre, épris d'une égale fureur, s'éloignent de la demi-portée d'un arc, s'élancent à bride abattue, et se frappent tous deux au défaut de la visière : tous les deux sont également inébranlables ; et les éclats de leurs lances s'élevant en l'air, il ne leur en reste que les tronçons pour toutes armes. Ces deux guerriers couverts de fer sont alors obligés de se battre comme deux paysans qui se disputent les limites d'un pré, ou l'eau d'une fontaine, et qui, armés de forts bâtons, en viennent à se porter des coups sanglants.

Ces tronçons ne peuvent long-temps résister en des mains si nerveuses : il sont obligés de se frapper à main nue; ils s'efforcent d'arracher les mailles de leurs armes; ils croient pouvoir les enfoncer par leurs coups redoutables, et ces coups en effet ont la pesanteur de ceux des tenailles et des marteaux.

Le Sarrasin cherche comment il pourra terminer un combat où les coups sont plus douloureux pour celui qui les porte que pour celui qui les reçoit. Ils se saisissent enfin, et se prennent au corps tous les deux; le Sarrasin espère étouffer Roland, comme le fils de Jupiter étouffa le fils de la Terre (1).

Mandricard, plus emporté que Roland dans sa colère, fait des efforts terribles pour renverser le paladin, et fait peu d'attention à la bride de son cheval. Roland plus de sang-froid s'en aperçoit; il résiste d'une main à Mandricard, de l'autre il fait couler sa bride par-dessus les oreilles et les yeux de son cheval. Le Sarrasin continue à lui donner de violentes secousses; mais les jarrets de Roland sont comme des étaux qui le tiennent lié dans les arçons. Les efforts violents du Sarrasin font enfin briser les sangles de la selle de Roland; la selle glisse; Roland, ferme dans ses étriers, la serre toujours également, et tombe enfin à terre, en la tenant toujours entre ses cuisses.

La chute de Roland fit retentir l'air au loin, comme si un trophée d'armes fût tombé par terre. Le cheval du Sarrasin, qui n'a plus de frein dans la bouche, en est effrayé : ni les bois, ni les roches, ni les chemins rompus ne l'arrêtent. Aveuglé par la peur, il fuit de toute sa vitesse, emportant son maître avec lui.

Doralice qui voit Mandricard déjà loin du champ de bataille, et n'osant rester sans sa garde, presse son palefroi pour le suivre et le rejoindre. Le Sarrasin, perdant la tête de fureur, battait son

(1) Antée étouffé par Hercule.   P.

cheval avec ses pieds, ses mains, et l'effrayait encore plus par ses cris. Cet animal, sans regarder
à ses pieds, et sans tenir aucun chemin, allait
plus rapidement que jamais.

Après trois milles d'une course aussi rapide, un
large et profond fossé se trouve sur son passage;
il s'y précipite avec son maître, qui trouve le
fond de ce fossé fort dur. Mais, quoiqu'il n'y eût
ni couche ni litière, il fut cependant assez heureux pour ne pas s'y briser les os.

Le Tartare saisit son cheval par le crin avec
fureur; mais il ne sait par quel moyen s'en rendre le maître et le conduire. Doralice le joint
alors, et le prie de prendre la bride de son palefroi, l'assurant que cette bête est assez douce
pour pouvoir s'en passer. Le Sarrasin eût cru manquer à la courtoisie en acceptant cette proposition; mais la fortune favorable à ses desirs lui
offrit un autre moyen de remplacer sa bride, en
amenant près d'eux en ce même instant cette
scélérate de Gabrine, qui, depuis qu'elle avait
trahi Zerbin, avait toujours fui comme une louve,
lorsqu'elle entend derrière elle le bruit des chiens
et des chasseurs.

L'infame vieille avait encore sur elle tous ces
ornements agréables et galants que la jeune maîtresse de Pinabel avait portés; elle était de même
montée sur le palefroi de cette arrogante et
méchante créature. Gabrine n'ayant pu voir,
en arrivant, Mandricard, alors culbuté dans le

fond du fossé, et n'apercevant qu'une jeune et jolie fille, s'en était approchée sans aucune défiance. La mine d'un vieux et malin singe, coiffé, paré de ces ornements légers et riants, qui siéent si bien à la jeunesse, pensa faire mourir de rire Mandricard et Doralice ; rien ne ressemblait mieux à ces babouins conduits par des bateleurs, que la vieille et méchante Gabrine.

Le Sarrasin ne balança pas à prendre sans façon la bride du palefroi de la vieille, pour s'en servir à mener son cheval; ensuite, épouvantant celui de Gabrine par ses cris, il lui fit prendre la fuite: ce cheval effrayé courut par monts et par vaux, emportant toujours la méchante vieille à moitié morte de peur. Mais, en vérité, le sort de cette Mégère ne doit pas nous inquiéter assez (1), pour nous empêcher de retourner à Roland que nous avons laissé tombé lourdement à terre avec sa selle entre ses jambes.

Ayant rajusté de son mieux cette selle sur son cheval, il remonta dessus, et resta quelque temps pour attendre le retour de Mandricard : à la fin, ne le voyant point paraître, et piqué vivement contre le Sarrasin, il prit le parti de marcher sur ses traces et de le suivre. Mais on croira sans peine que Roland aussi doux, aussi courtois pour ses amis, qu'il était terrible dans les combats, ne quitta pas ces jeunes et tendres amants, qui lui

_____

(1) Gabrine reparaît au vingt-quatrième chant.

devaient leur réunion, sans leur faire les plus
tendres adieux. Zerbin fut très affligé du départ
du comte; Isabelle en versa des larmes : ils auraient voulu le suivre; mais Roland n'y put consentir, quoique leur compagnie lui fût infiniment
agréable. Il s'en débarrassa en leur disant qu'un
chevalier, qui va chercher et combattre un
ennemi, ne doit pas souffrir d'être accompagné
par personne en état de le défendre.

Il les pria seulement de dire à Mandricard, si
le hasard le leur faisait rencontrer avant lui, qu'il
resterait encore trois jours dans le même lieu, et
que, passé ce temps, il irait joindre l'armée de
Charlemagne. Roland prenait ainsi ses mesures,
pour que le Sarrasin pût le trouver quand il voudrait le chercher. Tous les deux le lui promirent,
et, de nouvelles assurances d'amitié ayant accompagné leurs adieux, ils se séparèrent [1].

Le comte d'Angers reprit Durandal à l'arbrisseau
et marcha du côté où il crut pouvoir trouver le
Sarrasin; mais le cheval de Mandricard, n'ayant eu
pour guide que sa frayeur, avait tellement égaré
son maître, que Roland ne fit pendant deux jours
qu'une vaine recherche.

Ce fut vers le milieu du troisième, que le paladin arriva sur le rivage agréable d'une belle
fontaine qui serpentait dans une prairie émaillée
de fleurs; de grands arbres dont le faîte s'unissait

---

[1] Zerbin et Isabelle reparaissent au vingt-quatrième chant.

en berceaux ombrageaient cette fontaine, et la
défendaient des rayons du soleil. L'ardent midi
faisait desirer la fraîcheur du zéphir aux durs
troupeaux, aux pâtres demi-nus : Roland, couvert
de sa cuirasse, de son casque et de son écu, n'é-
prouvait pas moins de chaleur. Il s'arrêta sous ce
berceau délicieux où tout semblait l'inviter au
repos : mais il ne pouvait choisir un plus funeste
asyle; il y vit luire le plus malheureux jour de
sa vie.

Le comte d'Angers tourne les yeux de tous
côtés : il admire tout ce qui contribue à rendre
cette solitude agréable; il voit que presque tous
les arbres qui l'entourent sont couverts de chiffres
et de lettres entrelacées; il s'approche, il attache
ses yeux sur ces lettres : mais quelle est sa surprise! il reconnaît les traces de la main de celle
qu'il adore.

Ce lieu était en effet un de ceux où la charmante reine du Cathay venait souvent avec Médor (1), parcequ'il était voisin de la maison du
pasteur chez lequel l'hymen avait couronné leur
amour. Les noms d'Angélique et de Médor sont
gravés sur ces arbres, noués, entourés par des
chiffres de fleurs; Roland peut les trouver en
cent endroits différents, et ces chiffres sont autant de blessures mortelles pour son cœur. Il s'a-

_____

(1) Voyez chant dix-neuvième, page 62.

gite, il ne peut en croire ses yeux ; mille soupçons
s'élèvent en son ame, et s'y détruisent tour-à-
tour ; il rejette ceux qui nourrissent son désespoir ; quelquefois même il croit que c'est d'une
autre Angélique qu'il voit le nom gravé sur ces
arbres.

Le moment d'après il se disait à lui-même :
Non, je ne peux méconnaître les traits d'une
main si chère : ces caractères sont en effet de
celle d'Angélique ; j'en ai vu trop souvent pour
m'y méprendre ; peut-être a-t-elle imaginé ce nom
de Médor pour cacher celui dont son cœur est
occupé : j'ose espérer que c'est de moi seul que
ma divine Angélique a voulu parler en confiant
le secret de son ame à cette solitude. C'est ainsi
que Roland se plaisait à se tromper lui-même ;
flottant sans cesse entre la crainte et l'espérance,
plus il se formait d'idées nouvelles, plus son cœur
était déchiré. Ce paladin si renommé n'était plus
alors que le plus faible et le plus malheureux des
amants ; il ressemblait à l'oiseau qui vient de donner dans un filet, ou de s'abattre sur des gluaux ;
plus il bat des ailes pour se dégager, plus il s'embarrasse et se lie.

Roland suit le cours du ruisseau, et parvient
à l'un de ses détours, où les roches de la montagne semblaient s'être exprès recourbées pour
former une grotte agréable et profonde, dont
l'eau pure de la fontaine baignait l'entrée. Les
tiges rampantes et tortueuses du lierre et celles

d'une vigne sauvage tapissaient le portique rustique de cet asyle creusé par la main de la nature. C'est là que les deux amants fortunés avaient si souvent fui les regards importuns et les rayons brûlants du milieu du jour; c'est là que, leurs bras étant unis par l'amour, un doux silence succédait aux serments mutuels de s'aimer toujours: les murs de cette grotte étaient encore plus couverts de leurs noms et de leurs chiffres qu'aucune autre partie des environs; la craie, la pointe de leurs couteaux, le charbon même, avaient été employés pour les multiplier.

Le triste comte, dès l'entrée de la grotte, aperçut un assez long écrit d'une autre main que celle d'Angélique, et qui paraissait gravé depuis peu; c'étaient des vers que l'heureux Médor avait écrits dans sa langue asiatique, en mémoire du bonheur qui comblait si souvent ses desirs dans cette paisible grotte; et c'est ainsi qu'il s'était exprimé: Arbrisseaux fleuris, gazons naissants, onde transparente, grotte obscure où la fille de Galafron oubliait tant d'amants qu'elle avait toujours méprisés, vous l'avez vue souvent cette charmante Angélique dans les bras de l'heureux Médor; nul de ses charmes alors n'était voilé pour vous que par les ailes de l'amour. Ah! que votre silence et votre asyle nous furent agréables, et que la mémoire en sera chère à ce Médor, qui ne peut les reconnaître qu'en vous célébrant et qu'en formant des vœux pour vous!

Tendres amants, fiers chevaliers, villageois, voyageurs altérés que le hasard conduira dans cette délicieuse retraite, respectez ces gazons, cet ombrage, cette grotte, cette fontaine et ces arbrisseaux; jouissez de leurs charmes, et répétez tous avec moi:

Lieu charmant, puisse le soleil entretenir toujours pour toi la fécondité!

Que les rayons de l'astre de la nuit te prêtent leur douce lumière, et que les nymphes viennent ici danser en rond à leur clarté!

Que le pasteur grossier ne laisse jamais fouler ce gazon, et troubler la pureté de ces eaux par les pieds poudreux de son troupeau!

Ces vers étaient écrits en langue arabe; cette langue était familière à Roland, et de toutes les langues qu'il avait apprises, c'était celle qu'il parlait le plus facilement : elle lui fut souvent très utile pendant son séjour parmi les Sarrasins : mais si la pratique de cette langue le garantit de quelques périls et de quelques peines, il lui fut bien cruel de l'entendre si bien, lorsqu'elle servit à confirmer son malheur.

L'infortuné paladin lit et relit plusieurs fois ce fatal écrit; il voudrait bien encore répandre quelque illusion sur cette évidence si cruelle. Ses efforts sont inutiles; tout se réunit pour constater cette affreuse vérité. Son cœur se glace; il lui semble qu'une main froide le lui presse et le déchire; il reste les yeux fixes, et comme privé de

toute idée; ses regards sont attachés sur ce rocher,
mais que peut-il y voir encore! il paraît être immobile, insensible comme lui. Dès ce moment,
l'intelligence du paladin commence à s'altérer. En
pourrez-vous douter, amants infortunés, qui n'a-
vez jamais connu de malheur plus cruel que l'infidélité d'une maîtresse adorée! Sa tête tombe sur
sa poitrine; son front et ses regards ont perdu
l'audace qui les animait; sa voix arrêtée ne forme
point de plaintes; ses yeux ardents ne répandent
point de pleurs; sa douleur, en voulant s'exhaler
avec trop d'impétuosité, reste concentrée en lui-
même : c'est ainsi que nous voyons l'eau fixée
dans un vase, dont la vaste capacité se termine
par un goulot étroit; on ne parvient point à la
vider en retournant le vase; la colonne du liquide
se presse, se concentre dans cet étroit passage, de
telle sorte qu'à peine elle peut s'échapper goutte
à goutte.

Une nouvelle illusion vient encore le séduire;
il n'en est point de si vaine, qu'un amant désespéré ne soit toujours prêt à saisir. Quelqu'un de
ceux qu'elle a maltraités, se disait-il à lui-même,
a voulu peut-être noircir sa réputation. En proie
à la jalousie, il aura cru, par un lâche moyen,
exciter la mienne; il aura contrefait son écriture.
Ah! s'écria-t-il, pourquoi le cruel l'a-t-il si bien
imitée! Cette faible espérance cependant lui rendant un peu de courage, et le soleil étant près de
finir sa course, il monte sur Bride-d'or; et, suivant
le cours du ruisseau, le paladin se remet en marche

Il ne va pas loin, sans apercevoir quelques toits,
d'où s'élève de la fumée; il entend l'aboiement
des chiens, le mugissement des troupeaux; il arrive près d'une maison champêtre; il s'arrête et
la prend pour asyle. Il descend languissamment
de cheval; un jeune garçon se présente pour
prendre soin de Bride-d'or. Les habitants de cette
bonne et agréable cabane s'empressent à le servir:
l'un détache sa cuirasse, l'autre ses éperons d'or;
un autre encore se charge de son bouclier, et
s'occupe à nettoyer ses armes. Cette habitation
était précisément la même où Médor avait été
porté, le sein ouvert par une dangereuse blessure:
c'était cette demeure qui, dès que cette blessure
fut fermée, devint si favorable et si chère au jeune
Maure.

Roland, oppressé par sa douleur secrète, ne
voulut point souper, et ne pensa qu'à chercher
un repos dont il était bien éloigné de pouvoir
goûter les charmes. Son agitation, sa douleur augmentent sans cesse; de quelque côté qu'il se
tourne, ses yeux sont blessés par ces mêmes
chiffres, ces mêmes écrits qu'il a déjà vus dans la
grotte et sur les arbres; les murs, les portes et
jusqu'aux fenêtres de la chambre qu'il habite en
sont couverts. L'infortuné n'ose faire une seule
question; ses lèvres se serrent; il craint trop
l'éclaircissement qu'on peut lui donner; et le
nuage du doute qui l'opprime lui paraît encore
moins cruel que le jour d'une affreuse certitude

Ce fut bien vainement qu'il se servit de cette faible ressource, pour éviter de parvenir au comble du malheur. Le pasteur, maître de cette maison, s'attendrit en le voyant plongé dans une si profonde tristesse. Il cherche à l'en arracher; il espère y réussir, en lui racontant l'histoire de ces deux amants, dont il aimait à parler souvent, parceque tous ceux qui l'écoutaient paraissaient avoir bien du plaisir à l'entendre.

Sans en être prié, sans aucune discrétion, ce pasteur commence son récit par lui dire comment il fut pressé par la belle Angélique de porter Médor blessé dans sa cabane, comment elle avait tous les jours pansé de sa belle main la dangereuse blessure qu'elle avait guérie. Mais, dit le pasteur en s'interrompant d'un air gai, cette belle en reçut une bien plus profonde en son cœur; l'amour la blessa pour Médor, et ce qui ne parut les premiers jours qu'une étincelle devint bientôt une flamme si vive, qu'elle ne put ni la cacher, ni trouver même aucun moyen de la calmer.

Nous vîmes donc avec surprise cette belle princesse, fille d'un des plus puissants rois de l'Orient, contrainte, entraînée par l'amour à donner sa main à ce jeune homme, si fort au-dessous d'elle par son état et par sa naissance. En finissant ce récit, le pasteur court chercher et apporte à Roland le superbe bracelet qu'Angélique, touchée de ses soins, a voulu qu'il acceptât comme un gage de sa reconnaissance.

Ce dernier trait fut aussi le dernier coup dont
le barbare Amour se plut à frapper Roland; ce
fut celui qui sembla satisfaire toute la cruauté de
ce dieu dangereux, parcequ'il était mortel et sans
ressource pour l'infortuné comte d'Angers (1). Le
paladin voudrait, mais il ne peut cacher son dés
espoir; ne pouvant plus se surmonter lui-même,
abattu par l'excès de sa douleur, Roland, ce Roland si redoutable cède, et verse un torrent de
larmes.

L'hôte surpris se retire; Roland reste seul, et
s'abandonne à toute sa faiblesse; ses larmes bai-
gnent ses joues, sa poitrine, son lit même; il se
retourne cent fois sur ce lit, que la douleur et le
désespoir rendent plus insupportable pour lui,
que s'il était d'un dur rocher ou couvert d'épines.
Une idée plus affreuse, plus désespérante encore
que toutes les autres, vient achever de le transporter hors de lui-même. Dieu! s'écrie-t-il, c'est
sans doute dans ce même lit que l'ingrate, l'in
fidèle Angélique a consommé son crime avec son
vil amant. A ces mots il s'élance en fureur de ce
lit, plus promptement qu'un villageois ne se lève
de dessus l'herbe, en voyant un serpent auprès
de lui.

Le lit, la maison, le pasteur même lui devien
nent tellement odieux en ce moment, que, sans

(1) C'était Roland qui avait donné ce bracelet à Angélique
à son retour des jardins de Falérine. Voyez l'Extrait de Ro
land l'Amoureux, page 466.   P

attendre que la lune ou l'aurore paraissent, il
prend ses armes, son cheval, et sort de cette cabane. Il marche au hasard dans les ténèbres; il
s'enfonce dans le bois; et, quand il se croit enfin
seul, il exhale sa douleur par des plaintes qui
bientôt deviennent des hurlements.

Il ne cesse plus de crier nuit et jour; il fuit les
hameaux et les cités; il couche dans la forêt sur
la terre comme une bête farouche.

Il s'étonne lui-même comment une si grande
abondance de larmes peut couler de ses yeux. Il
croit que toutes les sources de sa vie s'échappent
avec ses pleurs; ses soupirs ne lui paraissent plus
être l'effet d'une douleur ordinaire; leur chaleur
brûlante lui fait croire aussi que ce sont des feux
ardents que l'Amour attise, et souffle avec le vent
de ses ailes.

Cruel dieu! barbare enfant! disait-il, par quel
miracle les entretiens-tu si long-temps? Comment
ne peuvent-ils consumer ma misérable vie?

Non, non, s'écriait-il égaré dans sa fureur; non,
je ne suis point ce que je parais encore être;
Roland est mort; il est assassiné par son ingrate
maîtresse; il a reçu d'elle le coup mortel; et son
manque de foi est le poignard dont l'infidèle
s'est servie.

Je ne suis plus que l'ame errante (1) de ce

_____

(1) Paraphrase de ce vers de Properce :

Non ego, sed tenuis vapulat umbra mei.   P.

malheureux comte d'Angers, déjà plongé dans les horreurs du Tartare. Que cette ame errante et bourrelée serve d'exemple à celles qui peuvent mettre leur espérance dans l'Amour!

Roland erra toute la nuit au hasard dans la forêt; son destin le ramène, au retour du soleil, près de la fontaine où Médor a gravé cette inscription fatale qui célèbre son bonheur. Roland la reconnaît avec fureur; il n'a plus un seul sentiment, un seul mouvement même, qui ne soit un effet de la haine et de la rage : il tire son épée, il met en pièces, et l'inscription funeste, et le rocher sur lequel elle est gravée.

Grotte malheureuse, où Médor et la tendre Angélique unirent tant de fois leurs lèvres et leurs ames, tu n'attireras plus par ton ombre et par ta fraîcheur; tu ne couvriras plus sous ta voûte rustique ni le pasteur ni son troupeau; et toi, fontaine si fraîche et si pure, tu ne seras point à l'abri des coups du furieux Roland. Le comte insensé jette en effet dans le courant de cette fontaine des branches, des troncs d'arbre qu'il arrache, des pièces de rocher qu'il fracasse; il y jette jusqu'aux racines mêlées de terre, des bruyères et des buissons. Il comble en partie le lit de cette fontaine, et trouble enfin la pureté de ces eaux, au point qu'elles ne purent jamais reprendre leur première transparence.

Harassé pourtant de si longs et de si violents efforts, trempé de sueur, perdant enfin la leine, et ne pouvant plus soutenir les excès où se porte sa rage, Roland tombe haletant sur l'herbe, et soupire en levant ses yeux vers le ciel.

Immobile sur la terre et sans manger, sans pouvoir fermer l'œil, il reste pendant trois jours et trois nuits dans ce funeste état, et sa fureur s'accroît sans cesse jusqu'à ce qu'elle l'ait réduit au point d'avoir entièrement perdu la raison.

Le quatrième jour, Roland se lève tout-à-coup; il arrache ses armes : son casque, son bouclier, sont jetés loin de lui; son haubert, ses habits sont déchirés; les débris de tout ce qui le couvre sont en pièces, et semés au loin dans l'étendue de ce bois; ses derniers vêtements sont arrachés; il reste tout nu, laissant voir sa poitrine velue et ce corps si nerveux : en un mot, il tombe dans les accès de la plus horrible et de la plus furieuse folie. Cet accès fut si violent, que, perdant toute espèce de connaissance, Roland ne pensa pas même à garder son épée, dont il aurait pu peut-être opérer encore bien d'autres choses étranges : mais il n'avait besoin ni de Durandal, ni des plus fortes armes pour les exécuter : sa force prodigieuse lui suffisait; un grand et vieux pin en fut la preuve. A la première secousse du bras de Roland, ce pin fut déraciné; il en fut bientôt de même des chênes, des ormes et des hêtres qu'il trouva sur son passage : l'hièble, l'anis, le fenouil ne cèdent pas plus facilement à la main

qui les arrache : cette partie chenue de la forêt
fut en un moment, aussi rase que le devient le
bord d'un marais, d'où l'oiseleur arrache les herbes
et les roseaux pour y tendre ses filets. Les pasteurs, entendant ce fracas horrible dans la forêt,
abandonnèrent leurs troupeaux épars pour accourir et voir quelle était la cause de cette rumeur étrange. Mais taisons-nous; je suis arrivé
trop près du terme où mes récits pourraient être
fatigants, et j'aime mieux remettre la suite à un
autre moment, que de courir le risque de vous
ennuyer maintenant par leur longueur.

FIN DU VINGT-TROISIÈME CHANT.

CHANT XXIV.

ARGUMENT.

Folies de Roland. — Il arrive à un pont. — Zerbin et Isabelle rencontrent Odoric. — Punition de ce traître. — Zerbin fait un trophée des armes de Roland. — Il défend Durandal contre Mandricard. — Mort de Zerbin. — Isabelle, conduite par un hermite, va en Provence avec le corps de Zerbin. — Rodomont rencontre Mandricard. — Un messager interrompt leur combat. — Doralice les détermine à aller au secours d'Agramant.

JEUNES et charmants oiseaux, dès que vous avez pris tout votre brillant plumage, gardez-vous bien des panneaux que vous tend l'amour. Si vous avez posé témérairement vos pattes sur ses gluaux, retirez-les promptement, et prenez bien garde que vos ailes n'y touchent et ne vous retiennent. Écoutez raisonner les sages : ils vous diront tous que l'amour est une vraie folie. En effet, si tous ceux auxquels ce méchant enfant parle en maître ne deviennent pas aussi furieux que Roland, qu'on examine bien les amants les plus modérés, on trouvera qu'il n'en est pas un qui ne donne plus ou moins quelque signe de folie : et d'ailleurs

n'en est-ce pas toujours une bien grande que de
s'oublier soi-même, et de renoncer presque à sa
propre existence, pour suivre la volonté d'un objet aimé?

Cette folie est la même pour tous, quoique les
effets en soient différents : c'est comme une vaste
forêt où l'on ne peut mettre le pied sans s'égarer; celui-ci prend par en haut, celui-là par en
bas; l'un va à droite, l'autre à gauche. Oui, je
vous le dis en un mot, quiconque livre en entier
son ame à ce maître souvent cruel et toujours
dangereux doit être sûr que bien des peines, que
des fers pesants et difficiles à rompre lui sont destinés.

J'avoue qu'on serait bien en droit de me dire :
L'ami, tu parles vraiment comme un sage ; mais
rends-toi justice, tu dois voir que tu te gouvernes
comme un fou. Messieurs, répondrais-je, il est
bien vrai que je ne fais toutes ces sages réflexions
que lorsque j'ai quelques bons intervalles ; mais
je travaille, et j'espère bien me corriger, et me
tirer à la fin de ce tourbillon qui me tourmente :
mais attendez encore, je vous prie, je sens que
je ne le pourrais dans ce moment ; mon cœur
est trop pénétré de ce poison qui, malgré tous
les maux qu'il souffre, lui paraît encore bien
doux (1).

_____

(1) On sait que Voltaire, qui aimait et lisait beaucoup l'A
rioste, faisait surtout un cas particulier des exordes qui com

Je vous racontais, seigneur, dans le chant précédent, comment Roland furieux, terrible dans sa folie, avait arraché ses armes, tous ses vêtements, les avait dispersés, et même avait jeté jusqu'à son épée : le fracas des arbres qu'il brisait,

---

mencent chaque chant. Il leur doit l'idée de ceux qu'il a mis lui-même en tête des chants d'un poëme fameux. Il a cité et traduit avec la liberté d'un poëte trois des admirables prologues de l'Arioste, qu'il a choisis à dessein dans des genres différents, afin d'en faire mieux ressortir la variété. Ce sont ceux des XXIVe, XXXVe et XLIVe chants. Voici sa traduction du premier de ces prologues :

> Qui dans la glu du tendre amour s'empêtre
> De s'en tirer n'est pas long-temps le maître ;
> On s'y démène ; on y perd son bon sens,
> Témoin Roland et d'autres personnages ,
> Tous gens de bien , mais fort extravagants :
> Ils sont tous fous, ainsi l'ont dit les sages.
>
> Cette folie a différents effets ;
> Ainsi qu'on voit dans de vastes forêts,
> A droite , à gauche , errer à l'aventure
> Des pélerins au gré de leur monture :
> Leur grand plaisir est de se fourvoyer,
> Et, pour leur bien , je voudrais les lier.
>
> A ce propos , quelqu'un me dira : Frère,
> C'est bien prêché ; mais il fallait te taire.
> Corrige-toi, sans sermonner les gens.
> Oui , mes amis, oui je suis très coupable,
> Et j'en conviens , quand j'ai de bons moments :
> Je prétends bien changer avec le temps ;
> Mais jusqu'ici le mal est incurable.

Dictionnaire Philosophique, art. Folie.   P.

retentissant dans le creux des rochers et jusqu'au
sommet des hautes forêts, avait attiré près de lui
plusieurs pasteurs que leur mauvaise étoile ou
la punition de quelque crime secret conduisait
à leur perte. Dès qu'ils virent de plus près la folie dangereuse du paladin, et sa force incroyable,
ils voulurent s'enfuir; mais ils ne savaient plus
où se cacher, comme tous ceux à qui la peur
trouble la vue : l'insensé les poursuit d'une course
rapide; il en saisit un, et sur-le-champ il lui arrache la tête avec la même facilité que s'il eût
cueilli la pomme ou la prune mûre d'un arbre
fruitier.

Il prend alors par un pied le corps de ce malheureux, il s'en sert comme d'une massue pour
assommer les autres; il en étend deux par terre,
si étourdis, qu'ils ne se réveilleront peut-être
qu'au jour du jugement dernier : le reste fuit à
toutes jambes et vide le pays : mais ils auraient
eu peine à l'éviter, si dans ce moment il ne les
eût pas abandonnés pour se jeter avec la même
furie sur leurs troupeaux. Les laboureurs de la
plaine effrayés, avertis par cet affreux spectacle,
abandonnent leurs faux et leurs charrues; ils montent sur les toits des églises et des maisons, voyant
qu'ils ne seraient pas en sûreté sur les saules ou
sur les ormeaux. C'est de là qu'ils contemplent
en frémissant l'extrême furie du malheureux Roland; ses poings, ses dents, ses ongles, ses pieds,
et jusqu'au heurt de sa poitrine, rompent, bri-

sent et déchirent bœufs et chevaux : les plus vîtes
à la course peuvent seuls lui échapper.

A ce récit, on imagine entendre déja retentir
dans tous les villages voisins la rumeur des hurlements plaintifs, des cornets, du tocsin, et des
trompettes champêtres des bergers : plus de mille
villageois descendent de la montagne, un nombre égal vient de la plaine, armés de hallebardes,
d'épieux et de frondes, pour livrer un combat
terrible au paladin insensé.

Comme on voit l'impétueux Autan, commençant
à soulever les ondes, pousser d'abord une vague
qui s'étend sur le rivage, en élever une seconde
au-dessus de la première, faire surmonter de beaucoup celle-ci par une troisième, et continuer à
les rendre de plus en plus écumeuses et violentes, de même ces troupes descendent des collines,
sortent des hameaux, croissent et se rassemblent
pour attaquer Roland.

Le paladin en écrase dix, et dix de plus encore
de ceux qui, s'approchant en désordre, tombent
les premiers sous sa main. Cet exemple rend les
villageois plus prudents ; ils se retirent à quelque
distance, et lui lancent en vain des flèches, des
dards et des cailloux : Roland est invulnérable ;
il tient ce don du ciel qui le destine à défendre
notre sainte foi.

Le paladin, sans cette grace particulière, eût
été dans le plus grand danger de périr, surtout
ayant eu l'imprudence de jeter ses armes et son

épée; mais bientôt cette populace se retire, voyant
que tous les coups qu'elle frappe sont inutiles.

N'apercevant plus personne qui lui résiste, Roland prend le chemin d'un bourg voisin; la terreur en avait chassé tous les habitants : il n'y
voit plus aucun individu; mais il y trouve en
abondance les aliments grossiers qui conviennent
à des villageois. Roland, emporté par sa folie, et
pressé par la faim, se jette avec avidité sur ces
mets grossiers, sans faire la différence du pain
avec le gland; ses dents broient indistinctement
tout ce qu'elles trouvent à saisir, et les chairs
cuites ou crues sont également dévorées.

Errant ensuite tout au travers du pays, l'insensé paladin donnait également la chasse aux
hommes comme aux animaux : quelquefois courant dans les bois, il attrapait les chevreuils et
les daims légers; souvent il attaquait les ours et
les sangliers, et, de ses seules mains les tuant et
les déchirant, il dévorait leur chair et jusqu'à
leurs peaux sanglantes.

Courant ainsi dans le milieu de la France, il
arriva près d'un pont sous lequel coulait un fleuve
rapide et profond dont les bords étaient escarpés.
Ce pont était défendu par une forte tour qu'on
découvrait de loin. Mais doucement, vous ne
saurez ce que Roland fit en ce lieu (1), que lors-

---

(1) Le poëte revient à Roland dans le vingt-neuvième
chant.

que vous aurez écouté ce qu'il me plaît de vous raconter de l'aimable et tendre Zerbin.

Ce prince d'Écosse, après que Roland se fut séparé de lui (1), demeura quelque temps dans la même position, et prit ensuite le chemin que ce paladin avait suivi avant lui. Il marchait au petit pas de son cheval, et n'avait pas voyagé plus de deux milles, lorsqu'il aperçut un chevalier fortement lié sur un méchant petit roussin que deux autres chevaliers armés conduisaient entre eux deux sous leur garde.

Isabelle et Zerbin reconnurent le prisonnier dès qu'il fut à leur portée : c'était le biscayen Odoric, ce traître qui s'était comporté près de la jeune Isabelle comme un loup près d'une timide brebis; c'était cet ami perfide, dans lequel Zerbin avait cru pouvoir placer sa confiance, et qu'il avait choisi pour conduire la beauté qu'il adorait. Ils rencontrèrent Odoric précisément dans le moment où la princesse de Galice racontait à Zerbin comment elle s'était sauvée sur un canot avant que la tempête eût mis son vaisseau en pièces, quelle avait été l'indigne violence de son traître confident, quel traitement cruel elle avait essuyé depuis dans la caverne; et l'aimable Isabelle finissait à peine ce récit, lorsqu'ils aperçurent le scélérat que l'on conduisait prisonnier.

Les deux chevaliers qui la reconnurent se dou-

_____

(1) Voyez chant vingt-troisième, page 194.

tèrent bien que celui qui l'escortait ne pouvait
être un autre que leur prince; ils en furent certains en voyant sur son bouclier les nobles ar-
moiries de la maison royale d'Écosse; ils sautè-
rent à terre, et, comme ses sujets, ils coururent
embrasser ses genoux. Zerbin les reconnut aussitôt pour être l'un Corèbe le biscayen, et l'autre
Almont, qu'il avait envoyés à la garde d'Isabelle
avec Odoric. Almont lui dit : Ah! mon prince,
mon cher maître, puisque nous sommes assez
heureux pour voir la princesse Isabelle avec vous,
vous devez savoir comment ce traître eut l'adresse
de me tromper, de m'éloigner de lui, et comment
il blessa dangereusement Corèbe (1) qui répandit
en vain son sang pour défendre la princesse.
Mais comme elle n'a pu vous dire ce qui s'est
passé à mon retour, je vais vous en rendre
compte.

Je revenais en diligence du côté de la mer avec
les chevaux que j'avais achetés à la Rochelle; je
jetais mes regards au loin pour découvrir ceux
que j'avais quittés. Enfin, étant arrivé jusque dans
la même place où j'avais laissé la princesse, je ne
vis plus que quelques traces récentes que je me
hâtai de suivre, et qui me conduisirent dans l'é-
paisseur du bois.

A peine y fus-je entré, que, guidé par des
plaintes, je courus, et je trouvai celui-ci baigné

---

(1) Voyez chant treizième, page 312.

dans son sang. Inquiet de la princesse, desirant punir le traître dont Corèbe m'avait appris l'attentat, je parcourus inutilement une partie de ce bois; et, revenant vers mon compagnon blessé, je le trouvai perdant tout son sang. Si j'eusse différé d'un moment, les consolations et les secours de quelques moines eussent été plus nécessaires pour lui que tout l'art des médecins. Je le fis porter à la Rochelle; un hôte de ma connaissance en prit grand soin; un chirurgien expérimenté lui sauva la vie.

Dès que Corèbe fut en bon état, tous les deux bien montés, bien armés, nous entreprîmes la recherche du traître Odoric, et nous le trouvâmes dans la cour d'Alphonse, roi de la Biscaye. Je l'accusai de félonie; Alphonse eut l'équité de me permettre de le combattre. Le bon droit, et la fortune qui dispose souvent à son gré de la victoire, me furent si favorables, qu'Odoric fut vaincu, et devint mon prisonnier. Alphonse, indigné du récit que je lui fis de l'attentat de ce traître, me permit d'en faire tout ce que je voudrais; je ne voulus point le tuer, je trouvai plus sage de le remettre en votre pouvoir. Le desir de vous trouver, seigneur, me conduisait à l'armée de Charlemagne; et je rends grace au ciel de vous rejoindre au moment où je l'espérais le moins. Je lui rends grace aussi de retrouver près de vous cette belle princesse, l'attentat d'Odoric m'ayant fait craindre que vous ne la revissiez jamais.

Zerbin, après avoir remercié le fidèle Almont, regarda d'un air indigné le coupable Odoric; mais il était bien moins agité par la haine et par la vengeance, que par le chagrin de voir à quel excès ce traître avait porté l'ingratitude et l'oubli d'une ancienne amitié. Il demeura long-temps dans le silence de l'étonnement, et ce fut même en soupirant qu'il lui dit : Malheureux! oseras-tu, pourras-tu convenir de la vérité du récit qu'on vient de me faire?

Le déloyal Odoric, tombant à ses genoux, lui dit : Seigneur, il n'est homme sur la terre qui ne succombe et qui ne pêche; la différence de l'homme vertueux à l'homme pervers, c'est que le dernier tombe au plus petit écueil, se laissant facilement entraîner à son mauvais penchant; l'autre résiste long-temps, il combat contre lui-même : mais si l'intérêt qui le tente est trop séducteur, il finit également par succomber.

Si vous m'aviez commis à la défense de quelque citadelle, et que, sans livrer aucun combat, j'eusse laissé les ennemis élever leurs drapeaux sur mes remparts, vous m'accuseriez de lâcheté ou même d'une coupable trahison; mais si je n'avais cédé qu'à la force, vos louanges et vos bienfaits récompenseraient ma belle défense. Plus l'ennemi peut nous accabler par sa puissance, plus l'excuse de celui qui lui cède est recevable. Je conviens que je devais garder ma foi; mon honneur, ma raison devaient la défendre : mais je n'ai pu faire

que de vains efforts pour repousser un assaut si
dangereux et si puissant. Odoric joignit encore
plusieurs autres raisons toutes tirées de la faiblesse
humaine ; il employa les prières et les larmes
pour obtenir son pardon et toucher le cœur de
Zerbin.

Ce prince fut long-temps en balance sur le parti
qu'il prendrait. Si l'ingratitude et l'attentat d'Odoric méritaient la mort, le souvenir d'une ancienne
et longue amitié, dont la voix parlait encore dans
son cœur, tempérait sa colère ; il ne put se
résoudre à prononcer la peine capitale contre
Odoric.

Pendant que le prince balançait encore s'il
mettrait en liberté ce traître, ou s'il le retiendrait
dans les fers, le hasard fit que ce cheval sans
bride, que Mandricard avait effrayé par ses cris,
s'arrêta près des autres chevaux qu'il voyait rassemblés, portant toujours sur son dos, à moitié
morte de frayeur, cette vieille Mégère de Gabrine (1), dont la dernière trahison avait pensé
faire périr Zerbin.

Ce palefroi déja fatigué d'une longue course,
ayant entendu le bruit des chevaux, était venu
les joindre, emportant toujours la vieille qui se
lamentait et criait au secours. Lorsque le prince
d'Écosse l'aperçut, il leva les mains au ciel de
surprise et de reconnaissance de ce qu'il faisait

(1) Voyez chant vingt-troisième, page 193.

tomber en son pouvoir, dans la même heure, les deux personnes qui l'avaient le plus mortellement offensé.

Zerbin fit arrêter Gabrine, sans être encore décidé sur l'espèce de traitement qu'il lui ferait subir. Lui faire couper le nez et les oreilles pour la faire servir d'exemple aux malfaiteurs, ou préparer avec son corps une pâture pour les vautours, lui paraissait être un arrêt assez équitable : mais une punition d'une autre espèce lui venant en idée, il résolut de l'exécuter. Ce traître, dit-il à ses serviteurs fidèles, a bien mérité la mort; cependant je veux lui donner la vie et la liberté. Les fautes que fait commettre l'amour sont celles qui méritent le plus d'indulgence; son pouvoir dangereux a souvent renversé de meilleures têtes que celle d'Odoric. Je ne me trouve pas excusable moi-même de ne l'avoir pas prévu; je fus aveugle lorsque je mis cette charmante princesse sous sa garde : ne devais-je donc pas réfléchir au péril où j'exposais son cœur et sa fragilité?

Se tournant alors du côté d'Odoric, et le regardant fixement : Je veux, lui dit-il, que ta punition soit d'avoir cette vieille avec toi sous ta garde, pendant le cours entier d'une année, sans que de nuit ou de jour il te soit permis de t'en séparer un moment; je veux encore que tu la défendes contre tous ceux qui voudraient lui faire quelque injure; je veux même que tu ne balances pas à prendre sa querelle, à combattre pour la

soutenir quand elle te le commandera, et je t'ordonne de parcourir toute la France pendant le
cours de cette année. Zerbin pensait vraisemblablement en lui-même, en imposant une pareille
loi, qu'il creusait une fosse bien profonde aux
pieds d'un traître que son crime rendait si digne
de la mort.

Gabrine, en effet, avait trahi tant de personnes
en sa vie; elle en avait offensé grièvement un si
grand nombre, qu'il était presque impossible
qu'ils pussent voyager ensemble pendant un an,
sans qu'elle rencontrât quelques-uns de ses ennemis mortels : tôt ou tard elle devait trouver la
punition de ses crimes, et son vil défenseur celle
de son infidélité. Le prince fit prêter le plus redoutable serment au perfide Odoric, qu'il accom-
plirait cet ordre dans toute sa teneur, le menaçant
d'une mort infame, s'il osait y manquer un seul
moment. Almont et Corèbe reçurent de sa bouche
l'ordre de le délier; ils obéirent à regret, et ne le
délièrent que lentement, tant ils avaient de peine
à n'en pas voir tirer une vengeance plus complète.

Le déloyal Odoric partit donc, conduisant la
maudite Gabrine. L'archevêque Turpin a négligé
de nous rapporter ce que devinrent ces deux scélérats; mais heureusement j'en ai su davantage
par le secours d'un autre auteur. Celui-ci donc
que je ne veux point nommer dit qu'ils ne marchèrent qu'une seule journée ensemble, et qu'O-

doric, contre la foi jurée, et malgré son serment
ne différa pas plus long-temps à se débarrasser
de l'exécrable Gabrine. Il lui passa subtilement
une courroie autour du cou, la suspendit à la
forte branche d'un ormeau, et l'y laissa attachée.
Le même auteur rapporte que le traître Odoric
reçut le même traitement de la main d'Almont
vers la fin de l'année; mais il ne dit pas en quel
lieu.

Le prince d'Écosse voulant toujours suivre les
traces du comte d'Angers, et craignant de s'en
écarter, envoya sur-le-champ Almont et Corèbe
porter ses ordres aux troupes qu'il avait amenées
d'Écosse, et les rassurer sur la longueur de son
absence. Il fit partir ces deux fidèles serviteurs
et resta seul avec sa chère Isabelle : l'un et l'autre
étaient si tendrement attachés au comte d'Angers,
ils avaient un si grand desir de savoir s'il avait
enfin trouvé le Sarrasin qui l'avait laissé la selle
entre les jambes, qu'ils ne voulurent point retourner au camp avant le délai des trois jours que
Roland leur avait demandé.

Zerbin, attaché sur les traces du comte d'Angers, ne s'écarta point de la route que ce paladin
avait prise pour suivre Mandricard : cette route
le conduisit près des arbres que la légère Angélique avait chargés des chiffres de son nouvel
amour. Bientôt Isabelle et Zerbin remarquèrent
que presque tous les arbres de ce canton étaient
brisés ou déracinés; ils virent le rocher et les

inscriptions mis en pièces, et la fontaine fangeuse
et plus qu'à moitié comblée de toutes sortes de
débris : mais ce qui les surprit le plus et leur perça
le cœur, ce fut de trouver bientôt sur l'herbe la
cuirasse de Roland; un peu plus loin, ils aperçurent son casque, non pas cependant celui que le
redoutable Almont avait porté.

Zerbin, entendant hennir un cheval dans la
forêt, leva les yeux de ce côté, reconnut Bride-
d'or qui paissait l'herbe, et dont la bride pendait
à l'arçon de la selle; il cherche, il trouve la redoutable Durandal hors de son fourreau et jetée
sur l'herbe; il voit aussi les débris des autres armes de Roland, et ses vêtements dispersés de tous
côtés sur la pelouse de la forêt.

Isabelle et Zerbin surpris, consternés, s'arrêtent, frémissent sur le sort de ce paladin; mais
ce qui leur vient le moins en pensée, c'est qu'il
ait perdu la raison. S'ils avaient trouvé quelques
taches de sang sur ses armes, ou sur les débris
de ses vêtements, ils auraient craint qu'il n'eût
été tué. Pendant qu'ils étaient dans cette cruelle
incertitude, ils virent arriver un jeune berger
pâle encore de frayeur; celui-ci, du haut d'une
roche, avait vu le malheureux comte, dans les
premiers accès de sa fureur, jeter ses armes, déchirer ses habits, massacrer les pasteurs, et donner
mille autres marques de folie.

Zerbin ayant interrogé le berger, celui-ci lui
rendit un compte fidèle qu'il crut à peine; mais

les indices les plus frappants l'ayant convaincu,
ce prince descendit à terre ; et, les yeux pleins de
larmes, il se mit à ramasser soigneusement tous
ces débris. Isabelle descendit aussi de son palefroi pour aider Zerbin dans ce triste devoir : ils
s'en occupaient tous les deux lorsqu'ils furent
joints par une demoiselle, sur le beau visage de
laquelle l'affliction amère était peinte : c'était l'aimable Fleur-de-Lis, cette amante si tendre de
Brandimart, qui, depuis quelques mois, s'occupait
toujours à le chercher (1).

Ce brave chevalier, comme nous l'avons dit,
était parti la nuit sans avertir Fleur-de-Lis, qui
l'avait attendu vainement pendant six mois dans
la cour de Charles, et qui, ne le voyant point
arriver, avait passé d'une mer à l'autre, et des
Pyrénées jusqu'aux Alpes ; mais elle n'avait pas
imaginé de le chercher dans le palais enchanté
d'Atlant. Si Fleur-de-Lis y fût allée, elle eût vu
Brandimart errer avec Gradasse, Roger, Bradamante et Ferragus ; mais depuis que l'horrible
son du cor d'Astolphe les avait tous délivrés,
Brandimart en liberté retournait vers Paris, et
Fleur-de-Lis l'ignorait encore.

Étant donc arrivée dans le moment où les deux
amants s'occupaient en pleurant à rassembler les

---

(1) On a vu au huitième chant, page 194, que Fleur-de-
Lis avait quitté Paris pour chercher Brandimart, qui en était
sorti lui-même pour se mettre à la recherche de Roland.   F

armes de Roland, elle reconnut ces armes et Bride-d'or; elle fut ensuite informée de l'état de frénésie du comte par le même berger.

Dès que Zerbin eut rassemblé toutes les pièces de cette riche armure, il en dressa sur un pin un trophée élevé: mais voulant éviter que ces armes fussent profanées par quelques paysans ou quelques voyageurs, il écrivit sur l'écorce verte de ce pin ce peu de mots, bien propres à faire respecter ce monument : ARMES DU PALADIN ROLAND; comme s'il eût voulu dire : Que personne n'y touche, s'il n'a pas la force et le courage de s'en servir contre Roland.

Ayant achevé cet acte aussi noble que digne de louanges, il retournait pour monter à cheval, lorsque Mandricard arrivant en ce lieu fut surpris de voir ce trophée, et pria Zerbin de lui apprendre la raison qui l'avait fait élever. Le prince d'Écosse lui raconte les faits tels qu'ils sont. Le Sarrasin, plein de joie, court au pin sur-le-champ, et se saisit de Durandal en disant : Personne ne peut me reprocher ce que je fais maintenant; cette épée est depuis long-temps à moi (1); je peux reprendre ce qui m'appartient par-tout où je le trouve. Je vois bien que Roland, n'osant plus

_____

1) Mandricard veut dire qu'il a des droits sur cette épée qui avait appartenu à Hector, depuis qu'il a fait la conquête des armes de ce héros. Voyez chant quatorzième, page 335.

P.

défendre cette épée contre moi, contrefait le fou
et l'a jetée sur sa route; mais cet acte de faiblesse
ne peut m'empêcher d'user de mon droit légitime.

Zerbin lui cria vainement : Ne touche pas cette
épée; ne crois pas l'avoir sans qu'elle te soit disputée : si c'est ainsi que ton bras conquit le reste
des armes d'Hector, ce dut être bien moins par
la force que par un larcin.

Sans tenir de plus longs propos, l'un et l'autre
s'attaquent avec une fureur égale; déja l'air retentit de mille coups. Zerbin adroit et léger évite
autant qu'il peut, les atteintes de la terrible Durandal; il fait sauter son cheval de droite et de
gauche; il évite ainsi bien des coups propres à faire
descendre un héros dans les bosquets de l'Élisée.
Comme un chien agile, attaquant un pourceau
qu'il voit errer dans la campagne seul et loin du
troupeau, tourne autour de lui, saute à droite, à
gauche, tandis que le pourceau furieux cherche à
prendre son temps pour le mordre; de même
Zerbin suit des yeux ceux du Sarrasin, et soit
que Durandal se hausse ou se baisse, il en évite
presque toutes les atteintes.

Mandricard, quoique ses coups tombent souvent
à faux, en porte cependant de bien dangereux;
ils font alors sur les armes de Zerbin le même
ravage qu'un vent furieux fait sur les pins qu'il
déracine, ou dont il brise les rameaux. Zerbin
pare plusieurs coups; mais il ne peut si bien parer
qu'un d'eux enfin ne l'atteigne.

Zerbin, malgré son adresse et sa légèreté, ne put éviter un coup terrible qui fendit toutes ses armes depuis son gorgerin jusqu'au bas de son haubert; le coup fut si violent, qu'il descendit jusque sur l'arçon de la selle. La pointe de l'épée avait seule porté; si le fort de la lame eût frappé de même, le prince d'Écosse eût été fendu comme un roseau. Mais, quoique ses armes eussent été tranchées, le coup n'avait fait qu'effleurer la peau; il est vrai que cette blessure était bien longue; une aune eût à peine suffi pour la mesurer : elle traça sur ses armes une espèce de ligne de sang qui coula jusqu'à l'extrémité de son armure. C'est ainsi que voyant quelquefois broder une main d'albâtre, qui porte souvent à mon cœur des coups encore plus douloureux que ceux de Durandal, je l'ai vue partager une riche toile d'argent par un filet de pourpre (1). Zerbin, quelle que fût son adresse, avait un grand désavantage avec Mandricard couvert des armes impénétrables d'Hector; les siennes ne pouvaient résister au tranchant de Durandal.

Ce grand coup cependant ne fut pas décisif; quoique effrayant par la longueur de la blessure, il n'était pas dangereux : mais la tendre Isabelle crut le recevoir elle-même, et se sentit fendre le cœur. Zerbin, se livrant à son ressentiment comme

---

1 Voyez la vie de l'Arioste, en tête du Roland Furieux.

à son courage, saisit son épée à deux mains, frappa
Mandricard sur le haut de son casque, et le fit
plier jusque sur le cou de son cheval; si ce casque
n'eût été trempé dans l'eau du Styx, le Sarrasin
eût eu la tête fendue par la moitié. Mandricard
ne fut pas lent à se venger, et crut partager en
deux son ennemi par le coup qu'il porta sur son
casque; mais Zerbin, attentif à ses mouvements,
sut éviter en partie l'atteinte en poussant son cheval à droite. Ce coup cependant fut assez violent
pour trancher son bouclier en deux, couper son
brassard, le blesser au bras, retomber sur sa
cuisse, et le blesser encore. Ce combat inégal ne
pouvait pas durer; Mandricard, couvert d'armes
impénétrables, brisait facilement avec Durandal
celles de Zerbin blessé dans sept ou huit endroits,
et déja sans bouclier. Celui-ci perd son sang, il
s'affaiblit; son grand cœur seul lui fait soutenir
ce dangereux combat. La sensible Isabelle, qui s'en
aperçoit, court à Doralice, et, tout en larmes, la
conjure d'obtenir de son amant de l'interrompre.
Doralice, aussi douce et polie qu'elle est belle,
accorde tout à la prière d'Isabelle; elle vole à
Mandricard, et l'arrête. Isabelle suspend de même
le bras de Zerbin, et les deux fiers combattants
sont séparés.

Fleur-de-Lis soupire de voir l'épée de Roland
si mal défendue; elle cache son dépit, mais ne
peut s'empêcher d'en verser des pleurs. Elle voudrait que son cher Brandimart fût présent pour

tenter cette aventure; elle se promet bien que, dès qu'elle pourra retrouver son amant, Mandricard ne s'enorgueillira pas long-temps de porter cette épée.

Fleur-de-Lis, continuant la recherche du brave et fidèle fils de Monodant, fait en vain un bien long voyage; Brandimart était déja de retour à Paris. Elle court si loin par monts et par vaux, qu'elle arrive un jour au passage d'une rivière où le hasard lui fait trouver et reconnaître le misérable comte d'Angers. Mais avant de poursuivre le récit que je pourrais faire de la suite de cette rencontre (1), je me sens rappelé près de Zerbin.

Ce prince était bien moins sensible à la douleur que devaient lui causer les grandes blessures dont il était couvert, qu'à celle d'être forcé d'abandonner Durandal dans les mains de Mandricard. Cependant il avait déja peine à se tenir à cheval par la quantité de sang qu'il avait perdu.

Un reste de colère et de chaleur de ce long combat l'avait soutenu jusqu'alors; mais son sang qui coulait toujours, ses douleurs qui, de moment en moment, devenaient plus cruelles, l'affaiblirent au point que, près de tomber sans connaissance, il fut obligé de descendre de cheval, et de se coucher près d'une fontaine.

----

(1) Le poëte revient à Mandricard, vers la fin de ce vingt-quatrième chant, page 233; et à Fleur-de-Lis, dans le vingt-neuvième.

15.

Isabelle désespérée ne sait déja plus comment elle pourra le secourir; la ville est trop éloignée pour y chercher un chirurgien; personne ne passe dans ce lieu sauvage, et la vie de Zerbin paraît prête à s'écouler avec son sang. Cette tendre et malheureuse amante ne sait plus que se plaindre de sa destinée et de la cruauté du ciel. Hélas! s'écriait-elle, que n'ai-je péri dans les ondes! Zerbin jette des regards déja languissants, mais bien tendres, sur Isabelle dont le désespoir l'afflige encore plus que l'état douloureux et mortel qu'il sent prêt à terminer sa vie.

Chère Isabelle, lui dit-il, ah! du moins laissez-moi croire que vous vivrez pour aimer ma mémoire : je regrette bien moins la vie, que de vous laisser seule sans guide et sans défense. Ah! si j'étais du moins tranquille sur votre sort, pourrais-je la regretter? Où pourrait-il m'être plus doux, plus heureux de la perdre, qu'en rendant mon dernier soupir dans vos bras? Mais, hélas! lorsque la cruauté de mon sort me force à vous abandonner à des périls de toute espèce, oui, je vous jure par tous ces charmes, par tous ces sentiments si tendres qui vous soumirent à jamais mon cœur, que les peines du Tartare même ne seraient pas aussi cruelles pour mon ame désespérée, que la douleur de vous laisser en proie aux périls que je crains pour vous. La malheureuse Isabelle ne peut répondre à ces mots, qu'en penchant sa tête, et collant son beau visage cou-

vert de larmes sur le front déja pâle de son amant;
sa bouche semble, en s'unissant à celle de Zerbin,
chercher à retenir son ame avec ses lèvres : mais
hélas ! celles de ce fidèle et tendre amant ont déja
la pâleur d'une rose cueillie avant le temps sur
la branche qui la nourrissait. Ah ! s'écriait - elle,
ame de mon ame, tu ne t'envoleras pas sans être
suivie par la mienne.

Transportée par l'excès de sa douleur : Non,
disait - elle encore, la mort même ne doit point
séparer deux ames si tendrement unies. Ah ! Zerbin, la mienne doit suivre la tienne, ou sur la
voûte céleste, ou jusque dans l'ombre obscure du
Styx. Non, je ne verrai point fermer ces yeux
charmants, sans que la douleur ne me tue; et si
la mort était assez impitoyable pour se refuser à
mes desirs, ton épée saura bien la forcer à terminer mes peines.

Mon unique espérance, mon seul desir, c'est
que quelques passants, sensibles à la pitié, s'attendrissent en trouvant nos bras entrelacés, même
après la mort, et qu'ils aient la piété de nous donner une même sépulture. En disant ces mots, la
malheureuse Isabelle recueillait jusqu'au plus léger souffle de la bouche de son amant.

Zerbin alors se ranime un instant : O ma chère
maîtresse, ô divinité de mon ame, ô ma plus tendre et meilleure amie! écoute, exauce la dernière
prière de ton amant. Je te conjure, par cet amour
même qui te fit abandonner la maison paternelle

pour unir ton sort au mien, oui, je te prie, je
t'ordonne même de conserver ta vie. Je sais que
tu ne respireras que pour me regretter ; mais tu
vivras pour aimer la mémoire de celui qui t'adora
jusqu'à son dernier soupir. Songe, ô ma chère
Isabelle, dit-il avec plus de force, que tu dois te
soumettre aux décrets de l'être des êtres ; son bras
paternel te garantira de l'attentat et de la honte
plus cruels que la mort même. Peux-tu méconnaître son pouvoir et sa bonté, lorsqu'il a sauvé
tes jours d'un affreux naufrage ? N'a-t-il pas confondu l'audace effrénée et profane de cet infame
Biscayen? N'a-t-il pas envoyé le paladin Roland,
pour t'arracher de la caverne où des bandits te
retenaient dans les chaînes ? Si cependant tu étais
réduite à mourir pour sauver ton honneur, alors
de deux maux tu pourras choisir le moindre(1).

A peine ces derniers mots purent-ils être en-
tendus ; Zerbin, l'aimable et brave Zerbin s'éteignit en achevant de les proférer, comme le dernier rayon de la lumière du soir. Ah Dieu! tous

---

(1)   E se pure averrà che poi si deggia
            Morire, allora il minor mal s'eleggia.

M. de Tressan avait traduit : « C'est à ce Dieu puissant à
disposer de ta vie. Non, tu ne peux choisir le genre de mort
qui te paraît être le plus doux. » Ce qui formait un contre-
sens complet. Il était d'autant plus nécessaire de rétablir le
véritable sens, que les derniers mots de Zerbin préparent
au sacrifice qu'Isabelle sera bientôt obligée de faire de sa vie,
pour sauver son honneur. Voyez chant vingt-neuvième.   P.

les cris de ma faible voix pourraient-ils exprimer
le désespoir affreux d'Isabelle, lorsqu'elle sentit
le corps sans mouvement et déja glacé de Zerbin
entre ses bras? elle se jette, elle s'abandonne sur
ce corps pâle et sanglant; elle le baigne de ses
larmes : ses cris percent jusqu'au fond de la forêt; ses joues, son sein, ses beaux cheveux semblent être offerts par ses mains cruelles en sacrifice à l'amant qu'elle appelle en vain.

Une espèce de fureur s'emparant de son ame
désespérée, elle est déja prête à désobéir aux derniers ordres de son amant : elle jette ses yeux
égarés sur son épée; elle veut la saisir et la plonger dans son sein. Un hermite, dont la cellule
était voisine de la fontaine, accourt heureusement, attiré par ses cris; il s'oppose aux efforts
d'Isabelle; il arrête son bras, et la regarde avec
des yeux attendris par la pitié.

Ce vieillard respectable joignait un cœur sensible à l'ame la plus pure et la plus éclairée par
la sagesse : pénétré d'une tendre pitié, plein de
cette éloquence douce et persuasive qui part du
cœur, il porte la soumission dans cette ame aveuglée par le désespoir. Il lui représente alors ces
grandes ressources, ces lois si sages que nous offre
et que nous enseigne une religion divine.

Lorsque les premiers transports d'Isabelle furent un peu calmés, et qu'elle fut en état de
l'écouter, l'hermite lui parla des consolations
qu'une ame soumise trouve dans le sein d'un Dieu

qui la créa pour l'aimer. Il lui fit voir quelle est
la fragilité des espérances humaines, et avec quelle
vîtesse un bonheur passager s'écoule. Il sut par
ces réflexions si vraies, et que la tendre charité
rendait si fortes et si persuasives dans sa bouche,
non-seulement ramener la sage Isabelle à renoncer à son cruel et coupable dessein, mais même
faire naître en son cœur celui de s'abandonner
dans les bras paternels du Très-Haut, et de consacrer le reste de ses jours à son service.

Le premier soin dont Isabelle put s'occuper,
même après avoir formé un projet si sage, ce fut
de conserver les restes précieux de son amant;
elle ne put se résoudre à se séparer de celui dont
la mémoire était à jamais gravée dans son cœur.
L'hermite encore assez fort pour son âge, et toujours compatissant, enleva de terre le corps de
Zerbin, le posa sur le cheval de ce malheureux
prince, et la triste Isabelle, sans autre escorte
que celle de l'hermite, marcha pendant plusieurs
jours au travers de cette grande forêt.

Quoique cet honnête et bon vieillard eût sa demeure fort près du lieu qu'ils quittaient, il se
garda bien de s'y retirer; il craignait trop de s'y
trouver seul avec la belle Isabelle : il se disait en
lui-même : Il est trop dangereux de porter dans
une même main de la paille avec une mèche embrasée; son âge, cette sagesse éprouvée par une
longue expérience, ne le rassuraient point encore
assez.

Il forma le dessein de la conduire en Provence
dans une riche abbaye, voisine de Marseille, où
de saintes filles s'étaient consacrées au Seigneur.
Il fit construire un cercueil solide et couvert d'une
résine odoriférante pour emporter plus facilement le corps de Zerbin (1). Ils marchèrent ensuite par les chemins les moins frayés, et se dérobant sans cesse à l'approche des gens de guerre,
dont cette province était inondée. Après quelques
jours, ils furent tout-à-coup arrêtés par un chevalier féroce qui leur ferma le chemin, et qui
leur fit éprouver ses fureurs. Je n'oublierai pas
de continuer le récit touchant des nouveaux malheurs qu'Isabelle et l'hermite éprouvèrent (2);
mais je dois retourner à Mandricard, et voir
quels furent les événements qui succédèrent à son
combat avec le prince d'Écosse.

Le jeune roi de Tartarie venait de descendre
avec Doralice sur le bord d'un ruisseau; leurs
chevaux débridés paissaient l'herbe tendre auprès
d'eux. Ces deux amants, assis près l'un de l'autre,
trouvaient sans doute la fraîcheur qu'ils respiraient et ces moments de solitude bien agréables;
mais ils furent troublés par l'aspect d'un chevalier qu'ils virent descendre d'une colline. Dora-

---

(1) Du temps de l'Arioste, Jeanne, reine de Castille, emporta de la même manière avec elle, dans un cercueil, le corps
de son mari, Philippe d'Autriche.   P.

(2) Voyez le chant vingt-huitième.

lice le reconnut sur-le-champ, et dit à Mandricard : Ou mes yeux me trompent, ou ce doit être
le superbe Rodomont; c'est lui sûrement qui descend de cette montagne : vous allez avoir besoin
de toute votre valeur, car vous savez qu'il nous
cherche, et qu'il regarde comme la plus mortelle
injure mon enlèvement, et le peu d'égards que
vous avez montré pour lui en ravissant l'épouse
que le roi de Grenade lui destinait.

Un courageux autour qui voit paraître une
colombe, une perdrix ou quelque oiseau semblable, dont il peut faire sa proie, lève sa tête,
et n'en paraît alors que plus joyeux et plus
beau; tel parut Mandricard aux yeux de Doralice
en reconnaissant qu'il allait combattre un rival
digne de ses coups.

Plein de joie et d'assurance, il s'élance sur son
cheval, s'assure dans les arçons et sur ses étriers,
et court au-devant du roi d'Alger. Quand ils furent à portée de pouvoir s'entendre, quelques
gestes menaçants précédèrent de part et d'autre
leurs propos altiers. Rodomont s'écria le premier : Téméraire, tu seras donc à la fin châtié de
ton audace! comment osas-tu la porter aussi
loin, en provoquant à te punir un homme qui
sait si bien se venger d'une mortelle injure? Mandricard lui répondit d'un air et d'un ton dédaigneux : Crois-tu donc m'imposer par tes vaines
menaces? Garde-les, crois-moi, pour des femmes,
des enfants, ou des lâches qui ne savent pas se

servir de leurs armes (1); mais n'en use pas avec moi : j'aime mieux un combat que le repos, et je suis prêt à te le livrer à ton choix, à cheval ou à pied, armé ou désarmé, en plaine ou en champ clos.

Bientôt ces deux fiers rivaux en sont aux outrages, à la colère, aux cris menaçants, à l'épée haute; et le son cruel de leurs armes fait déjà retentir l'air : c'est ainsi qu'on entend l'Aquilon quand il commence à s'agiter; mais bientôt leur combat a toute la violence de ce fougueux enfant du Nord, lorsque son souffle impétueux brise, renverse, déracine les frênes et les chênes antiques, et lorsque cette tempête affreuse, que le tonnerre et la grêle accompagnent, soulève les flots jusqu'aux nues, ou ravage les moissons dans la plaine, détruit et poursuit les troupeaux jusque dans les antres de la forêt.

Le cœur et la force extrême de ces deux Sarrasins ne les rendaient comparables à presque aucun autre guerrier sur la terre; il semblait que, sortis d'une race féroce, ils fussent nés pour enfanter aussi la guerre et les coups sanglants. La

---

(1) Cette réponse de Mandricard paraît imitée de celle que fait Hector à Ajax, qui l'avait défié avec menaces : « Illustre fils de Télamon, ne tente pas de m'effrayer comme un enfant, ou comme une femme inhabile aux travaux de la guerre. Je connais le péril et le carnage, etc. etc. » ILIADE, chant VII, traduction de M. Dugas-Montbel. P.

terre frémit sous leurs pieds; le ciel paraît être
enflammé par les éclairs, lorsque mille étincelles
jaillissent de leurs épées qui se rencontrent : sans
reprendre haleine, sans aucun repos, cet horrible
combat se soutient entre les deux rois; tous les
deux tournent en combattant pour ouvrir, pour
dépecer leurs armes, mais sans perdre un pouce
de terrain; comme si ce terrain était bien précieux, ou comme s'ils étaient enfermés par un
fossé ou par une muraille, chacun reste inébranlable dans le cercle étroit où il est placé.

Entre mille coups différents, Mandricard porte
Durandal à deux mains sur le frontal du casque
de Rodomont. Ce coup terrible fait voir mille
étincelles au roi d'Alger; il frappe de sa tète la
croupe de son cheval, il perd un étrier, il est prêt
à mesurer la terre, en présence de la beauté
qu'il dispute au fier Tartare : mais plus élastique
encore qu'un grand et fort arc d'acier plié par des
efforts multipliés, qui se remet en son premier
état, Rodomont, se relevant avec d'autant plus
de force, reprend sa vigueur, redresse plus haut
que jamais sa tète altière, et porte au Tartare
un coup plus fort de la moitié que celui qu'il a
reçu. Les armes d'Hector garantissent la tète du
fils d'Agrican; mais étourdi par ce coup terrible,
il ne pouvait en cet instant distinguer le jour de
la nuit. Rodomont en fureur veut redoubler la
même atteinte; le cheval du Tartare, effrayé par
son épée, fait un mouvement qui fait éviter ce

coup à son maître, et qui le lui fait recevoir à lui-même entre les deux oreilles.

Le pauvre animal, qui ne portait pas comme son maître le casque d'Hector, eut la tête fendue en deux parts, et tomba mort sur la poussière. Sa chute rappelle Mandricard de son étourdissement ; le fils d'Agrican se relève avec fureur, il tourne avec force Durandal autour de sa tête, et s'irrite encore plus de voir son cheval mort à ses pieds. Rodomont porte le sien sur lui pour le renverser : mais Mandricard est aussi inébranlable que le rocher au milieu des flots ; c'est le cheval qui tombe, et lui reste ferme sur ses pieds. Rodomont, qui sentit tomber son cheval, fut prompt à se débarrasser de ses étriers ; il s'appuie sur les arçons et saute à terre : le combat égal entre les deux adversaires recommence sur-le-champ avec la même furie : mais dans le temps qu'ils la portaient à l'extrême, un courrier les joignit et les sépara.

Ce courrier arrivait de la part d'Agramant, qui, resserré dans son camp par Charlemagne, rappelait à leurs drapeaux, pour le défendre, tous les chevaliers et gens de guerre qui s'en étaient écartés. Agramant connaissait que, sans un prompt secours, son camp ne pourrait pas long-temps résister.

Le courrier reconnut les deux chevaliers, non-seulement à leurs armes, mais encore plus aux grands coups qu'ils se portaient. Les voyant aussi

furieux, sa qualité d'envoyé d'Agramant ne le
rassurait point encore assez pour qu'il osât se
mettre entre deux; mais il courut à Doralice, et
la conjura de séparer les deux guerriers. Il lui
rendit compte du besoin pressant qu'Agramant
et les rois Marsile et Stordilan avaient d'être secourus dans un camp assiégé de tous côtés par
les chrétiens.

Doralice s'avance, et se jette avec courage entre
les combattants : Je vous ordonne, leur dit-elle,
par l'amour que vous dites tous les deux que
vous avez pour moi, de réserver vos épées et
cette haute valeur pour en faire un meilleur usage;
je vous ordonne de plus de me suivre, et de venir défendre notre camp que les chrétiens entourent, et qui touche au moment de sa destruction entière, s'il n'est promptement secouru.

Le courrier, ne craignant plus d'approcher
d'eux, leur raconta tout ce qui se passait au camp
des Sarrasins, et remit à Rodomont une lettre
du fils de Trojan. Les deux guerriers aussitôt con-
vinrent de faire trève à leur ressentiment, de voler au secours du camp assiégé, et de remettre
la continuation de leur combat après que cette
grande affaire serait décidée.

Ils se dirent cependant que dès que le camp
serait délivré des assauts de l'armée chrétienne,
rien ne pourrait les empêcher de finir leur querelle : mais dans ce moment ce fut celle qui l'a-
vait excitée qui calma leur courroux; et ce fut

entre ses mains qu'ils prêtèrent un serment qui pour lors assura la vie de tous les deux.

Cependant la Discorde, ennemie de toute paix, et l'Orgueil qui ne l'avait point quittée, s'impatientaient d'un pareil accord, et déjà se préparaient à le rompre; mais ces deux monstres qui ne sont pas dignes de connaître l'Amour ignoraient qu'il était auprès de Doralice; et cet enfant sut, en les menaçant avec ses flèches, les forcer à reculer et à s'arrêter loin de ces deux amants. La trève fut donc conclue entre Rodomont et Mandricard, selon la volonté de celle dont tous deux reconnaissaient le pouvoir. Le prince tartare n'avait plus de cheval; mais Bride-d'or qui paissait auprès d'eux remplaça celui qu'il avait perdu dans le combat. Or, comme je crois être arrivé près du terme de ce chant, j'espère de votre grace que vous permettrez que je le finisse.

FIN DU VINGT-QUATRIÈME CHANT.

CHANT XXV.

ARGUMENT.

Rodomont, Mandricard prennent le chemin de Paris, avec Doralice et le nain. — Roger délivre Richardet. — Histoire de Richardet et de Fleur-d'Épine. — Roger et Richardet arrivent au château d'Aldigier. — Ils apprennent que Maugis et Vivien, prisonniers de Lanfouse, mère de Ferragus, doivent être livrés par elle à leur ennemi, Bertolas de Bayonne. — Roger entreprend de les délivrer. — Il écrit à Bradamante. — Roger, Richardet et Aldigier arrivent à l'endroit où Maugis et Vivien doivent être livrés à leur ennemi.

Ah! qu'ils sont impétueux dans le cœur d'un jeune guerrier ces sentiments qui le portent à l'amour de la gloire, ou qui le soumettent à celui de la beauté! ces deux sentiments se combattent souvent dans son ame, et tour-à-tour ils sont vainqueurs. Il est bien difficile de décider celui des deux qui remportera la victoire. Nous venons de voir Rodomont et Mandricard soumis par le devoir et par l'honneur: ils interrompent un combat furieux; ils font taire l'intérêt de leur amour pour voler au secours du camp d'Agramant : oui; mais si l'amour n'eût pas parlé par la bouche de la belle Doralice; si cet objet aimé ne leur eût pas imposé par son pouvoir absolu sur leur ame, croira-t-on qu'ils eussent cessé de combattre, sans que l'un d'eux eût été vainqueur? Non, non, Agramant et son armée eussent en vain attendu leur secours. J'en conclus que le pouvoir de l'amour n'est pas toujours dangereux et funeste, et que s'il est vrai qu'il peut nuire quelquefois, il l'est encore plus qu'il peut être utile autant qu'il nous est agréable.

Les deux chevaliers sarrasins, après être convenus de différer leur combat, partirent avec Doralice pour aller au secours de l'armée africaine; ils furent suivis par le nain qui venait de servir de guide au jaloux Rodomont pour lui faire joindre son rival. Ils arrivèrent ensemble dans une prairie où quatre chevaliers semblaient prendre le frais avec une jeune personne d'une grande beauté. Deux de ces chevaliers étaient désarmés, les deux autres avaient leur casque sur leur tête; mais vous ne saurez leurs noms que dans quelque temps [1]; car maintenant il faut que je cause un peu de Roger, de ce bon et loyal chevalier, dont je vous ai déjà raconté l'acte si généreux, lorsqu'il jeta dans un puits le bouclier enchanté d'Atlant [2]. Il n'était pas encore loin de ce puits, lorsqu'il fut joint par l'un de ces courriers

---

1 Dans le vingt-sixième chant.
2 Voyez chant vingt-deuxième, page 165.

qu'Agramant avait dépêchés de toutes parts pour
appeler à son secours les chevaliers maures écartés
de son camp.

Roger fut agité dans ce moment par plusieurs
pensées différentes : il sentait bien qu'il était de
son devoir de voler auprès du fils de Trojan ;
mais, retenu par la parole qu'il avait donnée, il
laissa passer le courrier, et suivit la demoiselle
affligée qui ne cessa de le presser d'aller sauver
les jours du jeune damoisel (1). Tous deux suivant
donc en diligence la première route qu'ils avaient
prise, ils arrivèrent sur la fin du jour dans une
ville dont le roi Marsile avait fait la conquête en
France. Quoique les ponts, les portes et le rempart fussent couverts de troupes sous les armes,
cette demoiselle leur étant connue, ils la laissè-
rent passer librement avec son chevalier.

Tous les deux, en arrivant, virent la grande
place, éclairée déjà par le feu d'un bûcher. Ils la
trouvèrent remplie de satellites dont l'air était impitoyable. Ils tenaient au milieu d'eux un jeune
homme lié de grosses cordes, qu'ils conduisaient
au supplice. Roger, jetant les yeux sur ce jeune
homme, qui, la tête penchée vers la terre, versait un torrent de larmes, crut voir sa chère Bradamante, tant la ressemblance était frappante ;
plus il la considère, plus il croit que c'est elle :
sa taille, ses traits, tout concourt à lui faire dire

---

(1) Richardet ; voyez chant vingt-deuxième, page 153.

en lui-même : C'est Bradamante, ou je ne suis
pas Roger. Sans doute trop de courage l'aura portée à défendre seule le jeune infortuné ; ces satellites l'auront prise : ah ! pourquoi n'a-t-elle
pas attendu que je pusse la secourir dans cette
entreprise? mais Dieu merci, j'arrive à temps pour
la délivrer.

Roger ne délibère pas un instant : ayant rompu
sa lance dans le château de Pinabel, il tire la redoutable Balisarde; il pousse son cheval au milieu de cette troupe armée, et taille ces vils satellites en pièces : le peuple fuit de toutes parts
en criant, et chacun se plaint de l'espèce de blessure qu'il a reçue.

On voit quelquefois sur le bord d'un étang une
grosse troupe d'oiseaux qui se rassemblent pour
chercher leur pâture : si quelque faucon, planant
dans les nues, vient tout-à-coup fondre sur eux,
ils s'envolent et se dispersent de toutes parts, sans
s'occuper de ceux qui tombent sous ses serres
cruelles. On pouvait voir de même ces satellites
et le peuple s'échapper de tous côtés, et laisser
vide la place de cette ville. Roger fit voler la tête
à quatre ou cinq de ceux qui furent les plus lents
à s'enfuir; il la fendit jusqu'aux dents à plusieurs
autres; il est vrai qu'ils n'avaient point de casques,
mais ils avaient tous des coiffes d'acier, et Balisarde en eût pu faire autant s'ils eussent été mieux
armés.

La force de Roger était incomparable; celle

d'aucun autre chevalier n'en approchait, non plus
que celle des ours, des lions, ou des animaux les
plus forts et les plus farouches de nos climats ou
des pays étrangers; la foudre seule pouvait l'égaler, ou bien ce grand diable (1) je ne dis pas du
noir abyme); mais cette machine énorme de Ferrare que la poudre enflammée fait tonner, et
qui fait trembler le ciel, la terre et les mers. Chacun des coups de Roger ne fait pas tomber moins
d'un homme ou deux; quelquefois il en abat d'un
seul revers quatre ou cinq, en sorte qu'il arriva
bientôt à la centaine; sa terrible Balisarde taillait, pénétrait l'acier aussi facilement que du lait:
Falerine l'avait trempée et forgée exprès pour
donner la mort à Roland, cette épée ayant la
puissance de trancher jusqu'aux armes enchantées et même les corps les plus invulnérables.

C'était dans les beaux jardins de Morgane,
que Falerine avait forgé cette cruelle épée; mais
le Berni nous apprend comment Balisarde, lorsqu'elle fut enlevée, fut cause de la destruction
de ces superbes jardins (2). On voit combien une
pareille épée devait être terrible dans les mains
de Roger; d'autant plus que jamais il ne poussa
si loin sa colère et ses efforts surnaturels, ce

---

(1) Pièce de canon qui appartenait au duc de Ferrare, et
qu'on appelait *grand diable*, à cause du ravage qu'elle faisait
dans une bataille.   P.

(2) Voyez l'Extrait de Roland l'Amoureux, pages 449 et 45-

guerrier croyant combattre alors pour sauver celle qu'il adorait.

Tout ce qui remplissait la place s'enfuit devant l'épée de Roger, comme le timide lièvre fuit devant les chiens. Pendant ce temps, la conductrice de Roger avait délié le jeune homme, et l'avait armé d'un bouclier et d'une épée. Celui-ci, furieux du péril qu'il venait de courir, et de l'affront qu'il avait reçu, tomba comme la foudre sur tous ceux qui se trouvaient sous ses mains, et donna des preuves de sa force et de son courage. Le char du soleil était déjà près des bords de l'Occident, lorsque Roger victorieux, et le jeune homme, sortirent de la ville.

Dès que ce damoisel se vit en sûreté, il fit les plus tendres remercîments à Roger, et lui tint les propos les plus affectueux et les plus flatteurs sur son courage héroïque, et sur la bonté qu'il avait eue de le secourir sans le connaître; il le supplia même de vouloir bien lui dire le nom de son libérateur.

Roger très étonné se disait alors : Je reconnais bien tous les traits charmants de celle que j'aime, mais je n'entends pas la douceur de cette voix qui pénètre jusqu'à mon ame; je ne vois pas d'ailleurs pourquoi ma chère Bradamante me rendrait de pareilles actions de graces, et comment elle pourrait avoir oublié le nom de son amant. Roger prit une tournure polie pour s'éclaircir sur ce fait qui lui paraissait étrange. Je crois, dit-il au damoisel, vous avoir déja rencontré quelque part; mais, ne pouvant me rappeler ni le temps ni le lieu, je vous prie, si votre mémoire est plus fidèle, de me le dire, et de plus de m'apprendre quel est le damoisel aimable à qui j'ai eu le bonheur de sauver la vie. Celui-ci lui répondit : Il est bien naturel à mon âge de chercher les grandes aventures, et le hasard a pu nous faire rencontrer; peut-être aussi vous aura-t-il fait voir ma sœur jumelle : elle est courageuse, elle aime les armes; elle les porte souvent, et s'en sert avec honneur. Nés jumeaux, notre ressemblance est si frappante que tous nos proches y sont souvent trompés, et ne peuvent nous distinguer l'un de l'autre. Vous ne seriez pas le seul qui s'y serait mépris : mon père et ma mère sont eux-mêmes souvent dans l'erreur, surtout depuis que la seule chose qui nous distinguait est devenue égale entre nous.

Ma sœur portait des cheveux très longs et très beaux comme les autres femmes; et moi je les avais courts, ainsi que tous ceux qui suivent le métier des armes. Mais ma sœur ayant été blessée à la tête (1), un bon hermite qui l'a guérie a coupé ses beaux cheveux; à peine aujourd'hui lui tombent-ils comme à moi jusque sur l'oreille : il ne reste donc plus, hors le sexe, aucune différence entre nous.

---

(1) Voyez l'Extrait de Roland l'Amoureux, page 343.

Puisque vous desirez savoir mon nom, seigneur, je m'appelle Richardet, et cette sœur jumelle se nomme Bradamante; nous sommes tous deux fils du duc Aymon; Béatrice nous a portés tous les deux en même temps dans son sein, et le paladin Renaud est notre frère. Ah! vraiment, continua l'aimable et jeune Richardet, si je ne craignais pas de vous ennuyer, seigneur, je pourrais vous raconter une aventure bien plaisante et bien incroyable, occasionnée par cette ressemblance. Hélas! le commencement m'en fut bien agréable et bien cher, mais la fin a pensé me devenir bien funeste.

Roger, enchanté d'avoir sauvé le frère de celle qu'il adore et d'entendre long-temps parler d'elle, prie en grace Richardet de lui conter cette aventure, et le frère de Bradamante poursuit ainsi : Il y a quelques mois, dit-il, que ma sœur s'étant arrêtée, la tête désarmée, dans les bois voisins, s'y reposait sans crainte; des brutaux de Sarrasins, l'ayant surprise sans son casque, lui firent une blessure dangereuse à la tête. Un bon hermite en prit soin et la guérit, mais il fut obligé de couper ses cheveux. Dès que ma sœur fut en état de porter les armes, elle se remit, selon son goût et sa valeur, à la quête de quelque nouvelle aventure; et, se trouvant un jour plus fatiguée qu'à l'ordinaire, elle descendit de cheval et s'endormit d'un profond sommeil sur le bord d'une fontaine, après avoir délacé son casque. Au reste, seigneur,

ne croyez point que la suite de mon récit soit
une fable, quelque merveilleux qu'il puisse être.

La charmante Fleur-d'Épine, princesse d'Espagne, chassait alors dans ce bois : elle trouve
ma sœur endormie; elle la voit couverte d'armes,
excepté la tête; elle voit la longue épée que ma
sœur aimait beaucoup mieux porter qu'une que-
nouille : elle ne doute point que ce ne soit un
vrai chevalier, et ce chevalier était beau comme
le jour. Fleur-d'Épine en devient éprise à l'instant;
elle le réveille, l'invite à chasser avec elle; elle
prend son temps avec adresse, et parvient à
l'amener seul dans l'endroit le plus épais et
le plus solitaire de la forêt. Ne craignant plus
alors d'être surprise, la sensible et vive Fleur-
d'Épine se sert de mille propos interrompus, mais
bien tendres, pour découvrir peu-à-peu les secrets
sentiments qui l'agitent; ses yeux étaient humides
et brillants; ses soupirs respiraient les feux de
l'amour; tout annonçait le trouble de son ame:
tantôt la pâleur décolore son visage, tantôt les
roses animées du desir brillent sur ses joues brûlantes; enfin, emportée par sa passion, elle se
hasarde à lui prendre un baiser (1).

Ma bonne sœur bien tranquille s'aperçut facilement que cette jeune princesse la prenait pour
un vrai chevalier. Son bon cœur lui faisait re-

---

(1) Cette aventure de Bradamante se trouve à la fin de
l'ORLANDO INNAMORATO. Voyez l'Extrait de ce poëme, p. 55
et suiv.   P.

gretter de ne pouvoir remédier à cette méprise;
elle s'attendrissait sur le sort de la pauvre Fleur-
d'Épine : mais, ne pouvant pas absolument la
rendre plus heureuse, ma sœur, toujours pleine
d'honneur, se trouve dans un grand embarras; elle réfléchit qu'il valait encore mieux
faire l'aveu de son sexe à cette jolie princesse,
que de passer auprès d'elle pour un imbécille ou
pour un lâche. Elle avait vraiment bien raison
de penser ainsi : convient-il donc qu'un chevalier
bien né paraisse être une masse de stuc, tête à
tête avec une jolie femme dont la bouche, les
yeux et les bras semblent appeler l'amour et les
plaisirs? Quel est le vil oiseau, qui, dans un moment pareil, n'élèverait pas ses ailes auprès de sa
jeune compagne? Ma sœur crut donc qu'elle devait
se servir de quelques propos adroits pour lui faire
une confidence ingénue; et, pour la lui rendre
moins douloureuse, elle débuta par lui dire que
la ville d'Arzille en Afrique l'avait vue naître ainsi
que les fières Hippolyte et Penthésilée; qu'étant
éprise de l'amour de la gloire comme ces illustres
guerrières, et du même sexe qu'elles, les boucliers et les lances lui paraissaient préférables à
des aiguilles ou à des fuseaux.

Ce fut par ce discours que ma sœur crut éteindre
facilement la passion qu'elle avait fait naître: mais
cet aveu était trop tardif; ce cruel trait de l'a-
mour qui s'était égaré dans son vol avait trop
profondément pénétré. La figure de ma sœur n'eu

parut pas moins charmante à Fleur-d'Épine : ses
beaux yeux, son air ne lui parurent pas moins
séducteurs; elle ne put calmer un cœur qu'elle
venait de lui donner. Les armes, les habits, l'air
libre et plein de graces de la guerrière entretenaient toujours un si doux prestige : mais cependant une réflexion accablante lui faisait quelquefois verser des larmes. Hélas! s'écriait-elle en
soupirant, hélas! ce n'est qu'une fille. Non, seigneur, il n'est personne d'assez cruel pour avoir
refusé de mêler ses larmes à celles de Fleur-
d'Épine, s'il eût entendu ses plaintes. Quels sont
les maux comparables aux miens, disait cette
jeune et malheureuse princesse (1)! Tout autre
amour, innocent ou coupable, pourrait me flatter
de quelque espérance; je saurais séparer la rose
des épines: mes desirs seuls sont sans but et sans
objet. Barbare Amour! ah! du moins, puisque tu
voulais me rendre malheureuse, tu n'aurais dû
me faire éprouver que les mêmes tourments dont
se plaignent les amants infortunés. Voit-on dans la
société générale des hommes, ou même parmi
celle des animaux, que le sexe le plus faible et le
plus tendre s'enflamme pour son même sexe? La
biche court-elle dans les bois après une autre
biche? La brebis cesse-t-elle de paître près d'une

---

(1) Cette complainte de Fleur-d'Épine est imitée d'Ovide,
fable d'Iphis et Iante, liv. IX des Métamorphoses, v. 707 et
suiv.   P.

autre brebis pour s'attirer ses caresses? Ni sur la
terre, ni dans les airs, ni même dans la vaste
mer, aucun être que moi n'éprouve un pareil
martyre. Ah, cruel enfant! as-tu donc voulu que
j'en devinsse l'unique exemple dans ton empire
fatal? L'incestueuse et cruelle Sémiramis brûla
pour son fils, Myrrha conçut une flamme coupable pour son père, un taureau fut l'objet des désirs de Pasiphaé; hélas! ma passion est encore
plus insensée. Les desirs de ces femmes effrénées
furent satisfaits; l'art favorisa le crime; Dédale
trouva moyen de servir la folle passion de la reine
de Crète : mais ce grand artiste lui-même ne
pourrait adoucir mon sort : la nature, plus puissante que lui, forma le nœud qu'il ne pourrait
jamais délier.

C'est ainsi que Fleur-d'Épine élevait ses plaintes
et peignait son tourment. Quelquefois il semblait
qu'irritée contre elle-même, elle voulait détruire
des charmes qui lui devenaient inutiles. Ma sœur
ne pouvait s'empêcher de donner des larmes à sa
funeste passion : elle lui représentait avec douceur
la folie et l'inutilité de ses vains desirs; mais elle
ne pouvait rien gagner sur cette ame égarée.

Fleur-d'Épine eût mieux aimé des secours que
des consolations; elle continuait les mêmes plaintes qui paraissaient augmenter encore : cependant
le soleil rougissait déjà le fond du ciel à l'Occident;
il était temps de chercher un asyle contre le froid
et l'obscurité de la nuit. Fleur-d'Épine invita

Bradamante à venir la passer avec elle dans son château voisin de la forêt : ma sœur ne put la refuser. Elles arrivèrent donc ensemble dans ce même lieu, seigneur, où votre bras victorieux m'a sauvé la vie. Fleur-d'Épine fit les honneurs de son palais à Bradamante, et la fit promptement vêtir des plus riches habits de son sexe pour que tout le monde le connût, et que les caresses qu'elle lui faisait sans cesse parussent innocentes. Son dessein était fort sage : elle ne voulait laisser aucun doute sur le sexe de ma sœur; peut-être espéra-t-elle aussi que ce nouvel habit lui prouverait quels étaient les prestiges du premier, et que, ne lui laissant plus voir que la vérité, il détruirait, diminuerait du moins son erreur et sa flamme.

L'une et l'autre eurent le même lit; mais elles y portèrent des sentiments bien différents : ma sœur dormait d'un sommeil paisible; Fleur-d'Épine au contraire pleurait, s'agitait, et se consumait en vains desirs. Si le sommeil fermait quelques moments ses paupières, des songes agréables et trompeurs continuaient à l'égarer; ils lui peignaient toujours un bonheur inespéré; ils la séduisaient au point de lui faire croire que le ciel, touché de sa peine, accordait à sa compagne ce sexe qu'elle lui desirait si vivement.

Ainsi que le malade, pressé par la soif qu'excite une fièvre brûlante, ne voit que des eaux, et croit en être entouré, s'il a quelques moments de som-

meil; de même Fleur-d'Épine voyait tout ce qu'elle
desirait le plus dans de semblables moments :
mais ma sœur dormait si bien, que Fleur-d'Épine
pouvait facilement s'assurer à quel point ses songes étaient trompeurs.

Qu'ils étaient ardents et nombreux, les vœux
qu'elle adressait à Mahomet et à mille autres dieux,
afin que, par un miracle manifeste, ils changeas-
sent le sexe de ma sœur; mais ils en riaient peut-
être s'ils l'écoutaient, et elle ne put trouver
l'accomplissement de ses prières remplies de
flamme.

Lorsque l'astre radieux sortit du sein des mers
pour embellir et féconder la terre, Fleur-d'Épine
sentit redoubler sa douleur en entendant ma sœur
parler de son départ. Bradamante en effet mourait d'envie de sortir d'un pareil embarras. La
princesse voulut qu'elle acceptât un très beau
cheval d'Espagne, avec une superbe cotte d'armes
qu'elle avait brodée de sa main : elle accompagna
ma sœur pendant quelque temps, et rentra dans
son château les yeux baignés de larmes.

Bradamante fit tant de diligence qu'elle arriva
le soir du même jour à Montauban : nous l'entou-
râmes tous avec notre mère Béatrice qui pleurait
souvent cette fille aimée, et nous l'accablâmes de
caresses comme une sœur bien chère, dont un
long silence nous avait fait craindre la mort. Nous
reconnûmes avec surprise, lorsqu'elle ôta son
casque, que ses beaux cheveux étaient coupés,

et nous admirâmes la belle cotte d'armes de forme étrangère dont elle était couverte. Elle nous raconta toute son aventure, et comment elle avait été forcée de laisser couper ses cheveux après sa blessure; elle nous dit ensuite comment elle avait été accueillie par une belle chasseuse, qui l'avait éveillée lorsqu'elle reposait sur le bord d'une fontaine, et l'impression que sa fausse ressemblance avec un chevalier avait faite sur cette jeune et charmante princesse.

Ma sœur ne nous cacha pas même comment elle avait su l'écarter de sa suite dans le fond d'un bois; et, moitié attendrie, moitié riante, elle acheva de nous conter tout ce qui s'était passé, n'oubliant ni les plaintes, ni les caresses de la jeune princesse, qui l'avaient déterminée à s'y soustraire au plutôt, et à partir dès le matin de son château.

Je connaissais très bien la charmante Fleur-d'Epine; je l'avais vue à Saragosse et depuis en France; ses beaux yeux, les roses de son teint avaient excité vivement mes désirs: mais comme il est sage de réprimer ceux qu'on croit être inutiles, j'avais fait d'assez heureux efforts pour les éteindre, lorsque le récit de ma sœur leur rendit leur première vivacité.

C'est la douce espérance qui forme les nœuds de l'amour; c'est avec ses filets qu'il en trame la chaîne: ce fut elle qui me séduisit en animant en moi l'industrie, en m'inspirant même les moyens d'obtenir ce que je desirais. J'espérai que cette ressemblance si frappante, qui souvent trompait mes parents les plus proches, abuserait aussi celle que je desirais. Je résolus donc de tenter cette aventure, quelle qu'en pût être la suite; mais je cachai soigneusement mon projet. Je me levai doucement la nuit suivante; je savais où ma sœur avait laissé ses armes, je les pris et je m'en couvris; je descendis à l'écurie; je montai le même cheval sur lequel elle était arrivée, et je n'attendis pas le jour pour sortir de Montauban.

Je marchai toute la nuit; l'amour même me conduisait près de la charmante Fleur-d'Épine, et j'arrivai dans son château vers la fin du jour. Tous ceux qui me reconnurent s'empressèrent à porter la nouvelle de mon arrivée à la princesse, espérant qu'elle lui serait assez agréable pour qu'ils en obtinssent quelque récompense : ils me prirent tous pour Bradamante, comme vous venez de vous y tromper vous-même, et d'autant plus qu'ils me virent couvert des mêmes armes, et monté sur le même cheval qu'elle avait la veille.

Fleur-d'Épine accourt au-devant de moi peu de moments après; elle me comble des plus douces caresses, et la joie la plus vive brille dans ses yeux. Elle me jette ses beaux bras autour du cou; elle me serre avec tendresse, et sa bouche charmante s'unit à la mienne. Vous devez penser, seigneur, que l'Amour eut peu de peine à diriger sa flèche; elle entra tout entière dans mon cœur.

La jeune princesse me prit par la main, me conduisit promptement dans sa chambre où elle ne put souffrir qu'une autre qu'elle m'aidât à me désarmer. Elle voulut me délacer elle-même mon casque et m'ôter mes éperons d'or : elle fit apporter une de ses plus riches robes; elle m'habilla comme une véritable demoiselle, et réunit mes cheveux dans un filet d'or. J'observais un air si modeste, mon maintien était si décent, et j'eus même l'art d'adoucir si bien le son de ma voix, qu'il n'y eut personne qui ne me prît pour une jeune et noble fille de haut parage. Nous passâmes ensuite dans un grand salon où toute la cour était rassemblée: les dames et les chevaliers m'y rendirent les plus grands honneurs. J'eus souvent envie de rire, en me voyant lorgner en dessous bien tendrement par les plus galants de ces chevaliers, qui sûrement n'imaginaient pas que des voiles et de longues jupes cachaient alors le plus entreprenant et le plus amoureux de leurs semblables.

La nuit était assez avancée, lorsque, après un excellent souper, les tables furent emportées, et Fleur-d'Épine, sans attendre que je lui demande cette faveur qui était l'unique cause de mon voyage, m'invite d'elle-même à passer cette nuit avec elle. Après que toutes les dames et ses gens se furent retirés, nous demeurâmes dans une chambre richement ornée, bien éclairée, et tous les deux dans le même lit, je crus devoir commencer une conversation dont je prévoyais et desirais la fin

Ne vous étonnez point, charmante princesse, lui dis-je, de me voir sitôt de retour, quoique peut-être vous ne pussiez vous attendre que j'osasse encore paraître à vos yeux. Mais, avant de vous apprendre l'heureux évènement qui me ramène auprès de vous, je dois vous rendre compte de la cause de mon départ. Je vous avouerai donc que, touchée de votre amour, désespérée de ne pouvoir y répondre autrement que par les senti-ments les plus tendres, je réfléchis au parti que je devais prendre : mon cœur me pressait de passer ma vie à vous servir, sans vous quitter d'un moment : mais la raison me fit voir que ma présence ne faisait qu'entretenir votre illusion, vos desirs et vos peines. Je me crus donc forcée de m'arracher d'auprès de vous, et je partis en vous cachant et mes regrets et mes larmes.

A quelques lieues de ce château, le hasard m'ayant égaré dans un bois fort épais, j'entends assez près de moi les cris perçants d'une femme : j'accours au bruit ; et, sur le bord d'un petit lac plein d'une eau pure comme du cristal, je vois un vilain Faune qui vient d'y prendre en ses filets une jeune fille toute nue d'une rare beauté, et qu'il est prêt à dévorer. Je me jette en avant pour la défendre ; j'attaque l'épée à la main ce vilain pêcheur ou plutôt ce monstre barbare. Bientôt je l'abats mort à mes pieds : je débarrasse du filet cette jeune fille, qui, sur-le-champ, saute et dis-paraît dans ce lac. Elle revient l'instant d'après

sur l'eau; et me regardant d'un air plein de reconnaissance : Tu m'as sauvé la vie, me dit-elle,
mais tu ne m'auras pas secourue vainement; il est
bien juste que je t'en récompense : demande-moi
ce que tu voudras. Je suis une nymphe, j'habite
ces eaux pures et tranquilles; je desire et je peux
t'accorder le don qui te sera le plus cher. Ma
puissance s'étend sur les éléments et sur toute la
nature : demande-moi les choses qui te paraîtront
les plus impossibles à faire, et laisse à mon pouvoir surnaturel de les accomplir. Apprends que
la lune serait forcée de descendre à mes premiers
cris; que je peux glacer le feu; que l'air à ma voix
deviendrait solide, s'endurcirait comme le diamant, et que je peux d'une seule parole arrêter le
soleil et faire trembler la terre.

Je ne lui demandai point les trésors de Plutus,
ni les empires de ce globe; je ne lui demandai pas
même les palmes de la victoire : je ne m'occupai
que de vous, que de votre amour, et je la suppliai
de m'accorder les moyens de le rendre heureux :
je lui laissai même le choix de ceux qu'elle croi-
rait pouvoir employer.

A peine eus-je fini ces mots, que je la vis
plonger une seconde fois dans les eaux du lac;
elle ne me fit aucune autre réponse que de me
lancer sur le visage quelques gouttes de ces eaux
enchantées. Aussitôt qu'elles m'eurent touchée,
je me trouvai subitement changée; j'ai beau le
voir, j'ai beau le sentir, à peine puis-je en croire

mes sens; à peine puis-je espérer encore qu'il
soit bien vrai que de femme que j'étais, je sois
maintenant un homme, ou plutôt l'amant le plus
enflammé pour vous.

Je crois bien, charmante princesse, qu'il vous
serait impossible aussi de le croire, si ce n'est
qu'en ce moment même vous pouvez vous assurer de la vérité de mon récit: mais tout ce que le
pouvoir de la nymphe n'eût jamais pu changer
en moi, c'est cet attachement si vif et si tendre,
c'est cette soumission absolue à vos volontés que
je vous ai consacrée pour le reste de ma vie.

Ah! qu'il est doux de se laisser persuader par
ce qu'on aime! Fleur-d'Épine ne put bientôt
plus douter de la vérité de ce que je lui disais;
elle jouissait déjà du bonheur d'avoir le plus
tendre, et le plus véridique de tous les amants :
cependant quelques nouveaux doutes s'élevaient
en son ame. C'est ce que l'on voit arriver souvent
à ceux qui se sont trop vivement occupés de leurs
malheurs, et qui, croyant n'avoir semé que sur
le sable, ont désespéré d'un bonheur qu'ils ont
cru devoir les fuir pour toujours; ils le tiennent
ce bonheur, et leur ame, troublée par un souvenir douloureux, en doute encore.

Fleur-d'Épine me parut bien peinée : je le fus
beaucoup moi-même de voir qu'elle avait beau
chercher à se rassurer; ce malheureux doute renaissait toujours au point de l'empêcher d'oser
s'endormir, craignant de perdre encore à son ré-

veil ce bonheur dont elle avait joui la veille dans ses songes. Je crus devoir enfin imaginer quelque autre moyen de la rassurer, et lorsque je fus assez heureux pour en trouver un qui me réussit, je n'en cherchai point d'autres; mais je m'en servis bien souvent, car la tendre Fleur-d'Épine me disait encore quelquefois : Ah! si ma félicité n'est qu'un songe, Amour! Amour! fais qu'il puisse toujours durer!

Le bruit des tambours, le son des trompettes, n'annoncent ni les premiers traits que l'amour lance, ni les victoires qu'il remporte. Cet enfant n'aime que ce bruit si léger et si doux que forment les baisers des colombes; il m'avait remis ses armes; elles me suffirent pour le faire triompher, et je n'eus besoin ni d'arcs ni de frondes pour arborer l'étendard de Paphos : l'ennemi que j'avais à combattre ne m'opposa de résistance qu'autant qu'elle était nécessaire pour signaler ma victoire.

Si le lit de Fleur-d'Épine avait été témoin la nuit précédente des plaintes et des regrets les plus amers, il le fut cette nuit des badinages pétulants et si tendres de tous les enfants de Cythère. Le chapiteau d'une colonne ou d'un pilastre n'est pas plus étroitement serré par la feuille d'acanthe, que la fausse Bradamante ne le fut dans les bras de l'heureuse et tendre Fleur-d'Épine.

Le silence et le mystère cachèrent pendant quelques mois notre félicité; l'indiscrétion et la méchanceté de quelques ames basses et perverses réussirent à nous faire éprouver le plus grand des malheurs : tout fut découvert au roi. Vous, seigneur, qui m'avez délivré de l'affreux bûcher prêt à terminer ma vie, vous devinez aisément le reste : mais Dieu sait la douleur que me cause cette cruelle séparation.

C'est ainsi que Richardet conta son aventure à Roger; et ce récit charma l'ennui de la route longue et périlleuse qu'ils faisaient pendant les ténèbres de la nuit. Ils arrivèrent au bas d'une montagne qui s'élevait d'un vallon bordé de roches et de précipices. Ils montèrent cette montagne par un sentier escarpé, et l'aube du jour leur fit voir sur le sommet une forte citadelle et un château qu'ils reconnurent pour être celui d'Aigremont dont Aldigier de Clermont était gouverneur.

Aldigier était frère naturel de Maugis et de Vivien; car il est sûr qu'il n'était pas fils légitime de Gérard, comme quelques-uns l'ont dit : il dut le jour à un amour clandestin du comte Bauves; mais qu'importe? il était brave, prudent, aimable et généreux. Son père et ses frères, qui l'estimaient autant qu'ils l'aimaient, avaient remis à sa garde la forte citadelle d'Aigremont. Ce brave châtelain reçut son cousin avec tendresse, et Roger, qui l'accompagnait, avec courtoisie : cependant, il fut facile à ces deux chevaliers de s'apercevoir qu'Aldigier était accablé de quelque profond chagrin; en effet, il venait de recevoir une nouvelle qui lui perçait le cœur.

Mon cher cousin, dit-il à Richardet, vous me
trouvez dans la douleur et l'inquiétude la plus
mortelle; je sais que ce scélérat de Bertolas de
Bayonne vient de faire un traité secret avec Lanfouse, mère de Ferragus. Ce traître, ennemi juré
de la maison de Clermont, a tenté l'avare sarrasine Lanfouse par l'offre d'une forte somme d'argent et de plusieurs mulets chargés de riches
étoffes. Cette vieille et méchante femme doit lui
livrer Vivien et Maugis qui sont ses prisonniers,
et les remettre à sa discrétion.

Vous savez qu'elle retient mes deux frères dans
une prison obscure, depuis qu'ils ont été pris dans
un combat par Ferragus. Le traître Mayençais
les achète de Lanfouse qui doit les lui faire conduire demain sur les confins du territoire de
Bayonne; et c'est ainsi que ce lâche Bertolas
achète le plus illustre sang de France pour pouvoir le répandre impunément. J'en ai fait avertir
votre frère Renaud; mais il est trop éloigné pour
les secourir; et, ce qui me désespère, c'est de
n'avoir pas des forces suffisantes pour marcher
à leur délivrance, étant certain que mes frères
doivent être conduits et reçus dans cet échange
par de forts détachements des deux partis.

Cette nouvelle fâcheuse affligea beaucoup Richardet; elle fit le même effet sur Roger : Vivien
et Maugis étaient les cousins de sa chère Bradamante. Il fut surpris de voir Aldigier et Richardet s'affliger sans prendre aucun parti, et son

grand cœur ne lui permettant pas seulement de
réfléchir : Soyez tranquilles, leur dit-il, je me
charge seul de cette entreprise, et cette épée vau-
dra autant que mille autres pour remettre vos
frères en liberté; je ne vous demande pas de soldats pour me suivre : je n'ai pas besoin de secours; donnez-moi seulement un guide bien sûr
qui me conduise où se doit faire cet indigne
échange.

Richardet ne fut point surpris d'entendre parler
ainsi Roger; pour Aldigier, il eut l'air de n'écouter
les offres de Roger que comme une fanfaronnade.
Richardet qui s'en aperçut tira promptement son
cousin à part; il lui raconta les prodiges de valeur qu'il avait vu faire à ce héros pour sa délivrance. Aldigier alors fut honteux de son premier mouvement, et rendit à Roger les honneurs
si bien dus à sa haute valeur : ils firent un très
bon souper, et conclurent ensemble de partir le
lendemain à la pointe du jour, sans penser à rassembler de plus grandes forces. Chacun d'eux
alla goûter les douceurs du sommeil; Roger seul,
agité par des réflexions aussi fâcheuses qu'embar-
rassantes, ne put fermer l'œil de la nuit.

L'avis qu'il avait reçu du courrier ce même
jour, et le péril présent d'Agramant, lui tenaient
au cœur. Roger voit que ce peut être un grand
déshonneur pour lui de ne pas voler à son
secours. On pourra croire, se disait-il, que c'est
par un manque de courage ou de fidélité que je

ne vais pas joindre Agramant; et ce serait prendre bien mal mon temps pour m'aller faire baptiser, lorsqu'un assaut prochain peut écraser son
armée sans ressource. Dans toute autre situation,
du moins, on pourrait croire que la foi seule me
presse et me détermine à recevoir le baptême;
mais, dans ce moment, on m'accusera d'avoir lâchement abandonné cet empereur en me servant
d'un mauvais prétexte. Cette idée tourmenta Roger pendant toute la nuit; il s'en joignit une seconde également fâcheuse; il craignit que Bradamante ne l'accusât d'une légèreté de cœur en
le voyant partir sans sa permission pour se rendre auprès d'Agramant. Il avait vainement espéré
de la trouver dans le château de Fleur-d'Épine,
où tous les deux devaient se rendre ensemble
pour secourir Richardet.

Roger se souvint aussi que sa chère Bradamante
avait promis de se trouver à Vallombreuse. Que
pensera-t-elle de moi, se disait-il le cœur agité
par la plus cruelle inquiétude, lorsqu'elle ne m'y
trouvera pas malgré ma promesse? Du moins devrais-je écrire ou faire partir un courrier pour
la tranquilliser.

Il prit enfin le parti d'écrire à Bradamante, espérant de trouver quelqu'un assez intelligent et
fidèle pour porter sa lettre à la guerrière. Il saute
de son lit, et se fait apporter par les gens de la
maison tout ce dont il avait besoin pour écrire.
Il débuta sans doute par lui parler de son amour;

c'est toujours ce qu'un amant bien tendre est le
plus pressé de dire à celle qu'il aime. Il lui fit
part ensuite des ordres pressants qu'il avait reçus
de l'empereur qu'il s'était engagé de servir pendant cette campagne, et du danger présent qui
le menaçait; il ajouta qu'il y allait de son honneur à ne lui pas refuser son secours. Non, disait-
il dans cette lettre, non, illustre et chère Bradamante, celui qui prétend au bonheur de recevoir
la main de la vertu même ne doit être souillé
d'aucune tache : si j'ai jamais desiré d'acquérir et
de conserver une renommée brillante et sans aucun reproche, si je suis animé par l'ardeur de
l'augmenter sans cesse, c'est pour vous en faire
hommage; c'est pour que l'univers puisse dire
que votre époux est digne d'un sort si doux et si
glorieux; c'est pour prouver que le même honneur, que les mêmes sentiments nous unissent
autant que les liens sacrés de l'hymen et de l'a-
mour.

Roger répétait ensuite ce que sa bouche avait
déja juré mille fois. Le temps approche, écrivait-
il, où ma parole sera dégagée; rien alors ne
pourra m'empêcher de courir aux fonts baptis-
maux, et d'en partir pour voler aux genoux d'Aymon et de Béatrice. Renaud parlera pour m'obtenir votre main. Permettez-moi donc, ô chère
et souveraine maîtresse de ma vie, permettez-moi
d'aller délivrer le camp assiégé d'Agramant, d'aller imposer silence à la calomnie; elle n'osera

plus dire que je servais cet empereur quand sa puissance faisait trembler la France, mais que j'ai suivi les étendards de Charles dès que je l'ai vu victorieux. Quinze ou vingt jours au plus doivent me suffire pour dégager l'armée des Sarrasins; je saurai bien alors trouver quelques raisons plausibles pour obtenir mon congé; c'est ainsi que je peux conserver un honneur sans tache; c'est ainsi que, digne de vous, je reviendrai vous consacrer tout le reste de ma vie.

Après s'être expliqué de manière à toucher et persuader sa chère Bradamante, Roger remplit le reste de sa lettre de mille autres choses qui ne paraissent que des riens aux indifférents, mais qui font le charme des ames sensibles. Ah! peut-on laisser un reste de papier inutile, quand on écrit à ce qu'on aime? A la fin il cacheta soigneusement sa lettre et la mit dans son sein, espérant que le jour suivant il trouverait un messager assez sûr pour la remettre secrètement.

Dès qu'il eut fermé sa lettre, un doux sommeil vint aussi fermer ses paupières; il sembla que les eaux du Léthé se répandaient sur son corps fatigué, pour lui redonner toute sa vigueur. Roger dormit jusqu'à ce temps agréable et frais où l'on voit le fond de l'Orient coloré par un arc rouge qui blanchit de moments en moments, qui semble remplir l'air d'une douce rosée, et qui rend aux fleurs la fraîcheur et leur brillant coloris; déja les oiseaux, secouant leurs ailes humides sur

les branches, saluaient le jour naissant par leurs
chants agréables et variés.

Aldigier qui voulait servir de guide pour marcher contre Bertolas fut le premier à se lever et
à se couvrir de ses armes. Roger et Richardet
furent prêts presque dans le même moment. Roger partit avec les deux cousins, qui, malgré ses
offres et ses prières, se firent un devoir et un
honneur même de l'accompagner dans cette entreprise. Tous les trois arrivèrent dans une plaine
où se devait faire l'échange : cette campagne, brû-
lée par les rayons du soleil, était aride et stérile;
on n'y voyait ni arbrisseaux agréables, ni arbres
élevés; une bruyère sèche et quelques brins de
fougère étaient la seule verdure qui couvrît le
sable.

Les trois chevaliers s'arrêtèrent à l'entrée d'un
sentier qui traversait cette plaine; ce fut en ce
lieu qu'ils furent joints par un chevalier de la
plus grande apparence, dont les riches armes
dorées brillaient par plusieurs attaches de pierreries : on voyait sur son bouclier, en champ de
sinople, cet unique et bel oiseau qui vit un siècle,
et ne se reproduit que de sa cendre. Mais, seigneur, trouvez bon que je m'arrête; je me vois
trop près de la fin de ce chant pour ne vous pas
demander quelques moments de repos.

FIN DU VINGT-CINQUIÈME CHANT.

CHANT XXVI.

ARGUMENT.

Marphise offre son secours aux chevaliers qui l'acceptent. — Ils attaquent les troupes mayençaises et les Maures. — Maugis et Vivien sont délivrés. — Maugis donne l'explication des sculptures de la fontaine de Merlin. — Hippalque apprend à Roger que Rodomont lui a enlevé Frontin. — Roger part pour venger cet affront. — Arrivée de Rodomont, Mandricard et Doralice. — Mandricard joute contre les chevaliers et les renverse. — Son combat avec Marphise. — Roger se bat contre Rodomont. — Mandricard cherche querelle à Roger. — Tumulte et confusion parmi les chevaliers. — Le cheval de Doralice, dans lequel Maugis fait entrer un démon, emporte la princesse. — Mandricard et Rodomont la suivent, et sont poursuivis par Roger et Marphise.

Vous dont les mœurs vertueuses respirent encore celles des âges antiques, femmes honnêtes que les richesses ne peuvent séduire, vous êtes rares aujourd'hui! Le vil amour des présents semble avoir pris un empire absolu sur les cœurs; que celles du moins qui se distinguent encore par leur noblesse d'ame et par leurs sentiments épurés, jouissent des respects et de l'amour de leur siècle, et que la mémoire de leur gloire puisse passer à la postérité!

Bradamante méritera des louanges éternelles
pour n'avoir livré son cœur qu'à l'amour le plus
vertueux; la haute valeur de Roger, ses sentiments héroïques rendirent seuls la fille d'Aymon
sensible. Eh! quel autre chevalier, en effet, pouvait en être plus digne que ce Roger si tendre,
si fidèle, et dont les actions qu'il fit pour elle
paraîtront si merveilleuses jusque dans les âges
les plus éloignés!

Je vous ai déjà dit que Roger, suivi des deux
frères, s'était porté sur le chemin où Vivien
et Maugis devaient être livrés à Bertolas, s'ils n'é-
taient secourus; je vous ai parlé aussi de ce guerrier dont l'air était imposant, majestueux, et qui
portait pour armes cet oiseau toujours unique
sur la terre. Lorsque ce chevalier s'approcha des
trois autres, il eut quelque envie d'éprouver si
leur force et leur courage répondaient à leur mine
altière; il leur proposa donc de jouter avec eux,
et même d'en venir au combat à l'épée, jusqu'à
ce que la victoire en eût décidé. Nous ne balan-
cerions pas, lui répondit Aldigier, à nous rendre
à de pareilles offres, si l'entreprise la plus importante dont vous pourrez être témoin dans un
moment ne nous arrêtait. A peine aurions-nous
le temps de terminer une joute avant que vous
ne voyez arriver plus de six cents hommes armés,
que nous attendons pour les attaquer et délivrer
deux de nos proches que ces lâches mènent prisonniers et qu'ils vont livrer à la mort. Il acheva

de lui raconter tout ce qui pouvait l'instruire à
ce sujet, et les fortes raisons qui les avaient portés tous les trois à cette entreprise. Cette excuse
est si juste, répondit le généreux chevalier, que
je n'ai garde de ne la pas recevoir, et vous me
paraissez être tous trois bien courageux et bien
dignes de louanges. J'avais desiré d'abord rompre
quelques lances avec vous, mais je vois que l'occasion est beaucoup plus sérieuse; je ne vous demande donc plus que de joindre à vos armes le
casque et le bouclier que je porte, et j'espère
vous prouver que je ne suis pas indigne d'une si
noble compagnie.

Je me doute bien que quelqu'un de ceux qui
m'écoutent a grande envie de savoir le nom du
guerrier qui se joint à Roger, et qui veut devenir son compagnon d'armes au moment d'une
aussi périlleuse entreprise; je sens que c'est une
dette, et je m'en acquitte en lui disant que c'est
la belle et courageuse Marphise, cette même guerrière qui donna la mauvaise commission au pauvre Zerbin d'accompagner cette maudite Gabrine (1) si prompte à faire le mal, et de la
défendre envers et contre tous. Les deux chevaliers de Clermont, ainsi que Roger, acceptèrent
une pareille offre avec bien de la reconnaissance;
ils ne se doutaient pas que c'était une jeune et

---

(1) Voyez chant vingtième, page 116

belle fille qu'ils prenaient en ce moment pour un chevalier.

Peu de temps après, Aldigier aperçut et fit remarquer à ses compagnons une grosse troupe qui s'avançait en remplissant l'air de poussière. Lorsque cette troupe fut plus près d'eux, les armes et les habits leur firent connaître que c'étaient des Sarrasins, et bientôt ils virent deux prisonniers au milieu d'eux, liés sur de petits roussins, qu'ils conduisaient aux Mayençais pour en faire échange avec l'or qui leur était promis. Marphise dit aussitôt à ses compagnons : Qu'attendons-nous pour commencer la fête ? Tous les invités, lui dit en riant le bon Roger, ne sont pas encore arrivés ; il en manque vraiment une grande partie : il se prépare ici sans doute un grand bal, et nous ferons de notre mieux pour qu'il soit solennel. Pendant qu'il achevait ces mots, les traîtres de Mayençais arrivaient de leur côté comme des gens empressés à commencer la danse.

Les Mayençais conduisaient avec eux un grand nombre de mulets chargés d'or, de vêtements et de riches équipages. Du côté des Sarrasins, s'avançaient tristement les deux frères entourés de lances, d'épées et de dards : ils se voyaient liés et sans défense, et déjà Vivien et Maugis entendaient le perfide Bertolas, leur ennemi mortel, parler et traiter avec le chef de la troupe maure.

A cet aspect, le fils de Bauves, ni celui d'Aymon ne purent contenir leur fureur ; et, courant

tous deux la lance en arrêt contre Bertolas, ils le
percèrent et l'étendirent mort sur la poussière,
la tête et la poitrine traversées par le fer de leurs
lances. Puisse cette punition d'un traître tomber
sur tous ceux qui lui ressemblent!

Marphise et Roger commencèrent à s'ébranler;
cette mort leur servit de signal mieux que le son
d'une trompette : chacun d'eux perça, renversa
trois ou quatre Sarrasins, et le même nombre de
Mayençais; ils les envoyèrent de compagnie aux
sombres bords.

Les deux partis se voyant également attaqués
tombèrent dans une erreur qui contribua beaucoup à les détruire; ils crurent être trahis l'un
par l'autre, et tous les deux se chargèrent avec
fureur. Roger s'élance tour-à-tour sur l'un des
deux, et chaque fois il taille en pièces dix et
même vingt de ces misérables : Marphise en fait
autant de son côté; les casques et les cuirasses
des Mayençais et des Sarrasins ne résistaient pas
plus à leurs épées que le bois sec d'une forêt ne
résiste au feu. Vous avez vu peut-être, ou l'on
aura pu vous dire comment des essaims d'abeilles
s'élèvent en bourdonnant les unes contre les autres, et se battent en l'air; si alors quelque hirondelle affamée vient tomber sur elles d'un vol
rapide, elle les renverse, les dissipe, et dévore
les plus paresseuses : il en était de même de ces
deux troupes, lorsque Marphise et Roger les attaquaient.

Le fils de Bauves et le frère de Renaud montraient de leur côté la même valeur; mais ils donnaient peu sur les Sarrasins, et ne s'attachaient qu'à détruire les Mayençais : la haine invétérée que tous ceux de la maison de Clermont portaient à cette race perfide, augmentait en ce moment la force et la fureur du jeune Richardet et de son cousin. Celui-ci, plein d'un juste ressentiment, taillait en pièces les soldats de Bertolas; mais qui n'aurait montré de l'audace, qui n'aurait paru un nouvel Hector, en combattant avec Marphise et Roger, l'élite et la fleur des guerriers?

Marphise, tout en frappant, admirait le courage et les exploits de ses compagnons; ceux de Roger surtout excitaient sa surprise. Mars descendu du cinquième ciel, se disait-elle, ne pourrait porter des coups plus terribles. Elle ne voyait jamais tomber Balisarde en vain; et elle ne pouvait comprendre que les armes les plus fortes n'opposassent pas plus de résistance à son taillant que du carton ou même de la cire. Elle voyait en effet Roger fendre quelquefois en deux un homme armé jusqu'à la selle; elle le vit même tuer l'homme et le cheval du même coup, et leurs corps tomber en deux parties égales de chaque côté. D'autres fois, elle le voyait couper en deux l'homme armé qu'il frappait au-dessus des hanches; une fois même, il en faucha cinq pareillement d'un seul revers : j'en dirais encore plus sans doute, si je ne craignais qu'on ne me soup-

connât d'exagérer, et j'aime mieux rester au-dessous de la vérité, pour m'en tenir à ne rien dire
qui ne soit vraisemblable (1). Le bon Turpin, que
l'on connaît pour ne dire jamais que la vérité,
quoiqu'il s'embarrasse peu qu'on croie ou non
ses récits, raconte en cette occasion des actions
si merveilleuses de Roger, que vous les prendriez
pour des fables, si je vous les répétais. Les deux
cousins, quoique bien braves, ne paraissaient
aussi qu'être de glace vis-à-vis de Marphise qu'on
aurait prise pour une torche embrasée. Roger ne
pouvait la regarder sans admiration; il la suivait
des yeux au milieu du carnage; et si la guerrière
avait cru pouvoir le comparer au dieu Mars, il se
serait senti forcé de la comparer à Bellone, s'il eût
pu croire qu'une jeune fille surpassait à ses yeux

---

(1) L'Arioste s'amuse ici à enchérir sur les exploits des
héros de romans; mais il raille lui-même de ces folles
exagérations, en ajoutant plaisamment qu'il veut s'en tenir
au-dessous de la vérité, pour ne rien dire qui ne soit vraisemblable. Cervantes s'en est également moqué avec son
esprit et sa gaieté ordinaires, lorsqu'il fait dire à un hôtelier,
presque aussi gâté que don Quichotte par la lecture des romans de chevalerie. « Lisez, pour plaisir, Félix-Marte d'Hir-
canie, qui d'un seul revers coupa cinq géants par le milieu
du corps, comme il aurait fait cinq raves; et qui, attaquant
tout seul une des plus grandes armées qu'on ait jamais vues,
en tailla en pièces seize cent mille soldats armés depuis les
pieds jusqu'à la tête. » DON QUICHOTTE, anc. trad., 1re part.,
liv. 4, chap. XXXII.   P.

tout ce qu'on pourrait attendre des chevaliers du plus haut renom. L'émulation que tous les deux s'inspiraient mutuellement fut bien fatale à ces deux misérables troupes, dont l'horrible massacre servit à prouver à quel point les bras de ces fiers émules étaient redoutables.

La valeur des quatre chevaliers suffit pour mettre les deux détachements également en déroute. Les meilleures armes qui restaient aux fuyards étaient dans leurs jambes : bienheureux ceux dont les chevaux étaient vigoureux et légers à la course; ils ne s'amusèrent pas à les faire marcher l'amble ou le trot, et les malheureux fantassins maudirent bien leur sort qui les forçait à ne pouvoir se servir que de leurs pieds pour mettre leur vie en sûreté.

Le champ de bataille et les mulets chargés restèrent également au pouvoir des vainqueurs. Les Sarrasins fuyaient d'un côté, les Mayençais de l'autre : les deux prisonniers et les riches présents portés pour l'échange furent abandonnés. Les vainqueurs, pleins de joie, coururent délier Vivien et Maugis; ils ne furent pas moins diligents à s'emparer des ballots, et à déposer toutes les charges des mulets à terre. Ils trouvèrent beaucoup d'or façonné, de riches vêtements de femmes brodés; une tapisserie de Flandre tissue d'or et de soie, digne de l'appartement d'un puissant roi; beaucoup de bijoux, et grande quantité de flacons pleins d'un vin exquis; de bonnes can-

tines pleines de vivres, et sans doute d'excellents
jambons de Mayence.

Les quatre guerriers ayant ôté leurs casques
pour se rafraîchir, on peut juger quelle dut être
la surprise de Roger et des deux autres chevaliers, lorsqu'ils virent les beaux et longs cheveux
de Marphise tomber et flotter sur ses épaules,
lorsqu'ils admirèrent en elle une beauté céleste,
l'air doux et riant, et les fleurs de la jeunesse.
Ils lui rendirent les plus grands respects; ils la
supplièrent de ne leur point cacher un nom qu'elle
rendait si glorieux; et Marphise, toujours polie
et prévenante pour ceux qui méritaient son amitié, le leur accorda dans le même moment. Ils ne
pouvaient se lasser de la regarder après l'avoir
vue combattre. Pour Marphise, elle ne regardait
que Roger; elle ne pouvait se résoudre à parler
qu'à lui; elle le mettait dans son esprit bien au-
dessus de ses compagnons.

Les domestiques vinrent dans ce moment les
avertir qu'ils leur avaient préparé un assez bon
repas sur le bord d'une fontaine qu'une montagne
mettait à couvert des rayons du soleil.

Cette fontaine était l'une des quatre que Merlin avait construites en France; elle était entourée d'une balustrade de marbre plus blanc que le
lait, sur lequel ce grand enchanteur avait sculpté
lui-même plusieurs figures d'un travail exquis.
On aurait cru qu'elles respiraient; l'illusion eût
été jusqu'à les croire vivantes, si la voix ne leur
eût manqué.

On y remarquait un monstre (1) qui paraissait sortir d'une forêt; il avait un aspect horrible, et son regard était perçant et cruel : ses oreilles étaient celles d'un âne; mais sa tête, et sa gueule béante armée de dents aiguës, étaient d'un loup avide de carnage : il avait les griffes d'un lion; tout le reste du corps paraissait être celui d'un renard. Cette bête hideuse semblait parcourir la France, l'Italie, l'Espagne, l'Angleterre, toute l'Europe, toute l'Asie, enfin le monde entier. Elle portait par-tout la mort avec elle; les têtes les plus élevées et celles du vulgaire tombaient également sous ses coups : il paraissait même qu'elle s'attachait à les porter sur les rois, les princes, les grands seigneurs et les gouverneurs de provinces; elle faisait encore de plus grands ravages dans la capitale du monde : non-seulement les papes et les cardinaux tombaient à ses pieds; mais elle avait souillé la pureté de la chaire de saint Pierre, et porté le scandale jusque sur la foi. Devant cette bête redoutable on voyait tomber les murs et les remparts; aucune cité ne pou-

---

(1) L'avarice, suivant la plupart des commentateurs : le poète lui donne un aspect horrible, parceque c'est le plus odieux des vices; les oreilles d'âne désignent son mépris pour tout ce qui n'est pas or ou argent; la tête et la gueule de loup, son avidité que rien ne peut assouvir; les griffes de lion, sa rapacité; le corps de renard, ses ruses et ses fourberies. D'autres ont pensé que ce monstre représentait la superstition.   P.

vait lui résister; les châteaux, les fortes tours
s'ouvraient ou s'écroulaient à son aspect : le peuple imbécille lui rendait les honneurs divins, et
la bête impie se vantait de tenir les clefs des
cieux et du noir abyme en sa puissance.

Ce monstre était poursuivi par un chevalier
dont le front était ceint du laurier impérial; il
marchait avec trois jeunes hommes dont les habits étaient brodés de fleurs-de-lis d'or : un fier
lion, couvert des mêmes lis, paraissait s'avancer
avec eux contre cette bête cruelle. Leurs noms
étaient écrits sur leurs têtes ou sur les bords de
leurs vêtements.

L'un d'eux qui portait celui de François, roi
de France, avait plongé son épée jusqu'à la garde
dans le corps de cette bête; Maximilien d'Autriche
était à ses côtés; l'empereur Charles-Quint avait
traversé la gorge de l'animal avec sa lance; et
Henri VIII, roi d'Angleterre, venait de lui percer
la poitrine d'un coup de flèche.

Le lion, sur le dos duquel était inscrit le chiffre
X, tenait le monstre par les oreilles avec ses fortes
dents. Il l'avait déja si harassé, qu'il avait donné
le temps aux quatre chevaliers de le joindre, et
de lui porter des coups mortels; la terre paraissait alors reprendre de la tranquillité; et, pour
expier leurs anciennes erreurs, quelques grands
personnages accouraient, mais en petit nombre,
vers la place où le monstre venait de perdre la
vie.

Marphise et ses compagnons avaient grande envie de connaître quels étaient ceux qui triomphaient de cette bête cruelle; et quoique les noms fussent gravés sur le marbre, ils n'en pouvaient avoir aucune idée positive : ils se dirent l'un à l'autre que si l'un d'eux était au fait de cette histoire, ils le priaient de la communiquer aux autres. Vivien se tourna vers son frère Maugis qui n'avait point encore parlé. C'est à toi, lui dit-il, toi dont le savoir est si profond, à nous faire connaître les héros qui paraissent porter ces grands coups. Sachez tous, répondit Maugis, qu'aucun écrivain ne peut encore rendre compte de cette histoire; ceux dont vous voyez les noms n'honoreront leur siècle que lorsque sept autres siècles seront écoulés. Merlin, ce sage enchanteur de la Grande-Bretagne, fit élever cette fontaine dès le temps du grand Artus, et cisela sur le marbre des événements très éloignés, que son grand art lui faisait découvrir dans la révolution des siècles.

Cette bête affreuse et redoutable sortit du noir abyme au moment même où la société générale des hommes commença de connaître des propriétés séparées, et d'inventer des bornes pour les champs, avec des poids et des mesures pour distinguer la différente valeur des choses nécessaires qui cessaient d'être communes : ce fut aussi dans ce même temps que les pactes et les engagements réciproques furent consignés dans des écrits. Ces nouveautés dangereuses ne furent pas d'abord in-

troduites dans tous les pays ; mais elles sont établies,
elles nous troublent aujourd'hui, et le vulgaire
en ressent les plus dangereux effets. Ce monstre
s'est déja beaucoup accru ; mais depuis le siècle
du grand Charles jusqu'à celui des héros désignés
ici, il deviendra infiniment plus fort et bien plus
terrible encore : le fameux serpent Pithon (1), que
les anciens nous ont peint si monstrueux et si redoutable, n'a jamais fait tant de maux à la terre
que celui qui vous fait horreur.

Cette sculpture cependant donne à peine l'idée
de l'excès des maux et des ravages que le monstre
répandra sur la terre. La voix publique s'élèvera
contre lui : c'est alors que ceux dont vous voyez
les noms viendront au secours de l'humanité,
resplendissants de lumière. Le plus redoutable
de ses vengeurs, celui qui portera les coups les
plus mortels au monstre destructeur, c'est ce
François qui régnera sur la France ; il surpassera
ses émules par sa puissance et sa haute valeur,
dont la splendeur éclatante obscurcira celle de
ses contemporains. Dès la première année de son
règne, et sa couronne à peine assurée sur son
front, il forcera le passage des Alpes, et foulera
sous ses pieds ceux qui se seront présentés pour
le défendre.

Bientôt ce jeune héros vengera ses gens de

---

(1) Il était né, suivant la fable, du limon de la terre après
le déluge ; il fut tué par Apollon.   P.

guerre de l'attentat d'une nation que la fureur aura fait sortir de ses pâturages et de ses montagnes. Entouré de ses braves guerriers, François descendra dans les riches plaines de la Lombardie, écrasera ces farouches Helvétiens, et réprimera leur première fureur. Il saura même, à la honte de la Rome moderne, de l'Espagne et des Florentins, s'emparer de cette cité superbe et de ce fort château qui jusqu'alors avaient passé pour inexpugnables. C'est armé de la même épée qui répand le sang venimeux du monstre, que son bras ne trouvera rien qui puisse lui résister : les drapeaux ennemis tomberont à son aspect; il n'est aucune ville qui ne voie combler ses vastes fossés, écrouler ses plus forts remparts devant cette arme victorieuse. A l'ame si grande et si courageuse de César, ce prince joindra la prudence de ce Carthaginois vainqueur à Cannes et sur les bords du Trasimène : il aura de même cette heureuse fortune d'Alexandre, si nécessaire dans l'exécution des grands projets; et nul souverain de son temps n'égalera sa noblesse et sa libéralité.

C'est ainsi que parla Maugis, et ce qu'il venait de leur apprendre anima la curiosité de ses compagnons à lui demander aussi le nom de ceux qui contribueraient à la destruction du même monstre. Le premier qu'il leur cita fut un Bernard (1) qui

_____

(1) Bernard Divitio, plus connu sous le nom de Bibbiena. Il s'attacha à la fortune de Jean de Médicis, depuis Léon X,

tirait son nom de la ville de Bibbiena qui l'avait vu naître, et qui rendit le nom de cette cité aussi glorieux que ceux de Sienne et de Florence. Un Sigismond de Gonzague, un Jean Salviati, Louis d'Aragon (1) portent des coups assurés dans les flancs de la bête cruelle.

On y voit François Gonzague (2), et Frédéric (3) son fils qui marchent sur ses traces; les généreux ducs de Ferrare et d'Urbin (4), leurs proches parents, volent pour précipiter leurs coups; et l'un d'eux est suivi par son fils, Guidobalde (5). Ottobon et Sinabalde Fiesque (6) s'unissent dans leur

---

qui le fit cardinal. Il est auteur de la Calandra, comédie qu'il composa en l'honneur d'Isabelle, duchesse de Mantoue, et qu'il fit représenter par la jeune noblesse de Rome.   P.

(1) Sigismond de Gonzague, Jean Salviati, Louis d'Aragon, tous trois cardinaux.   P.

(2) François Gonzague, second du nom, marquis de Mantoue, l'un des plus habiles et des plus intrépides généraux qu'ait eus l'Italie. Charles VIII, qui savait l'apprécier, fit de vains efforts pour le détacher de l'alliance de Venise.   P.

(3) Frédéric Gonzague, fils du précédent. Après la mort de son père, Léon X le fit capitaine général de l'église de Rome et de la république de Florence. Il était magnifique, libéral, juste, et protecteur éclairé des lettres.   P.

(4) Alfonse d'Este, et François Marie *delle Rovere*.   P.

(5) Guidobalde second, depuis duc d'Urbin, fils de François Marie *delle Rovere*.   P.

(6) Ottobon, Sinabalde, deux frères de l'illustre famille des Fiesques. Ottobon était ecclésiastique. Il y eut aussi deux papes de la même famille et de ces mêmes noms, dont l'un, Sinabalde, régna sous le nom d'Innocent IV; ce fut sous ce

attaque. Louis de Gasalo(1) se sert d'un arc qu'il reçut des mains d'Apollon, le même jour que Mars lui ceignait son épée, pour percer le monstre de ses flèches. Deux Hercules (2), deux Hippolytes (3) de cet illustre sang d'Este, un autre Hercule (4) de la maison de Gonzague, un troisième Hippolyte (5) de celle de Médicis, poursuivent le monstre et l'ont réduit aux abois. Julien ne le cède point à son fils (6), ni Ferdinand à son frère (7); François Sforce (8), et ce héros que l'em-

---

pape, et par ses ordres, que les cardinaux prirent le chapeau rouge. Ottobon, neveu d'Innocent IV, fut fait cardinal par son oncle, et régna après lui sous le nom d'Adrien IV ; il ne vécut que quarante jours après son exaltation.   P.

(1) Louis Gonzague, appelé Gazalo du nom d'un château qui lui appartenait.   P.

(2) Hercule, père d'Alphonse, duc de Ferrare, et son fils, qui fut aussi duc de Ferrare.   P.

(3) L'un est le cardinal de ce nom à qui le poëte dédia son ouvrage; l'autre était fils d'Alphonse, duc de Ferrare, et fut également cardinal.   P.

(4) Hercule Gonzague, cardinal de Mantoue.   P.

(5) Hippolyte, de l'illustre famille de Médicis, cardinal de San-Lorenza.   P.

(6) Le frère de Laurent de Médicis se nommait Julien; il perdit la vie dans une insurrection populaire. Son fils fut le pape Clément VII; il était né peu de jours après la mort de son père.   P.

(7) Ferdinand Gonzague, frère du duc de Mantoue, vice-roi de Sicile, et ensuite lieutenant du duché de Milan, et général des armées de l'empereur.   P.

8) François Sforze, second du nom, fils de Louis-le-

pire de Neptune vit triompher tant de fois, André
Doria(1), ne se laissent devancer par aucun autre
guerrier.

A ces deux boucliers où l'on voit l'impie Typhée
écrasé sous un gros rocher, sur lequel il replie
sa queue de serpent, on reconnaît ces deux fiers
chevaliers de l'illustre et généreux sang d'Avolo(2):
le monstre n'a point de plus terribles ennemis
que ce François de Pescaire, et cet Alphonse du
Guast(3).

Je ne dois point oublier Gonzalve Ferdinand(4),
l'honneur de l'Espagne, celui de cet intrépide
groupe à qui Maugis donna le plus d'éloges. On
voyait Guillaume de Montferrat (5) au nombre
des destructeurs du monstre; mais ce nombre
était bien faible, comparé à celui de ses victimes.

C'est ainsi qu'entre des buissons arrosés par
une fontaine, et couchés mollement sur de riches
tapis, Marphise et ses compagnons s'entretenaient

More, et duc de Milan. Il en a déjà été parlé. Voyez chant
treizième, page 321.   P.

(1) Doria. Voyez chant quinzième, page 373.   P.

(2) Avolo, famille ancienne, originaire d'Espagne, et
très connue à Tolède.   P.

(3) Cousin et héritier de François de Pescaire : il a été parlé
de l'un et de l'autre. Voyez chant quinzième, page 373.

(4) Ferdinand Gonzalve, né à Cordoue dans l'Andalousie.
C'est à lui que Ferdinand, roi d'Espagne, dut la conquête
de Grenade, et celle du royaume de Naples.   P.

(5) Guillaume, troisième marquis de Montferrat, mort à
la fleur de son âge après avoir remporté plusieurs victoires
en France.   P.

agréablement ensemble, en laissant passer le temps le plus chaud du jour. Maugis et Vivien, qui venaient de reprendre leurs armes, veillaient au repos de leurs libérateurs, qui la plupart s'étaient désarmés, lorsqu'Hippalque arriva près d'eux. Vous savez que c'était cette même Hippalque à qui le superbe Rodomont avait enlevé Frontin(1): ne pouvant émouvoir le Sarrasin ni par ses prières ni par ses menaces, elle était revenue sur ses pas, espérant, d'après ce qu'elle avait entendu dire, joindre Roger et Richardet à Aigremont; elle en savait le chemin, et bientôt elle les joignit près de la fontaine.

Hippalque, comme un messager spirituel qui sait unir la finesse à la prudence en exécutant les ordres qu'il a reçus, crut ne devoir point adresser la parole à Roger; mais ce fut en sa présence qu'elle se plaignit bien haut à Richardet. Bradamante, lui dit-elle, m'avait remis en main la bride de ce superbe Frontin que vous connaissez pour être si bon et si cher à votre sœur. J'avais déjà marché plus de trente milles (2) pour me rendre à Marseille, où j'avais ordre de l'attendre dans peu de jours, et je me croyais bien à couvert de toute insulte, ne pouvant craindre qu'on osât m'enlever un cheval que je dirais appartenir à la sœur de Renaud, lorsqu'un Sarrasin féroce, sans avoir

_____

(1) Voyez chant vingt-troisième, page 176.
(2) Au vingt-troisième chant, page 176, l'Arioste dit seulement _dix mille_.   P.

égard à ce nom qu'il eût dû craindre, a saisi la
bride de Frontin.

Je l'ai suivi hier pendant tout le jour et la plus
grande partie de celui-ci, m'efforçant de le toucher
par mes prières. Voyant à la fin qu'elles étaient
inutiles, j'ai fait mille imprécations, mille menaces
plus inutiles encore, et je l'ai quitté pour vous
porter mes plaintes ; mais j'espère en être bientôt
vengée, car je l'ai quitté près d'ici, le laissant aux
mains avec un brave et vigoureux chevalier (1),
qui pourra bien le punir.

Roger eut à peine entendu ces mots qu'il se
leva brusquement, et courut à Richardet auquel
il demanda, pour tout prix de ce qu'il avait fait
pour lui, de lui remettre la punition de ce brutal
qui venait d'enlever le cheval que menait Hippalque. Quoiqu'il en coûtât beaucoup à Richardet
de remettre à Roger le soin de venger un affront
fait à sa sœur, il ne put refuser un héros qui
venait de lui sauver la vie.

Hippalque servit de guide à Roger pour trouver
ce Sarrasin, et ne tarda pas à lui découvrir la vérité des faits et de la commission dont Bradamante
l'avait chargée : elle le conduisit en diligence vers
cette place où deux routes se croisaient, et qui

---

(1) Mandricard, voyez chant vingt-quatrième, page 234.
Il paraît qu'Hippalque avait suivi Rodomont jusqu'à ce qu'il
eut rencontré Mandricard et Doralice, quoique l'Arioste ne le
dise pas positivement.   P.

servait de champ de bataille aux deux Sarrasins
lorsqu'elle les avait quittés. Pleine d'impatience
de reprendre Frontin, et d'être vengée de Rodomont, elle prit le chemin le plus court, quoiqu'il
fût assez rude : mais lorsqu'elle arriva sur la place
où Rodomont et Mandricard s'étaient battus, ils
avaient déjà suspendu leur querelle ; et vous savez que, par l'entremise de Doralice, le roi de
Tartarie et celui d'Alger étaient convenus de remettre la fin de leur combat après qu'ils auraient
secouru l'empereur Agramant dont le camp était
assiégé (1) : ils reprenaient donc ensemble le chemin de leur armée, lorsque l'événement que je
vais dire les arrêta.

Leur route étant de passer près de la fontaine
de Merlin, ils arrivèrent peu de temps après dans
la prairie où Marphise et ses compagnons se re-
posaient à l'ombre. Cette belle et charmante fille
était alors vêtue d'un de ces superbes habits de
femme que Bertolas avait destinés pour Lanfouse :
ils lui seiaient si bien ; ses charmes en ce moment
faisaient tellement oublier sa haute valeur, que
tous les autres chevaliers l'avaient suppliée de les
laisser jouir du plaisir de les admirer.

Dès que Mandricard eut vu Marphise, il eut le
désir de la conquérir par les armes, et le peu
de tenue de ses sentiments lui faisant croire qu'un
homme amoureux d'une jolie personne peut fa-

---

1 Voyez chant vingt-quatrième, page 238.

cilement l'échanger contre une autre également
agréable, il espéra terminer toute querelle avec
Rodomont, en lui faisant oublier l'enlèvement de
Doralice par l'offre qu'il allait lui faire de cette
jeune beauté.

Mandricard, qui desirait conserver sa maîtresse,
ne doute point que cette jolie demoiselle, digne
des hommages de tout chevalier, ne plaise à Rodomont, et ne lui fasse oublier celle qu'il a perdue; il se propose de la lui donner, et, dans cette
intention, il défie sur-le-champ au combat tous
les chevaliers qu'il voit rassemblés auprès d'elle.

Maugis et Vivien, étant les seuls qui fussent
armés, se levèrent tous les deux, croyant que le
compagnon de Mandricard les provoquait pareillement : mais ce n'était point le dessein du roi d'Alger; et cet Africain ne se présentant point, Vivien
fut le seul qui mit sa lance en arrêt contre le
Tartare. Vivien s'élance avec courage, et Mandricard avec sa furie ordinaire. Tous les deux se
frappent dans la visière, mais avec un succès bien
différent : Mandricard passe légèrement sans être
ébranlé; sa lance brise l'écu de Vivien, qui tombe
renversé sur la poussière. Maugis accourt, croyant
qu'il vengera son frère, mais l'instant d'après, il
est forcé de lui tenir compagnie sur l'herbe. Aldigier, s'étant un peu plutôt couvert de ses armes
que son cousin Richardet, court contre le Sarrasin. Sa lance vole en éclats entre ses mains, en
frappant le casque de Mandricard : le Sarrasin mé-

prise la faiblesse d'une pareille atteinte; il porte
un coup qui traverse l'écu d'Aldigier, lui perce
l'épaule, et le jette par-dessus la croupe de son
cheval sur l'herbe fleurie qu'il rougit bientôt de
son sang. Richardet se présente aussitôt; il avait
choisi la plus forte lance; ses yeux brillaient d'une
audace guerrière; tout annonçait en lui qu'il était
digne d'être sorti du sang des plus illustres paladins français: il en eût donné peut-être une preuve
éclatante contre le fier Tartare; mais, son cheval
ayant malheureusement glissé sur l'herbe verte,
il tomba lourdement sur la prairie, entraînant son
maître dans sa chute.

Aucun autre chevalier ne se présentant plus
pour jouter, le roi de Tartarie crut avoir fait la
conquête de Marphise; il s'approcha d'elle et lui
dit : Damoiselle, vous êtes à moi; personne ne se
présente plus pour vous défendre, et vous savez
que, selon les droits de la guerre, vous ne pouvez
contester que vous ne m'apparteniez. Marphise
jetant sur lui des regards fiers et dédaigneux : Je
conviens, dit-elle, que tes droits seraient légitimes,
si j'eusse eu pour maître ou pour chevalier un
de ceux que tu viens de renverser; mais apprends
que je n'ai jamais dépendu de personne, que je
suis ma maîtresse, que je sais me défendre, et
qu'il faut me vaincre moi-même pour m'obtenir.
Plusieurs chevaliers, qui te valaient bien, sont
déja tombés sous mes coups. Qu'on me donne
mes armes! s'écria-t-elle d'un ton de colère. Ses

écuyers obéissent; elle jette aussitôt ses vêtements
de femme; un seul mouchoir dérobe aux regards
curieux une partie de ses charmes : sa belle taille
se découvre alors; on croit voir celle du dieu
Mars jointe à la beauté de la déesse qu'il aime.

Dès que Marphise est armée, elle ceint sa forte
épée; elle s'élance sur son cheval qu'elle se plaît
à faire bondir sous elle; elle se porte au bout
de la carrière qu'elle mesure des yeux; elle met
une très grosse lance en arrêt, et défie le fier
Tartare : ce fut ainsi que dans les champs troyens
on vit la brave Penthésilée combattre l'invincible
fils de Thétis.

Les deux lances volèrent en éclats jusqu'aux
nues, sans qu'aucune des deux superbes têtes en
fût seulement agitée. Marphise, dans l'ardeur d'é-
prouver si son épée n'aurait pas plus de pouvoir
sur son ennemi, revint promptement sur lui.
Mandricard blasphéma contre le ciel et les éléments, en voyant qu'une simple fille était inébranlable à son atteinte. Marphise, de son côté, s'irrita
de ce que son premier coup d'épée n'avait pas
brisé le bouclier de son adversaire. L'un et l'autre
précipitent leurs coups terribles; mais leurs armes
de la même trempe y résistent également : nul
avantage ne paraît mettre quelque différence entre ces fiers ennemis. Leur combat eût pu durer
de même pendant tout le reste du jour, si Rodomont impatienté ne l'eût interrompu. Pourquoi,
dit-il à Mandricard, puisque tu me parais en

train de vouloir toujours te battre, ne pas continuer plutôt le combat que nous avons commencé?
Tu sais que nous ne l'avons interrompu que pour
aller porter un prompt secours à notre armée,
et que nous avions juré de n'en livrer aucun
autre auparavant. Et vous-même, belle et courageuse guerrière, dit-il respectueusement à Marphise, daignez écouter le récit de ce courrier,
et connaissez tout le besoin qu'Agramant aurait
de votre puissant appui. Il poursuit, en la suppliant non-seulement de cesser son combat contre
le roi de Tartarie, mais même de prêter son bras
invincible au fils de Trojan. Votre haute renommée, lui dit-il, ne peut en devenir que plus brillante encore, lorsqu'on saura que vous avez sacrifié le ressentiment de cette légère querelle pour
accomplir une aussi belle et aussi glorieuse entreprise. Marphise, qui, comme nous l'avons dit, était
partie du fond de l'Orient pour éprouver la valeur
des paladins français, se rendit sans peine à la
prière de Rodomont, et prit le parti de marcher
avec lui pour secourir Agramant et son armée.

Cependant Roger avait vainement suivi Hippalque par la route de la montagne, et, en arrivant au
lieu du combat, il trouva que Rodomont en était
parti par un autre chemin. Pensant qu'il ne pouvait être loin, et qu'il avait pris la route qui conduisait droit à la fontaine, il la reprit en suivant
les traces fraîches dont elle était marquée. Il pria
Hippalque de retourner à Montauban qui n'était

19.

distant que d'une journée, et d'assurer Bradamante
qu'il comptait reprendre bientôt Frontin, et qu'il
lui donnerait sur-le-champ de ses nouvelles. Il
remit à la fidèle messagère la lettre qu'il avait
écrite dans le château d'Aigremont, et qu'il avait
toujours portée depuis dans son sein : il la conjura de plus de l'excuser auprès de Bradamante ;
il lui dit mille choses tendres pour celle qu'il adorait, et croyait toujours n'en dire pas assez. Hippalque n'en oublia rien, et prenant enfin congé
de lui, son palefroi la porta dès le même soir à
Montauban (1).

Roger, suivant en diligence les traces fraîches
de Rodomont, ne put le joindre qu'auprès de la
fontaine, où bientôt il reconnut que Mandricard
était avec lui. Les deux Sarrasins s'étaient promis
mutuellement que ni l'un ni l'autre ne s'atta-
queraient, ni pendant la route, ni jusqu'à ce
qu'ils eussent délivré le camp d'Agramant. Roger
en arrivant reconnut Frontin, et par conséquent
quel était l'ennemi qu'il avait à combattre. Sur-
le-champ il couche sa lance en arrêt, et défie
Rodomont, qui dans ce moment surpassa Job en
patience, puisqu'il prit sur son orgueilleux courage de refuser un combat, quoiqu'il eût coutume
d'être toujours le premier à provoquer les autres.
Ce fut la première et la dernière fois de sa vie
qu'on lui vit faire un pareil refus : mais, dans ce

_____

(1) Le poète revient à Hippalque, au trentième chant.

moment, il ne s'occupait que du secours qu'il croyait devoir au fils de Trojan; et quand il eût cru la défaite de Roger aussi facile que celle d'un lièvre saisi dans les griffes d'un léopard, il ne pouvait y sacrifier le temps de porter un ou deux coups d'épée. Ajoutez à cela qu'il se voyait attaqué par Roger auquel il avait enlevé Frontin, et que c'était le chevalier de toute la terre contre lequel il avait le plus de desir de s'éprouver, comme étant celui qui jouissait de la plus haute renommée.

Cependant le desir de secourir le camp assiégé lui fit refuser le défi d'un chevalier qu'en tout autre temps il eût été défier lui-même jusqu'aux extrémités de la terre; mais en ce moment, Achille lui-même l'aurait vainement défié, tant sa fureur ordinaire était alors assoupie dans son ame! Il rend compte tranquillement à Roger des raisons qui le déterminent à refuser son défi, le priant de se rendre lui-même à celles qui doivent le porter à soutenir aussi la même querelle. Il l'assure de plus qu'il sera toujours prêt à terminer celle qu'ils ont ensemble, dès que l'armée sarrasine sera délivrée. Songez enfin, lui dit-il, que le premier devoir d'un brave et honnête chevalier, c'est de servir son maître par préférence même à ses plus vifs ressentiments. Il m'est très indifférent, lui répondit Roger, d'attendre à me battre contre toi jusqu'à ce que l'armée chrétienne soit dispersée, pourvu qu'à l'instant même tu me rendes

Frontin. Réfléchis, toi qui passes pour être brave,
que l'action d'enlever mon cheval des mains d'une
femme incapable de le défendre est aussi basse
qu'elle est injuste. Tu voudrais, dis-tu, que j'at-
tendisse que nous fussions près d'Agramant pour
finir cette affaire : ne l'espère pas, ne crois pas
que je t'accorde seulement une trève d'une heure,
et que je diffère de me battre contre toi si tu ne
me rends pas sur-le-champ mon cheval.

Tandis que Roger presse Rodomont de lui livrer ou Frontin, ou le combat auquel il le défie,
une autre querelle s'élève encore, et Mandricard
s'avance avec un air menaçant en voyant l'aigle
que Roger porte sur son bouclier. Cette aigle
blanche sur un fond d'azur appartenait bien légitimement à Roger qui descendait d'Hector; mais
Mandricard l'ignorait. Depuis qu'il avait fait la
conquête des armes de ce héros troyen, il portait
également sur son bouclier l'oiseau qui enleva
Ganimède sur le mont Ida, et il ne voulait pas
souffrir qu'un autre que lui le portât. Je ne doute
pas que vous ne sachiez comment ces belles armes étaient tombées au pouvoir de Mandricard,
et comment la fée Falerine avait été forcée de les
lui laisser enlever (1).

Mandricard et Roger s'étaient déja battus une
fois pour le même sujet, et je ne vous dirai pas
quelle fut la raison qui les força de se séparer.

_____

(1) Voyez l'Extrait de Roland l'Amoureux.

La querelle était restée indécise ; ils ne s'étaient pas rencontrés depuis ce moment, et l'orgueilleux Mandricard, en voyant cette aigle, ne retenait plus ses cris ni ses menaces. Téméraire, dit-il à Roger, je te defie au combat ; quoi ! peux-tu donc oser encore porter mes armes ? Ne te souvient-il plus du jour où je te l'ai défendu ? mais n'espère plus que je t'épargne ; il faut que tu payes cher ta folie, puisque mes menaces n'ont pu t'en corriger, et tu vas voir qu'il eût bien mieux valu m'obéir que de t'exposer follement à ma vengeance. Ainsi que le bois sec et déja bien échauffé s'embrase au souffle le plus léger, de même le courroux de Roger s'enflamma dès la première menace que Mandricard osa lui faire. Quoi ! lui dit-il, tu crois donc ici me gouverner à ta volonté, parceque tu me vois engagé dans une autre querelle ; mais apprends que je suis bon pour les soutenir toutes deux également, en me faisant rendre mon cheval et en t'arrachant les armes d'Hector. Il n'y a pas long-temps que je me suis battu contre toi pour le même sujet ; mais alors ce fut moi-même qui t'épargnai, lorsque je m'aperçus que tu n'avais point d'épée. Je vais te prouver aujourd'hui que cette aigle blanche te sera fatale ; apprends que j'ai droit de la porter, et que mes pères l'ont toujours portée de même, depuis la mort du héros dont je descends, et dont tu n'as pu qu'usurper les armes. C'est toi-même qui les usurpes, s'écria Mandricard en fureur, en

tirant aussitôt la fameuse Durandal que Roland
dans son accès de folie avait jetée dans la forêt.

Roger, qui ne manquait jamais à prouver sa
générosité, laissa tomber sa lance, dès qu'il vit
son ennemi l'épée à la main ; et, tirant Balisarde,
il embrassa son écu : mais Rodomont et Marphise
se jetèrent aussitôt entre eux deux pour les séparer ; ils leur représentèrent avec force que ce
moment n'était point celui d'en venir aux mains.
Rodomont surtout était fort irrité de voir que
Mandricard venait de manquer deux fois de suite
au traité qu'ils avaient fait ensemble : la première,
lorsqu'il avait pu croire qu'il ferait la conquête
de Marphise ; la seconde, lorsqu'il voulait empêcher Roger de porter sa devise. Blessé d'ailleurs
du peu d'intérêt que le Tartare paraissait prendre
au fils de Trojan, Arrête : lui dit-il, et puisque tu
manques à la parole que tu m'as donnée, termine d'abord ton combat avec moi, la querelle
que nous avons ensemble étant la plus ancienne
et la plus forte ; ce n'est que sous cette condition
que j'ai fait une trève avec toi. Je ferai raison
ensuite à Roger au sujet du cheval qu'il me demande ; et toi, si tu conserves la vie, tu pourras la
lui faire sur la devise de ton bouclier : mais j'espère te donner assez d'occupation pour que tu
n'en puisses plus donner à Roger. Tu te trompes
bien, lui répondit Mandricard ; c'est bien moi qui
t'occuperai plus que tu ne voudras, et qui ferai
couler ta sueur avec ton sang. La force et la vi-

gueur me manquent moins que l'eau ne manque
dans une source vive; il m'en restera plus qu'il
ne m'en faut pour faire raison, non-seulement à
Roger, à plus de mille autres encore, mais au
monde entier même, dès qu'on osera me tenir
tête.

La colère et les menaces allaient en augmentant des deux côtés : Mandricard, comme un furieux, insultait, défiait tout à-la-fois Rodomont
et Roger; celui-ci, ne sachant pas supporter une
injure, ne voulait rien entendre de tout ce qui
pouvait ménager un accord : Marphise allait vainement de l'un à l'autre de ces trois guerriers,
et s'efforçait en vain de modérer leur colère.

Marphise en ce moment ressemblait au labou-
reur dont les prés et les guérèts ne sont défen-
dus des eaux enflées d'un fleuve que par une
digue élevée à force de bras : si pendant un grand
orage, il voit les eaux agitées percer cette digue,
et s'ouvrir une voie pour détruire ses foins et ses
moissons, il vole, il travaille à réparer cette brè-
che; mais souvent, pendant qu'il se consume en
vains efforts, son œil consterné voit la masse pesante des eaux s'en ouvrir une autre; il est enfin
obligé de se retirer lui-même, et d'abandonner
ses champs détrempés par les eaux qui les inon-
dent de tous côtés. Roger, Rodomont, Mandricard, animés de la même fureur, n'écoutent plus
Marphise : au moment où son bras retient l'un
des trois, les deux autres lèvent leurs épées pour

se charger; elle court, elle empêche l'un de ceux-
ci de joindre son ennemi, les deux autres courent aussitôt l'un contre l'autre. Épuisée de parler et de retenir ces trois furieux, Marphise
parvient enfin à s'en faire écouter un moment.
Seigneurs, leur dit-elle, écoutez enfin un bon
conseil : différez à vider vos querelles jusqu'à ce
que le fils de Trojan soit hors de péril; et si vous
résistez à la justice de ce que je vous demande,
je vous déclare que je reprends sur-le-champ
mon combat avec Mandricard; et je veux voir
enfin s'il est capable de me conquérir par la force
des armes, comme il s'en est vanté. Mais, croyez-
moi, rendez-vous à la sagesse du parti que je
vous propose, et partons tous les quatre ensemble pour secourir Agramant. J'y consens, répondit Roger, si Rodomont me rend mon cheval.
En un mot, je prétends qu'il me le rende sur-le-
champ, ou qu'il le défende; et je le jure, je périrai
sur cette place, ou ce sera monté sur Frontin
que je partirai pour me rendre auprès d'Agramant. Il te sera plus facile de mourir que de le
reprendre, dit le fougueux Rodomont; au reste
je proteste ici que ce sera ta faute, si le fils de
Trojan n'est pas secouru : pour moi, je me prêtais
à l'accord qu'on me proposait; mais c'est toi qui
viens de le rompre.

Roger fait peu d'attention à ce propos, et pour
toute réponse il tire sa redoutable épée; il se
jette sur Rodomont comme un sanglier; il le

heurte avec son bouclier, avec son épaule, et le
met dans un tel désordre, que de ce premier
choc il lui fait perdre un étrier. Mandricard crie
à Roger: Arrête, ou combats contre moi. A ces
mots, plus cruel, plus félon même qu'il ne l'avait
jamais paru, il a la brutalité de porter un coup
furieux sur le casque de Roger.

A ce coup horrible que celui-ci n'a pas dû prévoir, il est forcé de plier la tête jusque sur l'en-
colure de son cheval; et il ne peut se relever
comme il le voudrait, car Rodomont saisit ce moment pour lui porter un second coup plus violent que le premier. Si le casque de Roger n'eût
pas été plus dur que le diamant, il eût eu la tête
partagée : il reste quelques instants couché sur
le cou de son cheval, et ses bras étendus laissent
tomber les rênes et son épée. Le cheval l'emporte au-travers de la campagne, et Balisarde
reste à terre derrière lui. Marphise, qui, pendant
tout le jour, vient d'être sa compagne d'armes,
est indignée de voir deux chevaliers en attaquer
un seul, et lui porter en traîtres deux coups
aussi terribles; elle vole à la vengeance, et porte
un coup violent à Mandricard sur le haut de son
casque.

Rodomont cependant poursuivait sa victoire;
et, s'il eût pu joindre Roger au moment où, les
bras ouverts, il avait perdu connaissance, Frontin
restait pour toujours en sa puissance; mais Richardet et Vivien courent promptement se mettre

entre deux : ils empêchèrent le Sarrasin de le
joindre. Richardet le chargea, le mit en désordre;
et Vivien saisit ce moment de joindre Roger qui
commençait à reprendre ses esprits, et lui présenta sa propre épée. Dès que le brave élève d'A-
tlant, en revenant à lui, se vit armé de cette épée,
aussi furieux qu'un lion qui vient d'être enlevé
par les cornes d'un taureau, et qui court plus terrible que jamais à la vengeance, il fond sur Rodomont, et frappe un coup que le casque de l'impie Nembrod n'eût peut-être pas soutenu sans se
rompre, si ce coup eût été porté par Balisarde.

La Discorde, s'applaudissant du succès de son
souffle empoisonné, voit avec joie les quatre plus
redoutables chevaliers d'Agramant dans une fureur et dans une confusion d'intérêts et de querelles que rien ne peut plus apaiser ni débrouiller.
Elle appelle l'Orgueil, et lui dit : Mon frère, tout
va bien; viens avec moi; nous sommes à présent
inutiles ici : allons revoir un peu nos bons moines.
Mais laissons aller ce vilain couple, et retournons à notre cher Roger qui vient de porter un
rude coup sur le front audacieux de Rodomont.
Le Sarrasin frappa la croupe de son cheval avec
sa tête et la dépouille écailleuse de dragon qui
lui couvrait le dos; trois ou quatre fois on le vit
chanceler pour tomber à terre, et son épée pen-
dante serait tombée de sa main, si le cordon qui
l'attachait à son bras ne l'eût retenue.

Marphise, pendant ce temps, menait assez mal

Mandricard pour mettre le Tartare tout en sueur
et souvent en désordre; celui-ci faisait sentir aussi
la force de ses coups à la guerrière : mais leurs
armes étant également impénétrables, ils ne pouvaient faire couler leur sang. Cependant un accident survenu pendant ce combat rendit le secours de Roger bien utile à la guerrière : en faisant
tourner trop brusquement son cheval par un
coup de main, le coursier avait glissé sur l'herbe;
elle ne put l'empêcher de tomber sur le côté.
Dans le moment où, par un coup d'éperon, elle
espérait le faire relever, le féroce Tartare la heurta
si violemment avec Bride-d'or, qu'il acheva de
la renverser : il eût sans doute profité de cet avantage, si Roger, débarrassé de Rodomont, qu'il
avait laissé reprenant à peine ses esprits, n'eût
pas couru sur le Tartare, auquel il porta de sa
nouvelle épée un coup si furieux, qu'il lui aurait
fendu la tête par la moitié, s'il eût eu Balisarde
en main, ou si Mandricard eût eu un autre armet.

Rodomont cependant revenait à lui dans ce
moment; et, voyant Richardet, il s'élançait pour
le punir du secours qu'il venait de donner à Roger : mais son cousin Maugis qui s'en aperçut eut
recours à ses enchantements, pour le sauver de
la furie du roi d'Alger. Quoiqu'il n'eût point alors
son livret qui renfermait les invocations les plus
terribles, il se souvint de quelques mots suffi-
sants pour se faire obéir par quelques esprits infernaux; il en soumit un à passer dans le corps

du cheval de Doralice, que ce démon anima sur-
le-champ de la fureur qui ne cesse jamais de les
dévorer. Le très paisible palefroi qui portait la
fille du roi de Grenade fit subitement un saut de
trente pieds de long et de seize de hauteur; mais
cependant il le fit avec un mouvement assez doux
pour que Doralice n'en fût pas ébranlée et ne
perdit pas la selle. On imagine bien qu'elle dut
faire un furieux cri, lorsqu'elle se vit tout-à-coup
en l'air; cet énorme saut ne fut pas la fin de sa
peine : les pieds du palefroi ne touchèrent pas
plutôt la terre que ce diable l'emporta de nouveau, le faisant courir par monts et par vaux, et
la pauvre Doralice criant plus fortement que jamais au secours.

Rodomont qui l'entend quitte tout autre dessein que celui de la secourir; il vole sur ses pas :
Mandricard, qui s'en aperçoit, ne s'occupe plus ni
de Roger ni de Marphise; il ne voit que sa maîtresse et son rival prêts à s'échapper ensemble de
ses mains, et la jalousie le fait voler après eux.

Marphise se relève pendant ce temps, brûlant
de se venger de l'affront qu'elle a reçu; mais Mandricard est déjà trop loin pour qu'elle puisse espérer de le rejoindre. Roger voit avec douleur
que ce combat est terminé par l'éloignement des
deux Sarrasins; et, ce qui l'afflige le plus, c'est
l'impossibilité où ils sont, Marphise et lui, de rejoindre avec des chevaux ordinaires leurs ennemis
montés sur Frontin et sur Bride-d'or.

Roger ne veut pas abandonner Frontin à Rodomont, Marphise veut achever de se venger et de punir Mandricard; il leur en coûterait trop à tous les deux d'abandonner cette querelle, et tous deux prennent le même parti de suivre leurs ennemis: ils sont sûrs de les trouver dans le camp des Sarrasins qu'ils doivent défendre contre les assauts que Charlemagne est prêt à lui donner: ils partent donc; mais Roger n'oublie pas de prendre congé de ses compagnons.

Roger s'approche du frère de sa chère Bradamante pour lui dire adieu; tous deux se font les protestations les plus tendres d'une éternelle amitié. Roger alors prie Richardet d'assurer sa sœur de son éternel attachement; mais il paraît en même temps pénétré d'un respect si profond pour elle, que tout ce que Richardet et les autres entendent de sa bouche ne peut leur faire naître d'autre idée, que celle de l'admiration qu'il a pour les vertus sublimes et le courage de la charmante guerrière.

On imagine bien quels furent les tendres adieux qu'il reçut des trois frères; ils furent dictés par la reconnaissance éternelle qu'ils lui devaient et qu'ils lui jurèrent: pour Marphise, elle était tellement animée et pressée de suivre ses ennemis, qu'elle avait oublié de leur dire adieu, et Vivien et Maugis furent obligés de courir après elle pour pouvoir au moins la saluer d'assez loin: Richardet en fit de même; le seul Aldigier ne put

remplir le même devoir étant retenu par sa blessure (1).

La guerrière et Roger prirent ensemble le chemin de Paris à la suite du roi d'Alger et de celui
de Tartarie. C'est dans le chant suivant, seigneur,
que ma voix va vous faire entendre quelles furent
les actions merveilleuses et même surnaturelles
que ces chevaliers exécutèrent; mais c'est avec
douleur que je vous peindrai tous les maux dont
ces deux couples formidables accablèrent les malheureux sujets du grand empereur Charles.

---

(1) Aldigier ne reparaît plus dans le reste du poëme.

FIN DU VINGT-SIXIÈME CHANT.

CHANT XXVII.

ARGUMENT.

Rodomont et Mandricard suivent Doralice jusque dans le camp d'Agramant. — Gradasse et Sacripant s'unissent à eux et tombent sur les
chrétiens. — Roger et Marphise achèvent de les mettre en déroute. —
Charles est forcé de rentrer dans Paris. — L'ange Michel va chercher
une seconde fois la Discorde, et la renvoie dans le camp d'Agramant. —
Confusion dans le camp. — Les querelles renaissent de toutes parts.
— Agramant et Marsile s'efforcent en vain de rétablir la paix. — Marphise s'empare de Brunel en face d'Agramant et de toute la cour. —
Agramant persuade à Rodomont et à Mandricard de s'en rapporter à
la décision de Doralice. — Rodomont quitte le camp. — Sacripant le
suit. — Invectives de Rodomont contre les femmes.

SEXE spirituel et charmant, non-seulement vous
êtes enrichi de mille dons par la nature, et vous
êtes paré par les graces, mais il semble aussi que
le ciel se plaise à vous éclairer : vos premières
idées sont toujours lumineuses; vos premiers mouvements ne vous trompent presque jamais, et la
sagesse n'est point en vous le fruit tardif de la
réflexion. Il n'en est pas ainsi de cet autre sexe
qui se croit supérieur à vous; il faut qu'il dis-

cute, qu'il pèse long-temps le pour et le contre
pour prendre enfin un parti sage et prudent; il
a tout à craindre, s'il se détermine à la légère,
et s'il ne pense mûrement à tout ce qu'il doit
prévoir : Maugis nous en donne un bien triste
exemple.

Le premier mouvement du fils de Bauves fut
bon sans doute, lorsqu'il déroba son cousin Richardet aux coups du fier Rodomont et du fils
d'Agrican ; mais ne fut-il pas privé de toute raison, en ne prévoyant pas qu'il allait envoyer lui-
même ces deux redoutables guerriers à la destruction de l'armée chrétienne? Si Maugis eût réfléchi
plus mûrement, il aurait pu facilement sauver
de même Richardet sans causer tant de mal aux
troupes de sa religion. Ne pouvait-il donc pas
commander à l'esprit qui s'était emparé du cheval de Doralice, de l'emporter aux extrémités de
l'Orient ou du Couchant, et de l'éloigner de Paris? Ce fut faute de penser que Maugis ne prévit
pas tout le mal qu'il allait causer à sa patrie.
L'ange rebelle, que son ingratitude et sa noire méchanceté bannirent du ciel, ne manqua pas cette
occasion de nuire; et ne respirant que le carnage
et la destruction, dès qu'il ne se vit point forcé
de suivre une route prescrite, il vola vers les
lieux où ceux qu'il attirait sur ses pas pouvaient
faire le plus de mal et de ravage dans l'armée de
Charles.

Le démon renfermé dans les flancs du pale-

froi de Doralice continua de l'emporter avec la
même rapidité, sans que les rivières, les marais,
les montagnes et les précipices pussent l'arrêter.
Il lui fit traverser de même l'armée française et
anglaise; et, le portant jusque dans le camp d'A-
gramant, il ne s'arrêta qu'auprès de la tente du
roi de Grenade.

Rodomont et Mandricard suivirent d'assez près
Doralice pendant le premier jour; quelquefois ils
la voyaient encore de loin; mais, l'ayant ensuite
perdue de vue, ils suivirent ses traces comme le
chien de chasse suit le lièvre et le léger chevreuil :
ils ne cessèrent de marcher jusqu'à ce qu'ils fussent arrivés dans le camp d'Agramant, où bientôt
ils apprirent que Doralice était entre les mains
du roi Stordilan son père.

O grand Charles, puisse maintenant la puissance céleste te protéger, non-seulement contre
la fureur de ces deux redoutables ennemis, mais
aussi contre celle de ceux qui se préparent à t'attaquer! Gradasse et Sacripant viennent de s'unir
pour tourner leurs armes contre toi; tu te vois
privé dans ce même temps de deux feux ardents
qui pouvaient guider tes soldats, et porter la
terreur parmi tes ennemis; il semble que les ténèbres se répandent sur ton armée, lorsqu'à-la-
fois elle est privée des bras victorieux de Roland
et de Renaud. L'un, exposé tout nu à toutes les
intempéries de l'air, est conduit par sa folie au-
travers des montagnes et des plaines : l'autre,

n'étant guère plus sage, s'éloigne de toi, lorsque
son secours t'est le plus nécessaire; il marche au
hasard dans tous les lieux qu'il croit marqués
par les pas d'Angélique.

Je vous ai déja dit comment un vieux enchanteur avait fait croire au fils d'Aymon que Roland
emmenait Angélique (1): Renaud s'était empressé
d'accourir à Paris pour la chercher et l'enlever
au comte d'Angers; et vous vous souvenez, sans
doute, que son sort fut d'être envoyé sur-le-
champ par Charles dans la Grande-Bretagne pour
y demander du secours.

Aussitôt après la bataille où Renaud se couvrant
de gloire avait eu celle de renfermer Agramant
dans son camp, ce paladin courut comme un fou
dans tous les couvents de nonnes, dans toutes les
petites maisons des faubourgs : il chercha sa maîtresse jusque dans les tours, dans tous les lieux
possibles, et ne la trouvant point, la sombre jalousie lui fit imaginer que Roland aurait bien pu
la conduire dans l'un de ses châteaux d'Angers
ou de Blaye pour jouir en liberté de tous ses
charmes : il y courut; mais, ne l'y trouvant point,
il revint à Paris, où, n'en ayant point de nouvelles, il crut être plus heureux en l'attendant,
tantôt sur le chemin d'Angers, tantôt sur celui
de Blaye; et, marchant nuit et jour, soit à l'ardent soleil, soit à la clarté de la lune, on croit

_____

(1) Voyez deuxième chant, page 32.

qu'il fît au moins deux cents fois le chemin de
Paris à l'une ou l'autre de ces deux villes.

Cet antique ennemi, qui fit lever une main
coupable à notre première mère vers cette pomme
interdite à ses desirs, jetant alors ses sombres regards sur les chrétiens et sur Charles, profita de
l'absence de Renaud pour les faire attaquer par
l'élite des guerriers sarrasins; il inspira dès-lors
à Gradasse, qui venait de s'échapper du palais
d'Atlant avec Sacripant (1), l'idée de venir avec son
compagnon au secours du camp assiégé d'Agramant, et d'attaquer l'armée de Charles. Il les conduisit lui-même par des chemins inconnus, tandis qu'il envoyait un autre démon du second ordre
pour presser l'arrivée de Rodomont et de Mandricard, ce qui lui fut facile en leur faisant voir
sans cesse les traces du cheval de Doralice.

Il en envoya même un autre pour amener
Marphise et Roger; mais il eut soin de lui faire
sa leçon auparavant: il lui fit retarder un peu
leur marche. Ce vieux démon était trop fin pour
ne pas empêcher que ce couple aussi brave qu'aimable ne se rencontrât avec celui des deux fé-

_____

(1) C'est par inadvertance que l'Arioste dit que Gradasse
s'échappa du palais d'Atlant avec Sacripant: celui-ci en sortit
avec Roland et Ferragus, lorsque l'anneau d'Angélique eut
dissipé l'illusion qui les y avait retenus (voy. chant douzième,
p. 287); Gradasse y resta jusqu'à ce qu'Astolphe eut détruit
l'enchantement (voy. chant vingt-deuxième, p. 148). P.

roces rois sarrasins : il prévoyait bien que, s'ils se voyaient en chemin, la querelle du cheval se renouvellerait, et qu'il serait retardé dans le projet qu'il avait de nuire à l'armée chrétienne.

Les quatre premiers arrivèrent ensemble sur un terrain élevé d'où l'on découvrait facilement le camp assiégé, et les quartiers des assiégeants que l'on pouvait connaître par les bannières qui flottaient au gré des vents : ils tinrent conseil, et conclurent d'aller attaquer Charles et de lui faire de vive force lever le siége qu'il faisait du camp d'Agramant.

Les quatre Sarrasins se serrent ensemble : ils entrent dans les quartiers de l'armée chrétienne : l'un crie Afrique, l'autre Espagne ; ils se déclarent hautement pour ennemis. Toute l'armée française crie tumultueusement aux armes ; mais à peine les troupes attaquées par les quatre Maures ont-elles essuyé les premiers coups, qu'elles se mettent en déroute : le reste du camp, qui ne voit aucun corps considérable d'ennemis, ignore encore la cause de cette alarme, et l'attribue à l'ivresse de quelques Suisses, ou bien à l'incartade de quelques Gascons : cependant, chaque troupe se rassemble sous sa bannière, prend les armes, et déja le ciel retentit du bruit des instruments guerriers.

Charles entouré de ses paladins, et couvert de ses armes, demande vainement quelle est la cause du désordre qu'il aperçoit dans son armée ; il ar-

rète quelques fuyards; il voit avec surprise qu'ils
sont couverts de sang, et que quelques-uns ont
perdu un bras ou une main. Plus Charles marche
en avant, plus il voit la terre couverte de morts
et de mourants qui se débattent dans le sang; il
en trouve dans le même état jusqu'aux derniers
campements de son armée. On apercevait aisément
la route que les quatre terribles Sarrasins avaient
tracée; et Charles, en l'observant d'un œil triste,
ressemblait au père de famille, qui vient alarmé
pour reconnaître les ravages que la foudre a faits
en son passage, après être tombée sur son habitation.

Ce premier secours n'était pas encore arrivé
jusqu'aux remparts du camp d'Agramant, lorsque
Roger et Marphise attaquèrent les Français d'un
autre côté : l'un et l'autre avaient vu du premier
coup-d'œil quel était le chemin le plus court
pour arriver au camp qu'ils voulaient secourir.

Marphise et Roger, en entrant dans l'armée
française, pouvaient donner une idée juste de ce
qu'on voit dans l'effet terrible d'une mine : la
flamme dévorante parcourt le sillon noir de la
poudre avec tant de rapidité que l'œil a peine à
la suivre; sur-le-champ la mine éclate; elle remplit l'air d'une gerbe affreuse de feu, de morts,
et de rochers qui volent en éclats. On voit ce
couple audacieux s'ouvrir un passage sanglant
qu'ils jonchent de têtes et de membres dispersés :
c'est ainsi que le tourbillon furieux qui vole en

tournoyant pendant une forte tempête renverse
ce qui s'oppose à son vol impétueux, et trace sa
route et son ravage sur les flancs d'une montagne
qu'il sillonne. Plusieurs de ceux qui fuyaient les
épées meurtrières du roi d'Alger et de ses compagnons, et qui croyaient se mettre en sûreté
par une prompte fuite, ont le malheur de venir
se livrer aux coups de Marphise et de Roger. Il
semble que les mortels ne puissent éviter leur
destinée, et qu'en voulant fuir la faux cruelle qui
les poursuit, ils courent d'eux-mêmes au-devant
de ses funestes coups. Le péril dont ils veulent
s'échapper les précipite dans un péril plus pressant
encore; semblables alors au renard, qui, se sentant étouffé dans sa retraite par une fumée épaisse,
s'élance de son trou profond, et tombe avec ses
petits dans la gueule des chiens dévorants.

Marphise et Roger parviennent, et pénètrent
ainsi dans les remparts du camp d'Agramant : tous
les yeux se tournent sur eux pour les admirer :
les cris de joie s'élèvent de toutes parts; déja les
assiégés perdent leur consternation, et la terreur
que leur inspiraient les paladins français. Bien
loin de craindre les assiégeants, il n'est aucun
Sarrasin qui ne se trouve assez brave pour en
combattre cent, et tous ensemble prennent la résolution d'ouvrir les barrières et de fondre sur
l'armée qui les entoure.

Tous les instruments moresques retentissent à-
la-fois; l'air frémit de leurs sons multipliés; les

bannières, les drapeaux se relèvent et s'agitent dans leur marche. D'un autre côté, les capitaines de Charles réunissent les Français, les Allemands, les Anglais et les Lombards pour résister à cette attaque imprévue. Une affreuse et sanglante mêlée s'émeut à grands flots de toutes parts : Rodomont, Mandricard, Gradasse, Sacripant, et non loin d'eux Marphise et Roger, portent la mort et le ravage dans tous les rangs. Les troupes chrétiennes et leur empereur même ne songent déjà plus qu'à regagner les murs de Paris, en criant d'une voix lamentable : Ah, bienheureux saint Jean! ah, bon saint Denis!

Non, seigneur, mes chants ne pourraient exprimer quels étaient l'émulation et les efforts incroyables de Marphise et des cinq autres guerriers; vous pouvez donc juger quelle nombreuse quantité de chrétiens tombèrent sous leurs coups, et quel fut le violent échec qu'essuya Charlemagne, dont Ferragus et plusieurs braves capitaines maures accouraient achever la défaite. Le pont ne pouvant contenir la multitude des fuyards, une partie tomba dans la Seine : plusieurs se voyant entourés, et croyant leur mort certaine, desiraient alors d'avoir les ailes d'Icare. Presque tous les paladins français furent pris, à l'exception du marquis de Vienne 1), et d'Ogier le Danois; le premier avait l'épaule droite percée, et l'autre

_____

1 Olivier.

était blessé dangereusement à la tête. Si Brandimart
eût été, comme Roland et Renaud, éloigné de
Paris, Charles se serait vu forcé d'abandonner cette
ville, s'il avait pu s'en échapper lui-même. Brandimart soutint quelque temps l'effort des ennemis; mais il fut enfin obligé de se retirer; et Agramant vainqueur se vit à la fin de cette sanglante
journée en état d'assiéger une seconde fois Charlemagne dans sa capitale.

Cependant, déjà les cris des veuves éplorées,
des timides orphelins, et des vieillards consternés,
s'élevant au-dessus de cette obscure atmosphère,
pénètrent dans la région éthérée, jusqu'au trône
de Michel, et lui font voir les peuples fidèles de
France, d'Allemagne et d'Angleterre, couvrant la
campagne de leurs cadavres, et devenus la pâture
des loups et des corbeaux. L'ange bienheureux
en devint tout rouge de colère; il connut que
l'éternel avait été mal obéi; il ne put se cacher à
lui-même qu'il avait été trompé, et que la scélérate de Discorde l'avait trahi : l'ordre positif
qu'elle avait reçu de lui ne lui permettait pas
de laisser apaiser un instant la querelle la plus
vive entre les Sarrasins; et Michel vit bien que,
loin de l'exécuter, elle avait fait tout le contraire.
Comme un serviteur plein de zèle, qui sent qu'il a
manqué de mémoire, en oubliant la commission
la plus importante que son maître vient de lui
donner, quoique ce soit celle qu'il doit avoir le
plus à cœur de bien faire, s'empresse de réparer

sa faute, et jusque-là n'ose se montrer à son maître : de même Michel ne veut pas paraître devant l'éternel avant d'avoir exécuté ses ordres. Il se dépêche donc, et vole à tire d'ailes au monastère où la première fois il a déjà trouvé la Discorde : il voit la scélérate assise au beau milieu du chapitre des moines, qui disputaient alors entre eux pour l'élection des officiers de leur couvent. La maligne bête s'étouffait de rire en voyant ces bons pères se jeter leurs bréviaires à la tête; elle déchanta bien lorsqu'elle se sentit prendre par les cheveux, et que Michel l'assomma de coups de poings et de coups de pieds.

Ce ne fut pas tout, l'ange se saisit du bâton de la croix; et, la frappant sur les bras et sur la tête, il la rossa rudement, tant que le bâton put durer; la misérable eut beau crier miséricorde, et serrer les genoux du divin messager, il ne l'abandonna pas, et la chassa devant lui jusqu'au camp d'Agramant, en lui disant : Scélérate, si je te vois un instant t'éloigner d'ici, sois sûre que je t'étrillerai bien encore d'une autre façon.

La Discorde, ayant les bras et le dos tout noirs de coups, et mourant de peur de retomber encore sous la main de Michel, se dépêcha bien vite de se servir de ses soufflets pour attiser le feu qu'elle avait d'abord fait naître; et ce feu, devenant bientôt une vraie fournaise, sembla dès-lors s'exhaler en flammes de tous les cœurs.

Rodomont, Roger et Mandricard, plus ardents

encore que les autres, saisirent le moment où Charles en fuite laissait le temps au fils de Trojan de jouir de sa victoire et de contempler son armée triomphante. Tous trois en même temps courent à ce prince, lui racontent avec chaleur les griefs qu'ils ont les uns contre les autres, lui demandent le combat, et le prient de décider quels seront les deux premiers qui en viendront aux mains.

Marphise arrive sur ces entrefaites, et demande vivement qu'Agramant lui laisse terminer son combat contre Mandricard qui l'a provoquée le premier; la pétulante Marphise ne veut pas différer d'un jour, d'une heure, et veut sur-le-champ être mise aux mains avec le Tartare.

Rodomont ne prétend pas moins qu'elle à se battre, et représente au fils de Trojan qu'il n'a différé de vider sa querelle que pour accourir à son secours. Roger l'interrompt en criant qu'il ne souffrira pas que Rodomont diffère de lui rendre son cheval, et qu'il s'en serve pour se battre avec un autre que lui.

Mandricard se met aussi de la partie, et son insolente folie lui fait répéter à Roger les mêmes reproches qu'il lui a déjà faits sur l'aigle blanche qu'il porte pour armes : il veut également terminer ses trois querelles; il ose défier à-la-fois trois adversaires dont aucun ne l'eût refusé, s'ils eussent eu le consentement d'Agramant. Ce prince fait tout ce qu'il peut pour rétablir quelque accord

entre eux; mais voyant à la fin qu'ils sont tous
également sourds à sa voix, il leur dit d'attendre
au moins qu'il leur assigne l'ordre dans lequel ils
devront combattre; et, pour éviter d'en décider
lui-même, il prend le parti de s'en rapporter au
sort; il fait donc écrire quatre billets. On tire,
et le premier porte les noms de Mandricard et de
Rodomont; le second, ceux de Roger et de Mandricard; le troisième, ceux de Roger et de Rodomont; celui qui porte les noms de Marphise et de
Mandricard se trouve être le dernier.

On voyait près de Paris un terrain qui s'éten-
dait à peu près à un mille de tour; une petite élévation l'environnait en forme d'amphithéâtre. Ce
terrain avait été jadis occupé par un château dont
il ne restait plus que quelques débris : on voit
un lieu semblable, en allant de Parme à Borgo
San Donino. C'est là qu'on dressa la lice, entourée de palissades d'une médiocre hauteur : on y
forma un espace quarré d'une étendue convenable. Deux portes selon l'usage s'ouvraient au
milieu des deux faces les plus étroites : on eut
soin de dresser en dehors, mais près de la lice,
des pavillons fermés pour ceux qui devaient
combattre; et ces pavillons furent prêts le jour
qu'Agramant avait marqué pour décider ces grandes querelles.

Le pavillon destiné à Rodomont était à l'occident; Ferragus et Sacripant se disposaient à couvrir ce roi de ses fortes armes et de sa peau

écailleuse de dragon, tandis que Gradasse et Falsiron attachaient les célèbres armes d'Hector sur
le fils d'Agrican dans le pavillon qui regardait
l'Orient. Agramant, assis sur une haute estrade,
avait Marsile et Stordilan à ses côtés. Heureux
furent les spectateurs qui purent se placer sur
un tertre, sur la cime de quelque arbre, qui les
élève au-dessus du terrain, la foule de ceux qu'attirait ce grand combat étant innombrable. Avec
la reine de Castille étaient plusieurs princesses
et grandes dames d'Aragon, de Grenade, de Sé-
ville, et des pays qui s'étendent depuis les co-
lonnes d'Hercule jusqu'à la France. On remarquait au milieu d'elles Doralice dont les riches
habits étaient de deux étoffes, l'une rose pâle et
l'autre verte; et quoique Marphise ne portât que
les habits simples qui convenaient à son humeur
guerrière, elle eût effacé l'air noble et la beauté
d'Hippolyte, lorsqu'elle était à la tête de ses Amazones sur les bords du Thermodon.

Déjà le premier héraut d'armes, portant sa cotte
d'armes divisée en deux couleurs, était entré dans
la lice pour faire observer les lois imposées pour
les combats; déjà sa voix avait proclamé la défense de donner aucune espèce d'avis, de signe
et de secours aux combattants : la foule attendait
le signal et se plaignait de la lenteur des chevaliers, lorsqu'on entendit s'élever une grande rumeur du pavillon de Mandricard; elle allait même
toujours en augmentant.

Il est bon que vous sachiez, seigneur, que c'é-
taient Gradasse et le Tartare, qui criaient alors
l'un contre l'autre, et que ce dernier avait déja
contre le roi de Séricane une quatrième querelle
tout aussi vive que les trois autres. Gradasse, en
attachant les armes de Mandricard, reconnut à sa
forme comme au nom gravé sur la garde, la redoutable épée de Roland : il vit de plus sur la
garde de Durandal les célèbres armes écartelées
d'Almont auquel le comte d'Angers, quoique bien
jeune encore, avait arraché cette épée dans Apre-
mont en lui donnant la mort. Vous savez que
Gradasse n'était parti de la Séricane, et n'avait
conquis la Castille, et battu les Français dans un
grand combat, que dans l'espérance de conquérir
cette épée; et sa surprise fut extrème de la voir
au côté du roi de Tartarie : il lui demanda vivement s'il s'en était rendu le maître par la force
ou par quelque traité. Je me suis, il est vrai,
battu pendant long-temps contre Roland, répondit orgueilleusement Mandricard, pour m'emparer de cette épée; et voyant que je ne voulais
lui donner aucune trève jusqu'à ce qu'il me l'eût
cédée, il a sans doute contrefait le fou pour jeter
ses armes et me l'abandonner; il a fait comme le
castor qui se retranche lui-même ce qu'il a de
plus précieux, et l'abandonne aux chasseurs pour
sauver sa vie.

Non, certes, répondit Gradasse en fureur, ni
toi ni personne ne possédera une épée qui m'a

coûté déja tant de dépense et tant de travaux; tu
peux te munir d'une autre, car je prétends avoir
celle-ci. Que Roland soit fou ou qu'il soit sage,
peu m'importe; je trouve cette épée, et je m'en
empare : la prendre sans témoins comme toi sur
un grand chemin, c'est l'avoir volée. Pour moi,
c'est le cimeterre à la main que je la veux disputer; la force de mon bras sera ma dernière raison; c'est en champ clos que je prétends plaider
cette cause. Apprends qu'il faut que tu gagnes
cette épée avant que de la tirer contre Rodomont, et l'ancien usage est d'acheter ses armes
de façon ou d'autre avant de pouvoir s'en servir
dans un combat. Par Mahomet! répondit Mandricard, nul son ne peut être aussi doux à mon
oreille que celui de la voix d'un téméraire qui
me provoque au combat; mais fais en sorte que
Rodomont consente à me laisser battre en premier lieu contre toi, et qu'il attende à me combattre après ta défaite. Va, ne crois pas que je
refuse de te répondre, et à tout autre qui voudra
se présenter. Non, non, s'écria brusquement Roger présent à cette dispute, je ne souffrirai point
qu'on change rien à l'ordre du combat dont le
sort a décidé. Que Rodomont entre le premier
dans la lice, ou qu'il n'y entre qu'après moi : si ce
que dit Gradasse est vrai, qu'il faut gagner ses
armes avant de s'en servir, tu ne peux porter ma
devise de l'aigle aux ailes blanches, avant de me
l'avoir enlevée. Mais puisque j'ai déja consenti

que l'on tirât au sort l'ordre des combats, je
consens encore qu'il soit suivi, pourvu qu'il n'y
soit rien changé : si tu veux troubler cet ordre,
je le troublerai plus vivement encore que toi; et
je ne souffrirai pas que tu portes mes armes pour
combattre un autre que moi.

Quand chacun de vous serait un dieu Mars,
dit le Tartare en fureur, vous ne m'empêcheriez
pas de me servir de Durandal, et de me parer
de ma noble devise. Alors emporté par sa colère,
il s'élance le poing fermé sur Gradasse, et lui
porte sur la main droite un coup si violent qu'il
fait tomber Durandal à terre. Le roi de Séricane,
étonné de cette insolente audace, reste immobile
pendant un instant dont Mandricard profite pour
ramasser l'épée. Indigné de l'affront public qu'il
a reçu, et de se voir enlever Durandal par une
pareille surprise, Gradasse recule deux pas, et
tire son cimeterre : l'audacieux Tartare non-seulement voit avec plaisir qu'on l'attaque, mais il
défie aussi Roger. Venez, venez, s'écrie-t-il, tous
les deux ensemble contre moi, et que Rodomont
y vienne en troisième : que l'Afrique, l'Espagne et tout le genre humain m'attaquent, rien
ne peut me faire ni tourner ni baisser la tête. En
disant ces mots, il espadonne avec Durandal, il
embrasse fortement son bouclier, et il brave et
défie également Roger et Gradasse. Laissez-moi,
de grace, dit au premier le roi de Séricane, laissez-
moi punir cet enragé de son extravagance.

Pardieu! répondit Roger, je ne peux vous céder, et c'est à moi de le châtier de sa témérité;
retirez-vous. Non, cria Gradasse. Tous les deux
contestent, et finissent par attaquer le Tartare qui
se bat avec fureur, et ce combat aurait été sans
doute bien sanglant, si plusieurs des spectateurs
ne se fussent jetés entre eux; ils faillirent apprendre à leurs dépens qu'il est souvent dangereux
de vouloir séparer des gens à qui la fureur a fait
perdre la tête.

Rien n'aurait pu les contenir sans l'arrivée d'A-
gramant et du roi Marsile; les trois combattants
s'arrêtèrent par respect en les voyant paraître.
Le fils de Trojan se fit expliquer le sujet de cette
seconde querelle : il se donna beaucoup de peine
pour faire consentir Gradasse à souffrir que Mandricard se servît de Durandal dans le combat qu'il
devait soutenir contre Rodomont : mais tandis
qu'Agramant apaisait cette querelle, le bruit que
l'on entendit s'élever de la tente de Rodomont
annonça qu'il venait d'en naître une tout aussi violente entre le fier roi d'Alger et Sacripant.

Le roi de Circassie, comme nous l'avons déjà
dit, avait aidé Rodomont à se couvrir des armes
de Nembrod, et Ferragus l'avait secondé dans cet
acte honorable pour le roi d'Alger. Ils s'appro-
chent ensuite du lieu où son cheval, mordant son
riche frein, le couvrait d'écume; c'était ce beau
Frontin de la perte duquel Roger était si justement indigné. Sacripant, qui servait de parrain

à un tel chevalier, regardait avec soin si ce cheval était bien tenu et en bon état de servir son maître. Ce fut en l'examinant de plus près que quelques taches bien marquées, et plusieurs beautés particulières à Frontin, le lui firent reconnaître; il ne put douter que ce ne fût son cher Frontalet, pour lequel il avait essuyé plusieurs querelles, et dont la perte l'avait affligé si vivement, que pendant long-temps il n'avait voulu marcher qu'à pied.

Le fripon de Brunel avait eu l'art de le lui dérober sous lui, le même jour qu'il vola l'anneau d'Angélique, qu'il enleva Balisarde à Roland, et qu'il prit aussi l'épée de Marphise. Brunel, depuis son retour en Afrique, avait fait présent en même temps au jeune Roger de Balisarde et de Frontalet, auquel Roger avait donné le nom de Frontin.

Aussitôt que Sacripant eut bien reconnu qu'il ne se trompait pas, il dit poliment à Rodomont: Savez-vous, seigneur, que ce beau cheval est à moi; c'est le même qui me fut volé près d'Albraque: je pourrais vous présenter bien des témoins de cette vérité, mais comme ils sont tous très éloignés, si quelqu'un osait la contester, je la lui prouverais par les armes. Je consens de tout mon cœur que vous vous en serviez pour le combat que vous allez livrer, à condition toutefois que vous voudrez bien convenir que c'est de mon consentement que vous vous en servirez, et que

je ne fais que vous le prêter; car si vous pensiez
autrement, seigneur, je serais obligé, malgré moi,
de le défendre les armes à la main.

L'orgueilleux Rodomont, fier de sa force et de
son courage qui surpassaient en effet tout ce qu'on
rapporte des héros les plus célèbres de l'antiquité,
répondit avec un air hautain : Mon cher Sacripant, tout autre que vous ne me tiendrait pas
impunément un pareil langage, et je lui ferais
bientôt voir qu'il eût été plus heureux pour lui
d'être né privé du pouvoir de parler; mais en faveur de plusieurs jours que nous venons de passer ensemble, je vous prie seulement d'être attentif au combat que je vais livrer à Mandricard;
et je crois que vous me direz de bon cœur après
en avoir vu la fin : Seigneur, le cheval est à
vous.

C'est peine perdue que d'user de courtoisie avec
un homme tel que toi, répliqua Sacripant plein de
dépit et de colère; maintenant je te dis clair et net
de ne plus compter sur ce cheval pour ton combat;
tant que je tiendrai cette épée, je t'empêcherai
de t'en servir, et n'eussé-je que mes ongles et mes
dents pour défendre cette querelle, je la soutien-
drais encore.

De ces paroles tous les deux en vinrent aux
injures, aux menaces et bientôt au combat; la
paille ne s'enflamme pas plus promptement : Rodomont était armé de toutes pièces, et Sacripant
n'avait que son épée; mais son adresse extrême à

la manier faisait qu'il s'en couvrait tout entier.

Sacripant n'avait pas à beaucoup près la force du roi d'Alger; mais son grand cœur, sa souplesse, son coup-d'œil et sa dextérité pouvaient y suppléer. La roue qui roule pour écraser le grain ne tourne pas avec plus de vîtesse que Sacripant tournait autour de Rodomont. Il lui portait des coups, et savait éviter tous les siens. A la fin Ferragus et Serpentin, tirant leurs épées, les séparèrent; Grandonio et plusieurs seigneurs maures leur aidèrent à retenir les combattants. Telle était la cause de la rumeur qui fut entendue de l'autre pavillon, où l'on s'occupait d'apaiser la colère de Mandricard, de Roger et du roi de Séricane.

On vint rendre compte au roi Agramant de cette nouvelle dispute, et lui apprendre que Rodomont et Sacripant étaient aux mains. Le fils de Trojan confus, troublé par tant de querelles différentes, dit au roi Marsile : Restez ici pour contenir ces chevaliers, tandis que je vais faire mes efforts pour rétablir l'accord entre les autres (1).

---

(1)   Disse a Marsilio : Abbi tu qui pensiero
           Che fra questi guerrier non segua peggio,
           Mentre all' altro disordine io proveggio.

Le traducteur avait mis, « Le fils de Trojan (Agramant), » etc., dit au roi Marsile : Courez promptement à cet autre « pavillon, et, tandis que je contiendrai ceux–ci, faites vos « efforts pour rétablir l'accord entre les autres. » La ligne suivante aurait dû cependant l'avertir de son erreur : une telle inadvertance est à peine croyable.   P

L'orgueil de Rodomont se calma, lorsqu'il vit Agramant; il se retira quelques pas d'un air respectueux; Sacripant eut les mêmes égards pour le fils de Trojan : mais après leur avoir demandé le sujet d'un si terrible débat, il fit d'inutiles efforts pour les accorder ensemble. Sacripant s'entête à vouloir que le roi d'Alger le prie de lui prêter son cheval, et ne veut le lui céder qu'à cette condition. Ni le ciel ni vous, répond le superbe Rodomont, ne me ferez consentir à demander rien de ce que je peux ne devoir qu'à mon courage.

Agramant interroge le roi de Circassie pour savoir quels sont ses droits sur ce cheval, et comment on a pu le lui voler. Sacripant le lui conte ingénument : et ne peut s'empêcher de rougir, en lui avouant comment cet adroit fripon de Brunel eut l'adresse de le surprendre dans une rêverie si profonde qu'il lui avait dérobé son cheval sous lui, le laissant sur la selle qu'il avait appuyée sur quatre pieux(1).

Marphise, qui venait d'accourir au bruit comme beaucoup d'autres, n'eut pas plutôt entendu conter l'histoire de ce singulier vol, que son visage

---

(1) C'est de cette manière en effet que Brunel, dans l'OR-
LANDO INNAMORATO, dérobe le cheval de Sacripant :

> Prese un gran bastone
> Ed a lui accostato presto, presto.
> Pian, pian, sotto la sella glielo pone.

s'enflamma, la guerrière se souvenant que le même jour son épée lui avait été volée : elle se rappela aussi avoir vu fuir le larron sur ce même cheval, et reconnut alors le bon Sacripant que d'abord elle ne s'était pas bien remis. Tous ceux qui les entouraient ne purent pas s'empêcher de porter leurs regards vers Brunel. Plusieurs d'entre eux, l'ayant entendu se vanter quelquefois d'avoir fait ces adroits larcins, se le montraient les uns aux autres, tant qu'à la fin Marphise en conçut quelques soupçons; ils furent bientôt éclaircis par ceux qu'elle questionna. Tout ce qu'ils lui répondirent lui confirma que c'était ce Brunel qui lui avait dérobé son épée. Le fils de Trojan, au lieu de le faire pendre, comme il l'avait bien mérité, l'avait fait roi de Tingitane, ce qui certainement était d'un fort mauvais exemple. L'ancien ressentiment de Mar-

---

Ne prima Sacripante sen' avvede
Che fù lasciato da Brunello a piede.
                    Lib. II, cant. V, oct. XLIII.
Come di sotto al re di Circassia,
Non s'accorgendo, levò quel destriero.
                    Ibid. chant XVII, oct. XV.

Cervantes a tourné plaisamment cette invention en ridicule, en faisant voler de même l'âne de Sancho, par Ginès de Passamont (Voyez Don Quichotte). Dans l'Extrait de Roland l'Amoureux, qui a été fait sur l'imitation libre que Lesage a donnée de l'ORLANDO INNAMORATO, Brunel se sert, pour voler le cheval de Sacripant, d'une ruse plus honorable pour ce bon chevalier (page 444), mais qui n'est qu'une répétition de celle qu'Origile avait déjà employée pour dérober Bride d'or à Roland (page 437).   P.

phise se ranima si promptement et si fort qu'elle
ne put différer d'un moment sa vengeance et la
punition non-seulement du vol de son épée, mais
encore de toutes les mauvaises plaisanteries dont
Brunel l'avait accablée, lorsqu'elle courait après
lui.

Elle se fit aussitôt attacher son casque par
son écuyer, ayant déjà le reste de ses armes;
on la vit très rarement sans les porter depuis le
jour où l'amour de la gloire avait rempli son
cœur. Elle marche fièrement vers les gradins élevés sur lesquels Brunel était assis; elle débute par
lui donner un coup de poing bien appliqué, et
le levant de son siége d'une seule main, de même
qu'un aigle enlèverait une poule dans ses serres,
elle le porte jusqu'auprès d'Agramant. Brunel, très
effrayé de se trouver dans de si terribles mains,
jetait les hauts cris et demandait merci. Il sut si
bien se faire entendre au milieu des clameurs, du
fracas, du tumulte dont tout le camp était rempli,
que la foule se rassembla autour de lui. Marphise
s'approchant du fils de Trojan, lui dit avec un air
altier : Je veux me faire justice de ce scélérat,
quoiqu'il soit votre vassal, et le pendre de mes
propres mains, parceque, le même jour qu'il vola
Frontin à Sacripant, ce larron eut aussi l'audace
de me dérober mon épée (1); et si quelqu'un ose
dire ici que ce dont je l'accuse n'est pas vrai, je

---

(1) Voyez l'Extrait de Roland l'Amoureux, page 446.

lui déclare qu'il en a menti. Je ne fais que ce que
ce fripon mérite en le punissant ; mais comme on
pourrait m'imputer d'avoir attendu le temps où
les plus braves guerriers sont retenus par leurs
propres querelles, pour faire un semblable défi, je
veux bien différer encore trois jours pour le pendre ; et si pendant ce temps personne ne se présente pour sa défense, je rendrai bientôt quelques
corbeaux heureux, en leur exposant le corps de
ce méchant petit monstre. Je pars pour me rendre à trois lieues d'ici ; je me tiendrai dans cette
tour voisine d'un bois ; je n'aurai qu'une de mes
femmes avec un seul valet près de moi. Si quelqu'un ose y venir me redemander ce larron, je
lui déclare que je l'attends. A ces mots elle prit
le chemin de cette tour, sans attendre que personne lui répondît : elle tenait Brunel par les cheveux, couché sur les arçons de la selle ; le malheureux criait en vain, appelant ceux qu'il croyait
ses meilleurs amis à son secours (1).

---

(1) Cette admirable peinture de la Discorde dans le camp
d'Agramant a été imitée par Cervantes ; voyez le chap. XLI
du quatrième livre de Don Quichotte, dans lequel tant de querelles s'élèvent au sujet d'un bât et d'un bassin de barbier.
L'auteur y fait allusion à ce passage de l'Arioste, lorsqu'il
fait dire à son héros : « Ne vous ai-je pas dit, messieurs, que
ce château est enchanté, et que quelque légion de diables y
fait sa demeure ? Pour confirmer ce que je vous dis, je veux
que vous voyiez de vos propres yeux que la Discorde du camp
d'Agramant s'est fourrée parmi nous autres. Voyez comme

Agramant resta confondu de cette nouvelle aventure : il ne pouvait comprendre comment un si grand nombre de querelles s'élevaient à-la-fois; il était d'ailleurs très choqué du manque de respect de Marphise, quoiqu'il méprisât intérieurement ce fripon qu'il avait pensé plusieurs fois faire pendre, surtout depuis qu'il s'était laissé enlever l'anneau d'Angélique : mais l'acte de Marphise lui parut trop violent pour le pouvoir souffrir. Déja ce prince se préparait à courir après elle pour en prendre vengeance; mais le sage roi Sobrin, qui se trouvait présent, l'arrêta. Non-seulement, lui dit-il, vous commettriez trop la dignité de votre rang en courant après cette guerrière pour la combattre, quand même vous seriez sûr de la vaincre; mais, outre qu'elle est assez redoutable pour rendre votre victoire douteuse, quel honneur pourriez-vous espérer de vous être battu contre une femme, et d'avoir défendu la vie d'un larron? il vaut bien mieux laisser pendre Brunel; et quand il ne vous en coûterait que de montrer un air menaçant pour le sauver, en vérité, vous

---

l'on combat, là pour l'épée, ici pour un cheval, d'un autre côté pour l'aigle, ailleurs pour un armet, et qu'enfin nous combattons tous sans nous entendre, et sans distinguer les amis d'avec les ennemis. Approchez donc, monsieur l'auditeur, et vous, monsieur le curé; que l'un représente le roi Agramant, et l'autre le roi Sobrin, et tâchez de nous mettre tous en paix. » Anc. trad.   P.

ne devriez pas empêcher qu'on punisse un pareil larron. Vous pourrez envoyer dire à Marphise que vous la priez de remettre cette affaire à votre jugement, en lui promettant de laisser à ce fripon la corde au cou, et de lui donner à elle toute satisfaction. Si elle s'obstine à vous le refuser, qu'elle le garde et qu'elle en fasse à sa volonté. Que Brunel et tous ceux qui lui ressemblent soient pendus, plutôt que vous perdiez l'amitié de cette guerrière!

Agramant écoutait le sage Sobrin avec confiance, et se rendait presque toujours à ses conseils : il le crut si bien cette fois qu'il n'envoya personne à Marphise, et qu'il défendit même à tous ses chevaliers de prendre la défense de Brunel : il aima mieux employer tout son pouvoir à terminer les grands différents qui devenaient si nuisibles à ses intérêts présents.

La Discorde, se trouvant assez contente de la bonne besogne qu'elle venait de faire, oublia les coups qu'elle avait reçus, et se mit à rire de tout son cœur. Oh! pour le coup, dit-elle en se rappelant toutes ces différentes querelles, bien habile qui pourrait les accorder! L'Orgueil sautait aussi de joie avec sa compagne, et tous les deux se proposaient bien de fournir de nouveaux aliments aux brasiers qu'ils avaient allumés. La Discorde alors éleva vers le ciel un cri perçant pour apprendre à Michel la pleine victoire qu'elle venait de remporter. Paris trembla : les eaux de la Seine

se troublèrent à cet horrible cri, qui retentit jusqu'au fond des Ardennes, où les bêtes de cette
vaste forêt, pleines d'épouvante, s'élancèrent de
leurs retraites; les antres et les rochers des Alpes,
et même ceux des Cévennes, mugirent, et les
côtes de la Neustrie, de la Guienne et de la Gas-
cogne, répondirent à ces mugissements; le Rhône,
la Saône, la Garonne et le Rhin s'agitèrent et
franchirent leurs rivages, et la mère éplorée et
tremblante serra fortement son enfant sur son
sein (1). Cinq redoutables guerriers, en effet,
étaient prêts à se battre, disputaient sur l'honneur d'obtenir la première lice, et leurs querelles
étaient si compliquées qu'Apollon même eût eu
peine à les débrouiller. Agramant commença par
vouloir défaire le premier nœud; c'était celui de
la belle Doralice que Rodomont et Mandricard se
disputaient.

Le fils de Trojan eut beau employer la persua-
sion et les discours les plus flatteurs auprès de
ces superbes ennemis, il ne put jamais accorder
deux hommes également animés par l'orgueil et
par l'amour. Un moyen qu'il imagina lui réussit
cependant, lorsqu'il eut épuisé tous les autres; il
leur proposa de s'en rapporter au choix de Do-

_____

(1) Imité de Virgile :

  Contremuit nemus. . . . .
  Et trepidæ matres pressere ad pectora natos.
                      Énéide, liv. VII, v. 515 et 518.

ralice. L'amour-propre alors agit également sur
tous les deux, et leur fit accepter cette nouvelle
proposition. Rodomont, en effet, avait bien quelques raisons de se flatter que le choix de Doralice
serait en sa faveur. Il l'avait aimée long-temps
avant que Mandricard la connût : il en avait même
reçu quelques légères faveurs de l'espèce de celles
qui peuvent allier la sagesse avec l'amour; et c'est
sur cet ancien temps, et sur tous les prix rem-
portés dans les tournois, et dont il avait porté
l'hommage à ses genoux, qu'il fondait son espérance. Mandricard ne disait mot; il n'avait l'air ni
d'espérer ni de craindre : mais il jouissait intérieurement de beaucoup de sécurité. Doralice était
sensible; il n'imaginait pas qu'elle pût être ingrate,
et toute l'espèce de reconnaissance et de souvenir
dont Rodomont pouvait se flatter ne lui paraissait
rien, en comparaison des sentiments présents dont
il était sûr que la tendre Doralice était bien doucement occupée. Le soleil avait toujours éclairé
les amours de Rodomont; la nuit avait souvent
enveloppé les siens de ses voiles épais : il riait en
lui-même, lorsqu'il voyait toute la cour sarrasine
présumer que Doralice se déciderait en faveur de
Rodomont.

L'un et l'autre, ayant prêté entre les mains de
leur empereur le serment de se soumettre au
choix de Doralice, se rendirent ensemble auprès
de cette princesse : elle rougit beaucoup, elle
baissa les yeux; mais bientôt, les attachant avec

tendresse sur Mandricard, elle lui donna la préférence. Un étonnement général suivit cet arrêt,
et Rodomont en fut d'abord si surpris et si consterné qu'il resta quelques instants immobile et
sans oser lever les yeux; mais pourtant la rougeur de la colère éteignit celle de la honte sur
le visage irrité du roi d'Alger. Il appelle à haute
voix de cette décision injuste; il serre avec fureur
le pommeau de son épée, et crie en présence
d'Agramant et de toute sa cour, que les armes
seules doivent juger une cause qui ne peut être
décidée avec justice par une femme légère toujours sujette à faire un mauvais choix. Pour Mandricard, se présentant de nouveau, il dit à Rodomont : Il en sera ce que tu voudras : en sorte
que la querelle était près de recommencer; et il eût
peut-être encore fallu faire un long trajet sur
cette mer irritée, avant que le vaisseau entrât dans
le port, si Agramant n'eût donné tort à Rodomont, en lui disant qu'il ne pouvait plus recher-
cher son rival sur une querelle que l'amour venait
de juger; et c'est ainsi qu'il réprima sa colère.

Rodomont, qui ne cède que par respect à son
empereur, voit que dans ce moment il reçoit un
double affront par le choix que fait son infidèle
maîtresse et par les ordres absolus qu'Agramant
ose lui donner. Il ne veut plus s'arrêter un seul
instant dans cette cour; il part, sans parler à personne, suivi de deux seuls écuyers, et sort sur-le-
champ du camp des Sarrasins. Il ressemblait en

ce moment au taureau furieux qui se trouve forcé de céder la génisse qu'il aime à son vainqueur. Cet animal jaloux cherche les bois et les rivages les plus solitaires; il s'éloigne des pâturages fertiles pour aller se cacher dans les marais, ou sur les stériles bruyères; qu'il soit au soleil, ou qu'il s'enfonce dans l'ombre épaisse, il ne peut éteindre la fureur et l'amour qu'il exprime par ses longs mugissements (1) : ce fut ainsi que Rodomont s'éloigna d'Agramant et de son ingrate maîtresse.

Roger eut grand désir de le suivre pour lui disputer Frontin; il prenait déjà ses armes, lorsqu'il se souvint que c'était alors que le sort décidait son combat contre Mandricard. Il ne voulut pas être prévenu par Gradasse qui disputait Durandal au Tartare; il laissa Rodomont tranquille pour ne plus s'occuper que du combat qu'il devait livrer, et remit après l'avoir fini le projet de poursuivre le ravisseur de Frontin.

À l'égard de Sacripant, qui n'était pas retenu par les mêmes raisons, il suivit les traces de Rodomont en diligence; il l'eût même bientôt joint sans une aventure qui l'arrêta jusqu'au soir. Ayant aperçu une femme qui venait de tomber dans la Seine, sa générosité naturelle lui fit faire de longs efforts pour lui sauver la vie.

Pendant ce temps, son cheval s'écarta; il eut

---

(1) Cette comparaison est imitée de Virgile, livre troisième des Géorgiques, vers 224 et suivants.   P.

peine à le rattraper; et, perdant ainsi les traces
du roi d'Alger, il fut obligé de courir ensuite plus
de deux cents milles pour le retrouver; et, lorsque
le pauvre Sacripant put enfin joindre Rodomont,
il eut le malheur de perdre tout à-la-fois et son
cheval et sa liberté (1). Mais ce n'est pas le moment de raconter cet évènement; nous devons
être trop occupés de Rodomont, qui n'a pas plutôt quitté son empereur et sa maîtresse qu'il s'en
plaint, et jette feux et flammes contre eux. Souvent, chemin faisant, quelques échos, cachés dans
la cavité des roches, répétaient ses soupirs et ses
plaintes amères : O cœur imparfait des femmes.
s'écriait-il, que tu changes facilement! que tu
respectes peu la foi des serments! insensé l'homme
qui peut croire à ceux que tu profères!

Quoi! Doralice, le plus fidèle amour, ma soumission à tes ordres, dont je t'ai donné tant de
preuves, n'ont pu captiver ton cœur! hélas! de-
vais-tu changer aussi vite de sentiments? comment
ce Tartare a-t-il pu si promptement te séduire?
non, je ne peux imaginer qu'une seule raison de
ton indigne légèreté. Ah! Doralice, le sort t'a fait
naître femme! sexe perfide, le ciel et la nature
t'ont produit pour rendre l'homme malheureux;

---

(1) Au pont de Rodomont; voyez chant trente-cinquième
Quant à l'aventure de la femme sauvée par Sacripant, dont
l'Arioste dit ici un mot en passant, il n'en est pas question dans
le reste du poème.   P

il eût été plus fortuné sans toi. Oui, tu naquis
pour le tourmenter ; de même que l'on voit naître
sur la terre des ours, des loups et des serpents ;
dans l'air et dans nos guérets, des cousins, des
taons et des mouches guêpes : c'est ainsi que le
froid pavot, l'ivraie et le chardon étouffent le bon
grain. Pourquoi cette nature si puissante n'a-t-elle
pas fait pour l'homme ce qu'elle a fait pour les
arbres qui se reproduisent d'eux-mêmes par leurs
rejetons, et même par des entes propres à donner
tant de saveur à leurs fruits ? Ah ! qu'il est aisé de
voir que cette nature porte toujours en elle le
germe du mal ; mais aussi c'est, sans doute, parcequ'elle n'est jamais parfaite, qu'on la représente
sous la figure d'une femme. Non, non, femmes
traîtresses, ne vous enorgueillissez point de donner
la naissance à l'homme. Voyez le lis parfumé naître entre des feuilles d'une odeur insupportable ;
voyez la rose naître de même du sein des épines
venimeuses. Contrariantes, dédaigneuses et superbes, sans foi, sans aucun sentiment, sans raison,
entreprenantes, cruelles, tracassières et perfides,
vous ne naissez que pour le malheur éternel du
genre humain.

C'est ainsi que Rodomont dans son dépit mortel
exhalait ses plaintes : tantôt le cœur serré, sa voix
se faisait entendre à peine ; d'autres fois, animé
par la fureur, il faisait retentir au loin ses cris.
On voit bien, en vérité, qu'il avait absolument

perdu la raison; car j'ose assurer que pour une
ou deux femmes qui mériteraient les reproches de
ce Sarrasin, il en est cent qui sont dignes de nos
justes louanges : moi-même, je conviens que,
quoique je n'en aie jamais pu trouver une fidèle, il
peut s'en rencontrer quelques-unes dont un galant
homme puisse ne pas se plaindre : mais mon mauvais sort ne m'en a jamais fait aimer une de cette
espèce; et si sur cent il n'y en avait qu'une de
mauvaise, je crois qu'il aurait la barbarie de me
faire porter ses chaînes. Je ne me vois donc qu'une
ressource, c'est d'en chercher sans cesse une nouvelle, avant que mes cheveux aient achevé de
blanchir : peut-être enfin en trouverai-je une dont
en conscience je pourrai dire un peu de bien. Ah,
grand Dieu! que je saisirai bien ce bonheur inespéré! que ma langue, ma prose, mes vers, toute
mon existence auront d'ardeur et de plaisir à rendre ses charmes et son nom célèbres, ainsi qu'à
publier sa gloire!

Rodomont, injuste pour son roi comme pour
sa maîtresse, passait également les bornes en se
plaignant de lui avec la même fureur. Il voudrait
que la foudre, la tempête, et tous les maux sortis
de la boîte de Pandore, détruisissent son empire jusqu'à ses fondements : il desire qu'Agramant soit dépossédé de son trône, chassé de ses
états, et que pauvre et sans secours il languisse
dans la plus mortelle douleur : mais, par un

reste de générosité, Rodomont desire aussi de le
rétablir alors dans son empire, de le porter au
comble de la gloire, de lui faire connaître qu'un
ami véritable, qu'il ait tort ou raison, doit être
préféré à tout, même en dépit de tout l'univers.

Le roi d'Alger, maudissant et regrettant ainsi
tour-à-tour et son empereur et sa maîtresse, marchait à grandes journées, et laissait peu de repos
au bon Frontin : enfin, il arriva sur les bords de
la Saône ; car il allait droit en Provence, où il
voulait s'embarquer pour retourner en Afrique.
Il vit la Saône couverte de bateaux qui amenaient
de différents endroits des vivres pour l'usage de
l'armée, les Sarrasins étant maîtres de toute
la droite du pays, depuis Paris jusqu'aux bords
délicieux d'Aigues-mortes, et en tournant vers
l'Espagne : ces vivres, au sortir des bateaux étaient
chargés sur des chariots et des bêtes de somme,
et transportés ainsi, avec une escorte, par-tout
où on ne pouvait aller par eau. Les bords du
fleuve étaient remplis d'immenses troupeaux, amenés de divers pays; et leurs conducteurs passaient
ordinairement la nuit en de bonnes hôtelleries
établies d'espace en espace le long de la rivière.

Rodomont, voyant la nuit déja noire, se rendit
aux prières engageantes d'un hôte qui le fit descendre chez lui. On eut grand soin de son cheval ; on lui servit un très bon souper, et même
on lui porta des vins de Corse et de Grèce, Rodo-

mont ayant prévenu l'hôte que, quoiqu'il aimât à
manger comme les Maures, il aimait à boire
comme les Français (1).

L'hôte, qui ne se contente pas de lui faire faire
très bonne chère, lui rend toute sorte d'honneurs,
ayant connu facilement que ce seigneur devait
être très illustre : mais il s'aperçut bien qu'il était
triste et distrait; et en effet Rodomont, toujours
occupé de ses peines et de son ingrate maîtresse,
buvait et mangeait sans dire un seul mot. Cet
hôte, l'un des plus rusés qui fût en France, et
qui même avait eu l'adresse de conserver ses biens
et d'exercer sa profession au milieu des ennemis,
avait appelé près de lui plusieurs de ses parents
pour l'aider à bien tenir son auberge; mais aucun
d'eux n'osait ouvrir la bouche devant Rodomont
dont ils respectaient le silence.

Le Sarrasin, en effet, se perdait en mille pensées différentes, et ne jetait ses regards sur aucun
d'eux. A la fin, devenu par degrés plus tranquille,
il eut l'air d'un homme qui sort d'un véritable
sommeil; il leva ses yeux jusque-là fixes et toujours sombres, et regarda l'hôte et sa famille avec
un air assez doux; rompant enfin ce long silence,
il questionna l'hôte et ceux qui l'accompagnaient
sur leur genre de vie, et leur demanda s'ils étaient
mariés. Dès que plusieurs qui l'étaient eurent

---

(1) On sait que l'usage du vin est défendu par la loi de
Mahomet.   P.

répondu, la seconde question fut plus embarrassante; car il leur demanda de lui dire ingénument ce qu'ils pensaient de leurs moitiés. Ils répondirent tous, excepté l'hôte, qu'ils les croyaient aussi bonnes que fidèles. C'est bien fait à vous, leur dit l'hôte avec un rire sardonique : mais bien d'autres peuvent avoir une opinion différente; et par ma foi, voulez-vous que je vous le dise franchement, je vous regarde tous comme de pauvres imbécilles de croire si facilement à leur fidélité. Demandez plutôt à ce bon seigneur; je parie qu'il est de mon avis, s'il n'a pas envie de disputer et de dire qu'une taupe a la blancheur de la neige. Une femme fidèle ressemble au phénix; on n'en trouverait pas deux dans le monde; très heureusement chacun croit l'avoir trouvée dans la sienne : mais s'il n'y en a qu'une au monde, comment chacun peut-il se flatter de l'avoir rencontrée?

J'étais vraiment dans la même erreur que vous tous; autrefois je croyais bonnement que beaucoup de femmes étaient sans reproche. Un gentilhomme de Venise arriva par bonheur chez moi pour me tirer de cette erreur; il s'appelait François Valério (1) : je n'ai jamais oublié le nom de

_____

(1) Jean-François-Valério, gentilhomme vénitien, grand ennemi des femmes, était ami de l'Arioste, qui en parle avec éloge au commencement du quarante-sixième chant. C'est par une licence poétique que l'Arioste le fait vivre du temps de

ce galant homme que je regarde comme un de mes bienfaiteurs. Le gaillard savait toutes les ruses, tous les tours d'adresse dont les femmes peuvent se servir; il connaissait toutes les histoires antiques et modernes qui pouvaient prouver son opinion. Je crois même que le bon monsieur s'appuyait bien sur sa propre expérience; aussi soutenait-il avec vigueur que si quelque femme paraissait conserver une pudeur sévère, c'est qu'elle avait le très rare mérite d'être beaucoup plus adroite qu'une autre. Il me fit cent contes à mourir de rire de tous les accidents arrivés aux bonnes gens un peu trop crédules : je ne m'en rappelle pas à présent la troisième partie; mais je me souviens d'un qui m'a paru si plaisant, que je l'ai gravé dans ma mémoire aussi fidèlement que si je l'eusse inscrit sur le marbre. Je pourrais même vous amuser en vous le racontant, seigneur, dit-il à Rodomont, si je pouvais espérer que ce récit pût vous être agréable.

Vous ne pouvez à présent, répondit le roi d'Alger, rien faire qui puisse me plaire autant que de me raconter une aventure, qui se rapporte aussi bien à mes idées présentes; et, pour que vous puissiez mieux vous bien rappeler les faits,

---

Charlemagne, afin de lui faire raconter l'histoire de Joconde, qui est bien placée dans la bouche d'un homme de son caractère.   P.

et me les conter plus à votre aise, je vous prie de vous asseoir vis-à-vis de moi. Trouvez bon que ce ne soit que dans le chant suivant que je vous répète ce que l'hôte se plut à raconter au roi d'Alger.

FIN DU VINGT-SEPTIÈME CHANT.

CHANT XXVIII.

ARGUMENT.

Histoire de Jocoude racontée par l'hôte. — Dispute à ce sujet. — Rodomont quitte l'hôtellerie et poursuit son voyage. — Il prend possession
d'une chapelle abandonnée. — Arrivée d'Isabelle et de l'hermite avec
le corps de Zerbin.

FEMMES aimables, et vous dont le bonheur est
de les adorer, de grace n'écoutez point l'histoire
que l'hôte de Rodomont se prépare à conter. Vous
savez quelle est la malignité de cet hôte; vous
seriez blessées de sa médisance : mais, après tout,
les propos d'un homme de cette espèce ne doivent pas porter coup; on sait que de tout temps
le vulgaire imbécille aime à parler de tout à tort
et à travers : vous pouvez d'ailleurs passer ce
chant, parcequ'il ne tient point du tout à cette
très véritable histoire. Je ne rapporte ce conte
que par respect pour Turpin que je suis toujours
avec fidélité; c'est lui qui met ce conte absurde
dans la bouche de cet hôte. Non, sexe charmant,
non: vous ne pouvez me soupçonner d'une ma-

lignité coupable; mes discours, mes vers, tous
mes actes ont prouvé et prouveront encore à
quel point je vous aime et je vous révère, et j'agi-
rais contre mon propre cœur si je ne vous étais
pas dévoué jusqu'au dernier soupir.

Passez donc les feuilles suivantes que je n'écris
qu'à regret; ou, si vous hasardez de les lire, re-
gardez ce conte comme une de ces fictions incroyables qu'on offre à la crédulité : mais enfin,
puisque je suis forcé de suivre exactement le bon
Turpin, je vous dirai donc que l'hôte s'étant bien
arrangé vis-à-vis de Rodomont, ce fut ainsi qu'il
commença son histoire.

Astolphe, devenu roi de Lombardie par la retraite claustrale de son frère aîné, joignait aux
fleurs de la jeunesse une si parfaite beauté qu'A-
pelle et Xeuxis l'eussent choisi pour modèle, s'ils
eussent voulu peindre Endimion ou Narcisse; il
avait quelque chose de la faiblesse de ce dernier :
il savait trop qu'il était beau; il était trop sensible au plaisir de se l'entendre dire; il l'était
moins à la puissance, aux richesses, à l'étendue
de ses états, qu'à la préférence qu'on donnait à
sa figure sur celle de toute la plus brillante jeunesse de l'Italie.

Parmi ses courtisans, il affectionnait surtout
Fausto Latini, chevalier romain, à qui il vantait
souvent lui-même ou la grace de sa figure, ou la
beauté de sa main. Un jour il lui demanda s'il
connaissait quelque créature assez parfaite pour

pouvoir lui être comparée; mais il fut assez surpris de sa réponse. Seigneur, lui dit Fausto, tel
que vous êtes à mes yeux, et tel que je vois que
vous l'êtes à ceux de tous les autres, je crois que
la nature a peu produit d'hommes aussi charmants que vous : je pense même que le seul de
ses ouvrages qui puisse vous être comparé, c'est
mon jeune frère Joconde; ses charmes, ses perfections ne me paraissent point inférieures aux
vôtres, et même permettez-moi de dire qu'il vous
surpasse en beauté.

Rien ne pouvait paraître plus impossible que
ce que répondit Fausto à celui qui croyait posséder la palme de la beauté; le desir de voir Joconde, peut-être même une jalousie secrète, porta
le jeune Astolphe à le presser d'engager son frère
à venir dans sa cour. Je crains bien, seigneur,
lui répondit Fausto, de ne pouvoir le déterminer
à ce voyage. Tranquille dans sa patrie, cultivant
les biens qu'il a reçus de ses pères, heureux sur
leurs anciens foyers, mon frère ne connait point
l'ambition; il n'est jamais sorti des environs de
Rome, et le voyage de Pavie l'effraierait autant
que de traverser toutes les mers. D'ailleurs, comment espérer de l'arracher des bras d'une jeune
épouse qu'il adore, et dont il est tendrement aimé?
Le bel Astolphe fut si pressant dans ses prières,
si libéral dans ses dons, que Fausto ne put lui
refuser de partir pour Rome, et de lui promettre
de faire tous ses efforts pour réussir à déterminer Joconde.

Le succès du voyage de Fausto fut cependant plus prompt et plus facile qu'il ne l'avait espéré : Joconde ne put résister aux prières d'un frère qu'il aimait ; sa jeune épouse parut se rendre aux grandes espérances qu'il avait mises sous ses yeux.

Le beau Romain fixe lui-même le jour de son départ : il se procure des chevaux, des serviteurs, de riches vêtements, sachant combien la parure peut être utile pour relever la beauté. Autour de lui pendant le jour, la nuit à ses côtés, sa femme, les yeux baignés de pleurs, l'attendrissait de son désespoir. Ah ! cruel, disait-elle en le serrant dans ses bras, ton départ m'arrache le cœur ; comment pourrai-je être absente de toi, sans perdre la vie !

Plus le jour fatal approchait, plus cette tendre épouse semblait frémir du moment qui les allait séparer ; Joconde lui jura mille fois qu'il serait tout au plus deux mois éloigné d'elle. Ah ! s'écriait-elle, que ce terme est long ! hélas ! espères-tu donc me retrouver en vie ? privée du sommeil, ne me souciant plus de soutenir ma malheureuse existence, ne me réveillant pas pour te voir, ne pouvant plus m'endormir dans tes bras, le soleil verra couler mes larmes ; je troublerai la nuit par mes gémissements ; je me croirai seule dans l'univers. Ah ! Joconde, tu m'arraches la vie : elle ôtait de son cou, en disant ces mots, un riche reliquaire et le lui présentait : porte-le, mon

cher Joconde, comme un symbole du nœud sacré
qui nous unit : il a reposé long-temps sur mon
cœur ; je veux qu'il soit sur le tien pour te rappeler sans cesse ta tendre et fidèle compagne. Joconde baisa le reliquaire qu'il ne put placer alors
que sous son chevet ; car il lui restait peu de moments à passer avec cette épouse adorée : il devait le compte de tous ces moments à l'amour.

Une heure avant l'aurore du jour qui va les
séparer, la malheureuse épouse, épuisée par ses
transports et par ses larmes, paraît succomber et
reste immobile. Joconde craint qu'elle ne soit ex-
pirée de douleur ; il porte une main tremblante
sur son sein ; il sent heureusement le mouvement
régulier d'un cœur qui l'adore. Il approche sa
bouche de ses lèvres, il trouve qu'elle respire
doucement ; il juge que le ciel, touché de ses
peines, les calme alors par le sommeil ; il craint
de renouveler son désespoir par un adieu trop
douloureux : il sent qu'il y peut succomber lui-
même ; il croit devoir saisir ce moment pour partir ; il s'arrache enfin de cette couche nuptiale
dont il est si sûr que l'amour et la vertu con-
serveront la pureté jusqu'à son retour.

Éperdu, baigné de larmes, Joconde court se
jeter dans les bras de son frère, s'habille à la hâte ;
tout est prêt pour leur départ. Fausto attendri,
qui le voyait faire un mouvement vers la chambre
de son épouse, l'embrasse, l'arrache à lui-même,
et le fait monter à cheval. Fausto, respectant la

douleur de son frère, marche un mille avec lui
sans lui parler; c'est Joconde qui rompt le premier le silence. Ah, grand Dieu! dit-il, qu'ai-je
fait? Mon trouble et ma douleur m'ont fait oublier le beau reliquaire. Édile (1) pensera peut-
être qu'il n'est pas d'un prix assez cher à mon
cœur; tout peut alarmer une épouse aussi tendre :
mais, ajouta-t-il, je lui marquerais trop peu d'é-
gards en n'envoyant qu'un domestique, d'autant
plus que c'est sous le chevet de son lit que je
l'ai laissé : je te conjure, mon cher frère, de marcher plus lentement jusqu'à Baccano; sois sûr
que je t'y rejoindrai dans peu. Joconde, sans attendre aucune réponse, part à toutes jambes,
arrive à Rome au moment où le soleil va paraître;
et rentrant chez lui par une porte de derrière,
dont heureusement il avait la clef, il monte sans
faire aucun bruit jusqu'à la porte de la chambre
d'Édile.

Joconde écoute quelque temps à cette porte,
il n'entend aucun bruit; il remercie le ciel de ce
que sa chère Édile dort si tranquillement; il tourne
doucement la clef, marche plus doucement encore : le jour qui pénètre déjà dans la chambre
lui fait voir ce lit si cher, cet asyle paisible de

---

(1) La femme de Joconde n'est pas nommée dans l'Arioste.
M. de Tressan a pris bien d'autres licences dans le récit de
cette histoire qu'il raconte à sa manière.   **P.**

tout ce qu'il adore; l'amour fait palpiter son cœur ;
lorsqu'il entr'ouvre les rideaux, ah Dieu! quel
spectacle s'offre à sa vue : il croit que ses yeux
sont troublés; il frémit, il approche. Le malheureux connaît enfin qu'il ne se trompe pas; il voit,
il reconnaît Édile entre les bras d'un jeune valet
élevé chez lui dès son enfance. Le passage subit de
l'amour à la fureur rendit d'abord Joconde immobile; puis il porta la main sur son épée, et pensa percer ces deux coupables amants ; mais, pourra-t-on
le croire? l'amour encore eut le pouvoir de retenir
son bras; le sein d'Édile était si beau! Joconde
ne put obéir à cet honneur barbare qui lui criait
de se venger; tout ce qu'il peut faire pour satisfaire en partie aux ordres cruels qu'il en recevait, c'est de sortir promptement de cette chambre fatale, pour n'être pas soupçonné d'avoir été
le témoin tranquille de l'affront qui lui perce le
cœur. Il descend avec les mêmes précautions, re-
monte à cheval, et l'ame déchirée, la tête absor-
bée par une douleur sombre et muette, il part et
rejoint son frère.

Fausto, et même tous ceux qui suivaient les
deux frères, s'aperçurent aisément du trouble et
du changement qui paraissaient sur le visage de
Joconde; mais heureusement les signes avec lesquels on caractérise un semblable malheur ne
sont point évidents. On fut même très éloigné de
croire que rien de semblable pût avoir part à la
douleur dont Joconde était accablé: son frère ne

l'attribua qu'à sa séparation d'avec Édile qu'il avait laissée seule en proie à ses mortels regrets.

Joconde eût bien desiré que la certitude du contraire n'eût pas frappé ses yeux; le spectacle affreux qui les avait trop bien éclairés s'y rappelait sans cesse. Son frère, pour chercher à le distraire de sa rêverie profonde, avait la maladresse de lui parler à tous moments d'Édile; il ignorait que c'était aggraver la plaie qui saignait dans son cœur. Le malheureux Joconde ne put ni manger ni dormir pendant le long chemin qu'ils firent de Rome à Pavie; et ce temps suffit pour lui creuser les yeux, et pour pâlir les roses de ses lèvres et de son teint.

Fausto, étant près d'arriver à la cour d'Astolphe, joignait à la douleur que lui causait l'état fâcheux de son frère, celle de le présenter pâle, triste et décoloré à ce prince si jaloux de sa beauté. Que devait-il penser, en effet, de Fausto, qui, pour soutenir la comparaison qu'il avait osé faire, ne lui présentait qu'un homme dont le visage flétri ne brillait d'aucune de ces fleurs qui le rendaient si vain?

Fausto crut devoir prévenir le roi de Lombardie, et lui manda dans une lettre, que son frère, accablé par la fatigue et par quelque chagrin secret, était tombé malade; qu'il avait la fièvre, et que son changement total ne lui permettait pas de se montrer à ses yeux. Astolphe, plein d'impatience, et sans doute bien aise que Joconde ne fût pas en état de lui disputer la palme, envoya promptement chercher les deux frères, et les fit loger dans son palais.

Assez semblable aux jolies femmes qui louent facilement celles dont elles ne craignent pas la supériorité, Astolphe loua beaucoup ce qui pouvait se voir encore des beaux traits de Joconde; il convint que si la maladie n'eût pas terni l'éclat de ses yeux et de son teint, il eût pu tout au moins l'égaler; et quelque mouvement de jalousie qu'il eût eu peut-être ne pouvant plus nuire au penchant qu'il se sentit pour Joconde, il le combla de prévenances et de marques d'amitié.

Cette faveur marquée du roi de Lombardie eût pu faire le souverain bonheur de quelque courtisan; mais elle ne put rien prendre sur la douleur profonde dont le malheureux époux d'Édile était pénétré. Se dérobant aux fêtes, au tumulte de la cour, et même aux caresses d'Astolphe, comme aux soins de son frère, Joconde cherchait la solitude. Les endroits les plus tristes, les plus abandonnés d'un vaste palais, étaient ceux qu'il préférait, pour y cacher son chagrin et ses profondes rêveries. Il se promenait souvent dans une grande galerie démeublée, qui se trouvait assez proche de son appartement, et ce fut précisément le lieu que l'amour et l'hymen choisirent pour adoucir ses peines.

Un soir où plus accablé que jamais il s'était oublié dans cette galerie, un rayon de lumière

qui passait et brillait par la fente d'une cloison,
quelques soupirs même qu'il crut entendre, lui
donnèrent la curiosité d'essayer s'il pourrait découvrir ce qui se passait si près de lui. O Turpin!
comment oser te suivre! comment les siècles futurs pourront-ils croire ce que tu m'obliges à leur
rapporter! O Joconde! quelle fut ta surprise lorsque tu vis la jeune reine de Lombardie, oui,
cette reine charmante, cette heureuse épouse du
plus beau des mortels; eh bien! il faut donc que
je l'avoue! entre les bras d'un nain, et d'un gros
nain très laid et très difforme! Joconde croit
long-temps que ses yeux le trompent; il reste
d'abord dans une surprise stupide, il fixe ses regards, il croit bientôt voir disparaître ce prestige, il attend : mais il peut enfin observer séparément, et cette belle reine, et son indigne amant. Il
est forcé de se rendre à l'évidence : son premier
mouvement fut de se dire à lui-même : O femmes!
quelle est donc la singularité de vos goûts! quelle
doit donc être l'ardeur de vos desirs!

Cet étrange spectacle et cette réflexion furent
très utiles pour Édile, ils le furent encore plus
pour Joconde; il convint qu'un valet jeune,
agréable, bien fait, élevé près de sa femme, valait encore mieux que le maussade et difforme
nain de la reine; que la tache d'Édile s'apercevait
à peine en comparaison de celle-là. Ses réflexions
allèrent même jusqu'à soupçonner que la nature
imposait au sexe le plus aimable la dure néces-

sité de ne pouvoir se contenter d'une seule expérience pour juger comment l'autre sexe sait aimer.

Il ne manqua pas de s'enfermer le soir du jour suivant dans la même galerie, et il attendit que le rayon de lumière l'avertit qu'il était temps d'observer. Il usa des mêmes précautions et des mêmes moyens que la veille : mais cette fois il n'aperçut que la reine; il lui trouva même un air d'impatience et de mauvaise humeur. Une de ses femmes arrivant en ce moment, il entendit la jeune reine lui faire des reproches sur ce qu'elle venait toute seule. Eh! que puis-je faire, madame? lui dit assez vivement cette confidente : voilà déja trois fois que je l'appelle inutilement; il joue, il perd, il veut regagner son argent, et même il m'a brusquée très durement.

Pour cette fois Joconde fut bien confirmé dans l'opinion qu'il s'était formée la veille, et voyant que le mal qui depuis long-temps faisait son malheur était inévitable, il s'éleva si promptement au-dessus, que le calme, la gaieté même, rentrèrent dans son ame. L'aventure d'Astolphe, ainsi que la sienne, se tournèrent si bien en plaisanterie dans sa tête, que dès le même soir on fut fort étonné de le voir rire et manger de bon appétit; et Fausto, qui venait tous les matins savoir de ses nouvelles, eut peine à le réveiller le lendemain.

Cette sécurité, cette gaieté, l'appétit et le sommeil eurent bientôt tiré Joconde de sa première langueur; ses joues s'arrondirent, les roses brillèrent sur son teint et sur ses lèvres; il redevint charmant, éclipsa le roi de Lombardie, et fit tourner la tête à toutes les femmes de la cour. Astolphe, aussi surpris que tous les courtisans, ne put rien comprendre à ce changement si subit et si merveilleux. Il emmena Joconde dans son cabinet; il l'embrassa tendrement, et le conjura de lui dire par quel bonheur il avait recouvré si promptement tous ses charmes et toute sa santé.

Joconde hésita long-temps; mais enfin emporté par sa gaieté naturelle et par le tendre attachement qu'il avait pour Astolphe, il lui dit que, s'il pouvait compter sur sa parole royale, et même sur la foi du serment qu'il exigerait, il lui ferait un fidèle aveu.

Astolphe ne se croyant nullement intéressé dans cette affaire, et pressé par la plus vive curiosité, lui prêta le serment le plus sacré que, quelque chose qu'il pût lui dire, aucun acte direct ou même indirect de sa part ne pourrait faire connaître qu'il fût informé de ce qu'il allait lui découvrir. Joconde, rassuré par ce serment redoutable, commença par lui conter bien ingénument sa propre histoire.

Astolphe ne put s'empêcher d'en rire et d'en plaisanter avec lui; mais bientôt il devint très sérieux, lorsque Joconde lui fit, avec la même

23.

franchise, le récit de tout ce qu'il avait vu de la galerie, et lorsqu'il lui proposa de le lui faire voir à lui-même. Astolphe furieux et consterné fut prêt un instant à déployer toute la rage qui l'agitait; mais le serment terrible qu'il avait prononcé le retint : son amitié pour Joconde, et la confiance que celui-ci venait de lui marquer, le portèrent même à le renouveler ; mais il exigea de son ami de le convaincre par ses propres yeux de tout ce qu'il venait de lui dire. Il ne fut que trop aisé de le satisfaire dès le même jour, et le roi lombard, confondu de tout ce qu'il venait de voir, se rendit facilement à l'opinion que Joconde avait prise de toutes les femmes.

Le lendemain matin, tous les deux s'étant bien enfermés dans le cabinet d'Astolphe, ce prince, ayant mûrement réfléchi, dit assez gaiement au jeune romain : Frère, que ferons-nous? quel parti croyez-vous que nous devions prendre? Ma foi, lui répondit Joconde en riant, moquons-nous d'un accident qui nous est commun avec tant d'autres : abandonnons nos coquines de femmes ; allons courir le monde, cherchons-en par-tout qui le soient autant qu'elles, et faisons essuyer à leurs maris le léger affront qui nous couvre la tête. Jeunes et aimables, comme nous le sommes, pouvant même prodiguer l'or et les présents, quelle sera la femme qui pourra nous résister? Non, pardieu ! ne nous désistons pas de cette entreprise, jusqu'à ce que mille d'entre elles

soient tombées dans nos filets. Ce parti parut
excellent à suivre au roi de Lombardie; le plaisir de voir sans cesse des pays nouveaux, ce
changement d'objets aimables que l'amour condamne bien haut et que le desir lui fait souvent
applaudir tout bas, celui d'augmenter le nombre
de leurs confrères et de jouir du spectacle de
leur ridicule sécurité, tout cela se présenta d'une
façon si plaisante à leur imagination, qu'Astolphe serait parti dès le même soir, si Joconde ne
l'eût retenu pour les préparatifs nécessaires.

Tout fut prêt dans la nuit suivante, et tous les
deux bien déguisés, se donnant réciproquement
le nom de frères, en ayant même l'un pour l'autre tous les sentiments dans le cœur, ils partirent le lendemain matin suivis de deux seuls
écuyers.

Ils parcoururent ensemble l'Italie, la France,
la Flandre et l'Angleterre : dès qu'ils trouvaient
quelques jolies femmes, ils s'arrêtaient, et ne
cherchaient jamais inutilement à leur plaire. Quelques-unes recevaient leurs présents, plusieurs
autres leur en offraient, toutes avaient l'air de
les aimer uniquement, et souvent l'un des deux
était trompé pour son compagnon même. Ils s'arrêtèrent ainsi dans leur voyage un mois, deux
mois en différentes villes, selon les amusements
qu'ils y trouvèrent. Avant la fin de l'année, ils
furent bien convaincus qu'il n'est point de femme
fidèle, et qu'il n'en est aucune qui résiste lorsqu'elle est bien attaquée.

Comme tant d'intrigues différentes ne pouvaient
se conduire sans quelque danger, et qu'ils étaient
bien sûrs que toutes les nouvelles aventures qu'ils
essaieraient ressembleraient aux premières, il leur
entra dans la tête le projet le plus singulier.

Astolphe dit un jour à Joconde : Frère, puisqu'il est bien prouvé qu'il est impossible qu'une
femme n'ait qu'un seul amant, choisissons une
jeune personne bien jolie, bien innocente encore, et partageons ses faveurs ensemble. Nous
nous aimons trop pour être jaloux l'un de l'autre, et nous ayant tous les deux pour amants,
il faut espérer que nous réussirons à la fixer. Joconde trouva ce projet très agréable et plein de
raison ; tous deux s'occupèrent à l'exécuter ; ils
cherchèrent de tous côtés l'objet dont ils s'étaient
formé l'idée ; ils crurent enfin l'avoir trouvé dans
une jeune Espagnole dont le père tenait une hôtellerie dans un faubourg de Valence.

Cette jeune fille se nommait Flammette ; elle
entrait à peine dans son printemps, et les fleurs
agréables qui la paraient ne semblaient pas être
entièrement écloses. L'hôte était pauvre et chargé
de beaucoup d'enfants ; une forte somme fut le
prix de Flammette : ils lui jurèrent de plus d'assurer pour toujours un sort heureux à cette aimable enfant.

Ils prennent donc Flammette, et la possèdent
tour-à-tour en paix et sans contestation, semblables à deux soufflets qui, soufflant alternative-

ment, entretiennent le feu d'une forge. Ils forment
le projet de parcourir toute l'Espagne et de passer ensuite dans le royaume de Syphax (1); ils
quittent Valence dans cette intention, et le soir
du même jour ils arrivent à Zattiva.

Dès qu'Astolphe et Joconde furent descendus
dans la meilleure hôtellerie de la cité, ils allèrent
parcourir les places publiques, les mosquées et
les différents monuments, selon leur usage ordinaire. Flammette resta dans l'auberge avec les
domestiques de l'hôte et ceux des deux amis;
ceux-ci s'occupaient du soin des chevaux, tandis
que les autres préparaient un bon souper.

Un jeune garçon qui servait dans cette auberge
reconnut bientôt Flammette; il avait servi chez son
père, ils s'étaient tendrement aimés; leurs premiers
soupirs avaient été l'un pour l'autre, ils se devaient de même leurs premiers plaisirs. Flammette
rougit en le reconnaissant; la surprise fit naître
cette première rougeur; son premier amour reprit tous ses anciens droits, et fit naître la seconde.
Ils eurent cependant la force de cacher tous les
sentiments qui les agitaient jusqu'à ce qu'ils pussent se parler en liberté. Ce jeune homme, qu'on
nommait le Grec dans la maison, trouve enfin le
moment heureux de parler à Flammette. Ah! lui
dit-il en lui serrant la main, je devine bien quel

---

(1) C'est-à-dire en Afrique, où était situé le royaume de
Syphax, la Numidie.   P.

est ton sort : mais dis-moi lequel de ces deux seigneurs est assez fortuné pour te posséder? Tous les
deux, répondit Flammette en versant une larme.
Elle poursuit, lui conte toute son histoire, et le
Grec en paraît ému. Ma chère Flammette, lui dit-il,
ah Dieu! je t'ai donc perdue pour toujours! hélas!
je ne m'étais éloigné de toi que pour travailler à
grossir ma petite fortune, la venir mettre à tes
pieds, et demander ta main à ton père. Flammette,
attendrie et sentant rallumer des premiers feux
bien plus vifs encore que ceux que le Lombard
et le Romain se flattaient d'avoir fait naître,
porte la main du Grec sur son cœur. Ah! lui
dit-elle, que n'es-tu revenu plutôt! Le Grec a
l'air de se livrer au désespoir, il embrasse les genoux de Flammette, il baigne ses mains de larmes.
Ah! lui dit-il, ma chère Flammette! je sens que
ta perte va m'arracher la vie; si du moins, avant
mon dernier soupir, je me sentais encore serrer
dans tes bras, je me consolerais de la perdre,
puisque je ne peux vivre pour t'adorer et te voir
sans cesse. Ma Flammette, ame de mon ame, se-
ras-tu donc assez cruelle pour refuser cette dernière faveur au malheureux qui va mourir pour
toi? Ah! mon ami, lui répondit la tendre et bonne
petite Flammette, tu connais mon cœur et ma sin-
cérité; va, je le desirerais autant que toi : mais
vois toi-même, que puis-je faire, étant jour et
nuit entre deux hommes également amoureux?
quel moment pourrais-je trouver à te donner?

Ce n'était pas sans raison qu'on appelait le Grec
ce jeune garçon ; il en avait bien l'air et la finesse ;
et nous allons voir qu'il surpassa celle de Sinon.
Eh bien ! lui dit-il, ma chère Flammette, tu me dis
que pendant toute la nuit l'un et l'autre de tes
amants sont à tes côtés. Eh, bon Dieu ! non, mon
ami, tu m'entends mal, interrompit-elle ; ma position est vraiment encore bien plus embarrassante. Dès que l'un a causé quelques moments
avec moi, l'autre a mille choses à me dire ; il faut
que tour-à-tour je réponde à l'un et à l'autre.
Comment pourrais-je te faire entrer dans cette
conversation-là sans le plus grand péril pour ta
vie et pour la mienne ? Le Grec serre Flammette
sur son cœur avec la tendresse la plus vive. Ah !
ne crains rien, lui dit-il, chère et charmante amie :
il me suffit que tu consentes à me rendre heureux ; laisse-moi trouver les moyens de les obliger
à se taire tous les deux, et de te parler sans cesse,
sans que l'un ni l'autre puisse en prendre ombrage. Ah ! que tu connais bien toute ma faiblesse
pour toi ! lui répondit Flammette : mais, mon cher
ami, prends garde, tu me fais frémir. Ils entendirent approcher quelqu'un, et Flammette n'eut
que le temps d'ajouter : Fais ce que tu voudras.

Cet ordre charmant de Flammette suffit au jeune
et subtil garçon ; il ne pensa plus qu'au moyen
de l'exécuter. Astolphe et Joconde, fatigués des
longues courses qu'ils avaient faites dans la cité,
soupèrent de bon appétit, burent amplement des

vins exquis de Chypre et de la côte de Carthage,
et bientôt, prenant chacun une main de la jolie
Flammette, ils se retirèrent avec elle.

Le Grec attentif à toutes leurs démarches n'en
hasarda de sa part aucune qui ne fût combinée.
Il laissa passer le temps qu'il crut nécessaire aux
deux voyageurs pour qu'ils se livrassent aux douceurs du sommeil. Il était bien sûr que la chère
Flammette n'aurait pas fermé la porte; il la trouve
entr'ouverte en effet : il entre bien doucement; le
bout du pied, qu'il tient en l'air, ne s'appuie en
avant que lorsque ses bras étendus l'assurent qu'il
ne peut exciter aucun bruit en faisant un pas :
il retient son haleine; il continue de porter ses
mains en avant, il parvient enfin à toucher les
rideaux du lit. Dès qu'il a bien reconnu le milieu
qui les sépare, il s'arrête; il écoute attentivement,
et bientôt il se dit en lui-même : Oh! oh! Flammette m'avait assuré que l'un de ces messieurs lui
parlait presque toujours; parbleu! je les trouve
bien muets. Le désir pressant qu'il avait de dire
quelque chose à Flammette le fit redoubler de précaution et d'adresse pour toucher légèrement le
pied du lit, compter le nombre des pieds qui l'occupaient, et connaître exactement leur position. Dès
qu'il en eût compté deux bien immobiles de chaque côté, il reconnut sans peine les deux jolis petits pieds de Flammette qui tremblèrent lorsqu'elle
sentit sa main. Le Grec leva bien adroitement la
couverture, entra dessous, la tête la première; et,

ne doutant point du plaisir que Flammette aurait à l'écouter après une si longue absence, il commença sur-le-champ avec elle une conversation qu'il ne laissa partager à personne pendant toute cette nuit.

Cependant, après un profond sommeil, Astolphe et Joconde s'étaient réveillés plusieurs fois, ayant tous les deux quelque chose à dire à Flammette; mais la trouvant engagée dans une conversation très suivie, chacun d'eux ne douta pas que ce ne fût avec son compagnon, et se retourna pour se rendormir, se faisant un scrupule de l'interrompre.

Le véritable amant de Flammette fut adroit pour sortir du lit et de la chambre, comme il l'avait été pour s'y introduire; et Flammette s'endormit alors de si bon cœur, qu'Astolphe ni Joconde ne voulurent pas l'éveiller. Frère, dit le roi lombard, cette pauvre petite n'en peut plus; vous l'avez fait bavarder toute la nuit, et je vous avoue même que je ne vous croyais pas un si rude causeur. En vérité, sire, répondit Joconde, je ne m'attendais pas à cette mauvaise plaisanterie : c'est, parbleu! bien vous qui n'avez pas cessé de parler, et qui ne m'avez pas donné seulement le temps de lui dire un mot. Joconde, dit Astolphe d'un air impatient, puisque j'ai bien voulu que tout fût égal entre nous, il faudrait du moins que nos plaisirs pussent l'être; je ne suis pas si grand parleur que vous, j'en conviens; mais enfin chacun est bien

aise de dire son petit mot en passant, et je vous
prie de contenir un peu plus votre langue une
autre fois. Joconde très piqué ne put s'empêcher
de répliquer avec un peu d'aigreur, et de paroles
en paroles la dispute devint si vive, que Joconde,
comme celui qui devait du respect à l'autre, lui proposa de réveiller Flammette, et de s'en rapporter
à sa décision. La pauvre petite devint tremblante,
lorsqu'elle les vit tous deux courroucés lui demander d'un ton impérieux, quel était celui des
deux avec qui elle n'avait pas cessé de causer
toute la nuit. Après bien des pleurs et quelque
résistance inutile, la pauvre Flammette leur cria
merci, les conjura de lui pardonner, et leur raconta naïvement toute son aventure.

Astolphe et Joconde étonnés, confondus, se
regardent fixement, restent un moment dans une
espèce d'admiration stupide, en se voyant trompés
tous les deux par cette ruse incroyable. A la fin
ils font un si violent éclat de rire, qu'ils se laissent tomber sur le lit la bouche ouverte, les yeux
fermés, et dans une convulsion si violente, qu'ils
en perdaient haleine; ils furent assez long-temps
les yeux mouillés, la poitrine haletante, sans pouvoir proférer une parole. Leur premier mot à la
fin fut de se dire : Eh! comment diable pourrions-
nous espérer de n'être pas la dupe de nos femmes,
puisque cette petite coquine-là, serrée de chaque
côté par l'un de nous deux, et n'étant encore
qu'une enfant, est assez adroite pour avoir trouvé

le moyen de nous tromper? Oh, pardieu! pauvres
maris, ajoutèrent-ils, eussiez-vous encore plus
d'yeux que vous n'avez de cheveux, vos femmes
viendraient bien à bout de les fermer. Ma foi,
poursuivit Astolphe, après avoir éprouvé tous les
deux un si grand nombre de femmes, nous en
éprouverions mille autres, que nous les trouve-
rions toutes semblables. Si tu m'en crois, mon
cher Joconde, nous nous en tiendrons à cette dernière expérience; il est impossible d'en pouvoir
faire une plus concluante; et puisqu'il est bien
prouvé que toutes les femmes se ressemblent, et
que les nôtres ne sont pas plus folles que les autres, tiens, mon ami, nos femmes sont jeunes et
jolies, le mieux que nous puissions faire, c'est
de les aller joindre, et de vivre bien gais et bien
tranquilles avec elles, sans prévoir ni craindre de
légers accidents, qui dans le fond sont plus ridi-
cules et risibles que fâcheux.

Joconde qui dans ce moment crut voir ce sein
charmant d'Édile qu'il n'avait pu frapper, et qu'il
mourait d'envie de baiser encore, trouva que So-
crate n'eût pas mieux raisonné qu'Astolphe, et se
rendit à son avis. Tous les deux se levèrent après
avoir embrassé Flammette; ils firent appeler son
amant qui s'en vint l'oreille basse, n'osant les regarder, et cependant le vaurien riait sous cape
et se mordait les lèvres. Les deux amis firent de
nouveaux éclats de rire en le voyant, prirent la
main de Flammette, la mirent dans la sienne; et,

tirant de leurs coffres une cassette pleine d'or, ils
la lui donnèrent pour dot.

Le projet qu'ils venaient d'arrêter entre eux
était trop sage pour qu'ils différassent à l'exécuter;
et tous les deux volèrent dans les bras de leurs
moitiés, qu'ils retrouvèrent plus caressantes et
plus aimables que jamais.

C'est ainsi que l'hôte conta son histoire, qui
fut écoutée avec bien de l'attention. Rodomont,
qui n'avait eu garde de l'interrompre, lui dit seulement lorsqu'elle fut finie : Je crois bien qu'on
trouverait tant d'exemples des ruses et de la légèreté des femmes, qu'il serait impossible de les
rassembler dans toute une grande bibliothèque.

Il se trouva par hasard parmi les auditeurs de
l'hôte un homme déja vieux, et qui paraissait
également instruit et sensé; il fut choqué de voir
porter à l'excès la censure amère et la mauvaise
opinion qu'on avait des femmes; il entreprit l'hôte,
et lui dit : Il est bien aisé d'imaginer des histoires,
et pour peu qu'elles soient plaisantes, la malignité
publique les fait courir, quelque fausses qu'elles
soient, et je regarde comme étant de cette espèce
la fable que vous venez de nous raconter. Quant
à celui dont vous la tenez, quand ce serait un
évangéliste dans tout ce qu'il peut dire d'ailleurs,
je ne le croirais pas davantage, et je suis sûr que
c'est bien moins par expérience que par une fausse
prévention que cet homme parle ainsi des femmes.
Peut-être une ou deux l'ont-elles mis dans le cas

de se plaindre, et très injustement il répand sa
colère sur toutes les autres : mais qu'il s'apaise,
et vous verrez qu'il finira par les louer; il y aura
plus beau jeu qu'à les blâmer : il lui sera facile
d'en trouver une infinité qui font l'honneur de
leur sexe et le bonheur du nôtre; et votre Valério
même, s'il ose le nier, ne peut le faire que par
ressentiment de quelque affront qu'il a peut-être
mérité. Parlons vrai; quel est celui qui peut dire
avec vérité qu'il n'a jamais manqué de fidélité
pour sa femme? quel est l'homme assez retenu pour
n'avoir pas profité d'une occasion favorable, pour
n'avoir pas cherché à la faire naître, et quelquefois
même par des présents? Croyez-vous en trouver
un seul qui se conduise autrement? Qui se don-
nera pour être irréprochable sur cet article est un
menteur, et celui qui voudra bien le croire est un
imbécille. Connaissez-vous quelque mari d'une
jolie femme qui ne soit prêt à la tromper, si
quelque autre, quelquefois moins aimable même,
lui fait des avances? Ma foi, je crois qu'il n'en est
pas un qui n'y succombât. Allez, allez, les pauvres femmes qui quelquefois trompent leurs maris
en ont souvent de bien bonnes raisons que vous
ignorez; chacun sent son petit mal intérieur : vous
m'avouerez qu'il est un peu dur à la femme la
plus honnête de voir son mari prodiguer un bien
qu'il lui refuse : il est bien tentant alors de prendre
celui qu'on lui présente d'une manière si douce
et si généreuse.

Oh! certes, si j'étais souverain, je ferais une bonne et sévère loi, par laquelle je condamnerais une femme convaincue d'avoir manqué totalement à la foi conjugale : mais ce ne serait qu'autant qu'il lui serait impossible de prouver que son mari ne l'eût pas prévenue, et la plus simple preuve suffirait pour l'absoudre. Eh! n'est-il donc pas écrit : Ne fais rien aux autres que ce que tu voudrais qui te fût fait? N'accusons donc qu'avec la plus grande circonspection un sexe charmant et souvent vertueux, d'une faiblesse qui nous est mille fois plus commune qu'à lui; n'ayons point l'injustice atroce de lui faire un crime de ce qu'en notre faveur nous osons traiter de plaisanterie. N'avons-nous pas contre nous de plus qu'elles, un malheureux penchant qui nous porte à bien des crimes que la force et l'audace naturelles à l'homme lui font commettre, quand il n'est pas retenu par l'honneur et par la vertu? et devons-nous donc lui reprocher si sévèrement cet autre penchant si doux que la nature a mis également en l'un et l'autre sexes?

Le bon et honnête vieillard, se sentant bien fort par la justice de la cause qu'il soutenait, parut animé d'un nouvel enthousiasme, et allait répéter le nom d'un grand nombre de femmes vertueuses et charmantes qui faisaient la gloire de leur siècle, et qui savaient réprimer toute espèce de témérité par l'honneur et la décence sans pruderie, qu'elles portaient dans les sociétés les plus bril-

lantes, si le maudit Sarrasin, furieux de s'entendre
dire la vérité, ne l'eût pas fait taire en le regardant avec des yeux menaçants (1).

Cette dispute étant finie, on ôta la table, et Rodomont tâcha de prendre quelque repos; mais le
souvenir cruel de la légèreté de Doralice continuant à lui déchirer le cœur, il ne put fermer
l'œil; et dès qu'il aperçoit le premier rayon du
soleil, il part, et se dispose à faire son voyage
par eau. Il sentait en effet qu'après deux aussi
longues journées, il devait donner quelque repos
à ce bon Frontin qu'il retenait malgré Roger et
Sacripant. Il s'abandonna donc à la conduite des
bateliers qui faisaient voguer assez légèrement
leurs barques sur la Saône; mais le noir chagrin
dont il était obsédé le suivit également sur les
eaux comme sur la terre; il le poursuit, lorsqu'il
passe de l'avant à l'arrière du bateau; s'il eût ga-
lopé, les mêmes soucis montant en croupe eussent été derrière lui (2).

Rodomont sentait bien vivement toute l'horreur
d'un état pareil : son plus cruel ennemi, c'était
son propre cœur; et, quelque part qu'il portât ses
pas, il ne pouvait espérer de le chasser. Il navi-

_____

(1) Ah! que le vieillard dut regretter en ce moment la vigueur de ses belles années! qu'il se plaignit au ciel d'être at-
terré par une goutte cruelle qui l'empêchait de se battre avec
Rodomont! *Note du Traducteur.*

(2)   Post equitem sedet atra cura. (Hor. lib. iii, od. i.)   P.

gua pendant tout le jour et la nuit suivante; mais
les eaux ne lui furent pas plus favorables que la
terre; elles n'éteignirent ni son ancienne flamme
ni sa fureur contre son rival. Ce prince était absolument semblable au malheureux malade que
ronge une fièvre ardente; on voit celui-ci changer
à tous moments de côté, l'un et l'autre de ses
flancs sont également douloureux; qu'il appuie
sa tête souffrante sur l'un ou l'autre bras, il sent
toujours les mêmes élancements. Il en fut de
même sur la terre et sur les eaux pour l'infortuné roi d'Alger: il n'eut plus enfin la patience
de rester sur cette barque; il se fit mettre à terre,
et, remontant à cheval, il poursuivit sa route.

Rodomont traversa sans obstacles les villes de
Lyon, de Vienne et de Valence, et bientôt il
aperçut le beau pont d'Avignon: tous les riches
pays entre le Rhône et les hauts monts Celtibé-
riens avaient été déjà conquis par les rois d'A-
frique et d'Espagne: celui d'Alger prit alors sur
la droite pour gagner Aigues-mortes, et s'embarquer pour Alger. Il arriva près d'un village sur
le bord d'une rivière. Ce village agréable, chéri
de Cérès et de Bacchus, était alors dépeuplé, à
cause des ravages fréquents que les soldats y
avaient exercés. Il aperçoit d'un côté la vaste mer;
de l'autre il voit les blonds épis ondoyer dans
des plaines immenses.

Il trouva près de ce village une petite église
nouvellement bâtie sur une colline: mais depuis

l'incursion des Maures, les prêtres l'avaient abandonnée. Rodomont la choisit pour retraite, parcequ'elle était éloignée des camps dont il ne voulait plus entendre parler : elle lui plut à tel point,
qu'il lui donna la préférence sur Alger. Il re-
nonça au dessein de retourner dans son royaume,
tant cette solitude lui parut agréable et commode ;
il y fit sur-le-champ établir ses gens, ses équipages et son cheval. Ce village était voisin de
Montpellier, de plusieurs autres villes et châteaux :
il était situé sur le bord d'une belle rivière ; et la
nature semblait l'avoir embelli de tout ce qui
peut contribuer aux agréments de la vie.

Le roi d'Alger, étant un jour pensif comme à
son ordinaire, vit arriver par le sentier d'une
prairie une jeune et belle personne accompagnée
d'un moine portant une longue barbe ; ils conduisaient derrière eux un cheval chargé d'un grand
coffre couvert de noir.

En se rappelant ce qu'on a déjà lu d'Isabelle
et de Zerbin, on pourra deviner facilement que
c'était cette malheureuse princesse qui venait, sous
la conduite du vieil hermite, pour se retirer en
Provence, et consacrer ses jours à la prière comme
aux larmes qu'elle donnait à son amant dont elle
emportait le corps avec elle.

Quoique son visage fût pâle, quoique ses yeux
fussent ternis par les larmes, et que tout annon-
çât en elle la plus mortelle douleur, les amours
et les graces n'avaient pu s'enfuir loin d'elle ; ils

24.

semblaient voltiger encore près de celle qu'ils
avaient embellie de tous leurs traits les plus séducteurs.

Dès que Rodomont l'eut quelque temps regar-
dée, il sentit éteindre subitement cette fureur
qui l'agitait contre un sexe qui fait le bonheur
du monde. Isabelle lui parut charmante et bien
digne de remplacer dans son cœur la volage Doralice. Toujours impétueux, et se livrant à son
premier sentiment, il devient à l'instant éperdu-
ment amoureux d'Isabelle, et cette nouvelle chaîne
a déjà toute la force de la première. Il l'aborde ;
il observe de rendre sa voix et ses regards plus
doux : il lui demande quel heureux hasard l'a
conduite en ce lieu. Isabelle lui rend compte des
motifs qui la portent à se consacrer à Dieu.

Rodomont ne croyait point en Dieu ; l'impie se
mit à rire, et, comme un homme qui n'a nulle
idée d'aucune espèce de religion, il se moqua de
son dessein et de l'erreur qui l'aveuglait en lui
suggérant d'enterrer tant de charmes. Vous seriez
plus coupable, lui dit-il, que l'avare qu'on voit
enterrer ses trésors sans en jouir et pour en pri-
ver les autres. Ce sont, poursuivit-il, les bêtes
féroces et nuisibles qu'il faut enfermer ; mais ce
serait un crime que de soustraire aux yeux la
plus charmante personne de l'univers.

Le bon hermite, craignant que de pareils propos ne fissent quelque impression sur Isabelle,
prit la parole, et s'éleva contre les discours du

Sarrasin, qui goûta très peu ses bonnes raisons.
On sait assez à quel point Rodomont était mauvais disputeur, et comment il écoutait les con-
tradictions. Le pauvre moine, plein de ferveur,
parlait, et l'interrompait toujours : l'impétueux
Sarrasin, perdant enfin toute patience, le saisit
brusquement au collet; mais, ma foi, j'ai si grande
peur d'être traité de même, si je ne finis pas ce
chant, que je me tais bien vîte, et vous ne me
prendrez pas plus long-temps pour un babillard.

FIN DU VINGT-HUITIÈME CHANT.

CHANT XXIX.

ARGUMENT.

Rodomont devient amoureux d'Isabelle. — De quelle manière il se débarrasse des représentations de l'hermite. — Résolution d'Isabelle. — Moyen qu'elle emploie pour échapper à l'amour de Rodomont. — Expiations de Rodomont. — Roland arrive au pont. — Combat entre lui et Rodomont. — Folies de Roland. — Il rencontre Angélique et Médor.

Ah! que l'esprit humain a peu de retenue, et que ses résolutions sont variables! un rien suffit quelquefois pour détruire nos premiers projets, et de tous les sentiments qui nous affectent, il n'en est pas de moins durables que ceux qu'un dépit amoureux a fait naître. Nous avons vu Rodomont s'emporter à l'excès contre les femmes, jeter feux et flammes contre elles, passer même de beaucoup les bornes du mal qu'on peut imaginer d'elles; on aurait cru qu'aucune ne pourrait jamais l'apaiser. Ah! que ce maudit Sarrasin m'indignait en parlant ainsi! que je désirais pouvoir le confondre! Sexe charmant, il m'est

bien doux enfin de pouvoir vous défendre dans
mes chants, et de prouver à l'univers que Rodomont eût mieux fait de se mordre la langue et se
taire que d'exhaler une rage impuissante contre
vous. L'expérience va bien démontrer quelle était
son imbécille folie, et qu'il ne faut qu'un instant
à l'Amour pour soumettre un furieux, et pour le
faire rentrer dans ses chaînes. Un seul regard
d'Isabelle suffit pour le dompter : à peine l'a-t-il
vue, il ne la connaît pas encore, et déja elle suc-
cède dans son ame à celle qu'il aimait.

Déja cette flamme naissante, mais qui portait
la violence d'un caractère aussi fougueux, fait
imaginer au Sarrasin mille folles raisons pour dis-
suader Isabelle de ses saintes résolutions. Le bon-
homme d'hermite, de son côté, veut servir d'égide
à sa belle prosélyte, et plaide la cause de l'éternel
par des arguments aussi longs qu'ils étaient pieux
et solides. Le brutal Sarrasin lui dit vingt fois :
Tais-toi, père, tu m'ennuies ; va te faire discipli-
ner dans ton désert. Le pauvre hermite, emporté
par son zèle, argumente de plus belle, et brave
son impatience. Rodomont, n'y pouvant plus tenir, commence par lui arracher une poignée de sa
barbe, et, sa furie augmentant encore, il prend
le moine au collet avec ses mains plus fortes que
des tenailles, il l'enlève, le fait tourner deux ou
trois fois en l'air comme une fronde, et le lance
enfin comme un caillou du côté du rivage.

Je ne peux pas trop bien vous dire ce que devint le pauvre hermite; car la renommée l'a raconté diversement : les uns disent qu'il se brisa tellement en tombant sur un écueil que l'on eût pu prendre un de ses pieds pour sa tête; les autres croient qu'il alla tomber dans la mer, quoique éloignée de plus de trois milles, et qu'après avoir en vain adressé au ciel beaucoup de prières et d'oraisons, il y périt, faute de savoir nager. D'autres enfin assurent qu'un saint vint à son secours, et d'une main visible le tira sur le rivage. Vous pouvez en croire tout ce qu'il vous plaira; car Turpin n'en parle plus, et je n'ose rien certifier que sur sa parole.

Dès que Rodomont se fut défait de cet hermite qu'il n'avait regardé que comme un bavard, il prit une mine plus gracieuse, et se retourna vers la belle affligée, qui frémissait d'effroi. Le Sarrasin se servit brusquement de ces petits propos doucereux usités par les amants vulgaires. Mon cœur, ma vie, ma douce espérance, lui disait-il, consolez-vous. Il prenait même assez sur lui dans ce premier moment pour ne lui faire rien craindre de pis que ces triviales fadeurs. Les charmes si touchants d'Isabelle en pleurs avaient en effet adouci tellement cette ame féroce, que son amour n'eut rien d'effrayant; heureusement même l'amour-propre de Rodomont lui fit espérer qu'il obtiendrait bientôt, par sa douceur et par ses soins, que cette jeune beauté ne lui fût pas long-temps cruelle.

La pauvre princesse, se voyant seule avec ce terrible homme dans un lieu solitaire et sauvage, se trouvait, hélas! comme une petite souris entre les griffes d'un gros chat. Un brasier ardent l'eût moins effrayée que sa position. Elle cherchait dans sa tête, elle épuisait tous les moyens dont elle pouvait se servir pour conserver son honneur dans toute sa pureté; elle se détermina promptement à mourir plutôt que de rester en proie à la violence du Sarrasin. Les vœux qu'elle avait faits à l'éternel, l'amour qu'elle portait à la mémoire de son amant, exigeaient de cette ame timorée et si tendre, le sacrifice de sa vie. Hélas! Isabelle ne tarda pas à connaître dans les yeux de Rodomont que bientôt elle n'aurait plus d'autre parti à prendre; il la faisait déja frémir. Ce n'était plus par un air doux et soumis, ce n'était plus par les propos tendres et galants d'un amant, que Rodomont cherchait à lui plaire; ses regards étincelants avaient l'air de ne plus contempler que sa victime. Isabelle n'avait pas un moment à perdre, et le désespoir l'inspira. Seigneur, lui dit-elle avec un air d'assurance, si vous savez calmer vos transports, je peux vous apprendre des secrets qui vous seront mille fois plus utiles que de me ravir l'honneur (1).

On dit que le plaisir le plus vif ne dure qu'un

---

(1) On raconte une histoire semblable d'une jeune fille du temps du calife Mirvan, dans le huitième siècle. P.

moment, et qu'il est facile de trouver mille jolies
femmes prêtes à satisfaire au desir qu'il inspire :
mais dans le plus grand nombre de celles qui se
plairaient à le partager, vous n'en trouveriez pas
une qui pût vous apprendre un secret tel que
celui que je peux vous donner. Il est, seigneur,
d'une telle importance pour un guerrier tel que
vous, que vous seriez aussi dupe qu'imprudent,
si vous préfériez une misère comme celle que vous
desirez, à ce secret merveilleux dont moi seule
au monde je puis vous donner la recette.

J'ai la parfaite connaissance, poursuivit-elle,
d'une plante que je viens même d'apercevoir près
d'ici. Prenez cette plante admirable, allumez des
branches de cyprès; faites-la bouillir long-temps
avec du lierre et de la rue; que les mains pures
d'une vierge en expriment alors le suc, vous ob-
tiendrez une liqueur d'une vertu si puissante,
qu'en vous en baignant seulement trois fois le
corps, vous lui donnerez une dureté supérieure
à celle du fer même, et vous le rendrez impénétrable, non-seulement à toute sorte d'armes, mais
encore à la flamme la plus violente. En renouve-
lant ce bain tous les mois, on est sûr d'être toujours invulnérable. Je viens de voir cette herbe,
je sais la préparer; dès demain matin vous pourrez en faire l'expérience, et je crois que la conquête même de l'Europe ne doit pas être aussi
précieuse à vos yeux que la possession d'un pareil secret. Je suis prête à vous l'apprendre, sei-

gueur, et je ne vous en demande point d'autre prix, que de ne plus offenser, ni par vos actes, ni par vos discours, celle dont la pureté vous est nécessaire pour porter ce baume divin à sa perfection.

L'adresse d'Isabelle réussit ; Rodomont était ambitieux, il sentait qu'il était né querelleur ; et le desir de devenir invulnérable fit tant d'impression sur lui, qu'à l'instant même il devint beaucoup plus honnête, et qu'il lui promit solennellement plus qu'elle ne lui demandait. Cependant le méchant Sarrasin, qui ne connaissait ni créateur, ni saints, ni madones, et qui ne craignait pas même l'avilissement du mensonge ni du parjure, le scélérat se disait alors dans son cœur : Par Beelzébuth, l'expérience est bonne à faire ; je serais bien sot de ne la pas essayer : mais je le serais bien autant, si, dès qu'elle sera faite, cette jolie créature ne me payait le temps que je consens à lui sacrifier.

Le roi d'Alger fait à Isabelle mille protestations de ne plus l'importuner, pourvu qu'elle s'occupe de préparer la liqueur qui doit le rendre tel qu'étaient jadis Cycnus et Achille (1). Isabelle parcourant les collines, les vallons les plus éloignés du hameau, ramasse une grande quantité d'herbes ;

_____

(1) Ovide, dans le douzième livre des métamorphoses, dit que Cycnus, fils de Neptune, était invulnérable.—Suivant une fable qui paraît postérieure à Homère, Achille ne pouvait être blessé qu'au talon.　　　　　　　　　　　　P.

mais le maudit Sarrasin ne la quitte pas un instant. Elle en cueille en divers endroits avec et
sans racines, et la nuit approchait lorsqu'ils furent
de retour au logis. Isabelle prépare ses herbes, en
fait un mélange, et passe toute la nuit à les faire
bouillir. Le modeste Rodomont, pendant tout ce
temps, paraît être un vrai parangon de vertu; il
assiste aux opérations qu'Isabelle fait d'un air bien
mystérieux. Pour abréger le temps, il passait la
nuit à jouer avec le petit nombre d'écuyers qu'il
avait conservés près de lui : la grande chaleur du
feu lui causant une soif ardente, il leur ordonne
d'apporter deux barils d'un vin grec qu'il avait
enlevés la veille à de pauvres marchands pro-
vençaux.

Rodomont n'était pas accoutumé au vin dont
sa loi défend l'usage : celui-ci lui paraît excellent;
il en boit d'abord à petits coups, et bientôt à tasse
pleine : sa bonne humeur et sa soif augmentent,
et les deux barils finissent par demeurer vides et
renversés.

Isabelle, pendant ce temps, faisait bouillir sa
chaudière en regardant avec plaisir du coin de
l'œil le Sarrasin qui s'enivrait : le voyant suffisam-
ment troublé par le vin qu'il avait bu, elle retire
du feu la chaudière où cuisaient les herbes, remplit un vase de la liqueur, et, d'un air riant et
satisfait, elle appelle Rodomont. J'ai pleinement
réussi, seigneur, lui dit-elle, et c'est à ce coup
que vous allez voir si je ne vous ai fait que de

vaines promesses : mais comme je ne veux pas que vous me soupçonniez d'avoir joint quelques herbes vénéneuses dans ce mélange, je vais en faire avant vous l'expérience sur moi-même ; et dès que je me serai baignée de cette liqueur, comme je vous l'ai déjà dit, vous verrez votre épée, quelque forte et tranchante qu'elle puisse être, rebrousser et rebondir sur mon cou.

Isabelle se baigne comme elle l'a dit ; et, pénétrée de joie de pouvoir rendre son ame pure à l'éternel, elle présente cette belle tête dont le front est si serein et son cou d'ivoire à Rodomont ; le Sarrasin étourdi par les vapeurs du vin, et n'imaginant pas qu'elle s'expose volontairement à la mort, porte un revers terrible, et fait voler cette tête qui fut l'agréable asyle des Amours. On la vit bondir trois fois, on l'entendit prononcer encore le nom de Zerbin.

C'est ainsi que la vertueuse Isabelle préféra la mort au déshonneur. Ame fidèle et tendre, qui sûtes conserver votre amour et votre pureté par des sentiments presque inconnus de nos jours, volez en paix dans le sein de la divinité ; puissent mes faibles chants rendre votre gloire immortelle, et vous faire passer comme un modèle de chasteté jusqu'aux siècles les plus reculés !

Le créateur du ciel et de la terre contemple cet acte admirable et nouveau. Je le préfère, dit-il, à celui de Lucrèce ; je veux même faire en sa faveur une loi que rien ne puisse altérer ; et c'est par le fleuve inviolable (1) que je fais serment que les siècles futurs ne pourront la changer. Je veux qu'à l'avenir toutes celles qui porteront le beau nom d'Isabelle soient aimables, belles, parées par les graces, et vertueuses; je veux qu'elles méritent d'être célébrées sur le Parnasse, le Pinde et l'Hélicon, et que ces monts sacrés retentissent sans cesse de l'illustre nom d'Isabelle.

C'est ainsi que le Très-Haut parla : l'air devint plus pur et plus serein; la mer abaissa ses flots à sa voix : l'ame rayonnante d'Isabelle s'éleva dans le troisième lambris des voûtes célestes; elle s'y réunit à celle de Zerbin; et ce nouveau Bréhus-sans-pitié (2), couvert d'un sang si précieux, demeura honteux et déshonoré sur la terre.

Il crut pouvoir satisfaire en partie à la cruelle mort d'Isabelle, en rendant à jamais célèbre celle à qui sa main barbare venait d'arracher la vie : il imagina de disposer la petite église qu'il avait également profanée par son séjour et par un meurtre, de façon qu'elle pût servir de mausolée; il fit venir de force ou de bonne volonté des architectes et des maçons qu'il rassembla de toutes

---

(1) Dieu approuvant le suicide de Lucrèce, et jurant par le Styx, comme Jupiter dans l'Iliade et l'Énéide, est une fiction que les commentateurs ont vainement tenté de justifier, même dans un poëme tel que celui de l'Arioste.　　P.

(2) Personnage des romans de la Table ronde. (Voyez Tristan de Léonais, 3ᵉ vol. de cette édition de Tressan.)　　P.

parts. Six mille ouvriers furent employés à tailler des rochers et des pierres dans la montagne; il leur fit élever un grand môle de quatre-vingt-dix brasses de haut, à peu près de la même forme que le beau môle d'Adrien que l'on voit sur les bords du Tibre (1); il y renferma l'église dont il fit un sépulcre dans lequel il réunit les corps des deux fidèles amants.

Il fit alors élever une grande et forte tour près de ce sépulcre; il résolut de l'habiter pendant quelque temps, et son dessein en même temps fut de défendre un pont qu'il fit bâtir sur la rivière. Ce pont était fort long et n'avait que deux brasses de large : à peine deux cavaliers pouvaient-ils y passer de front; nul parapet ne le défendait des deux côtés, et les chevaux qui s'y rencontraient couraient souvent risque de tomber dans la rivière. Le projet du Sarrasin fut d'arrêter et de combattre tous les guerriers, chrétiens ou mahométans, qui se présenteraient pour le passer; il promet aux mânes de sa victime de suspendre à son monument mille trophées de leurs dépouilles.

Le pont étroit fut achevé en dix jours; mais le mausolée et la tour exigèrent un temps plus long pour être portés à leur perfection. Dès que la tour fut assez élevée, Rodomont y fit placer une sentinelle en vedette qui l'avertissait, en donnant

_____

(1) Le château Saint-Ange, à Rome, bâti par le pape Adrien VI.   P.

du cor, lorsque quelque chevalier arrivait au pont.
Alors le roi d'Alger prenait ses armes, et se rendait à l'une des deux extrémités du pont, du côté
opposé à celle par laquelle l'arrivant devait se présenter. Le pont seul servait de carrière à la joute
périlleuse qu'ils devaient faire. Pour peu qu'un des
deux ébranlé chancelât sur un des bords du pont,
il tombait dans la rivière très profonde dans cet
endroit, et jamais aucun de ces espèces de combats n'avait menacé les combattants de plus de
périls à-la-fois. Rodomont, s'imposant des péni-
tences selon sa fantaisie, croyait qu'exposé si
souvent à boire de l'eau par de fréquentes chutes
dans la rivière, il expierait la faute d'avoir trop
bu le jour où, la tête troublée par les fumées
du vin, il avait donné la mort à la malheureuse
Isabelle.

Les deux chemins qui conduisaient en Espagne
ou en Italie aboutissaient également à ce pont:
une infinité de chevaliers ne voulurent point par
honneur se détourner de leur route pour l'éviter; d'autres même s'y présentèrent sans autre
dessein que celui d'acquérir de la gloire : mais
ils y perdirent tous également leurs chevaux et
leurs armes. Tout ce que le Sarrasin fit en faveur
de ceux de sa religion fut de les renvoyer libres,
après les avoir fait dépouiller de leurs armes; pour
les chrétiens, il les retenait tous dans une étroite
prison, ou quelquefois il les envoyait dans sa
capitale.

Ces grands ouvrages n'étaient pas encore dans toute leur perfection, lorsque le hasard conduisit l'insensé Roland à l'une des extrémités de ce pont. Rodomont, armé de toutes pièces, se promenait sur l'une et l'autre extrémité, lorsque le comte d'Angers tout nu et le corps brûlé par le soleil, souillé par la fange, la poitrine et les épaules couvertes d'un poil hérissé, se présenta pour passer; il débuta par sauter par-dessus la barrière, et continua sa route le long de ce pont. Rodomont, irrité de son audace, lui cria de loin de s'arrêter et de rebrousser chemin. Dédaignant de lui faire voir seulement la pointe de son épée, il le menace comme un paysan insolent et téméraire. Arrête, misérable, lui cria-t-il; un pareil pont n'est fait que pour des chevaliers, et non pour une lourde et vilaine bête telle que toi. Le bon Roland, sans être ému de ces propos que la confusion de ses idées ne lui permet pas seulement d'entendre, continue brusquement son chemin sans avoir l'air de l'écouter. Pardieu! dit le Sarrasin, il faut que je corrige un peu ce manant-là, et que je le fasse culbuter dans la rivière. Il ne pensait pas vraiment trouver un homme si bien en état de lui répondre.

Dans ce même moment, il se présentait aussi, du même côté que Roland, une jeune dame richement vêtue, bien montée, et d'une figure fort agréable. C'était (et j'espère, seigneur, que vous vous la rappelez) cette tendre maîtresse de Brandimart, qui marchait sans cesse sur les traces qu'elle croyait être celles de son amant ; Fleur-de-Lis ignorait encore qu'il était déja de retour à Paris. Elle arriva donc à l'entrée du pont, au moment où Roland joignait Rodomont, et où celui-ci voulait le jeter dans la rivière. Elle était liée d'une amitié trop tendre avec ce célèbre paladin, pour ne le pas reconnaître malgré l'état effroyable qui le défigurait. Elle s'arrêta aussi surprise qu'affligée de le voir nu, donnant des signes certains de la folie la plus complète. Bientôt elle vit les efforts incroyables que faisaient ces deux hommes pour se renverser. Comment diable, disait le Sarrasin entre ses dents, un vil paysan peut-il avoir la force de me résister? et, plein de dépit et de fureur, il faisait alors de nouveaux efforts pour le renverser à ses pieds. Il emploie toutes ses forces, toutes les ruses dont les habiles lutteurs savaient se servir à propos. Il tourne autour de Roland sans lâcher prise ; comme un ours étourdi de la chute qu'il a faite d'un arbre, s'en prend au tronc qu'il ébranle et qu'il voudrait pouvoir déraciner, pour le punir d'avoir porté la branche sèche qui s'est brisée sous sa lourde masse.

Roland, dont l'esprit était absolument égaré, n'employait contre le Sarrasin que cette force prodigieuse qu'il avait reçue de la nature ; et ce fut peut-être par un nouveau trait de folie que, tout-à-coup, il embrassa fortement Rodomont.

et, se laissant tomber à la renverse, l'entraîna
dans ses bras en se précipitant dans la rivière :
tous les deux allèrent à fond ; leur chute fit jaillir
l'eau jusqu'au pont, et retentir le rivage.

L'eau les sépare dans leur chute. Roland, qui
nage comme un poisson, la fend avec ses bras
nerveux ; il gagne le rivage, et sans se soucier,
sans s'occuper davantage de cette aventure, il
poursuit sa route en courant. Rodomont, appe-
santi par ses armes, a beaucoup plus de peine à
revenir à terre (1).

Fleur-de-Lis, pendant ce temps, passe le pont
sans obstacle ; elle examine si les armes de Brandimart ne sont pas du nombre de celles qui sont
suspendues : elle a le bonheur de ne pas les y
voir ; elle espère encore pouvoir retrouver son
amant (2). A l'égard de Roland, il laisse bientôt
la tour et le pont derrière lui. Ce serait une
folie, presque aussi grande que la sienne, que
de vous raconter toutes les extravagances que
faisait le pauvre comte d'Angers : cependant, pour
vous en donner une idée, j'en rapporterai quelques-unes, et surtout celle qu'il fit assez près de
Toulouse, vers le pied des Pyrénées.

Roland, toujours agité par sa folie qui tenait
souvent de la fureur, arrive enfin sur le sommet

---

1 Le poète revient à Rodomont, au trente et unième
chant.

2 Fleur-de-Lis reparaît au trente et unième chant.

des monts qui séparent la France et la Catalogne.
Il poursuit sa route vers le couchant, dans un
chemin étroit qui serpente à mi-côte au-dessus
d'une profonde vallée. Il rencontre en son chemin deux jeunes bûcherons, qui conduisaient un
âne chargé; lorsque ceux-ci le voient tout nu,
ne doutant point à ses yeux égarés qu'il n'ait
perdu la tête, ils lui crient de se déranger du chemin, et de prendre à droite pour laisser passer
leur âne. Roland, qui se voit menacer par les cris
et les gestes de ces bûcherons, saute vers l'âne,
lui donne un coup de pied dans le poitrail, et le
fait voler en l'air aussi légèrement qu'un oiseau;
l'animal va tomber sur le sommet d'un rocher
qui s'élève à un mille au-dessus de la vallée. L'un
des deux bûcherons voyant courir Roland sur eux
hasarde de se précipiter dans la montagne pour
l'éviter : il tombe de trente ou quarante brasses,
et, trouvant heureusement à moitié chemin les
branches molles et flexibles d'un buisson de ronces
qui l'arrètent dans sa chute, il en est quitte pour
quelques meurtrissures, et s'échappe : l'autre, espérant s'enfuir en grimpant sur le rocher à l'aide
d'une vieille souche, est saisi par les pieds, et
Roland, cruel dans sa folie, l'écartelle en deux,
comme un fauconnier ouvre un poulet, ou bien
un pigeon, pour donner la gorge chaude à son
oiseau, et le repaître d'entrailles et de membres
chauds et sanglants. Son camarade, qui vit cette
terrible mort en frémissant, eut grand soin de la

raconter à Turpin, d'après lequel je n'ai garde de manquer à l'écrire.

Roland fit plusieurs actes aussi surprenants en traversant les Pyrénées; et, commençant à descendre vers l'Espagne du côté du midi, les bords de la mer lui parurent être le chemin le plus agréable; il s'avança vers Tarragone. La grande chaleur qui rendait le sable des bords de la mer brûlant lui donna envie de prendre quelque repos; et ce sable lui paraissant un assez bon lit, il s'y coucha, s'y enfonça, s'en couvrit la tête, mais il ne put s'endormir : quelque bruit qu'il entendit près de lui le rendit attentif; il était occasionné par l'approche d'Angélique et de Médor qui traversaient aussi l'Espagne pour retourner dans l'Orient.

La belle Angélique et son nouveau mari n'ayant point d'abord aperçu Roland enfoncé dans le sable, n'en étaient déja plus qu'à près d'une brasse de distance : elle ne put le reconnaître, tant il était défiguré par tout ce qu'il avait essuyé depuis sa folie; et quand il eût été l'un de ces Garamantes adorateurs de Jupiter Ammon, ou quelque habitant des bords du Nil, sa peau n'aurait pas été plus basanée. Son visage était hideux; sa chevelure et sa longue barbe étaient hérissées et pleines de sable. Dès qu'Angélique l'aperçut, elle s'enfuit tout épouvantée, remplissant l'air de ses cris, et appelant Médor à son secours.

Aussitôt que Roland la vit, il se leva brusquement; il eut envie de s'en emparer, mais ce ne fut que parcequ'elle lui parut très jolie; car sa tête était si perdue qu'il ne put pas même reconnaître celle qu'il avait si long-temps adorée et servie. Il court après elle avec la rapidité d'un lévrier qui poursuit sa proie. Médor, qui voit ce fou courir après celle qu'il aime, fait voler son cheval après lui, le joint et le frappe par derrière de son épée, comptant lui couper la tête; mais l'épée rebondit comme sur l'acier en frappant l'impénétrable peau du paladin.

Roland, se sentant frapper par Médor, serre le poing, se retourne, et d'un coup porté sur la tête de son cheval avec sa force surnaturelle, il lui fait sauter la cervelle, et renverse l'époux d'Angélique. Heureusement pour celui-ci, Roland ne s'occupe que de poursuivre cette belle qui fuyait devant lui. Plus effrayée que jamais, la reine du Cathay presse les flancs de sa jument, la frappe à coups redoublés, et se plaint de son peu de vitesse; elle se souvient enfin de l'anneau qu'elle porte à son doigt, le met dans sa bouche et disparaît. Soit qu'Angélique eût été ébranlée par la peur ou par le mouvement qu'elle avait fait en mettant son anneau dans sa bouche, ses belles cuisses sortirent des arçons; elle tomba sur l'herbe, et très peu s'en fallut qu'elle ne fût choquée en ce moment par l'insensé paladin qui la poursuivait, et qui l'eût sûrement écrasée s'il l'eût touchée. Il fut très heureux pour elle d'avoir évité ce danger; mais elle fut dans le cas d'imaginer quelque nouveau moyen de se pourvoir d'une monture, comme elle avait déja fait pour celle-ci dont Roland s'emparait en ce moment, et qu'elle ne devait jamais revoir; ne croyez pas qu'adroite comme elle l'était, elle dût être embarrassée pour en trouver une nouvelle (1).

Roland, dont la fureur et l'impétuosité n'étaient point diminuées en voyant disparaître Angélique, poursuit aussi vivement la jument, et parvient bientôt à la joindre. Il lui saute d'abord aux crins; il se saisit ensuite de la bride, et l'arrête à la fin tout aussi satisfait qu'un autre pourrait l'être en s'emparant d'une jolie demoiselle. Roland la caresse, raccommode son mors dérangé, rajuste ses rênes mêlées, et, faisant un saut, il se met en selle. Ne suivant que sa folie ordinaire, il la fait courir un grand nombre de milles sans lui laisser reprendre haleine; il continue à lui lâcher la bride, et à la presser sans lui donner le temps ni de paître ni même de respirer.

Il arrive enfin sur le bord d'un large fossé qu'il veut faire franchir à cette pauvre jument, qui culbute au fond avec lui. Cette chute ne lui cause aucun mal, à peine s'aperçoit-il de cette violente secousse; mais la misérable bête s'estropie en tombant.

Roland est d'abord fort embarrassé pour trou-

---

(1) Le poète parle encore d'Angélique au trentième chant.

ver le moyen de tirer la jument de ce fossé ; mais
il prend enfin le parti de l'enlever et de la charger sur ses épaules, et c'est ainsi qu'il la sort du
ravin et qu'il la porte plus de la longueur de trois
grandes portées d'arc. Il trouve à la fin que ce
poids commence à l'incommoder ; il la pose à
terre, et la conduit par la bride ; la jument épau-
lée boite tout bas, et ne peut se traîner qu'à
peine ; il avait beau lui dire : Allons, marchons ;
elle n'en faisait pas un pas de plus, et je crois
que, quand même elle aurait pu le suivre au galop, elle eût encore marché trop lentement au
gré de sa folie. Il imagine à la fin de lui ôter son
licou : il s'en sert pour l'attacher fortement par
le pied droit ; alors il la traîne derrière lui, croyant
la soulager beaucoup et la faire voyager fort à
son aise. Bientôt le poil et la peau de la pauvre
jument s'arrachent sur les cailloux tranchants
dont le chemin était semé ; elle perd son sang et
la vie, excédée par tous les tourments qu'elle a
coup sur coup essuyés. Roland pense, au contraire, qu'elle doit être fort contente ; et, sans
s'amuser à la regarder, il la traîne toujours après
lui, toute morte qu'elle est, sans rien diminuer
de la promptitude de sa marche.

Le paladin tourne ses pas du côté du couchant,
traînant toujours après lui la pauvre bête, et,
chemin faisant, il saccage quelques maisons et
quelques hameaux. Dès qu'il sent le besoin de
manger, il enlève, il ravit tout ce qu'il trouve de
viandes, de pain et de fruits.

Il mange ainsi tout en marchant, après avoir assommé ceux qui ont voulu s'opposer témérairement à ses rapines : il en eût fait sûrement tout autant à celle qu'il avait adorée, s'il l'eût eue sous les yeux, car sa folie était portée au point qu'il n'eût pas distingué le blanc du noir. Non, je ne peux m'empêcher de maudire l'anneau : je maudis même un peu le chevalier dont l'imprudence le remit dans les mains d'Angélique ; car il empêche Roland de se venger lui-même avec tous ceux que cette ingrate princesse a si souvent trompés. Ah ! plût au ciel qu'Angélique n'eût pas été la seule à tomber sous la main de l'insensé paladin, et que toutes celles qui sont coupables aujourd'hui de la même ingratitude fussent écrasées par ses mains ! Mais je sens les cordes de ma lyre perdre leur accord ; elles ne rendent déjà plus que des sons inégaux : il faut m'arrêter ; ma voix devient rauque et trop dure ; il vaut mieux que j'interrompe mes chants que de les rendre désagréables.

FIN DU VINGT-NEUVIÈME CHANT.

CHANT XXX.

ARGUMENT.

Continuation des folies de Roland. — Il passe le détroit de Gibraltar à la nage et arrive en Afrique. — Gradasse et Roger tirent au sort à qui combattra contre Mandricard. — Combat de Roger et de Mandricard. — Mort de Mandricard. — Bradamante se désespère de l'absence de Roger. — Elle est jalouse de Marphise. — Renaud arrive à Montauban.

Qu'il est dangereux de se laisser vaincre par la colère et par la fureur aveugle d'un premier mouvement! Quoi! la raison ne doit-elle pas arrêter notre langue et notre main, lorsque nous sommes près d'offenser et surtout d'offenser nos amis! A quoi servent de tardives excuses, quoique dictées par la tendresse et par les mortels regrets, lorsque le coup est porté? Peuvent-elles suffire jamais pour réparer la faute que l'on a commise? Hélas! malheureux que je suis! c'est en vain que j'ai le cœur percé : mes larmes ne me laveront jamais des blasphèmes que la colère m'a fait proférer à la fin du dernier chant. Je pourrais dire, il est vrai, qu'on doit me regarder

comme un malade dont les maux cruels et sans
relâche ont épuisé la patience, et qui, cédant enfin
à la douleur, exhale son désespoir par des imprécations coupables. Dès que ce malade a senti
quelque léger soulagement; dès qu'il se calme,
ah! qu'il regrette d'avoir trop facilement proféré
de pareilles plaintes! qu'il sent vivement la douleur de n'avoir pu les retenir! mais le mal est fait;
et c'est trop tard qu'il se repent d'avoir écouté son
désespoir.

Femmes aimables, hélas! serez-vous assez bonnes pour me pardonner, et pour ne voir en moi
qu'un insensé qui s'est laissé guider par sa frénésie, qu'un malheureux esclave, qui, secouant
ses chaînes avec fureur, s'est un moment révolté
contre son maître? Vous pourriez peut-être accuser celle que je regarde comme l'unique cause
des propos coupables que j'ai tenus! Ah! l'amour
seul connaît quels sont tous ses torts; lui seul sait
aussi quelle est mon adoration pour elle. Non, je
ne suis pas moins hors de moi que l'était le malheureux comte d'Angers, et je mérite autant que
lui d'être excusé.

Ce paladin allait toujours errant sur les montagnes et dans les plaines; il avait parcouru déja
une grande partie du royaume de Marsile, traînant
depuis plusieurs jours sa jument morte derrière
lui, lorsqu'il arriva sur le bord d'un grand fleuve
près de son embouchure dans la mer, et Roland,
quoique à regret, fut enfin forcé d'abandonner sa
jument.

Roland, qui nageait comme une loutre, traverse la rivière, et monte sur l'autre rive. Un pâtre, porté sur son cheval qu'il menait boire, venait à sa rencontre, et croyait n'avoir rien à redouter d'un homme qu'il voyait seul et tout nu. Écoute, lui dit Roland, je voudrais faire un troc de ton cheval avec ma jument; je vais te la faire voir, si tu veux : tiens, la voilà sur l'autre rive; elle est morte, à la vérité, mais tu pourras la faire traiter à ta fantaisie, et je te jure d'ailleurs que c'est le seul défaut que je lui connaisse; tu peux me donner ton cheval avec quelque chose de retour : descends donc, je te prie, car ton cheval me plaît. Le pâtre se mit à rire, sans lui répondre, et continua sa route vers l'abreuvoir en s'éloignant de lui. Holà ho! s'écria Roland, ne m'entends-tu pas? je te dis que je veux ton cheval. En disant ces mots, il s'avança vers lui d'un air menaçant. Le pâtre, qui portait un bâton noueux d'épines, eut la témérité d'en donner un coup au paladin. Celui-ci furieux l'étend mort d'un seul coup de poing qui lui brise la tête : de là, sautant sur le cheval, il le fait courir par monts et par vaux, sans le laisser reposer ni prendre aucune nourriture : et le cheval du pâtre ayant bientôt succombé, Roland traita de même tous ceux qu'il lui fit succéder, après en avoir assommé les maîtres.

C'est ainsi que le paladin arriva jusqu'à Malaga. sa folie parut redoubler dans cette malheureuse ville, dont il détruisit le tiers au moins des ha-

bitants, et dans laquelle il fit tant de nouveaux
ravages, que les pauvres gens furent près de deux
ans à les réparer. Il poursuivit son chemin jusqu'à
Zizéras, ville située sur le détroit de Gibraltar,
ou Gibelterre, car il est également connu sous
ces deux noms. Au moment de son arrivée, une
barque venait de quitter la terre : elle était remplie d'une société joyeuse, qui, pour jouir de la
fraîcheur du matin, prenait le plaisir de la pro-
menade sur une mer tranquille.

L'insensé Roland cria fortement aux gens de la
barque de l'attendre; mais, n'ayant nulle envie de
recevoir un pareil fou dans leur barque, ils furent
sourds à ses cris, et leur petit bâtiment continua
de voguer avec la légèreté d'une hirondelle. Le
comte d'Angers trouva ce procédé fort malhonnête, et, bientôt à force de coups, il fit entrer
son cheval dans la mer pour galoper après eux :
le malheureux cheval n'eut bientôt plus que la
tête hors de l'eau; mais, ne pouvant plus retourner
en arrière, il fallait bien que le pauvre animal
pérît, à moins qu'il n'eût pu traverser le détroit,
et nager jusqu'en Afrique.

Déja Roland n'aperçoit plus la barque que l'é-
loignement et la vague mobile qui s'élève dé-
robent à sa vue. Il continue à presser le pauvre
cheval, qui finit par perdre ses forces, se remplir
d'eau, et s'abymer pour toujours sous les flots.
Roland, sans en être ému, le laisse s'enfoncer,
tend ses bras nerveux, les fait mouvoir de con-

cert avec ses jambes; il repousse l'onde amère
avec son souffle, et nage la tête élevée au-dessus
des flots. Heureusement, ils n'étaient point agités;
un vent léger soufflait, et ne faisait que rider la
superficie de l'onde; sans cela, l'invulnérable Roland eût trouvé la mort : mais la fortune, qu'on
dit être favorable aux fous, le tira de ce danger,
et le fit aborder assez près de la ville de Ceuta.
Le paladin erra plusieurs jours, en marchant le
long du rivage, et ne s'arrêta qu'à la rencontre
qu'il fit d'une armée africaine composée de peuples noirs.

Il est temps de cesser de parler des folies de
Roland qui reparaîtra bientôt sous vos yeux 1.
Quant à la belle Angélique, seigneur, n'en soyez
plus en peine; la rencontre de Roland fut le dernier des périls qu'elle courut : dès qu'elle y eut
échappé, elle s'embarqua sur un bon vaisseau; le
vent le plus favorable la porta dans l'Inde, où
elle partagea son trône avec son cher Médor :
c'est ce qu'un autre chantera peut-être sur une
lyre plus harmonieuse que la mienne. Pour moi,
j'ai tant d'autres faits merveilleux à vous raconter,
que je ne prévois pas que je puisse m'occuper
d'elle : je me dois en ce moment à ce fier roi de
Tartarie, qui, après avoir triomphé de son rival,
jouissait de cette beauté qui n'a plus d'égale en

---

1 Le poëte revient à Roland, dans le trente-neuvième
chant

Europe, depuis qu'Angélique est retournée en Asie, et que la chaste Isabelle s'est élevée dans les cieux.

Mandricard cependant ne pouvait pas goûter bien tranquillement son bonheur : il lui restait encore de trop grandes querelles à terminer; la première était contre Roger qui lui disputait l'aigle blanche, la seconde contre Gradasse qui lui redemandait Durandal. Agramant et Marsile firent de vains efforts pour les accorder; mais Roger aurait cru faire un acte indigne d'un descendant d'Hector, s'il eût laissé son bouclier entre les mains de ce Tartare, et Gradasse aurait craint de s'avilir en abandonnant à Mandricard une épée qu'il avait disputée à Roland même.

Roger, en conséquence, ne veut pas consentir que le Tartare entre en champ clos avec Gradasse en portant le bouclier d'Hector, et la prétention du roi de Séricane est que le fils d'Agrican ne puisse pas se servir de l'épée glorieuse de Roland contre Roger. Agramant ne trouva d'autre moyen d'accorder ces querelles si compliquées, qu'en les soumettant une seconde fois à la décision du sort.

Voyons donc, leur dit Agramant, à finir ces longues disputes; remettons à la volonté du sort le choix de deux seuls combattants; si vous desirez de me marquer quelque déférence, vous consentirez au pacte sacré que je vais vous proposer. Alors, en s'adressant à Roger et à Gradasse, il leur dit : Celui de vous deux qui combattra Man-

dricard défendra la querelle de l'autre en même
temps que la sienne. Si Mandricard est vainqueur,
aucun de vous n'aura plus rien à lui disputer; mais
s'il est vaincu, le bouclier d'Hector et l'épée de
Roland seront également perdus pour lui. Vous
méritez tous les deux la plus haute renommée; et
quel que soit celui que la fortune aura désigné
pour combattre le fils d'Agrican, je suis sûr qu'il
se comportera en brave chevalier : qu'il soit donc
vainqueur ou vaincu, l'autre ne sera en droit de
lui adresser aucun reproche, et ne pourra s'en
prendre qu'au sort.

Roger et Gradasse gardèrent le silence, et le
respect que l'un et l'autre avaient pour le fils de
Trojan les soumit à cet arrangement.

On plia donc deux billets d'une forme semblable : l'un portait le nom de Gradasse, l'autre celui
de Roger; ils furent enfermés et mêlés dans une
urne. La main innocente d'un enfant tira le billet
fatal; il portait le nom de Roger : l'amant de
Bradamante fut pénétré de la joie la plus vive;
le roi de Séricane ne put dissimuler son chagrin :
mais il fallut se soumettre à la décision du sort.

Gradasse, qui voit que le succès de sa querelle
dépend de la victoire de Roger, s'occupe à lui
rappeler tout ce que l'art et l'adresse ont inventé
pour attaquer et pour se défendre : Gradasse,
plus ancien chevalier que le jeune élève d'Atlant,
lui parle d'après l'expérience de plusieurs combats
dont il est sorti victorieux.

Pendant le temps qui se passa depuis cet accord
jusqu'au moment du combat, les amis de Mandricard et ceux de Roger s'occupèrent également à
leur donner des conseils. Le peuple, toujours curieux de ces grands spectacles, précéda l'aurore
sur les gradins élevés qu'on voyait autour de la
lice; plusieurs même y passèrent toute la nuit
pour n'être point prévenus. Le vulgaire imbécille
est toujours avide de voir de grands évènements,
quels qu'ils puissent être, sans prévoir s'ils lui seront utiles ou préjudiciables; il n'est ému que par
sa stupide curiosité. Marsile et Sobrin étaient alors
agités par une idée bien différente : ils sentaient
combien un pareil combat deviendrait nuisible
aux intérêts communs; ils blâmaient ouvertement
le fils de Trojan de l'avoir permis; ils ne cessaient
de lui représenter quelle était la perte que ses
armes essuieraient, si l'un de ces deux guerriers
succombait dans ce combat, un seul étant plus
redoutable au fils de Pepin que ne le seraient dix
mille Africains. Agramant convenait bien qu'ils
avaient raison, mais sa parole était donnée : cependant il fit tous ses efforts pour engager Mandricard et Roger à la lui rendre; il leur démontra
que le fond de leur querelle n'était que d'une légère importance, et que s'ils ne voulaient pas
absolument la terminer sans un combat, ils devaient du moins le différer de cinq ou six mois,
jusqu'à ce qu'ils eussent achevé de renverser le
trône de Charles et de soumettre son empire. L'un

et l'autre des deux guerriers voudraient bien donner à Agramant cette preuve de leur obéissance;
mais ils restent inflexibles, chacun regardant
comme un opprobre de parler le premier pour
consentir à cette trève.

Parmi toutes les voix qui se joignaient à celle
d'Agramant pour apaiser la fureur du roi de Tartarie, aucune ne devait mieux pénétrer jusqu'à
son cœur que celle de la belle Doralice; elle gémit, elle le conjure de céder au fils de Trojan,
comme aux vœux de toute l'armée. Cruel! lui
disait-elle, tu veux donc me faire trembler sans
cesse pour tes jours! Quoi! ce cœur qui t'adore
n'aura donc jamais un instant de plaisir pur et
calme! Je te verrai toujours te couvrir de tes funestes armes au lieu de te reposer doucement sur
mon sein! Le bonheur de t'avoir pour époux,
celui d'avoir vu disparaître de mes yeux l'horreur
d'un combat contre Rodomont, sera-t-il à l'instant
détruit par celle de t'en voir entreprendre un autre qui n'est pas moins périlleux! Hélas! quoique
tremblante, je pouvais du moins me dire à moi-
même : C'est pour me posséder que mon amant
veut combattre Rodomont. Malheureuse que je
suis! ah! je n'ai plus cette consolation, puisque,
pour soutenir une légère querelle, mon époux va
s'exposer aux mêmes dangers; c'était donc ta fé-
rocité naturelle, et non pas l'amour, qui t'y avait
déterminé! Eh! si tu m'aimes et lorsque tu vois
que tu me perces le cœur, que t'importe que

Roger ait ou non une aigle pour devise? Peux-tu
mettre un instant en balance le péril de ta mort
et la certitude de la mienne, si tu succombais,
avec le léger avantage que tu remporterais? je
t'en fais juge toi-même : vois, d'un côté, quel
honneur frivole tu peux tirer de savoir que cette
aigle est effacée du bouclier de Roger; vois, de
l'autre, que le sort des combats est toujours in-
certain, et que celui qui peut te menacer déchire
le cœur de celle qui t'adore. Quand même ta vie
ne te serait pas aussi chère que ce frivole honneur; ah! barbare, la mienne ne te l'est-elle donc
plus? Non, tu ne peux douter qu'elle ne s'éteigne
avec la tienne : je mourrai sans doute; mais apprends que je mourrai pénétrée du désespoir de
t'avoir vu mourir avant moi.

C'est ainsi que, baignée de larmes, la tendre
Doralice continua de se plaindre et de supplier
son amant pendant toute la nuit; ces pleurs étaient
versés par de si beaux yeux, ces plaintes étaient
proférées par une bouche si vermeille, que Mandricard attendri essuyait ses larmes par mille baisers tendres, et recueillait tous les soupirs qui
sortaient de ces lèvres de rose. Ah! chère ame
de ma vie, lui répondit-il à la fin, comment pouvez-vous céder à des craintes aussi peu fondées?
Eh! devriez-vous être alarmée, quand même Charles et tous ses Français, Agramant et ses Maures
oseraient m'attaquer? Il faut que vous ayez bien
peu d'estime pour ma force et pour ma valeur;

est-il possible qu'un homme seul, que Roger puisse
vous faire craindre pour ma vie? Quoi! ne vous
souvient-il plus qu'avec un seul tronçon de lance
vous m'avez vu détruire toute votre nombreuse
escorte? Gradasse, d'une bien plus haute renommée que ce jeune Roger, ne convient-il pas lui-
même qu'il fut mon prisonnier dans la Syrie? Ce
même Gradasse, Isolier, Serpentin, le brave Sacripant, les célèbres frères Aquilant-le-Noir et
Griffon-le-Blanc, et plusieurs chevaliers maures
ou chrétiens ne m'ont-ils pas dû leur délivrance?
Ils ne sont pas encore revenus de l'étonnement
que leur causa cet exploit, exploit plus merveilleux
que si je mettais en fuite les armées des Maures
et des Français réunies contre moi. Pouvez-vous
donc m'affliger, m'offenser même, par la terreur
que le jeune Roger vous inspire? Que peut-il faire
seul contre moi? pourra-t-il résister à mes coups,
lorsque je serai couvert des armes d'Hector, et
que la célèbre Durandal armera ma main? Ah!
que n'ai-je pu combattre à vos yeux le superbe
ennemi qui me disputait votre cœur? Je vous aurais donné de telles preuves de ma valeur, que
vous n'auriez pas à présent l'inquiétude offen-
sante de me voir aux mains avec Roger. Au nom
de notre amour, ô ma chère Doralice! essuyez
vos larmes, et bannissez un aussi triste augure;
croyez que le seul honneur qui me parle en maître m'anime, et non le désir puéril d'effacer une
aigle d'un bouclier.

Ainsi parla Mandricard; mais il ne put persuader la tendre et craintive Doralice. Elle le serra
dans ses bras; ses nouvelles instances auraient
attendri, remué la colonne la plus immobile. A la
fin, plus forte, quoique à demi nue, que son
amant ne pouvait l'être avec toutes ses armes,
elle réduisit ce caractère indomptable à se rendre: il lui promit qu'il écouterait Agramant, si ce
prince lui parlait encore une seconde fois du
même accord.

Il aurait tenu sa promesse; mais à l'instant où
la belle Aurore devance, suivant son ordinaire,
le char brillant du soleil, le jeune et brave Roger
s'éveille; il veut prouver qu'il sait défendre et
porter avec honneur l'aigle de son bouclier; et,
craignant d'être retenu par de nouvelles propo-
sitions, il se couvre de ses armes; il vole jusqu'aux
barrières de la lice; il l'occupe, et la fait retentir,
ainsi que les environs, du son éclatant de son
cor. L'orgueilleux Tartare entend ce son qui l'appelle et le défie: l'amour s'enfuit en soupirant
d'un cœur dont la fureur s'empare; Doralice le
voit s'échapper de ses bras, sauter sur ses armes,
souffrir à peine que ses écuyers les attachent; et
désespérée, elle sent que nulle trève ne peut plus
retarder cet inévitable et sanglant combat. Le Tartare monte sur Bride-d'or, et court vers la lice:
les deux rois arrivèrent presque en même temps,
et l'heure fatale ne fut pas long-temps différée.

Les deux guerriers ayant été placés aux deux

extrémités de la carrière, on laça leurs casques
étincelants; on les arma de deux fortes lances :
le son aigu de la trompette donna l'affreux signal; tous les visages des spectateurs pàlirent en
l'écoutant. Les coursiers s'élancèrent avec une
égale impétuosité; et la rencontre terrible de ces
redoutables adversaires fit trembler la terre et frémir la voûte des cieux.

On vit de part et d'autre fondre l'oiseau qui
porte Jupiter. Les deux guerriers inébranlables
comme une forte tour qui brave l'Aquilon, ou
comme le rocher qui rompt les vagues élevées,
brisent leurs lances dont les éclats s'élèvent jusqu'aux cieux; le véridique Turpin nous apprend
même que quelques-uns de ces fragments ayant
été lancés jusqu'à la sphère du feu, on les vit retomber enflammés sur la terre.

Les deux fiers combattants revenant alors l'épée
à la main, tous deux se portèrent un coup de
pointe dans la visière : ils eussent désiré se renverser par terre; mais ils n'avaient garde de frapper leurs chevaux pour y réussir, et celui qui s'en
étonnerait, connaîtrait peu les usages antiques de
la chevalerie : sans qu'aucune loi l'eût défendu,
c'était un crime, un éternel déshonneur de frapper
le cheval de son adversaire.

Les visières de leurs casques, quoique doubles,
résistèrent à peine à ce premier effort; et leurs
épées alors commencèrent à tomber sur leurs
armes avec la même impétuosité que cette grêle

qui, brisant les jeunes rameaux des arbres, coupe les chanvres, les épis, et détruit l'espoir de la moisson. On peut imaginer sans peine à quel point Balisarde et Durandal devaient être terribles en de pareilles mains : cependant nul coup dangereux n'avait encore été porté, l'un et l'autre ayant la même adresse à les parer.

Le premier qui fit couler le sang de son ennemi, ce fut Mandricard ; la redoutable Durandal, descendant comme la foudre, fendit le bouclier de Roger, pénétra sa cuirasse dans laquelle elle traça profondément sa route sanglante.

Mille dons charmants et la douceur de ses mœurs le faisaient aimer : il fut aisé de le reconnaître à ce coup terrible qui fit pâlir et qui glaça presque tous les spectateurs. Si les vœux les plus nombreux eussent alors été écoutés, le Tartare eût perdu promptement ou la vie ou la liberté : je suis tenté de croire qu'un ange détourna la force de ce coup qu'on crut devoir être mortel. Roger, plein de dépit en se sentant blessé, répondit à ce coup par un autre encore plus terrible qu'il porta sur la tête de Mandricard : mais son épée ayant tourné dans sa main, le casque d'Hector résista ; ce qu'il n'eût pu faire si Balisarde l'eût frappé de son taillant. Mandricard fut si fort étourdi de la force du coup, qu'il abandonna les rênes de Bride-d'or, et parut plusieurs fois près de tomber. Cet excellent cheval, comme s'il eût souffert de porter un autre guerrier que Roland, fit plusieurs bonds, et courut en tournant dans la carrière.

Le serpent froissé sous l'herbe, le lion blessé
par un trait, ne peuvent montrer une plus violente fureur, que celle de Mandricard lorsqu'il
eut repris ses esprits. Sa force semble augmenter
comme sa colère; il reprend les rênes, serre et
lève Durandal; il fait bondir en avant son cheval
contre Roger; et, s'élevant sur ses étriers, il porte
un coup sur la tête de ce chevalier qu'il espère
fendre jusqu'à la poitrine : mais Roger le prévient
avant que ce coup ne l'atteigne; et lui portant
un coup sous le bras droit, Balisarde perce la
cuirasse, et se plonge de quelques doigts dans le
corps du Tartare : tandis que Roger la retire sanglante, Durandal tombe sur son casque; et, quoiqu'il eût plié sa tête jusque sur la croupe, et
que la blessure de Mandricard eût amorti la violence de ce coup, si sa tête n'eût pas été couverte par un armet d'une aussi bonne trempe,
Durandal eût terminé le combat. Roger, fronçant
le sourcil de douleur, fait sauter son cheval, gagne
le flanc droit de Mandricard; et Balisarde, forgée
pour trancher et percer les armes enchantées et
les métaux les plus durs, se baigne une seconde
fois dans le sang du Tartare.

Mandricard blasphème en recevant cette nouvelle blessure; sa rage se porte à l'extrême : il
veut user de toutes les forces qui lui restent; et,
pour porter son coup avec plus de violence, il
jette loin de lui ce bouclier que porte l'aigle

blanche, et saisit la poignée de Durandal à deux
mains. Ah! lui cria Roger, tu prouves bien que
tu ne te juges pas digne de cette noble devise,
et que tu renonces pour toujours à la porter. Mandricard, pour toute réponse, fait tomber Durandal sur sa tète, et la chute d'une montagne n'eût
pas été plus rude à supporter : mais l'épée ne
frappant que sur la visière, elle la fendit en deux
parts, et bien prit à Roger que cette visière fut
éloignée de son visage : ce même coup descendit
sur l'arçon de la selle; il trancha les deux épaisses
lames d'acier dont il était revêtu ; et, coupant
aussi le cuissard de Roger, il lui fit dans la cuisse
une profonde blessure, dont il fut ensuite long-
temps à guérir.

Déja les deux combattants couverts de blessures rougissaient de leur sang leurs armes et
l'arène. L'avantage et le péril du combat paraissaient être égaux entre eux; mais Roger les dé-
cida bientôt en sa faveur. Il porte un coup de
pointe de cette Balisarde fatale à tant de chevaliers : il dirige son coup du côté qui n'est plus
défendu par le bouclier; la cuirasse ne peut résister, et la pointe cruelle se fait une route jusqu'au cœur du Tartare, le traverse, et l'épée se
plonge presque en entier dans son sein.

Le Tartare ne mourut pas sans se venger; et
dans l'instant même qu'il recevait le coup mortel, il en portait un sur la tète de Roger qu'il eût
partagée en deux, si sa force n'eût pas été affai-

blie par celui qu'il avait déja reçu sous son bras
droit. Ce coup fut cependant assez violent pour
que le cercle du casque de Roger et sa coiffe
de fer cédassent au tranchant de Durandal; il
pénétra même un doigt de profondeur dans la
tête; et Roger, terrassé par ce coup, tomba sur
le sable en versant un ruisseau de sang.

Roger fut donc le premier qui toucha la terre.
Mandricard resta quelques moments encore dans
les arçons : les spectateurs crurent qu'il était
vainqueur; et Doralice, si long-temps flottante
entre la crainte et l'espérance, levait déja les
mains au ciel pour le remercier d'avoir conservé son amant, lorsque Mandricard tombant
aussitôt le visage couvert des ombres de la mort,
et son corps en ayant déja toute l'immobilité, l'on
reconnut bientôt que Roger avait remporté la
victoire.

Agramant, ses chevaliers et les premiers de son
armée, coururent vers Roger au moment où celui-ci se relevait. Ils l'embrassent, le soutiennent,
et célèbrent la gloire immortelle dont il vient de
se couvrir : il n'est personne qui ne félicite Roger, et dont le cœur ne soit pénétré des sentiments que sa bouche exprime. Gradasse seul était
moins sincère : ce prince maudissait en secret le
sort ou le hasard qui avait fait sortir de l'urne
le nom de Roger, et qui lui avait fait remporter
tout l'honneur de ce grand démêlé. Agramant redoubla ses caresses pour le brave Roger, qu'il

voyait justifier toute l'estime qu'il avait précédemment marquée pour lui, lorsqu'il ne voulut point traverser la mer, et laisser lever la bannière impériale, sans l'emmener avec lui: en ce moment, il prise plus que le reste de son armée celui qui vient d'arracher la vie au fils d'Agrican.

Les chevaliers maures ne furent pas les seuls qui parurent sensibles à la victoire de Roger; un grand nombre de dames africaines ou espagnoles embellissaient alors la cour d'Agramant et de la reine d'Espagne; il n'en fut pas une qui ne s'empressât à le féliciter. Peut-être Doralice elle-même, qui, remplie de deuil, pleurait son amant pâle et inanimé, aurait-elle joint ses félicitations aux leurs, si le frein de la honte ne l'eût retenue. Je dis peut-être, et je n'oserais pas l'assurer: mais Roger était si beau, si brave; il possédait si bien tous les moyens de plaire, et la princesse de Grenade, comme nous l'avons déja vu, était si légère, elle craignait si fort la solitude d'une longue nuit, qu'elle aurait bien pu s'attacher à Roger, s'il eût voulu la prendre sous sa garde. Dans le fond le Tartare était un amant bien brave, bien solide, et bien bon pour elle pendant sa vie; mais Mandricard mort n'était plus d'aucune utilité: Doralice, qui se portait fort bien, pouvait desirer un nouvel amant tel que Roger; il eût été peut-être bien doux pour elle de s'entendre dire jour et nuit, Je vous aime, par ce jeune et charmant chevalier.

Le plus habile chirurgien ayant été sur-le-champ
appelé, le fils de Trojan vit tous ses vœux exaucés en apprenant qu'aucune des cruelles blessures de Roger n'était mortelle. Il fit porter l'a-
mant de Bradamante sous ses tentes, desirant
pouvoir veiller lui-même sur lui jour et nuit. Il
suspendit de sa main au lit de Roger le bouclier
et les autres armes de Mandricard; il n'y manqua que la bonne épée de Roland, qui, selon la
convention, fut remise au roi de Séricane. Bride-
d'or, que Roland avait abandonné dans sa folie,
devint la conquête de Roger; mais ce chevalier,
voyant qu'il ne pouvait faire un présent plus
agréable au fils de Trojan, le lui fit accepter.
Mais cessons un moment de parler de Roger (1),
pour nous occuper de la jeune guerrière, qui, dans
ce moment, soupire après son retour, et se désespère de ne point recevoir de ses nouvelles.

Hippalque, revenue à Montauban auprès de
Bradamante, lui avait rapporté des nouvelles de
son amant; elle lui raconta la violence qu'elle
avait essuyée de la part de Rodomont, l'enlèvement de Frontin, la rencontre qu'elle avait faite
de Roger, de Richardet et de ses cousins, sur les
bords de la fontaine de Merlin, et la fureur avec
laquelle son amant était parti pour aller punir
Rodomont de la lâcheté qu'il avait eue d'enlever

_____

(1) Il revient à Roger dans le trente et unième chant.

Frontin des mains d'une femme; elle ajouta que Roger n'avait pu rencontrer le Sarrasin.

Hippalque fait bien valoir auprès de Bradamante les raisons qui retiennent Roger, et qui l'empêchent de venir à Montauban; elle lui remet sa lettre. Bradamante la reçoit d'un air plus affligé que satisfait; il lui serait bien plus doux de voir son cher Roger; une simple lettre n'était qu'une bien faible consolation pour elle, après l'avoir attendu si long-temps. Cependant, malgré son chagrin mêlé de quelque dépit, Bradamante baise plus de dix fois cette lettre, en pensant à celui dont elle reconnaît la main; en la rebaisant encore elle mouille de ses larmes un papier que ses soupirs brûlants auraient peut-être enflammé; elle lit et relit vingt fois cette lettre; elle s'interrompt elle-même à tous moments pour faire de nouvelles questions. Elle ne se lasse point d'entendre Hippalque; elle lui fait sans cesse redire que Roger reviendra bientôt la trouver; le terme de quinze ou vingt jours qu'il prenait pour se rendre auprès d'elle lui paraissait être un siècle. Hélas! disait-elle, qui pourra m'assurer de le revoir, même après ce temps? combien d'accidents ne peuvent-ils pas l'empêcher de revenir près de moi? les hasards de la guerre d'ailleurs ne sont-ils pas toujours à craindre pour un aussi brave chevalier?

Plus Bradamante pense à l'absence de son amant, plus sa douleur redouble. Ah! Roger, mon cher

Roger, s'écriait-elle; ô toi, que j'aime plus que
ma propre vie! comment peux-tu me quitter
pour aller servir tes plus cruels ennemis; toi,
dont le bras devrait m'aider à les combattre? j'ai
beau convenir que tu peux croire que ton honneur est intéressé dans ce moment à l'acte que
tu fais; non, je ne sais si ta conduite mérite que
je la blâme, ou que je te la pardonne. Oublies-
tu donc que ton père perdit la vie par la cruelle
main de Trojan, et c'est pour le fils de son meurtrier que tu t'éloignes de moi! loin de venger sa
juste querelle tu prends la défense d'Agramant;
et, lorsque tout devrait te porter à venger le sang
de ton père en répandant le sien, tu me fais mourir de regrets et de douleur.

C'est ainsi que Bradamante répétait mille tendres reproches contre l'amant qui lui coûtait tant
d'alarmes. Hippalque s'empressait à la consoler;
elle lui disait que Roger lui garderait inviolable-
ment sa foi; et elle l'engageait, puisqu'elle ne
pouvait mieux faire, à attendre le temps qu'il avait
marqué pour son retour. Les consolations d'Hippalque, et l'espérance, cette douce compagne des
amants, eurent assez de pouvoir pour calmer
quelque temps ses craintes et sa douleur: elles
lui firent prendre la résolution de rester à Montauban, et d'attendre dans sa famille le temps
marqué par Roger; mais il ne dépendait pas de
lui de tenir cette promesse.

Ce fut un bonheur pour Bradamante d'ignorer

toutes les raisons qui forçaient Roger à manquer
à la parole qu'elle avait reçue de lui : il était alors
cruellement blessé, et pendant un mois entier il
fit craindre pour sa vie. Elle l'attendit en vain;
elle vit avec la plus vive douleur passer le temps
qu'il avait prescrit. Elle n'en avait eu de nouvelles
que par Hippalque, et ensuite par Richardet, qui
lui raconta comment ce jeune héros avait sauvé
sa vie, et remis ses cousins en liberté (1) : mais
quoique ces dernières nouvelles fussent agréables
pour la guerrière, elles furent encore mêlées de
quelques réflexions amères qui la troublèrent.
Richardet, dans son récit, avait, comme on peut
le croire, élevé jusqu'aux cieux la haute valeur
et la beauté de Marphise; il avait appris en même
temps à sa sœur que cette belle guerrière et Roger étaient partis ensemble en disant qu'ils allaient au secours d'Agramant. Bradamante, en
écoutant son frère, eut l'air d'être satisfaite qu'ils
marchassent en état de se secourir mutuellement;
mais de secrètes inquiétudes qu'elle cachait trou-
blaient alors bien vivement son ame.

De violents soupçons la tourmentent. Elle imagine que Marphise est encore plus charmante que
son frère n'a pu la lui peindre : elle pense qu'ils
sont seuls ensemble pendant qu'ils voyagent; elle
finit par présumer qu'il est impossible que Roger
n'en soit pas épris. Cependant elle veut rejeter

---

(1) Vivien et Maugis; voyez chant vingt-sixième, page 275.

ce soupçon; son cœur espère et craint tour-à-
tour; elle attend en soupirant, et dans le plus
grand trouble, l'arrivée de Roger, et elle n'ose
s'écarter d'un pas de Montauban.

Pendant le séjour que la guerrière fit dans sa
famille, le prince et le seigneur de ce beau château, le premier de ses frères, le premier non
par l'âge, mais par les dignités, car il avait deux
frères plus âgés que lui, ce célèbre paladin dont
la renommée illustrait toute sa race comme le
soleil répand sa lumière sur les planètes, Renaud,
suivi d'un seul page, surprit un matin toute sa
famille en arrivant tout-à-coup à Montauban, et
voici ce qui l'y conduisit.

Vous savez quelle était la route qu'il tenait si
souvent pour chercher son Angélique. Un jour,
en revenant de Blaye vers Paris, ce paladin reçut
la fâcheuse nouvelle de l'échange que la mère de
Ferragus était prête à faire avec le lâche Bertolas (1). Il prit sur-le-champ la route d'Aigremont
pour voler au secours de Vivien et de Maugis :
ce fut dans ce château qu'il apprit qu'ils avaient
été délivrés par Roger et Marphise ; que les Mayençais étaient tombés sous les coups de la guerrière
et de son compagnon d'armes, et que ses frères
et ses cousins étaient partis pour Montauban. Il
y avait près d'un an qu'il s'était séparé d'eux ; il
vint pour les embrasser.

---

(1) Voyez chant vingt-cinquième, page 262.

Renaud reçut avec attendrissement les caresses de sa mère Béatrice, de son épouse (1), de ses enfants et de ses frères ; ses jeunes enfants l'entouraient, embrassaient ses genoux, ses jambes, l'accablaient de leurs caresses, comme les petits affamés d'une hirondelle caressent leur mère, lorsqu'en volant à tire d'aile elle vient porter la pâture dans leur petit bec, et gazouille en les voyant manger : mais, lorsque le paladin eut donné quelques jours à sa tendresse, comme à celle de toute sa famille, il partit de Montauban en faisant prendre les armes à tous ses frères, à ses cousins, et il les conduisit à sa suite. Bradamante, attendant toujours le moment si desiré de l'arrivée de Roger, feignit d'être malade pour être dispensée de partir avec eux. Hélas ! elle ne leur disait que trop la vérité ; est-il donc une fièvre assez aiguë, une douleur assez vive pour être comparées à tout ce que sent une ame que l'amour fait souffrir ? Renaud, en emmenant la fleur des

_____

(1) Ainsi Renaud, l'adorateur d'Angélique, qui court le monde entier, et qui est toujours prêt à se battre pour cette belle reine, était marié. Tous les auteurs de romans et de poëmes romanesques sont d'accord sur ce point ; sa femme est même nommée dans le poëme du Boyardo (le Roland l'Amoureux ; elle s'appelait Clarice. L'Arioste n'en avait rien dit jusqu'ici, et il aurait dû continuer de le taire, pour l'honneur d'un de ses plus braves héros. Renaud avait bu de l'eau de la fontaine de l'Amour ; voilà son excuse.   P.

guerriers de la maison de Clermont, les conduisait à Paris au secours de Charlemagne, et je vous
raconterai dans le chant suivant les exploits éclatants que cette brave et illustre race fit pour le
service de son empereur.

FIN DU TRENTIÈME CHANT.

CHANT XXXI.

ARGUMENT.

Guidon-le-Sauvage renverse Richardet, Alard et Guichard. — Il se bat
contre Renaud. — La nuit les force d'interrompre leur combat. — Il
reconnaît Renaud et s'en fait reconnaître. — Ils rencontrent les deux
fils d'Olivier. — Fleur-de-Lis leur apprend la folie de Roland. — Renaud
et ses compagnons attaquent le camp des Sarrasins. — Brandimart
quitte Paris, et part avec Fleur-de-Lis pour aller chercher Roland. —
Brandimart combat Rodomont et est fait prisonnier. — Agramant,
forcé de fuir, fait transporter Roger dans la ville d'Arles. — Gradasse
et Renaud conviennent d'un rendez-vous pour se disputer Bayard les
armes à la main.

Amour! Amour! qu'il serait doux de te servir,
quel bonheur pourrait approcher de la félicité
d'une ame qui s'abandonne à des transports sans
cesse renaissants, et qui semble ne plus exister
que pour aimer, si tu n'avais pas la cruauté de
mêler toujours quelques peines à tes plaisirs! Souvent, hélas! la crainte les accompagne; plus souvent encore une noire frénésie les détruit et laisse
un cœur en proie aux serpents cruels de la jalousie.

Je conviens que quelquefois de légères peines

27.

ne font que préparer tes bienfaits, et nous en
faire mieux connaître le prix; c'est ainsi que la
soif ardente et la faim nous rendent les plaisirs
de la table plus délicieux. L'amant fortuné ne
sentirait pas assez toute l'étendue de son bonheur,
si le calme charmant dont il jouit n'eût pas été
précédé de quelques troubles, et l'on ne connaît
bien les douceurs de la paix, qu'après avoir éprouvé
les horreurs de la guerre.

Quoiqu'on soit privé de voir l'objet aimé, on
en porte toujours la douce idée dans son cœur;
on se dit sans cesse : Oui, je le reverrai plus charmant et plus fidèle que jamais; les maux que fait
souffrir l'absence en deviennent plus légers, et
ne font que précéder tous les transports que
nous cause le retour de ce qu'on aime. On peut
même adorer sa maîtresse, sans en avoir reçu la
plus légère faveur : on peut ne se pas trouver
malheureux dans sa chaîne, si la douce espérance
n'est pas détruite : on s'occupe bien moins de
l'état présent de son amour, que du moment desiré de voir combler tous ses vœux. C'est dans ce
moment fortuné que le souvenir de tant de peines
passées porte encore de nouveaux charmes dans
la félicité présente; mais si l'infernale jalousie répand son poison dans notre cœur, elle jette un
nuage sombre sur l'image du bonheur : elle fas-
cine les yeux, elle y répand une teinte noire,
elle les empêche de distinguer et d'apprécier tout
ce qui les blesse.

Lorsque la jalousie nous déchire le cœur, il

n'est aucun secours pour guérir une plaie aussi mortelle; un poison nouveau semble l'envenimer sans cesse; ni les paroles mystérieuses, ni les enchantements des magiciennes, ni toute l'expérience qu'eut dans leur art Zoroastre qui en fut l'inventeur (1), ne pourraient guérir un mal qui conduit du désespoir à la mort. Cruel supplice d'une ame tendre, pourquoi nais-tu si facilement pour la tourmenter! Le plus léger soupçon, l'apparence la plus trompeuse, suffisent pour nous accabler; la raison s'offusque et se tait; l'intelligence troublée ne nous fait plus voir que des monstres hideux et fantastiques; l'esprit d'un jaloux change au point de n'être plus reconnaissable : ô passion, la plus dangereuse de toutes! pourquoi pénétras-tu dans le cœur noble et sensible de Bradamante? par quelle fatalité vins-tu lui porter les derniers coups!

Le récit d'Hippalque et celui de Richardet n'avaient encore excité que quelques troubles légers dans son ame; mais, quelques jours après, un nouveau rapport, appuyé de quelque vraisemblance, acheva de la frapper d'un coup mortel. Vous plaindrez cette guerrière, lorsque je vous en rendrai compte; mais je vous dois auparavant celui des grandes actions de Renaud (2), que nous

____

(1) Zoroastre, philosophe de l'antiquité et législateur des Perses, fut, dit-on, roi des Bactriens : il était très versé dans les sciences occultes, et on lui attribue l'invention de la magie. P.

(2) Il revient à Bradamante dans le trente-deuxième chant.

avons laissé marchant vers Paris à la tête de ses plus proches parents.

Le jour d'après leur départ d'Aigremont, cette petite troupe rencontra vers le soir un chevalier couvert d'armes noires ; il n'avait, sur des vêtements de même couleur, qu'une écharpe blanche ; il conduisait une dame, et, voyant dans la personne de Richardet un chevalier qui lui parut être d'une haute apparence, il s'avança pour le défier à la joute. Richardet n'eut garde de refuser un pareil défi, lui qui souvent prévenait les autres ; il prend du champ, et revient sa lance en arrêt : Renaud et ses compagnons s'arrêtèrent pour voir la suite de ce défi. J'espère, disait en lui-même Richardet, l'atteindre assez à plein au milieu de son bouclier pour le désarçonner. Mais le succès fut bien contraire à son espoir ; le chevalier étranger l'atteignit si rudement dans la visière de son casque, qu'il le fit voler bien loin à terre par-dessus la croupe de son cheval. Son frère Alard se présenta pour le venger : mais il n'en eut que la frivole espérance ; il fut porté sur l'herbe comme Richardet, et son bouclier fut brisé par la violence du coup.

Renaud eut beau crier au jeune Guichard de s'arrêter ; celui-ci qui tenait déjà sa lance en arrêt, et qui brûlait du desir de venger ses frères, profita du temps que Renaud employait à lacer son casque ; il courut sur le chevalier inconnu qui l'étendit à côté de ses frères. Aussitôt Richard,

Vivien et Maugis voulurent s'avancer; mais Renaud se trouvant armé les arrêta. Nous n'arriverions jamais à Paris, dit-il en riant, si j'attendais qu'il vous eût tous renversés : mais il le dit en lui-même, et de façon qu'ils n'eurent pas la mortification de l'entendre. La rencontre de Renaud et du chevalier noir fut de la plus grande violence, et leurs fortes lances se brisèrent jusque dans leurs gantelets ; mais nul des deux ne plia la tête ni les reins en arrière de l'épaisseur du doigt : leurs chevaux s'étant pareillement rencontrés mirent tous deux la croupe à terre.

Bayard se releva dans l'instant, au point qu'à peine s'aperçut-on qu'il eût interrompu sa course ; à l'égard de l'autre cheval, il eut l'épaule et les reins brisés, et resta mort sur la place. Son maître, s'étant promptement débarrassé de ses étriers, se trouva sur-le-champ sur ses pieds.

Le fils d'Aymon, ayant fait une demi-volte, revenait vers son adversaire sans tenir aucune arme dans sa main. Le chevalier noir lui dit : Sire chevalier, j'aimais le cheval que vous venez de me faire perdre ; il y va de mon honneur de venger sa mort : préparez-vous donc à faire de votre mieux ; car je suis décidé à vous combattre. Si ce n'est que le regret du cheval que vous avez perdu, lui répondit Renaud, qui vous porte à ce combat, je vous offre volontiers un des miens qui pourra le valoir. Vous ne me comprenez pas, répliqua l'autre, si vous croyez que je sois embarrassé de la perte de ce cheval; je vais donc m'expliquer plus clairement. Je veux vous dire que je croirais me manquer à moi-même, si je n'éprouvais pas l'épée à la main quelle est votre force et votre valeur dont j'ai une très haute idée. Ainsi, restez à cheval ou descendez, cela m'est égal, ne craignant point que vous me combattiez avec quelque avantage, tant je desire m'éprouver l'épée à la main avec vous. Renaud lui répondit sans le faire attendre : Je consens au combat que vous me proposez; et pour que vous ne puissiez prendre aucun ombrage de ceux qui sont avec moi, je vais leur dire d'aller en avant, jusqu'à ce que je les rejoigne, et je ne garderai près de moi qu'un homme pour tenir mon cheval. Sur-le-champ il alla donner ordre à ses compagnons de suivre leur route.

La noblesse de ce procédé frappa le chevalier étranger, et lui donna la plus haute idée de son adversaire. Renaud en effet met pied à terre, donne son cheval à tenir; et, ne voyant plus l'étendard de Clermont qui continuait à s'éloigner, il embrasse son écu, tire Flamberge, et provoque le chevalier. L'un et l'autre s'attaquent avec la même valeur : chacun d'eux s'étonne de la force de son adversaire; jamais on n'a vu de combat plus terrible : cependant il n'est animé ni par l'orgueil ni par la fureur; tous les deux, jugeant à l'épreuve que leur force est égale, emploient tout l'art dont on peut user en de pareils assauts.

On pouvait entendre de loin les coups terribles

qu'ils se portaient; tous les environs en retentissaient, et le tranchant de leurs épées faisait souvent voler des fragments de leurs boucliers, et des
mailles de leurs cuirasses. L'un et l'autre mettent
leur principale adresse à parer les coups, sentant
bien que le plus léger manque d'attention pourrait leur être fatal : ce combat dura plus d'une
heure et demie avec la même force et la même
valeur. Le soleil était déja depuis long-temps
sous l'horizon, et les ténèbres s'étaient étendues
sur tout l'hémisphère, sans que les deux guerriers
eussent pris aucun repos, ou suspendu leurs coups
furieux; l'honneur les soutenait seul, ils n'étaient
point animés par la colère.

Renaud s'étonne de trouver un chevalier assez
fort pour lui résister, assez brave, assez adroit
pour mettre souvent sa vie en danger; il se trouve
même déja si las et tellement échauffé, qu'il ne
peut s'empêcher de desirer que ce combat finisse,
pourvu qu'il s'en tire avec honneur. De son côté,
le chevalier étranger qui ne savait pas qu'il était
aux mains avec ce célèbre Renaud, la fleur des
paladins de France, s'étonnait qu'un homme pût
donner des preuves d'une si grande force et d'une
pareille adresse : il eût bien desiré n'avoir pas entrepris de venger la mort de son cheval; et s'il
eût pu se retirer sans honte de cette lutte périlleuse, il l'eût fait sur-le-champ. Heureusement
pour ces deux braves chevaliers la nuit devint
tellement obscure, que leurs coups ne portaient

déja plus qu'au hasard ; à peine leurs épées se rencontraient-elles ; aucun d'eux ne pouvait plus en voir ni le tranchant ni la pointe.

Renaud fut le premier à dire à son adversaire : Il me semble que nous ferions bien de différer la suite de notre combat jusqu'à demain matin ; la nuit est trop obscure pour le continuer, et vous me ferez grand plaisir, si vous voulez la venir passer sous mon pavillon. Soyez sûr, sire chevalier, que vous y recevrez tous les services et tous les honneurs qui vous sont dûs. Le chevalier reçut cette offre avec politesse, et l'accepta sans hésiter. Tous deux, remettant leurs épées dans le fourreau, marchèrent ensemble vers le petit camp que les frères et les cousins du paladin avaient fait dresser ; et sur-le-champ Renaud fit amener par son écuyer un beau cheval de bataille qu'il offrit au chevalier.

Celui-ci qui ne connaissait point encore le paladin l'entendit par hasard se nommer lui-même ; et dans l'instant qu'il apprit que c'était contre un frère, et contre ce héros, qu'il venait de se battre, son cœur fut ému vivement, et la joie la plus vive fit couler ses larmes. Ce guerrier était Guidon-le-Sauvage que nous connaissons par l'histoire de l'île des femmes cruelles, et par le long voyage qu'il avait fait depuis avec Marphise, Sansonnet et les fils d'Olivier. Guidon n'avait pu faire connaissance encore avec sa famille, ayant été retenu par le lâche Pinabel. Dès qu'il eut reconnu qu'il avait le bonheur de voir Renaud : Ah !

seigneur, lui cria-t-il, quelle fatalité cruelle m'a
conduit à combattre le héros que j'aime, que je
respecte, et que je desire de voir depuis si long-
temps ! Vous voyez en moi, seigneur, un homme
qui reçut le jour de Constance sur les bords du
Pont-Euxin, et comme vous j'ai le généreux duc
Aymon pour père. Le desir de vous voir et de
connaître ceux de notre sang m'a fait accourir
en France; j'y venais rendre hommage à mon
illustre frère, et mon destin cruel m'a mis les
armes à la main contre lui. Ah! seigneur, daignez
me pardonner cette faute involontaire : que ne
puis-je verser tout mon sang pour la réparer!
Ah! mon brave frère, lui cria Renaud en lui ten-
dant les bras, devez-vous donc vous excuser d'un
combat qui me prouve si bien que vous êtes de
notre race, et fait pour lui faire honneur! Quel
témoignage pourrait être plus fort que votre haute
valeur! Nous aurions été moins disposés à vous
croire, si vous étiez d'humeur plus douce et plus
pacifique; car le lion n'engendre pas le daim timide, et la faible colombe ne peut naître de l'aigle
ou du faucon (1).

Les deux frères se donnèrent les plus tendres
assurances d'une union éternelle, en achevant leur
route vers le pavillon où Renaud se fit un plaisir
bien vif de raconter à ses proches tout ce qui
venait de se passer, et de leur présenter Guidon;

(1) Imité d'Horace :
Nec imbellem feroces
Progenerant aquilæ columbam. (Od. iv, lib. iv.)

ils desiraient tous de le voir depuis long-temps;
ils l'accablèrent de caresses, et reconnurent qu'il
ressemblait beaucoup au duc Aymon. Ses frères,
ses cousins l'entouraient; chacun aimait à lui parler à son tour; et de ce moment Guidon fut admis dans le sein de son illustre famille, comme
un chevalier fait pour soutenir la gloire de la
maison de Clermont. L'arrivée de Guidon eût
toujours été chère; mais dans ce moment où sa
valeur pouvait seconder la leur, tous ces braves
chevaliers en sentirent encore mieux le prix.

Le soleil couronné de ses rayons étincelants
commençait à peine à les lancer sur la voûte céleste, et à les étendre sur la superficie des mers,
lorsque Guidon partit avec ses parents, et se ran-
gea sous la bannière de Renaud. Ils marchèrent
ensemble vers Paris, et ce fut à dix milles de
distance de cette grande cité, qu'ils atteignirent
les bords de la Seine, et qu'ils firent la rencontre
des deux braves fils d'Olivier. Ils causaient alors
avec une dame fort belle et richement vêtue, qui
avait l'air très affligé : cette dame semblait leur
parler de choses très importantes. Guidon qui,
peu de jours auparavant, s'était trouvé avec ces
deux chevaliers, les reconnut aussitôt, et en fut
reconnu de même. Voilà, dit-il à Renaud, deux
des plus braves guerriers qu'il y ait au monde;
et, s'ils viennent avec nous au secours de Charles,
leur bras sera bien redoutable et bien nuisible
aux Sarrasins.

Renaud, qui les avait également reconnus à leurs

armes blanches et noires, joignit ses louanges à
celles de Guidon; ils courent les uns vers les
autres, et l'ancienne querelle que Renaud avait eue
long-temps auparavant avec les deux frères parut
être absolument oubliée. Cette querelle, trop longue à raconter, n'avait eu d'autre raison que la
punition du lâche Trufaldin (1); ils n'eurent plus
l'air d'y penser. Le paladin leur fit mille caresses,
que bientôt Sansonnet qui les rejoignit partagea,
lorsque les fils d'Olivier l'eurent fait connaître pour
être ce célèbre gouverneur de la Palestine, si renommé par sa valeur.

Pendant ce temps, la jeune dame affligée ayant
reconnu Renaud s'en fit reconnaître à son tour.
Seigneur, lui dit-elle, votre brave cousin, ce
bouclier de l'empire et de notre sainte religion,
cet illustre et redoutable paladin Roland a perdu
totalement la raison, et parcourt maintenant le
monde comme un insensé. Je ne sais point quelle
est la cause de ce fatal évènement; je sais seulement, pour l'avoir vu moi-même, qu'il a jeté ses
armes, et les a dispersées dans la campagne, où
je vis de même un généreux chevalier les ramasser avec une sorte de respect, pour en former
un trophée, et l'élever sur un pin (2): mais le fils
d'Agrican étant arrivé le même jour, cet orgueilleux Tartare s'est emparé de Durandal, et du bon
cheval Bride-d'or que Roland avait aussi aban-

(1) Voyez l'Extrait de Roland l'Amoureux, page 424.
(2) Voyez chant vingt-quatrième, page 223.

donné dans la campagne. Je vous dirai plus : j'ai vu, il y a peu de jours, le malheureux Roland, ayant perdu toute pudeur, courir tout nu à travers les champs, en poussant des hurlements affreux. Je n'ai pu douter alors qu'il n'eût perdu la raison, et je n'aurais pu croire, si je n'en avais été témoin, qu'un paladin si sage eût pu tomber dans un pareil accès. La dame poursuivit en leur racontant comment elle l'avait vu lutter sur un pont avec Rodomont, l'embrasser, et se précipiter avec lui dans la Saône. Je crois, continua-t-elle, que de tous les chevaliers qui m'écoutent, il n'en est aucun qui ne soit touché de l'état affreux de ce paladin. Je vais chercher à Paris, et dans d'autres lieux encore, quelqu'un qui l'aime assez pour tâcher de s'en emparer, et travailler à le guérir de sa folie. Ah! si je pouvais avoir des nouvelles de Brandimart, je suis bien sûre qu'il ferait tout au monde pour réussir dans ce que je desire. On devinera sans peine que celle qui parlait à Renaud était la belle Fleur-de-Lis, cette amante si tendre et si fidèle de Brandimart. Elle retournait à Paris l'y chercher. Renaud apprit d'elle encore la querelle que la possession de l'épée de Roland avait excitée, la mort de Mandricard, et le combat après lequel Durandal était tombée au pouvoir de Gradasse.

Renaud fut très touché de ce récit; son ame sensible fut attendrie pour son brave cousin, et sur-le-champ il forma le projet de le chercher, dès qu'il serait le maître de lui-même, et de travailler à le tirer de ce terrible état; il sentait bien que dans ce moment la volonté du ciel était qu'il volât au secours de Paris et de l'armée chrétienne avec la troupe qu'il avait rassemblée à cet effet.

Quelque desir que Renaud eût d'attaquer le camp des Sarrasins, il jugea que, pour réussir dans cette grande entreprise, il aurait beaucoup d'avantage à profiter du temps d'une nuit obscure, tandis que les infidèles seraient encore plongés dans le sommeil. Il fit donc embusquer toute sa troupe dans un bois à portée du camp d'Agramant, en donnant ses ordres pour qu'elle s'y tînt cachée le reste du jour.

Dès que le soleil, laissant la nuit étendre ses voiles, se fut retiré sous l'onde, et que les ours, la chèvre, le serpent sans venin, et les autres constellations que le plus brillant des astres avait jusqu'alors obscurcies, ornèrent le ciel, Renaud mit son détachement en marche; et, se portant un mille en avant avec quelques-uns de ses chevaliers, il tomba d'abord sur la garde avancée du camp, qui, se trouvant surprise au moyen du profond silence que Renaud avait fait observer, fut taillée en pièces, sans qu'aucun pût échapper : il arriva de la sorte jusqu'au camp, même avant que les Sarrasins eussent connaissance de sa marche.

Ce camp surpris ne put se remettre en ordre, ni faire la moindre résistance; et dès que Renaud s'aperçut que l'alarme s'y répandait, il en fit redoubler la terreur par les sons aigus des clairons, des trompettes, et bien plus encore par le cri terrible que tous les guerriers élevèrent à-la-fois en criant : Renaud ! Clermont ! Montauban ! Renaud ! Alors animant Bayard, le paladin lui fait franchir les barrières du camp, et le pousse sur les Sarrasins qui veulent se relever, et sur leurs tentes qu'il renverse.

Les plus braves des Sarrasins sentirent hérisser leurs cheveux en entendant prononcer les noms terribles de Renaud et de Montauban. Les Africains et les Espagnols, qui se souvenaient que ce cri était toujours suivi de la mort, fuirent de toutes parts, abandonnant leurs tentes, et jusqu'à leurs armes. Guidon, ses frères, ses cousins, les fils d'Olivier et Sansonnet suivent de près l'impétueux Renaud : l'étendard de Clermont s'ouvre un libre passage, et sept cents hommes d'armes que Renaud avait amenés de Montauban portent le ravage et la mort dans le camp des infidèles.

Ces sept cents hommes, tous gens d'élite et de la plus haute valeur, étaient depuis long-temps entretenus à Montauban, endurcis aux saisons comme aux travaux militaires, et exercés souvent par Renaud ; cette troupe sous ses ordres était aussi redoutable que les Myrmidons d'Achille : ils étaient si braves et si fermes dans le combat, que cent d'entre eux n'auraient pas reculé devant mille soldats ; et dans le nombre on en aurait pu trou-

ver de supérieurs aux plus fameux guerriers. Renaud, quoique chef d'une maison illustre, n'était
pas riche; mais sa haute valeur, sa générosité, ses
manières affables avaient attaché tellement ces
braves gens à sa personne, que les plus riches
souverains`les auraient vainement appelés à leur
service. Montauban était la citadelle la plus redoutable par le séjour qu'ils y faisaient habituellement
et par leur fidélité; mais, dans le besoin extrême
que Charles avait d'être secouru, Renaud n'avait
laissé qu'une faible garde dans cette ville, et, sûr
de cette troupe si brave et si fidèle, il l'avait conduite sous sa bannière.

A peine cette petite troupe dont je célèbre la
valeur eut pénétré dans le camp sarrasin, qu'elle
porta la terreur et le ravage parmi les infidèles:
les Maures, plus timides que les moutons des bords
du Galèse sous la dent meurtrière des loups, ou
que les chèvres qui paissent le long du Cyniphe,
sous les ongles tranchants des lions de Lybie,
périrent ou s'enfuirent effrayés par les coups des
guerriers de Clermont.

Charlemagne, à qui Renaud avait fait donner
avis de son arrivée, et du dessein qu'il avait d'attaquer à l'improviste le camp ennemi au milieu
de la nuit, s'était tenu prêt et sous les armes; et,
lorsque le moment lui parut favorable, il fit une
sortie sur les Sarrasins à la tête de ses meilleures
troupes et de ses paladins (1): le fils du riche roi

_____

(1) Tous ces paladins, à l'exception d'Ogier et d'Olivier,

Monodant, ce fidèle amant de Fleur-de-Lis, le brave Brandimart était à ses côtés. Quels furent les transports de joie de cette tendre amante, qui n'avait point voulu s'éloigner de Renaud, lorsque, à la devise de son bouclier, elle reconnut son cher Brandimart : elle s'élance au milieu des armes, elle ne craint rien, elle ne voit que son amant, elle lui tend les bras, et le serre mille fois sur son sein.

Brandimart lui rendit ses caresses, plein de surprise, de joie et d'amour. On se fiait beaucoup à sa maîtresse dans cet heureux temps des âges antiques : on la laissait courir les monts, les plaines et les forêts, sans en concevoir de soupçons jaloux ; et, lorsqu'elle était de retour, loin de douter de la vérité de ses récits, on la croyait aussi fidèle que tendre ; on ne l'en trouvait que plus estimable et plus charmante : Brandimart crut donc tout ce que sa chère Fleur-de-Lis lui raconta, et fut très affligé de ce qu'il apprit de la folie de son ami Roland.

De tout ce que lui dit Fleur-de-Lis, c'est ce qu'il aurait eu le plus de peine à croire ; mais il était trop amoureux, trop soumis pour douter de tout ce qu'assurait la belle bouche de sa maî-

---

avaient été faits prisonniers (voyez chant vingt-septième, page 313) ; le poète ne dit pas quand et comment ils ont été délivrés.   P.

tresse, surtout lorsqu'elle disait l'avoir vu de ses propres yeux, et sachant d'ailleurs qu'elle était ainsi que lui trop amie de Roland pour avoir pu se méprendre. Elle lui raconta toute l'aventure du pont périlleux; elle lui dépeignit le château, cette tour couverte des armes des chevaliers que Rodomont avait vaincus; elle finit par le récit de la lutte de ce Sarrasin contre le comte d'Angers, et de leur chute dans la Saône.

Brandimart, voyant les Sarrasins absolument défaits, ne s'occupa plus que de la tendre amitié qui l'unissait avec Roland : il prit aussitôt le parti d'aller chercher son ami, de l'arrêter, et d'employer tout l'art des médecins pour rappeler sa raison; il partit donc sur-le-champ avec sa charmante Fleur-de-Lis qui guidait ses pas vers les lieux où elle espérait trouver encore le malheureux paladin.

La route que prit Fleur-de-Lis les ramena précisément à ce même pont gardé par le roi d'Alger; la sentinelle donne le signal, et en même temps les écuyers de Rodomont lui présentent son cheval et ses armes, en sorte qu'il se trouva prêt au moment où Brandimart arriva au passage. Rodomont, avec son audace ordinaire, lui cria : Qui que tu sois que le sort ou la folie guide en ce lieu, descends, dépouille-toi de tes armes, et fais-en hommage à ce tombeau avant que je ne t'immole, et ne t'offre en victime aux mânes de celle qu'il

28.

renferme ; autrement je le ferai moi-même, et tu n'en auras pas le mérite.

Brandimart ne fit aucune autre réponse à cette bravade que de mettre sa lance en arrêt ; il pousse en avant son cheval Bartolde avec un courage digne d'un aussi bon chevalier : Rodomont, de son côté, vient à toute bride contre lui. Le cheval du Sarrasin avait depuis long-temps l'habitude de courir sur ce pont étroit ; celui de Brandimart avait peur, et n'allait qu'en tremblant sur ces madriers peu solides ; ils se joignirent cependant, et les deux chevaliers armés de fortes lances, telles encore qu'elles avaient été coupées dans la forêt, s'atteignirent avec tant de force, que les deux chevaux furent également renversés. L'un et l'autre des combattants veulent les faire relever à coups d'éperons ; les chevaux se débattirent, et rien ne pouvant assurer leur assiette sur ce pont sans rebords, tous les deux tombèrent avec leurs maîtres dans la rivière ; leur chute fit retentir l'air avec autant de force, que lorsque le téméraire Phaëton, foudroyé par Jupiter, fit soulever l'Éridan en y tombant avec le char du Soleil son père.

Les chevaux allèrent à fond avec les deux chevaliers, qui furent à même de voir si la Saône ne cachait pas quelque jeune nymphe sous ses eaux ; ce n'était pas la première fois que Rodomont avait fait un semblable saut : il avait été à portée de bien connaître le fond du lit de la rivière, et de savoir où le terrain était ferme ou mobile. Il eut

bientôt la tête, la poitrine, et jusqu'à la ceinture
hors de l'eau; il pouvait alors attaquer Brandimart
avec un grand avantage, le cheval de ce dernier, qui s'était enfoncé dans un sable mouvant,
ne pouvant s'en retirer, et tous les deux courant grand risque d'y rester submergés. L'instant
d'après, l'eau les ayant soulevés, le courant emporta Brandimart, de manière que le pauvre chevalier se trouvait sous son cheval, très près d'être
suffoqué. Fleur-de-Lis, qui le voit dans ce péril
extrême, vole à Rodomont toute baignée de larmes. Seigneur, lui dit-elle, je vous conjure par
celle que vous révérez, même après sa mort, de
sauver la vie de ce brave chevalier. Ah! s'écria-
t-elle, si jamais vous avez aimé, prenez pitié d'une
amante désespérée; qu'il vous suffise de le faire
votre prisonnier, et d'appendre à ce tombeau des
armes plus propres à l'honorer que toutes celles
dont il est couvert. Quelque cruel que fût le roi
d'Alger, il fut ému par les prières de Fleur-de-Lis;
elles le déterminent à secourir Brandimart qui un
moment plus tard eût perdu la vie: mais il n'a-
cheva de le tirer de dessous son cheval qu'après
avoir pris son casque et son épée; il le fit transporter sur-le-champ dans la tour avec les autres
prisonniers.

La joie qu'eut Fleur-de-Lis de voir la vie de
son amant hors de danger fut bien balancée par
la douleur de le savoir prisonnier; mais que n'eût-
elle pas sacrifié pour qu'il ne pérît pas à ses yeux!

Cependant sa douleur redouble en pensant qu'elle
est la cause de l'état cruel où se trouve son amant;
elle s'accuse de l'avoir conduit elle-même à sa
perte, en lui racontant comment elle avait trouvé
Roland près de ce pont périlleux. Elle retourna sur
ses pas vers Paris, espérant de ramener avec elle
Renaud ou Guidon, ou quelque autre chevalier
renommé de la cour de Charlemagne. Elle se propose d'en chercher un par mer et par terre, qui
soit plus heureux que Brandimart, n'imaginant
pas pouvoir en trouver un plus brave, pour se
battre contre Rodomont.

Fleur-de-Lis marcha plusieurs jours sans trouver personne qui pût lui faire espérer de délivrer
son amant. Elle crut enfin rencontrer ce qu'elle
cherchait, en voyant venir un chevalier de haute
apparence, dont la cotte d'armes était très riche,
et toute brodée de troncs et de rameaux de cyprès. Je compte bien vous dire quel était ce chevalier (1); mais maintenant je veux retourner à
Paris pour voir un peu cette entière défaite des
Sarrasins, que Charles dut à la valeur de Renaud,
et peut-être aux enchantements de Maugis. Le
nombre des fuyards fut très grand, mais celui
des morts le fut tellement, que Turpin ne put
jamais les compter, ayant été surpris par les ombres
de la nuit.

Agramant dormait tranquillement dans sa tente,

---

(1) Voyez le trente-cinquième chant

lorsqu'un de ses gardes épouvanté vint l'avertir
de se lever et de sortir promptement s'il voulait
éviter d'être pris. Ce prince se lève, regarde autour de lui, et voit ses soldats fuir de toutes
parts; la plupart sont à moitié nus, et n'ont pas
eu le temps de prendre leurs épées ni leurs boucliers. Il se faisait attacher promptement ses armes, lorsque Falsiron, Grandonio, Balugant et
quelques autres, accoururent à sa tente; ils lui
parlèrent encore plus vivement sur le danger qu'il
courait de perdre la vie ou la liberté, s'il ne s'é-
chappait pas promptement. Marsile et le sage Sobrin lui confirmèrent cette funeste nouvelle; ils lui
dirent, et tous les autres lui répétèrent d'un commun accord, que, s'il attend Renaud et la foule
qui accompagne ce guerrier terrible, il peut être
sûr que lui et ses amis vont périr ou tomber au
pouvoir de l'ennemi. Vous n'avez pas un moment
à perdre, lui dirent-ils, pour vous retirer avec
le petit nombre de ceux qui pourront vous suivre,
ou dans Arles, ou dans Narbonne; ces deux villes
sont également fortes, vous pourrez y tenir long-
temps, et tant que vous serez en vie et libre,
vous conserverez l'espérance de vous relever et
de vous venger de cette défaite : vous aurez le
temps de rassembler une nouvelle armée avec laquelle vous pourrez mettre Charles en fuite à
son tour.

Quoique ce parti parût bien dur au fils de
Trojan, il se rendit à leur avis : il prit donc

sur-le-champ la route d'Arles, avec la même diligence que s'il eût eu des ailes ; il suivit le chemin que de bons guides arrivés à propos lui
dirent être le plus sûr, et la nuit favorisa sa fuite.

A peine vingt mille hommes, tant des troupes
africaines que de l'armée espagnole, purent échapper au fer de Renaud : ses frères, ses cousins, ses
compagnons, et les sept cents braves hommes
d'armes qui le suivaient, en tuèrent un si grand
nombre, et jetèrent une telle épouvante parmi
les autres, qu'il serait plus possible de compter
les feuilles et les fleurs que le printemps fait naître, que le nombre de ceux qui périrent par le
fer, ou qui se précipitèrent dans la Seine. Quelques-uns ont prétendu que Maugis avait eu beaucoup de part à cette défaite, même sans ensan-
glanter son épée ; ils ont dit que cet enchanteur,
par la force de ses conjurations, avait évoqué
des antres du Tartare une si grande multitude
de démons avec tant de lances et de bannières,
que deux royaumes comme la France n'en auraient pu fournir un si grand nombre : on dit
qu'il leur fit de plus entendre un bruit si terrible
de cliquetis d'armes, d'instruments guerriers,
de hennissements de chevaux, et de cris menaçants
qui retentissaient autour d'eux de toutes parts,
que les Sarrasins épouvantés crurent n'avoir plus
d'autre espérance que dans une prompte fuite.

Agramant n'oublia pas son cher Roger, qui n'é-
tait pas encore guéri de ses dangereuses bles-

sures; il le fit monter sur un cheval dont l'allure
était fort douce; et, après l'avoir conduit jusqu'à
un endroit où la route devenait plus sûre, il le
fit embarquer et transporter ainsi, sans aucune
fatigue, jusque dans la ville d'Arles qu'il avait
marquée pour être le point de ralliement de tous
ceux qui pourraient se sauver de cette déroute.
Le nombre de ceux qui s'échappèrent le premier
jour fut d'environ cent mille (1); mais comme ils
fuyaient par monts et par vaux en troupes séparées au milieu de la France, une grande partie
de ces fuyards fut détruite par les gens de la campagne, et rougit de son sang les terres qu'ils
avaient long-temps ravagées.

Le roi de Séricane, ayant son camp sur les der-
rières de celui d'Agramant, n'avait point essuyé
d'échec; et, apprenant que c'était Renaud qui donnait cet assaut, il en fut enchanté, et il en rendit grace au ciel, croyant avoir trouvé le moment
favorable de s'emparer de Bayard.

Je crois vous avoir dit que Gradasse n'avait
porté les armes en France, que par le desir ardent qu'il avait de faire la conquète de Durandal
et de Bayard (2); c'était pour ce fameux coursier,
qu'il avait déja défié Renaud, et qu'ils avaient

---

(1) Le poëte oublie qu'il vient de dire qu'à peine vingt
mille hommes avaient échappé au fer de Renaud; voyez
page 440.   P.
(2) Voyez chant vingt-septième, page 319.

arrêté tous deux le jour, l'heure et le lieu du
combat qui devait terminer cette grande querelle.
Il s'était porté sur le bord de la mer le jour
dont Renaud était convenu; mais Maugis empê-
cha son cousin de se trouver à ce rendez-vous,
par des moyens trop longs à vous répéter (1). Gradasse, voyant Renaud manquer à l'assignation
prise de part et d'autre, s'était imaginé que ce
paladin avait eu peur, et depuis ce temps il osait
le regarder comme un homme de peu de courage. Dès qu'il sut que Renaud attaquait le camp
d'Agramant, il se fit couvrir de ses fortes armes,
et monta sur sa belle et vigoureuse Alfane. Il
marche à l'aventure dans l'obscurité de la nuit;
il passe rapidement, renverse également les Maures et les chrétiens qu'il trouve sur son passage:
il se porte, en appelant Renaud d'une voix forte,
par-tout où les escadrons lui paraissent être les
plus nombreux, et continue à chercher le paladin; ils se rencontrent enfin, ayant tous les deux
l'épée haute, leurs lances étant déjà brisées.

Lorsque Gradasse, qui ne pouvait distinguer
ni la taille ni la devise de Renaud, crut cependant le reconnaître aux coups qu'il portait, comme
à l'impétuosité de Bayard qui faisait trembler la
terre sous ses pieds, il débuta par lui faire les
reproches les plus offensants; il osa lui dire que,
manquant à la parole qu'ils s'étaient donnée ré-

_____

(1) Voyez l'Extrait de Roland l'Amoureux, pages 404 et 405.

ciproquement, il l'avait mis en droit de croire,
et de publier que c'était par un manque de
courage.

Je vois bien, continua Gradasse, que le jour
que tu m'évitas, tu conçus la folle espérance de
te cacher toujours assez bien pour que je ne pusse
te retrouver : mais je te tiens aujourd'hui ; va,
sois sûr que si tu volais jusque sur la voûte céleste, ou que si tu t'abymais sur les bords funestes du Styx, je te suivrais sans cesse, et que
je t'enleverai Bayard quelque part que tu ailles
pour m'éviter. Si tu n'as pas le courage de tenir
ferme contre moi, si tu reconnais ton infériorité,
si tu fais en un mot plus d'estime de la vie que
de l'honneur, tu peux la mettre facilement à couvert en me cédant ton cheval, et tu pourras aller
vivre en paix, puisque la vie te paraît si chère :
mais tu iras à pied; tu n'es pas digne de monter
un cheval, si tu fais un pareil déshonneur à la
chevalerie.

Guidon-le-Sauvage et Richardet étant présents
à ces propos de Gradasse ne purent en supporter l'insolence : ils tirèrent tous les deux leurs
épées pour l'en punir; mais Rénaud les arrêta
sur-le-champ, et ne voulut pas souffrir qu'aucun
d'eux attaquât Gradasse. Croyez-vous donc, leur
dit-il, que je ne sois pas bon pour me venger
d'un homme qui m'outrage? Se retournant alors
vers le Sarrasin : Écoute, Gradasse, je veux avant
tout te prouver clairement que je me suis rendu

sur le bord de la mer pour te combattre ; je soutiendrai ensuite contre toi, les armes à la main,
que je te dis la vérité, et que tu en auras menti
toutes les fois que tu diras que j'ai manqué aux
lois de la chevalerie : mais, avant que nous en
venions aux mains, je te prie d'écouter ma justi-
fication afin que tu ne me fasses plus d'injustes
reproches. Nous disputerons ensuite Bayard, aux
conditions dont nous étions convenus, à pied,
seul à seul, dans un lieu solitaire, comme tu l'a-
vais désiré toi-même. Gradasse fut assez frappé
par la réponse de Renaud, pour sentir renaître
cette courtoisie qui caractérise les gens d'honneur : il alla sur le bord de la rivière avec Renaud, il écouta ses raisons, et le paladin français
finit par attester le ciel qu'il avait dit la vérité.
Maugis, s'approchant, convint d'avoir forcé son
cousin à s'éloigner par ses enchantements. Maintenant, dit Renaud au roi de Séricane, choisis
l'heure et le lieu du combat, je te prouverai
mieux encore la vérité de tout ce que je viens de
te dire. Le roi de Séricane, dont le premier intérêt était de conquérir Bayard, parut croire Renaud ; il convint avec lui qu'ils se battraient le
lendemain matin sur le bord d'une fontaine voisine. Leur accord fut que si Gradasse était vainqueur, il aurait Bayard ; que, s'il était vaincu,
Durandal ne serait plus à lui ; et Renaud, selon
sa générosité ordinaire, voulut se battre à pied,
pour n'avoir pas l'avantage de monter Bayard dans
ce combat.

Renaud avait été vivement touché de ce que Fleur-de-Lis lui avait dit de l'état cruel de Roland; il brûlait du desir d'aller au secours de son malheureux cousin; et, se voyant retenu par une nouvelle querelle, il desira du moins qu'elle pût être utile à reprendre cette épée toujours victorieuse dans les mains de Roland. L'accord étant fait, tous les deux se retirèrent, Gradasse n'ayant point accepté le logement que Renaud lui proposait chez lui. Tous deux bien armés se rejoignirent le lendemain sur le bord de la fontaine, où le sort de Bayard et celui de Durandal devaient être décidés.

Tous les amis de Renaud étaient très inquiets de l'évènement de ce combat: Gradasse était fort, brave, expert dans les combats, et de plus il était armé de la redoutable Durandal. Maugis était bien tenté d'interrompre ce dernier rendez-vous comme le premier; mais Renaud avait montré tant d'indignation de ce qu'il avait osé faire, qu'il ne hasarda pas de braver une seconde fois la colère de son cousin.

Tandis que tous les parents de Renaud se livraient aux plus vives inquiétudes, le paladin volait gaiement au combat: il ne pouvait pas même supporter le soupçon d'un tort; il espérait imposer à jamais silence à l'indigne race de Poitiers et de Hautefeuille; et c'était plein d'audace et d'assurance de remporter tout l'honneur de cette affaire, qu'il allait combattre son ennemi.

Le roi de Séricane et le paladin Renaud se rendirent presque en même temps sur le bord de la fontaine. Ils se saluèrent avec politesse; loin de se regarder avec des yeux menaçants, leur front était aussi serein que celui de deux amis qui s'aborderaient pour causer ensemble : mais je ne vous dirai pas en ce moment la suite de ce combat, dont il me plaît de remettre le récit; ce sera pour une autre fois.

FIN DU TRENTE-UNIÈME CHANT.

CHANT XXXII.

ARGUMENT.

Marphise vient au secours d'Agramant. — Mort de Brunel. — Plaintes de Bradamante sur l'absence de Roger. — Elle en apprend des nouvelles qui la mettent au désespoir. — Elle quitte Montauban. — Elle rencontre Ulanie, ambassadrice de la reine d'Islande. — Motif de son ambassade. — Bradamante arrive au château de sir Tristram. — Singulière contume établie dans ce château. — Bradamante désarçonne trois rois, et est reçue par le maître du château. — Bradamante prend la défense d'Ulanie.

J E me souviens en ce moment que j'avais quelque autre chose à vous dire : je vous l'avais même promis ; mais cela m'est passé de la tête. Je me rappelle cependant que je devais vous parler des soupçons qui perçaient le cœur de Bradamante, ainsi que du nouveau rapport qui lui fut fait, et qui rendit ses maux mille fois plus cruels encore que tout ce qu'elle avait appris de Richardet ; je conviens que je devais en parler plutôt. Renaud et son frère Guidon m'ont causé cette distraction : j'ai passé trop légèrement d'un objet à l'autre ; je

me suis occupé d'eux, et j'ai mis leur sœur en
oubli : mais aussi je ne vous parlerai plus ni de
Renaud, ni de Gradasse (1), jusqu'à ce que j'aie
satisfait au juste intérêt que vous inspire Bradamante. Cependant, avant que je m'occupe en entier d'elle, il faut absolument que je vous dise un
mot d'Agramant que nous avons laissé ramassant
les débris de son armée dans la ville d'Arles (2),
avec ce qui s'était pu sauver de la terrible cami-
sade qu'il avait essuyée.

La ville d'Arles était la plus propre au dessein
qu'avait Agramant de former une nouvelle armée;
elle est voisine de l'Espagne, elle n'est pas loin de
l'Afrique, et elle est située à l'embouchure du beau
fleuve qui l'arrose. Marsile envoie ses ordres dans
toutes les Espagnes, pour rassembler infanterie,
cavalerie, et pour que, bon gré malgré, on arme à
Barcelonne tous les vaisseaux en état de combattre.
Agramant, de son côté, emploie les plus grands
efforts : il tient conseil tous les jours pour arrêter
son projet de campagne, et les villes d'Afrique
sont ruinées par la quantité d'hommes et d'impôts
qu'il y fait lever. Il fait même offrir en mariage à
Rodomont, une de ses cousines, fille d'Almont,
avec le beau royaume d'Oran, pour le rappeler à
son service : mais le fier roi d'Alger le refuse, et

----

(1) Il y revient au trente-troisième chant.

(2) Chant trente et unième, page 440.

s'obstine à ne pas quitter la défense du pont, où le tombeau d'Isabelle est déja couvert des armes enlevées aux chevaliers que leur mauvais sort a conduits en ce lieu (1).

Marphise, plus généreuse que Rodomont, dès qu'elle sut qu'Agramant avait été défait, et forcé de se retirer dans Arles avec le peu de troupes qui lui restait, accourut offrir son bras et son épée à cet empereur, avant même qu'il eût pu la prier de venir à son secours.

Marphise remit Brunel entre les mains d'Agramant; elle s'était contentée, pendant les dix ou douze jours de son absence, de tenir sans cesse cet insigne larron dans la crainte du supplice. Elle avait attendu vainement que quelqu'un se présentât pour le dérober à sa vengeance : mais elle avait dédaigné de l'exercer sur une aussi vile créature; et, lui pardonnant les injures qu'elle en avait reçues, elle l'avait ramené sain et sauf avec elle.

Agramant fut pénétré de reconnaissance de ce que Marphise faisait pour lui : ce prince sentit la joie la plus vive de recevoir un aussi puissant secours; sensible même aux égards qu'elle avait observés en remettant Brunel à sa justice, il ne put souffrir que ce scélérat profitât de la clémence de la guerrière, et il le fit conduire au supplice. La

---

(1) Rodomont reparaît au trente-cinquième chant.

justice divine parut choisir le temps où son unique
protecteur ne pouvait demander sa grace : Roger
aurait pu peut-être lui sauver la vie, mais étant
alors accablé par ses blessures, ce ne fut qu'après
la mort de Brunel qu'il sut que le corps de ce
misérable, attaché dans un lieu sauvage, servait
de pâture aux corbeaux (1). Revenons à présent
à Bradamante.

Elle attendait avec la plus vive impatience que
le terme de vingt jours, qu'avait pris Roger, fût
expiré : le prisonnier ne peut avoir un plus ardent
desir de voir le jour qui doit le remettre en liberté, ni le banni celui qui doit le rendre à sa
chère patrie. Plus Bradamante approchait du moment heureux de revoir Roger, plus son retard
lui paraissait long ; son imagination exaltée la
portait à se dire : Æthon ou Pyroïs (2) ne sont-ils
pas boiteux ? quelque roue du char du soleil qu'ils
traînent n'est-elle pas fracassée ? Les jours lui
paraissaient plus longs que celui que l'éternel fit
luire pour Josué combattant contre les Amalé-
cites, et les nuits plus longues que celle où Jupiter, dans les bras d'Alcmène, s'occupait si dou-

_____

(1) Agramant reparaît dans le trente-cinquième chant, et
Marphise dans le trente-sixième.

(2) Deux des quatre chevaux qui tirent le char du soleil ;
voyez Ovide, liv. II des Métamorphoses.

cement à faire présent d'Hercule à la terre. Ah !
combien de fois ne desira-t-elle pas le long sommeil des ours, des loirs et des blaireaux ! Elle eût
voulu que le repos l'eût privée de ses sens, jusqu'au
moment de voir l'amant qu'elle adorait venir les
ranimer : mais, bien loin d'obtenir cette faveur,
elle ne peut pas même dormir une heure dans
toute la nuit. Foulant tour-à-tour toutes les parties
de son lit, elle s'en relevait souvent pour courir
à sa fenêtre; elle tournait les yeux, en soupirant,
vers l'Orient; elle semblait vouloir presser l'Aurore de quitter le vieux Tithon, pour venir répandre les lis et les roses qu'on voit semés sur ses
premiers pas; et dès que le jour avait embelli la
terre, elle en desirait la fin, ainsi que le spectacle de la voûte céleste brillante d'étoiles.

Lorsqu'enfin il ne resta plus que quatre ou
cinq jours à s'écouler, l'inquiète Bradamante attendait d'heure en heure que quelque messager
vînt annoncer le retour de Roger. Souvent elle
montait sur une tour très élevée du château, d'où
l'on découvrait au loin le pays et les chemins qui
conduisaient de toutes les parties de la France à
Montauban. Si par hasard elle apercevait quelque
chevalier ou quelque chose d'assez brillant pour
ressembler à des armes, ses beaux yeux en devenaient plus vifs et plus brillants; elle croyait voir
son cher Roger : un voyageur, qui suivait à pied
le même chemin, devait être, selon ses desirs,
un homme envoyé par son amant, pour la pré-

29.

venir de son retour. Vaines espérances! combien
de fois vous avez trompé cette tendre amante, qui
ne pouvait ni ne voulait cesser de l'être! Quelquefois elle se couvrait de ses armes, et, descendant dans la plaine, elle allait au-devant de Roger
sur l'un des chemins qui conduisaient à Montauban : déçue dans cette attente, elle revenait
promptement sur ses pas. Ah! peut-être, se disait-elle, il est déjà dans Montauban! il aura suivi
quelque autre route! Elle rentrait dans ce doux
espoir; mais elle ne trouvait que de nouvelles
inquiétudes et de nouveaux regrets. Ce fut en
s'y livrant plus que jamais, qu'elle vit arriver le
terme qu'elle croyait devoir être celui de sa mortelle douleur. Mais plus de vingt jours au-delà
s'étant écoulés encore sans qu'elle reçût aucune
nouvelle, cette douleur devint un vrai désespoir;
ses plaintes eussent attendri jusqu'aux implacables
Furies; sa main égarée meurtrissait ses yeux, son
beau sein, et n'épargnait pas ses cheveux blonds.
Ah! s'écriait-elle, malheureuse et faible que je
suis! devrais-je chercher et desirer l'ingrat qui se
cache à mes yeux et qui m'évite? Puis-je supporter
l'humiliation d'aimer celui qui me dédaigne, de
l'appeler quand il est sourd à ma voix? Quelle
est donc sa présomption? Croit-il ne devoir être
sensible que pour quelque habitante de l'Olympe?
Hélas! il ne sait que trop que je l'adore, et que
son absence me tue! Cruel Roger! attends-tu donc
ma mort, pour venir me secourir? Redoutes-tu

mes reproches? Craignant sans doute que mes
larmes et mes gémissements ne t'attendrissent,
tu te caches de moi, comme l'aspic qui ne veut
point entendre les chants magiques pour ne pas
perdre sa cruauté!

Arrête, Amour, arrête celui qui fuit et brise
sa chaîne, et qui me laisse immobile, accablée
sous le poids de la mienne! ou plutôt, cruel
Amour, fuis toi-même loin de mon triste cœur,
et rends-lui sa première liberté! Mais que dis-je?
hélas! insensée que je suis! puis-je espérer quelque
pitié de toi, cruel enfant! de toi qui ne te plais
qu'à rendre tes esclaves malheureux; de toi, qui
t'abreuves sans cesse de leurs larmes? Mais, malheureuse Bradamante! ne dois-tu pas t'accuser
toi-même de t'être livrée trop follement aux espérances, aux desirs qu'une première passion fit
naître dans ton cœur? Tu te crus aux cieux, lorsque tu pensas que Roger serait à jamais tendre
et fidèle pour toi; te voilà précipitée dans l'abyme
du désespoir. Hélas! malheureuse, tu ne peux cesser de l'aimer encore: ta faible raison t'a trop mal
défendue, quand il en était peut-être encore temps;
maintenant elle se tait, elle n'existe plus. Un amour
impérieux, une flamme impétueuse brûlent et déchirent mon cœur. Nul frein ne peut arrêter la
passion qui m'emporte et qui me conduit à la
mort. Mais pourquoi vouloir m'imputer tout mon
malheur? hélas! jeune, sans expérience, ignorant
les peines et les plaisirs de l'amour, suis-je donc

si coupable de m'être laissée toucher? quels charmes, quelle noblesse, quels respects ne trouvai-je
pas dans Roger? que pouvais-je opposer à cet air
si séducteur, à ce chevalier qui ne me parla jamais que le langage de l'amour et de la sagesse?
Quel est celui qui se refuserait à voir la clarté du
jour? Mon destin m'entraîna peut-être; pouvais-je
d'ailleurs ne pas céder à des conseils dignes de
ma confiance? Ne me promit-on pas que la su-
prême félicité dont on me peignait l'image serait
le prix de cet amour? O Merlin, pourquoi m'as-tu
trompée? pourquoi m'as-tu séduite par de vaines
promesses? Roger, hélas! tu ne m'aimes plus, et
moi, je ne peux cesser de t'aimer! Cruel Merlin!
trompeuse Mélisse! étiez-vous donc jaloux du
calme, de la douce paix dont jouissait mon ame
innocente? Pourquoi, cruels, avez-vous évoqué
tous ces esprits infernaux, pour me présenter des
prestiges, et me montrer tous ces héros qui devaient naître dans mon sein? Pourquoi captiver
mon cœur en le remplissant d'une aussi douce
espérance?

C'est ainsi que Bradamante s'abandonnait à sa
douleur; un rayon d'espérance luisait encore dans
son ame : on ne condamne jamais tout-à-fait un
amant tendrement aimé. La promesse et l'air de
Roger, en lui jurant de l'aimer toujours, et de
hâter le plus qu'il pourrait son retour, ce souvenir
si cher à son cœur, la calmèrent pendant quelques
jours encore. Elle continua de sortir souvent pour

se distraire, et bien plus encore pour aller sur
ces mêmes routes que son amant devait prendre
à son retour; mais une malheureuse rencontre
qu'elle fit acheva de détruire ses dernières espérances. Ce fut celle d'un chevalier gascon qui revenait du camp d'Agramant, où, pendant quelque
temps, il avait été retenu prisonnier, depuis le
jour où Charles, après sa défaite, avait été forcé
de rentrer dans Paris. Bradamante lui fit quelques
questions indifférentes : elle finit bientôt par la
seule qui put intéresser son cœur; elle lui parla
de Roger; et dès que ce nom fut prononcé, aurait-elle pu lui parler de tout autre? Ce chevalier,
très bien instruit de tout ce qui s'était passé dans
le camp d'Agramant, lui raconta comment Roger
avait triomphé de Mandricard, et comment, en lui
donnant la mort, il était resté couvert de blessures, qui, pendant plus d'un mois, avaient fait
craindre pour sa vie. Que ce chevalier ne termi-
na-t-il là son histoire! elle suffisait pour excuser
Roger de son long retard; mais ce Gascon, ai-
mant à parler, ne tarda pas à peindre Marphise
comme étant aussi belle que courageuse, comme
égalant Roger par la figure et par la valeur. Tous
les deux paraissent s'aimer, ajouta-t-il; on les voit
rarement l'un sans l'autre; on croit même qu'ils
se sont promis mutuellement une éternelle foi:
c'est lorsque Roger sera guéri de ses blessures,
qu'on espère voir l'accomplissement de ces promesses; tous les rois sarrasins, continua-t-il, et

toute l'armée, en témoignent la plus grande joie, ne doutant pas qu'il ne naisse des héros d'un couple aussi valeureux.

Le Gascon n'était nullement coupable en tenant ces propos, puisqu'il ne rapportait que le bruit public de la cour et de l'armée d'Agramant : en effet, Marphise avait fait naître cette idée par la tendre amitié qu'elle témoignait à Roger; et toute nouvelle, bonne ou mauvaise, qui commence à se répandre, vole bientôt de bouche en bouche. Ce qui paraissait même confirmer cette idée, c'est que Marphise avait rejoint la cour d'Agramant sans être attendue; et l'on ne douta pas que ce ne fût pour revoir Roger, lorsqu'on sut que ce n'était point à la prière d'Agramant qu'elle s'était rendue, et qu'elle avait ramené Brunel. On le crut bien davantage, lorsqu'on vit qu'elle ne quittait presque jamais Roger, qui gardait le lit pour ses blessures, et qu'elle passait tout le jour dans sa chambre; complaisance qu'une héroïne, aussi fière pour tous les autres, n'eût point eue sans doute pour Roger, si l'amour ne l'eût touchée pour lui.

Le Gascon ayant assuré Bradamante de la vérité de tous ces faits, elle fut si saisie qu'elle pensa tomber de cheval; mais ranimée par la rage de la jalousie, et voyant toute espérance perdue pour elle, furieuse, désespérée, elle retourna brusquement à Montauban, et s'enferma dans sa chambre.

Éperdue de douleur, Bradamante se jette tout armée sur son lit; elle pose son visage et sa bouche sur son oreiller, pour étouffer ses cris : hélas! ils s'élevaient si vivement de son cœur déchiré que, sans cette précaution, ils eussent pénétré jusqu'aux extrémités du château. C'est alors qu'elle se rappela le cruel rapport du chevalier, et ne pouvant plus soutenir une douleur qui l'oppresse, elle l'exhale en partie par ces mots :

Malheureuse! à qui croire désormais, puisque Roger est perfide et cruel, ce même Roger que je croyais si tendre et si fidèle? fut-il jamais une trahison aussi lâche? Tout ce que tu me devais, barbare, ne met-il pas le comble à ta perfidie? Pourquoi, Roger, possèdes-tu plus que tout autre la valeur, la noblesse, la beauté? pourquoi te donne-t-on la réputation d'être vertueux? Ah! si tu l'étais véritablement, tu serais jaloux de la conserver; on ne peut être vertueux, quand on ne garde pas la foi qu'on a jurée : tu sais que c'est la première des vertus, et cependant tu l'as violée. Crois-tu, perfide, que la valeur, la noblesse, les charmes extérieurs puissent pallier la fausseté du cœur et l'inconstance? Quelle espèce de victoire crois-tu donc avoir remportée? ne t'était-il pas bien facile de séduire un jeune cœur qui volait au-devant de toi, et de persuader un esprit si soumis au tien, qu'il t'était aisé de lui faire croire les choses les plus impossibles! Non, si tu n'éprouves pas des remords, les plus grands crimes n'en pourraient plus faire naître en ton ame. Dis-moi donc, comment imaginerais-tu contre un implacable en-

nemi quelque supplice aussi cruel que celui que
tu me fais souffrir? ne crains-tu pas que la justice
céleste ne venge mon injure? ne sais-tu pas que
celui de tous les crimes qu'elle poursuit le plus,
c'est l'ingratitude? n'a-t-elle pas précipité dans les
noirs abymes les anges ingrats et rebelles? et si le
plus grand crime mérite la plus grande punition,
lorsque le cœur n'est plus capable de repentir,
frémis, ingrat, de m'avoir si cruellement outragée!
va, je ne me plains pas que tu m'enlèves mon
cœur, puisqu'il m'est impossible de le reprendre;
mais tu m'avais donné le tien, perfide! et tu le
reprends, tu me l'arraches! Hélas! je l'ai donc
perdu! tu m'abandonnes; mais je n'imiterai pas le
lâche exemple que tu me donnes : oui, je t'aimerai
jusqu'à la fin d'une vie qui ne peut plus être longue, et mon dernier soupir sera pour toi. Malheureuse que je suis! ah! que ne l'ai-je perdue dans
le temps où tu m'aimais encore! ma mort alors
m'eût été douce; mes yeux en expirant se fussent
tournés tendrement sur les tiens, et le désespoir
n'eût pas forcé mes lèvres mourantes de prononcer
les mots affreux d'ingrat et de perfide.

Bradamante, en achevant ces mots, saute du lit;
emportée par sa jalouse rage, elle tire son épée,
elle en porte la pointe sur son cœur; elle s'aperçoit alors seulement qu'elle est encore armée : sa
cuirasse repousse cette pointe cruelle. Cet instant
ramène enfin une sage réflexion : Ah! s'écrie-t-elle,
puis-je donc oublier ainsi le sang illustre dont je

suis née? imprimerai-je une tache éternelle sur ma
race et sur ma mémoire? Ne vaut-il pas mieux
que j'aille chercher une mort honorable dans les
combats? Que sais-je? ah! peut-être, ingrat Roger,
me trouverai-je devant toi dans la mêlée? peut-être
ton épée, moins cruelle que toi, percera-t-elle
mon triste cœur, et la mort me sera plus chère,
en la recevant de ta main, qu'une vie que tu
rends si malheureuse! Mais que dis-je? Ah! peut-
être aussi la rencontrerai-je, cette superbe Marphise! Peut-être ma main pourra-t-elle la punir des
lâches artifices qu'elle a sans doute employés pour
te rendre infidèle, et pour me donner la mort!

Cette dernière réflexion suffit pour arrêter le
bras que Bradamante avait levé contre son propre
cœur, et l'espoir de se venger d'une rivale ou de
mourir de la main de Roger la détermina sur-
le-champ à se couvrir d'une nouvelle armure. Elle
choisit une cotte d'armes de cette triste couleur que
les premiers frimas font prendre aux feuilles qu'ils
dessèchent (1); les bords en étaient brodés avec
des tronçons de cyprès, et l'emblème de cet arbre,
qui perd pour toujours sa sève et ses rameaux
dès qu'il est entamé par le fer, est l'image de l'état
présent de son triste cœur.

Bradamante monta sur Rabican, et prit la lance

---

1) On a déjà vu (chant sixième, page 124.) qu'au
temps de la chevalerie cette couleur était l'emblème du désespoir.   P.

d'or d'Astolphe (1). Ce prince les avait confiés à ses soins, mais elle ignorait le pouvoir que cette lance avait de renverser tous ceux qui en recevaient la plus légère atteinte. Elle part seule de Montauban, descend dans la plaine, et prend le chemin le plus court qui conduit à Paris. Elle marche vers le camp des Sarrasins, ignorant encore que Renaud, avec le secours de Charles et de Maugis, leur avait fait lever le siége de Paris. Elle traverse le Quercy, laisse Cahors derrière elle, et la montagne où la rapide Dordogne prend sa source. Elle découvrait déja les terres de Montferrant et de Clermont, lorsqu'elle vit venir au-devant d'elle une dame belle et richement vêtue, qui portait un écu attaché à la selle, et que trois chevaliers d'une haute apparence accompagnaient : plusieurs autres femmes, des écuyers, et beaucoup de chevaux et de valets étaient à leur suite. Bradamante en passant demanda quelle était cette dame à l'un de ceux qui la suivaient; elle apprit qu'elle était partie d'une île voisine du pôle arctique, que quelques-uns nommaient l'île Perdue, et d'autres l'Islande, et que la reine de cette île l'envoyait à Charlemagne. Cette reine, lui dit-on, est douée de la plus rare beauté; l'écu d'or,

---

(1) Astolphe s'était emparé de cette lance après la mort d'Argail (voyez l'Extrait de Roland l'Amoureux, page 398.); il l'avait laissée à Bradamante avec Rabican, au moment de monter sur l'hippogriffe. Voyez chant vingt-troisième, pages 171 et 172.   P.

que porte son envoyée, doit être remis à Charlemagne pour que ce prince le donne au chevalier qu'il estimera le plus dans sa cour.

Cette charmante reine, se regardant, et avec raison, comme la plus belle femme qui existe, voudrait aussi trouver un chevalier qui surpassât tous les autres en force et en courage; et rien au monde ne la ferait renoncer à son projet de ne donner son cœur et sa main qu'à celui qui tiendra le premier rang parmi les guerriers. Elle sait quel est le haut renom des chevaliers de la cour de Charles : c'est entre eux qu'elle espère trouver l'époux dont elle s'est formé la noble idée. Les trois chevaliers qui servent d'escorte à son envoyée sont rois tous les trois; l'un règne sur la Suède, l'autre sur la Gothie, et le troisième sur la Norvège : tous les trois se sont acquis une glorieuse renommée; leurs états, sans être voisins de l'île Perdue, en sont les moins éloignés : cette île est ainsi nommée, parceque les parages où elle est située sont peu connus des navigateurs. Ces trois princes, épris de notre reine, ont fait mille exploits incroyables; ils ont vainement employé tous les moyens de lui plaire : ils n'ont pu vaincre la résolution qu'elle a prise de ne recevoir pour époux que le premier chevalier du monde. Je vous estime, leur a-t-elle dit à tous trois; mais je ne veux m'en rapporter qu'au choix que voudra faire le plus grand et le plus sage de tous les rois : j'envoie ce bouclier d'or à Charlemagne; je le prie

de le donner à celui que sa haute sagesse choisira
comme le plus vaillant, soit parmi ses sujets, soit
parmi ceux d'un autre souverain. Lorsque Charles aura remis le bouclier, celui de vous trois qui
pourra l'enlever par les armes au chevalier que
ce prince aura choisi, peut venir me le rapporter, et je donne ma parole royale qu'il deviendra
sur-le-champ mon seigneur et mon époux.

Cette promesse, continua l'Islandais, entraîne
les trois princes à la suite de la messagère de la
reine : tous trois se proposent de perdre la vie ou
de rapporter le bouclier.

Bradamante fut très attentive au récit de cet
écuyer, qui rejoignit les siens dès qu'il l'eut satisfaite avec politesse ; elle continua de marcher au
pas en rêvant à l'ambassade de la reine d'Islande :
elle réfléchit que ce bouclier pouvait exciter bien
du désordre dans la cour de Charles, et qu'il aurait le même effet que la pomme d'or entre les
paladins français. Cette pensée lui donna quelques
soucis : mais ils cédèrent soudain à ceux qui lui
serraient le cœur ; elle croyait voir Roger donner
le sien à Marphise. Abymée dans la douleur que
lui causait cette idée funeste et toujours présente, elle ne regardait pas seulement quelle était
la route qu'elle tenait ; et ce fut dans cette sombre rêverie qu'elle vit arriver la nuit sans savoir
où se retirer pour la passer à couvert.

De même qu'une nacelle, que le vent ou quelque accident a détachée de la rive où le câble la

tenait amarrée, vogue sans pilote au gré du fleuve qui l'entraîne, ainsi la guerrière affligée et pensive se laissait conduire au hasard par Rabican. Levant enfin les yeux, et voyant déjà le soleil caché par les côtes d'Afrique, elle craint de se trouver en pleine campagne, pendant une nuit dont le vent de bise et la pluie redoublent le froid ordinaire. Elle presse alors le léger Rabican, et ne va pas loin sans trouver un pâtre qu'elle prie de lui enseigner l'asyle le plus près pour passer cette nuit. Je n'en connais aucun que je puisse vous enseigner, lui répondit le pâtre, si ce n'est à quatre ou même six lieues d'ici. Il est vrai cependant que vous pourriez trouver assez près un château, que l'on nomme la Roche de Tristan; mais je ne vous conseille pas de vous y présenter, car personne n'y peut être reçu sans qu'il acquière à coups de lance, et sans qu'il défende de même l'hospitalité qu'il y reçoit. Lorsque le logis se trouve vacant, on y admet, sans difficulté, le premier chevalier qui se présente; mais il faut qu'il jure au châtelain que, s'il survient le soir ou pendant la nuit quelque autre chevalier qui demande l'entrée du château, il sortira sur-le-champ pour jouter contre lui; et ce n'est que par le vainqueur que la chambre peut alors être occupée : l'autre est obligé de se retirer, et de passer la nuit à la belle étoile. Si deux, trois, quatre chevaliers se présentent ensemble les premiers, on les reçoit tous avec le

même honneur; mais malheur à celui qui viendrait ensuite se présenter tout seul; car il serait
obligé de les combattre tous et de les vaincre
pour les déloger. De même si un seul chevalier
s'est présenté d'abord et a été reçu, il est obligé
de combattre contre tous ceux qui viennent ensuite, en quelque nombre qu'ils soient. Il en est
de même pour les dames; la première arrivée est
très bien reçue, mais s'il en survient une seconde
plus jolie qu'elle, la pauvre dame est obligée de
lui céder la place; cette seconde serait aussi ex-
clue à son tour en faveur d'une troisième qui la
surpasserait encore en beauté. Bradamante cu-
rieuse, et de plus mouillée, pria le bon pâtre de
lui enseigner le chemin du château; ce que l'autre fit à l'instant, en le lui montrant de loin avec
sa main, à cinq ou six milles de distance.

Malgré la vitesse ordinaire de Rabican, le chemin était si mauvais, qu'elle fut retardée dans sa
marche; et, n'étant arrivée que lorsque la nuit
était déja très obscure, elle trouva la porte du
château fermée. La guerrière appelle celui qui en
a la garde; elle demande qu'on la reçoive: mais
il lui répond que cela ne se peut, parceque le
logement est occupé par une dame et trois chevaliers qui sont arrivés avant elle, et qui se chauf-
fent près d'un bon feu, en attendant qu'on leur
serve le souper. Ma foi, répondit-elle, le cuisinier pourrait bien ne l'avoir pas fait cuire pour
eux, s'ils ne l'ont pas encore mangé: courez vite

les avertir que je connais la loi du château, que je prétends l'observer, et que je les attends. Le gardien s'acquitte en diligence d'une commission qui ne pouvait être agréable à des gens qui se voyaient obligés de quitter un bon feu pour s'aller exposer à la pluie; ils se lèvent cependant, ils prennent leurs armes assez lentement, et sortent enfin pour se rendre où Bradamante les attend.

Ces trois chevaliers que peu d'autres égalaient étaient précisément ces rois du Nord que la guerrière avait rencontrés l'après-midi, suivant la dame à l'écu d'or qu'ils avaient juré de rapporter l'un ou l'autre en Islande. N'étant occupés que d'arriver au gîte, il leur avait été facile de précéder la guerrière. Ils se croyaient en état de tenir tête aux plus braves; Bradamante en pensait autant d'elle; et de plus elle n'avait envie ni de se morfondre, ni de passer cette soirée sans souper. Tous les habitants du château se placèrent vite aux fenêtres des galeries, pour voir cette joute au clair d'une lune bien pâle, et dont les rayons étaient obscurcis par une grande pluie. Bradamante, lorsqu'elle vit ouvrir les portes et baisser le pont, eut le même plaisir qu'un amant heureux, qui, désirant le moment d'un rendez-vous, entend enfin le bruit de la serrure d'une porte secrète qui le sépare de celle qu'il desire.

Dès qu'ils eurent passé le pont, Bradamante, ayant pris le champ nécessaire, revint rapide-

ment sur Rabican la lance en arrêt; et cette lance
était celle de son cousin Astolphe, cette lance
d'or qui ne touchait jamais un guerrier sans le
renverser. Le roi de Suède, ayant couru le premier, fut aussi le premier qui vola des arçons; le
moment après on vit en l'air les deux pieds du
roi de Gothie, et même fort loin derrière son cheval; le pauvre roi de Norvége, qui se présenta
le troisième, fut jeté dans un bourbier où son
corps et ses armes furent presque ensevelis.

Dès que les trois tristes rois du Nord eurent
été vus par tous ceux du château la tête bien
basse et les pieds bien hauts, Bradamante passa
promptement le pont pour aller s'emparer du coin
du feu et du logement qu'elle venait de conquérir; le châtelain, admirant sa haute valeur, lui fit
prêter le serment usité, la conduisit lui-même, et
lui rendit les plus grands honneurs. La dame
messagère de la reine d'Islande ne fut pas moins
polie: et, venant au-devant de Bradamante qu'elle
prenait pour le plus brave des chevaliers, elle la
prit par la main, la conduisit auprès du feu, la
priant de s'asseoir auprès d'elle.

Bradamante se débarrassa bientôt de ses armes,
et, lorsqu'elle ôta son casque, on vit avec étonnement les plus beaux cheveux s'échapper d'un
réseau d'or, et tomber jusque sur sa ceinture:
alors tout le monde la reconnut pour une jeune
fille qui joignait une beauté céleste à la plus haute
valeur. Ce spectacle fut aussi surprenant pour les

assistants, que l'aspect d'un riche théâtre où l'on
voit des arcs de triomphe et des statues dorées,
qui brillent au milieu de mille lampions allumés,
dans l'instant qu'on lève la toile; ou lorsque,
dans une prairie, le soleil, sortant tout-à-coup
d'un nuage obscur, répand et fait briller ses rayons
éclatants: la beauté de Bradamante excita la même
admiration.

Quoique ses beaux cheveux n'eussent pas encore repris toute leur longueur depuis que sa
blessure avait obligé le bon hermite de les couper (1), elle en pouvait déja former près de deux
tours sur sa tête. Ce fut alors que le seigneur du
château la reconnut pour être cette belle et célèbre fille du duc Aymon, et s'empressa de lui
rendre les plus grands respects. Ils s'assirent auprès du feu, et leur conversation fut agréable et
gaie en attendant qu'on servît le souper.

La guerrière saisit ce moment pour prier le
seigneur châtelain de lui dire depuis quel temps
et pour quel sujet cette coutume singulière était
établie. Il se fit un plaisir de la satisfaire, en commençant ainsi son récit:

Lorsque Pharamond régnait sur la France, son
fils Clodion habitait presque toujours ce château
qu'il tenait de son père. Une des plus belles personnes qui vécût dans ce siècle antique l'habitait
avec lui. Clodion, amoureux et jaloux, ne ces-

_____

(1 Voyez l'Extrait de Roland l'Amoureux, page 544.

30.

sait de lui donner des marques de ces deux pas-
sions; il l'adorait, la caressait sans cesse; dix vail-
lants chevaliers, nuit et jour, partageaient avec
lui le soin de la garder. Jupiter n'aima jamais plus
tendrement Io; mais Clodion eût desiré de plus
d'avoir Argus pour veiller sur cette belle. Un soir,
le brave Tristan arriva dans ce lieu, conduisant
sous sa garde une jeune dame (1) qu'il avait délivrée d'un géant discourtois. Tristan se trouvant,
à l'entrée de la nuit, éloigné de dix milles de tout
endroit habitable, demanda à être reçu pour cette
nuit; mais Clodion porta la jalousie jusqu'à ne
vouloir pas souffrir qu'un étranger couchât sous
le même toit que sa maîtresse. Tristan employa
d'abord les prières les plus pressantes pour obtenir la grace qu'il demandait; mais à la fin, aussi
piqué qu'ennuyé de n'éprouver que des refus:
Puisque vous m'y contraignez, dit-il, je saurai
bien me faire donner de force ce que je devrais
obtenir de votre politesse. Je vous défie, vous et
vos dix chevaliers, et je vais vous prouver, la lance
ou l'épée à la main, que vous êtes le plus discourtois de tous les hommes. Mais auparavant je veux
faire avec vous un traité: le dernier qui restera
de nous tous dans les arçons sera seul le maître
du château; les autres seront forcés d'en sortir

---

(1) La belle Yseult. Les amours de Tristan et d'Yseult sont
célèbres dans les romans de la Table ronde. Voyez l'histoire
de Tristan de Léonais, tome III de cette édition de Tressan. F

sur-le-champ. Clodion, honteux de se voir défier par un seul chevalier dans son propre château, crut ne devoir pas le refuser; mais il fut renversé par terre cruellement blessé : ses dix chevaliers eurent le même sort ; et Tristan, sans aucune pitié, les chassa tous honteusement.

Tristan, paisible maître du château, se mit à le parcourir, et parvint bientôt à l'appartement qui renfermait la plus charmante personne; il semblait que la nature n'eût jamais autant prodigué ses trésors pour une autre belle : il se mit à causer fort tranquillement avec elle.

Le malheureux Clodion, pendant ce temps, n'était pas si tranquille; bien blessé, bien jaloux, il frémissait lorsqu'il savait le plus aimable des chevaliers tête à tête avec sa maîtresse : il lui fit faire les prières les plus pressantes, les plus humbles, de la lui envoyer. Quoique l'aimable et brave Tristan de Léonais n'eût vu cette beauté qu'avec indifférence; quoique le boire amoureux agît également sur son cœur et sur celui de la belle Yseult (1), et que ni l'un ni l'autre ne pussent brûler d'une autre flamme que de celle que ce philtre avait allumée, il n'imagina pas de meilleur moyen de se venger de la grossièreté avec laquelle Clodion l'avait traité, que de lui faire dire qu'il ne pouvait se résoudre à faire sortir une si

_____

1　Voyez Tristan de Léonais, page 49, tome III de cette édition.

charmante personne de chez elle. Dites à Clodion,
ajouta-t-il, que si la solitude l'ennuie, si la fraîcheur de la nuit l'incommode, j'ai amené avec
moi ce soir une jeune fille très fraîche et très jolie, que je peux envoyer lui tenir compagnie.
Ajoutez, dit-il, que, si elle n'est pas tout-à-fait
aussi belle que sa maîtresse, elle l'en dédomma-
gera par sa complaisance, d'autant plus qu'elle
consent à sortir pour l'aller trouver; mais repré-
sentez-lui qu'il est bien juste que la plus belle
des deux passe la nuit avec le vainqueur. Clodion, plus désespéré que jamais de cette réponse,
passa la nuit à faire le tour de son château,
comme pour faire sentinelle et veiller au repos
de ceux qui dormaient fort à leur aise, bien
moins sensible au froid et à la pluie, qu'au chagrin d'être séparé de sa maîtresse. Un homme
jaloux croit voir sans cesse tout ce qu'il craint,
et les charmes de sa belle lui parurent, pendant
cette cruelle nuit, reposer tout nus entre les bras
de Tristan. Il en fut quitte cependant pour la
peur; le fidèle et courtois Tristan lui rendit le
lendemain sa maîtresse, en lui faisant serment
qu'il n'avait fait que l'admirer. Je vous la remets,
lui dit-il, telle qu'elle était, avant que je m'en
fusse rendu maître pour vous punir d'une folle
jalousie, qui change votre caractère jusqu'à le
rendre incivil et grossier; car ne croyez pas que
vous puissiez me donner l'amour pour excuse.
Cette douce et délicieuse passion ne porte dans

l'ame que des sentiments délicats propres à faire
le bonheur de la nature entière, et n'offense jamais un objet aimé. Dès que Tristan de Léonais
se fut éloigné, Clodion changea bientôt d'habitation; il donna le gouvernement de celle qu'il
quittait, sous la condition de faire exécuter la
loi qui maintenant vous est connue. Depuis ce
temps, le plus brave chevalier et la dame la plus
belle y sont reçus de préférence, et sont traités
avec honneur; les autres, ainsi que ceux que
votre valeur a terrassés, vont dormir au serein
sur l'herbe ou sous les arbres voisins. A peine
finissait-il ces mots que le maître d'hôtel vint servir le souper.

On avait préparé la table dans une grande salle
voisine; les deux dames y furent conduites à la
clarté d'une infinité de flambeaux. En y entrant,
elles s'aperçurent que les murs en étaient couverts de nombreux et magnifiques tableaux; ils
firent sur elles une si vive impression, qu'ayant
toujours les yeux fixés sur ces belles peintures,
elles ne buvaient ni ne mangeaient, quoiqu'elles
dussent en avoir grand besoin. Le maître d'hôtel,
le cuisinier se désolaient de voir les plats se re-
froidir; l'un d'eux osa même leur dire : Eh! de
grace, mesdames, commencez par bien souper;
vous aurez tout le temps de satisfaire votre
curiosité.

Elles trouvèrent l'avis très raisonnable, et déja
elles se disposaient à faire honneur au repas,

lorsqu'une réflexion troubla tout-à-coup le châtelain. A quoi pensais-je? dit-il; comment puis-je
aller ainsi contre la loi jurée? Voilà deux dames
assises à cette table, tandis que je n'y dois ad-
mettre que la plus belle, et que l'autre doit aller
braver toutes les injures du temps et de la saison : il faut absolument que l'une des deux cède
la place à l'autre.

Aussitôt il appelle deux vieillards et quelques
femmes qui servaient dans la maison : on regarde
attentivement les deux dames ; on compare leurs
attraits ; on décide enfin que la fille d'Aymon est
la plus belle. Bradamante triomphe deux fois
dans le même soir ; l'une par ses charmes, l'autre
par sa valeur. Le châtelain alors dit à la dame
islandaise, qui n'était pas sans inquiétude : Il
faut absolument que vous sortiez d'ici, et que
vous alliez chercher un autre logement ; il est
prouvé que quoique la beauté de Bradamante
n'ait le secours d'aucune parure, elle surpasse infiniment la vôtre.

Comme on voit quelquefois des brouillards
s'élever subitement des humides vallées, former
des nuages épais qui remplissent l'air en étendant
un voile obscur ; de même aussi la dame islandaise s'attriste, se décolore, et ses yeux se remplissent de larmes en entendant le dur arrêt qui
la condamne à quitter un bon souper, une bonne
compagnie, une maison bien chaude, pour aller
passer la nuit à la pluie hors du château. Elle

regarde la guerrière en pâlissant d'effroi; mais
Bradamante aussitôt, émue par une tendre pitié,
ouvre un avis bien différent, et dit : Rien ne me
paraît plus injuste que cette décision; nul cas
litigieux ne peut être légitimement jugé sans que
les raisons pour et contre aient été bien discu-
tées. Moi, qui me charge de la cause de la dame
que vous condamnez, je dis que nous ne devons
point disputer ensemble sur la beauté : ce n'est
point comme femme que je suis entrée dans ce
château, mes actes l'ont assez prouvé. Personne
de vous d'ailleurs ne connaît avec certitude quel
est mon sexe : mes cheveux longs ne prouvent
rien; beaucoup d'hommes en portent de pareils.
Ne m'avez-vous pas vu me comporter comme un
bon chevalier? quel droit avez-vous donc d'assurer que je suis femme, quand tout ce que vous
voyez de moi vous déclare que je suis homme?
Accomplissez donc votre loi strictement comme
elle est portée; une femme ne peut être vaincue
que par une femme; elle ne doit point l'être par
un guerrier. Supposons qu'en effet je sois une
femme (ce dont je n'ai garde de convenir), et
que ma beauté se trouve inférieure à celle de
cette dame, auriez-vous l'injustice de me pri-
ver du prix de mon courage et de ma victoire?
Certes, je ne dois pas perdre pour un peu moins
de charmes ce que j'ai conquis par ma valeur. Et
si vous décidiez que mon peu de beauté me condamne à sortir d'ici, je vous déclare que j'y vou-

drais rester, quel que dût être le résultat de mon
obstination : j'en conclus que toute contestation
entre cette dame et moi n'est pas égale, puisqu'en
disputant de beauté avec moi elle peut avoir à
perdre et jamais à gagner. Or, tout traité dont
les risques et les avantages ne sont point égaux
étant injuste, je conclus que, soit en vertu de son
droit, soit à titre de faveur, cette dame doit rester. Au reste, si quelqu'un osait dire que ma con-
clusion est fausse, il serait bien hardi, continua
Bradamante en les regardant tous d'un œil fier;
car je déclare ici que je lui soutiendrai les armes
à la main que j'ai raison, et qu'il n'a pas le sens
commun.

Les raisons qu'un tendre intérêt fit apporter à
Bradamante en faveur de la dame, et surtout la
dernière, firent trop d'impression sur le châtelain
pour qu'il ne se rendît pas sur-le-champ. Telle
que la fleur desséchée par la chaleur ardente du
jour se ranime, lorsqu'une douce rosée la rafraî-
chit, et fait relever sa tête languissante; tel on
vit la dame islandaise reprendre ses couleurs et
sa sérénité.

Cette dispute étant terminée, on s'occupa très
sérieusement alors d'un excellent souper : bientôt
il fut animé par la gaieté; nul chevalier indiscret
ne survint pour la troubler. Bradamante seule
poussait de temps en temps des soupirs, en pensant à Roger : à peine put-elle même manger de
quoi réparer un peu ses forces. On sortit cepen-

dant de table de bonne heure; la curiosité qui renaissait fut la plus forte : le châtelain fit un signal; dans un instant la clarté des lumières égala celle du jour en cette salle : mais je remets au chant suivant à vous parler de ce qui dut bien intéresser Bradamante et la dame islandaise, qui s'étaient levées de table ensemble pour satisfaire leur curiosité.

FIN DU TRENTE-DEUXIÈME CHANT.

TABLE

DES CHANTS ET ARGUMENTS CONTENUS DANS CE VOLUME.

Imprimé en France
FROC031021140919
22143FR00014B/212/P

9 782329 310718